걸 온 더 트레인

THE GIRL ON THE TRAIN

Copyright © 2015 by Paula Hawkins
All Rights Reserved

Korean translation copyright © 2025 by NEXUS Co., Ltd.
Korean translation rights arranged with David Higham Associates Limited,
through EYA(Eric Yang Agency)

이 책의 한국어판 저작권은 EYA Co.,Ltd를 통해
DAVID HIGHAM ASSOCIATES LTD와 독점 계약한 (주)넥서스에 있습니다.
저작권법에 의하여 한국 내에서 보호를 받는 저작물이므로
무단전재 및 복제를 금합니다.

걸 온 더 트레인

지은이 폴라 호킨스
옮긴이 이영아
펴낸이 임상진
펴낸곳 (주)넥서스

초판 1쇄 인쇄 2025년 7월 5일
초판 1쇄 발행 2025년 7월 15일

출판신고 1992년 4월 3일 제311-2002-2호
주소 10880 경기도 파주시 지목로 5
전화 (02)330-5500 팩스 (02)330-5555

ISBN 979-11-94643-57-9 03840

출판사의 허락 없이 내용의 일부를
인용하거나 발췌하는 것을 금합니다.

가격은 뒤표지에 있습니다.
잘못 만들어진 책은 구입처에서 바꾸어 드립니다.

www.nexusbook.com

걸 온 더 트레인

폴라 호킨스 지음 | 이영아 옮김

&

그녀는 낡은 기찻길 옆 오래된 백자작나무 밑에 묻혀 있다.
작은 돌탑으로 그녀의 무덤을 표시해두었다.
실은 돌멩이를 조금 쌓아놓은 것에 불과하다.
그녀의 휴식처로 사람들의 눈길이 가는 건 싫지만,
기념물 하나 없이 그녀를 그냥 버려둘 순 없었다.
그녀는 새소리와 덜컹거리며 지나가는
기차 소리밖에 들리지 않는 그곳에서
그 누구의 방해도 받지 않고 평화롭게 잠들 것이다.

한 마리는 슬픔, 두 마리는 기쁨, 세 마리는 소녀.

세 마리는 소녀.

여기서 막혀버려 그 뒤는 생각이 나지 않는다.

머릿속은 소리들로 가득 차고, 입속에는 피가 가득하다.

세 마리는 소녀.

까치 소리가 들린다. 까치들이 웃고 있다.

시끄럽게 까악까악 웃으며 나를 조롱하고 있다.

까치 떼, 까치들이 물어 오는 나쁜 소식들.

이제 석양을 배경으로 검은 그들이 보인다.

새들이 아닌 다른 무언가가.

누군가가 오고 있다.

누군가 내게 말하고 있다.

"한번 봐. 당신 때문에 내가 무슨 짓을 했는지 보라고."

레이첼

2013년 7월 5일 금요일

아침

기찻길 옆에 옷 뭉치 하나가 버려져 있다. 셔츠처럼 보이는 연한 파란색 천이 더러운 흰색 옷과 뒤죽박죽으로 엉켜 있다. 아마도 철둑의 작은 덤불숲에 불법으로 버려진 화물에서 빠져나온 쓰레기겠지. 아니면 이 구역 선로에서 일하는 기술자들이 남기고 간 것일 수도 있다. 그 사람들은 이곳을 뻔질나게 드나드니까. 어쩌면 다른 무언가일 수도 있고. 어머니는 내가 상상력이 지나치다고 말씀하시곤 했다. 톰도 그렇게 말했다. 나도 어쩔 수가 없다. 더러운 티셔츠나 신발 한 짝이 버려져 있는 걸 보면, 나머지 한 짝과 그 신발들에 꼭 맞는 발밖에 생각나지 않는 걸 어쩌란 말인가.

기차가 갑자기 덜커덩, 끼익 하고 새된 소리를 내며 다시 움직이기 시작하자, 작은 옷 뭉치는 시야에서 사라졌다. 이제 기차는 힘차게 조깅하는 속도로 런던을 향해 달려간다. 내 뒷자리에 앉은 사람이 짜증 섞인 한숨을 힘없이 뱉는다. 아무리 기차 통근에 이골이 난 사람이라도 애시버리에서 유스턴까지 가는 오전 8시 4분 완행열차는 견뎌내기가 그리 쉽지 않다. 원래대로라면 45분 걸리는 구간이지만 제시간에 도착하는 경우는 드물다. 선로가 오래되어 낡은 데다, 툭하면 신호 체계에 문제가 생겨 수리 공사가 끊이질 않기 때문이다.

기차가 엉금엉금 기어간다. 창고들과 급수탑들, 다리들과 작업장들을 지나고, 철도에 완전히 등지고 서 있는 빅토리아 왕조풍의 수수한 집들을 덜컹거리며 지나간다.

나는 창에 머리를 기댄 채, 레일 위로 카메라를 움직여 찍은 영화 장면처럼 휙휙 지나가는 집들을 구경한다. 나 같은 방식으로 그 집들을 보는 사람은 아무도 없다. 집주인들마저도 이런 식으로 자기 집을 보지는 않을 것이다. 나는 하루에 두 번 아주 잠깐 그들의 삶을 엿본다. 내가 모르는 사람들이 자신들의 집에 아무 탈 없이 있는 모습을 보면 왠지 마음이 편해진다.

누군가의 휴대전화가 분위기에 어울리지 않게 밝고 경쾌한 노래를 울려댄다. 전화기 주인이 굼뜬 탓인지 벨 소리가 그치질 않는다. 사람들이 자리에서 몸을 이리저리 움직이고,

신문을 바스락거리고, 노트북 컴퓨터를 톡톡 두드리는 소리가 들린다. 기차가 갑자기 한쪽으로 기울며 커브를 돌고, 정지 신호를 받아 속도를 늦춘다. 나는 고개를 들지 않은 채 역으로 오는 길에 받았던 공짜 신문을 읽어보려 애쓰지만, 눈앞의 글이 도통 눈에 들어오지 않고 흐릿해져버린다. 기찻길 옆에 버려져 있던 작은 옷 뭉치가 아직도 눈에 밟힌다.

저녁

캔 뚜껑 위로 쉬익 하고 거품을 일으키는 진토닉을 홀짝인다. 2005년 바스크 해안의 어촌에서 톰과 처음으로 함께 보낸 휴가처럼 싸하고 차가운 맛이다. 아침에는 만에 있는 작은 섬까지 800미터를 헤엄쳐 가서 눈에 띄지 않는 으슥한 해변에서 사랑을 나누고, 오후에는 바에 앉아 진하고 씁쓰레한 진토닉을 마시며, 물이 빠져나간 모래사장에서 스물다섯 명이 한 팀을 이루어 뛰는 정신없는 축구 경기를 구경했다.

나는 진토닉을 한 모금 더, 그리고 또 한 모금 더 마신다. 캔은 이미 절반이 비었지만 괜찮다. 발밑의 비닐봉지에 캔 세 개가 더 들어 있다. 금요일이니 기차에서 술을 마신다고 해서 죄책감을 느낄 필요는 없다. 금요일이다, 만세! 이제부터 즐길 일만 남았다.

일기예보에서는 멋진 주말이 될 거라고 한다. 아름다운 햇빛, 구름 한 점 없는 하늘. 예전 같았으면 도시락과 신문을 싸 가지고 콜리 우드로 가서 오후 내내 아롱거리는 햇빛을 받으며 담요에 누워 포도주를 마셨을 텐데. 친구들과 야외에서 숯불에 고기를 구워 먹거나 아니면 더 로즈The Rose의 야외 테이블에 앉아 햇볕과 알코올에 얼굴이 달아오르도록 오후를 보내다가, 서로 팔짱을 끼고 비틀거리며 집으로 돌아가 소파에서 잠이 들었을지도 모른다.

아름다운 햇빛과 구름 한 점 없는 하늘 아래, 함께할 사람은 아무도 없고, 할 일도 전혀 없다. 바로 지금의 나처럼 이렇게 사는 건 여름에 더 힘들다. 햇빛이 넘쳐나 어둑한 곳은 찾기 어렵고, 모두가 밖에 나와 눈꼴사나울 만큼 정력적으로 행복한 기운을 내뿜으며 돌아다니고 있으니 말이다. 그건 진 빠지는 일이다. 그들 틈에 끼지 못한다는 건 기분 나쁜 일이다.

주말이 내 앞에 펼쳐져 있다, 채워야 할 텅 빈 48시간이. 나는 다시 진토닉 캔에 입을 갖다대지만, 한 방울도 남아 있지 않다.

2013년 7월 8일 월요일
아침
8시 4분 기차 안으로 돌아오니 마음이 편안하다. 런던으로 가서 새로운 일주일을 시작하고 싶어 좀이 쑤신다거나 하는 건 아니다. 런던에 있고 싶은 마음은 별로 없다. 그저 푹 꺼진 폭신한 벨루어 의자에 기대어 앉아, 창으로 흘러 들어오는 햇빛의 온기와 앞뒤로 흔들리는 객차의 움직임, 기차 바퀴가 선로 위를 굴러가는 안락한 리듬을 만끽하고 싶을 뿐이다. 다른 곳에 있는 것보다 이 안에서 기찻길 옆의 집들을 구경하는 편이 더 낫다.

이 노선에서는 내가 내리는 역까지 가는 중간쯤에 신호가 고장 난 곳이 있다. 고장 난 것이 분명하다. 그 지점에만 이르면 거의 항상 빨간불이기 때문이다. 거의 매일 기차는 그곳에 서고, 가끔은 몇 초, 어떤 때는 몇 분 동안이나 멈춰 선다. 평소처럼 D칸에 앉아 있을 때, 거의 항상 그렇듯 기차가 정지 신호를 받고 멈춰 서면 내가 좋아하는 기찻길 옆 집, 15호가 완벽하게 보인다.

15호는 이 기찻길을 따라 늘어서 있는 다른 집들과 아주 비슷하다. 빅토리아 왕조풍의 2층짜리 연립주택으로, 깔끔하고 좁다란 뜰이 울타리까지 6미터 정도 이어져 있다. 울타리부터 기찻길까지는 놀고 있는 땅이 몇 미터 있다. 나는 이 집을 속속들이 알고 있다. 모든 벽들을 알고, 위층 방의 커튼 색깔(검푸른 무늬가 찍힌 베이지색 커튼)을 알고, 욕실 창틀에서 페인트가 벗겨지고 있으며 지붕 오른편에 기왓장 네 개가 빠져 있다는 것도 안다.

따뜻한 여름날 저녁이면 이 집에 사는 제이슨과 제스는 커다란 내리닫이창에서 기어나와, 부엌을 확장하면서 생긴 지붕 위에 임시로 만들어놓은 테라스에 앉아 있곤 한다. 그들은 완벽하고 멋진 부부다. 제이슨은 검은 머리에 체격이 좋고 강인하며 자기 여자를 잘 지켜주고 상냥한 남자다. 그는 호탕하게 웃는다. 제스는 작은 새 같은 여자로, 짧게 자른 금발에 피부가 하얀 미인이다. 그녀는 골격 자체가 작고 또렷한 광대뼈에는 주근깨가 많이 박혀 있으며 턱이 예쁘다.

기차가 정지 신호에 묶여 있는 사이 나는 그들을 찾아본다. 제스는 아침에, 특히 여름이면 자주 집 밖으로 나와 커피를 마신다. 그런 그녀를 보면 가끔은 그녀에게도 내가 보이는 것 같은, 그녀도 나를 보는 것 같은 기분이 들어서 손을 흔들고 싶어진다. 하지만 난 남의 눈을 많이 의식하는 사람이다. 제이슨은 일 때문에 나가 있는 시간이 많은지, 그리 자주 보이지 않는다. 하지만 그들이 보이지 않을 때조차 나는 그들이 뭘 하고 있을지 상상한다. 어쩌면 오늘 아침엔 두 사람 모두 쉬는 날이라 제이슨이 아침을 만들고 제스는 침대에 누워 있을지도 모른다. 아니면 평소처럼 두 사람이 함께 나가서 달리고 있거나(톰과 나는 일요일마다 함께 조깅을 하곤 했다. 나는 평소보다 약간 더 빨리 달렸고, 톰은 평소 속도의 절반으로 달렸다). 어쩌면 제스는 위층의 빈방에서 그림을 그리고 있을 수도 있다. 아니면 두 사람이 함께 샤워를 하고 있을지도 모른다. 그녀는 두 손으로 타일을 짚고, 그는 두 손으로 그녀의 엉덩이를 움켜잡은 채.

저녁

다른 사람들을 등지고 앉아 창 쪽으로 살짝 고개를 돌리고, 유스턴 역의 편의점 휘슬스톱에서 사온 작은 슈냉 블랑(프랑스의 발 드 루아르 지방에서 생산되는 화이트 와인 – 옮긴이) 한 병을 딴다. 차갑지는 않지만 상관없다. 플라스틱 컵에 포도주를 조금 붓고, 마개를 다시 닫은 병을 핸드백에 집어넣는다. 월요일에 나처럼 일행도 없이 기차에서 술을 마시는 건 조금 민망한 일이다.

기차를 타다 보면 매주 보게 되는 익숙한 얼굴들이 있다. 나는 그들을 바로 알아볼 수 있고, 아마 그들도 내 얼굴을 알아볼 것이다. 하지만 진짜 내가 어떤 사람인지 그들에게 보일까?

멋진 저녁이다. 따뜻하지만 무덥지는 않다. 해가 뉘엿뉘엿 넘어가 그림자가 길어지고 햇빛은 나무들을 황금빛으로 물들이기 시작한다. 기차는 덜커덩덜커덩 계속 달려가면서 제이슨과 제스의 집을 획 지나치고, 그들은 흐릿한 저녁 햇살 속에 스쳐간다. 자주는 아니지만 가끔은 이 방향으로 달려도 그들이 보일 때가 있다. 반대 방향에서 달려오는 기차가 없을 때, 그리고 우리 기차가 아주 느릿느릿 가고 있을 때는 테라스에 나와 있는 그들이 얼핏 보이기도 한다. 오늘처럼 그들이 안 보이는 날에는 그들을 상상할 수 있다. 제스는 테라스에서 포도주 잔을 손에 든 채 테이블에 두 발을 올려놓고 앉아 있고, 제이슨은 그녀 뒤에 서서 그녀의 어깨에 두 손을 올려놓고 있겠지. 나는 그 손의 감촉, 모든 걱정을 없애주는 그 든든한 무게감을 상상한다. 가끔은 내가 다른 사람과 의미 있는 신체 접촉을 마지막으로 한 게 언제였던가 기억하려 애쓰다가 멈칫하기도 한다. 단순히 껴안거나, 누군가가 진심으로 내 손을 꽉 잡아준 적이 언제였던가. 가슴이 아려온다.

2013년 7월 9일 화요일
아침

지난주에 봤던 옷 뭉치가 아직도 그 자리에 있고, 며칠 전보다 더 더럽고 더 쓸쓸해 보인다. 어디선가 읽었는데 기차에 치이면 옷이 벗겨져 나갈 수도 있다고 한다. 기차에 치여 죽는 건 그리 유별난 일도 아니다. 1년에 200~300명, 그러니까 적어도 이틀에 한 명 꼴로 그렇게 죽는다고 한다. 그중에 사고사가 얼마나 되는지는 모르겠다. 기차가 천천히 지나갈 때, 옷에 피가 묻어 있나 유심히 살펴보지만 전혀 보이지 않는다.

평소처럼 기차가 정지 신호를 받아 멈춰 선다. 파티오(식사나 휴식을 위해 집에 인접하여 만든 옥외 공간-옮긴이)에서 프렌치 도어(좌우로 열리는 두 짝 유리문-옮긴이) 앞에 서 있는 제스가 보인다. 밝은 색 날염 원피스 차림에 발은 맨발이다. 그녀는 고개를 뒤로 돌려 집 안을 바라보고 있다. 아침 식사를 만들고 있는 제이슨에게 얘기를 하고 있는 모양이다. 기차가 천천히 움직이기 시작할 때에도 난 제스에게서, 그녀의 집에서 눈을 떼지 않는다. 다른 집들은 보고 싶지 않다. 특히 네 집 건너에 있는 집, 한때 내가 살았던 그 집은 보고 싶지 않다.

나는 블레넘로 23호에서 더없이 행복하고 아주 끔찍한 5년을 보냈다. 지금은 그 집을 쳐다보지도 못한다. 나의 첫 집이었다. 부모님의 집이 아니라, 다른 학생들과 함께 사는 집이 아니라, 나만의 첫 집. 그 집을 차마 볼 수가 없다. 뭐, 보려면 볼 수도 있고, 실제로 보기도 한다. 보고 싶은 마음도 있고, 보기 싫은 마음도 있지만, 보지 않으려고 애쓴다. 매일 보지 말자고 속으로 중얼거리면서, 매일 보고야 만다. 나도 모르게 그렇게 되고 만다. 그곳에 내가 보고 싶은 것은 아무것도 없는데, 뭘 보든 가슴 아플 것이 뻔한데……. 위층 침실에 쳐져 있던 크림색 리넨 블라인드가 사라지고, 부드럽고 밝은 분홍색의 무언가가 그 자리를 꿰차고 있는 걸 보고 느꼈던 감정이 생생하게 기억난다. 부풀어 오른 배에 꼭 끼는 티셔츠를 입은 애나가 울타리 옆의 장미넝쿨에 물을 주는 모습을 보면서 느꼈던 고통을 아직도 기억하면서 나는 피가 나도록 입술을 세게 깨문다.

나는 눈을 꼭 감고 열, 열다섯, 스물까지 센다. 자, 이제 사라졌다. 볼 것은 아무것도 없다. 기차가 위트니 역으로 들어갔다가 다시 나오고 점점 속도를 내자, 북부 런던의 지저분한 교외 지역이 나타난다. 테라스가 달린 집들 대신에 낙서 투성이의 다리들과 창문이 깨진 텅 빈 건물들이 보이기 시작한다. 유스턴 역에 가까워질수록 점점 더 초조해진다. 압박감이 쌓여간다. 오늘 하루는 또 어떻게 보낼까? 유스턴 역으로 들어가기 500미터 전쯤 철도 오른편에 더럽고 나지막한 콘크리트 건물이 한 채 있다. 그 건물의 옆면에 누군가가 페인트로 역을 향해 화살표를 그려놓고 그 옆에 '여정이 끝나간다'라고 써놓았다. 선로 가에 버려져 있던 옷 뭉치가 떠오르면서, 마치 목이 조여오는 것 같은 기분이 든다.

저녁

내가 저녁마다 타는 17시 56분 기차는 아침 기차보다 약간 더 느려서 애시버리까지 한 시간 일 분 걸린다. 정차하는 역이 더 많은 것도 아닌데 칠 분이나 더 걸린다. 그래도 상관없다. 아침에 런던으로 갈 때 서두를 이유가 없듯이, 저녁에 애시버리로 돌아오는 것도 서두를 이유가 전혀 없다. 애시버리가 싫은 건 아니지만, 지역 자체가 질이 안 좋긴 하다. 버킹엄셔 중심부에 마치 종기처럼 퍼져 있는 1960년대 지어진 신도시로, 비슷한 10여 곳의 다른 도시들보다 더 나을 것도 더 나쁠 것도 없다. 중심지에는 카페들과 휴대전화 가게들, 제이디 스포츠 매장들이 가득 들어서 있고, 주변을 둘러싼 교외 지역을 넘어가면 멀티플렉스 영화관과 테스코(영국의 대형 유통업체 - 옮긴이)가 있다. 나는 상업 지구 중심가가 변두리의 주택 구역으로 바뀌기 시작하는 지점에 있는 (그런대로) 멋지고 (그런대로) 신식인 건물에 살고 있지만, 그곳이 내 집은 아니다. 내 집은 기찻길 옆에 있는 빅토리아 왕조풍의 연립주택으로, 내가 그 집의 일부를 소유하고 있다. 애시버리에서 나는 집주인도 아니고, 그렇다고 세입자도 아니다. 캐시의 자비와 호의 덕분에, 밋밋하지만 그런대로 괜찮은 복층 아파트의 작은 방을 쓰고 있는 하숙인이다.

캐시와 나는 대학 시절 친구 사이다. 실은 그렇게 가깝지는 않은 반쪽짜리 친구였다. 1학년 때 서로 맞은편 방에서 지냈고 같은 강의를 들었기 때문에 힘겨운 첫 몇 주 동안에는 자연스레 같이 다녔지만, 시간이 흐를수록 각자 더 잘 통하는 다른 사람들을 만나기 시작했다. 1학년 이후로는 자주 만나지 않았고, 대학 졸업 후에는 가끔 결혼식에서 보는 것 말고는 거의 만날 일이 없었다. 그런데 내가 어려운 처지가 됐을 때 마침 캐시의 집에 빈방이 하나 있었고, 그건 서로에게 잘된 일이었다. 나는 두세 달, 길어 봐야 여섯 달 정도 그 집에서 지내면 될 거라고 확신했다. 그 방법 말고는 뾰족한 수가 없었다. 나는 혼자 살아본 적이 없었다. 부모님과 함께 살다가 톰과 동거하기 시작했다. 캐시의 집으로 들어가는 것을 마다할 이유가 없었고, 그래서 좋다고 했다. 그것이 거의 2년 전 일이다.

캐시의 집에서 사는 것이 싫지는 않다. 캐시는 좋은 사람이다. 그런데 약간은 강압적으로 친절을 베풀고는 생색을 많이 낸다. 그녀의 친절함은 누구에게나 확연히 보이는 그녀의 결정적인 장점이고, 그녀는 자주, 거의 매일같이 그것을 인정받아야 직성이 풀리는 사람이다. 그 점이 나를 지치게 만들기도 한다. 하지만 그리 나쁘지 않다. 더 심한 동거인들도 얼마든지 있으니까.

내 새로운 처지(2년이 지난 지금도 여전히 새로운 처지로 여기고 있다)에 대한 가장 큰 고민거리는 캐시도, 애시버리도 아니다. 내가 힘든 건 모든 걸 내 마음대로 할 수 없다는 것이다. 캐시의 집에 있을 때는 아주 형식적인 환영만 받는 손님처럼 느껴진다. 부엌에서 저녁 식사를 만들면서 서로 더 넓은 공간을 차지하려고 다툴 때, 소파에서 캐시가 리모컨을 꼭 자기 옆에 두고 앉아 있을 때 그런 기분이 든다. 유일하게 내 것처럼 느껴지는 공간은 이인용 침대와 책상 하나가 들어가 있고 그 사이로 간신히 지나다닐 수 있는 내 작은 방뿐이다. 불편하지는 않지만 그렇다고 해서 머물고 싶은 공간도 아닌지라, 나는 주로 거실이나 식탁에서 불편하고 무력한 기분으로 많은 시간을 보낸다. 내 마음대로 할 수 있는 건 아무것도 없다. 심지어는 내 머릿속 생각들까지도.

2013년 7월 10일 수요일
아침

더위가 점점 심해지고 있다. 이제 겨우 8시 반인데, 습기를 잔뜩 머금은 공기 때문에 벌써부터 후텁지근하다. 폭풍우라도 몰아치면 좀 나으련만, 옅은 푸른색 하늘은 기분 나쁠 정도로 티 한 점 없다. 나는 윗입술에서 땀을 닦아낸다. 물 한 병 사오는 걸 깜박했다.

오늘 아침엔 제이슨과 제스가 보이지 않아서 실망이 이만저만이 아니다. 한심한 생각이라는 건 나도 안다. 그들의 집을 이리저리 꼼꼼히 살펴봐도 아무것도 보이지 않는다. 아래층 커튼이 걷혀 있지만 프렌치 도어는 닫혀 있어서 햇빛이 유리에 반사되고 있다. 위층의 내리닫이창 역시 닫혀 있다.

제이슨은 일하러 나간 모양이다. 아마도 그는 해외 기관에서 일하는 의사일 것이다. 옷장 위에 가방을 싸놓고 항상 대기하고 있다가, 이란에서 지진이 일어나거나 아시아에서 쓰나미가 발생하면 하던 일을 멈추고 가방을 움켜잡고는 몇 시간 안에 히스로 공항으로 달려가는 것이다. 그는 언제든 날아가 생명을 구할 준비가 되어 있다.

대담한 날염 무늬 옷과 컨버스 운동화, 그리고 미모와 몸가짐을 보면 제스는 아마도 패션업계에서 일하고 있을 것이다. 아니면, 음악업계나 광고업계. 스타일리스트나 사진작가일지도 모른다. 또, 예술적 재능이 뛰어난 훌륭한 화가일 수도 있다. 위층의 빈방에서 음악을 크게 틀고, 창문은 열어놓은 채, 벽에 커다란 캔버스를 기대어놓고 한 손에 붓을 들고 있는 그녀의 모습이 눈에 선하다. 그녀는 깊은 밤까지 그 방에 있을 것이다. 제이슨은 그녀가 작업하는 동안에는 방해하지 말아야 한다는 것쯤은 잘 아는 사람이다.

물론 정말로 제스가 보이는 건 아니다. 제스가 그림을 그리는지, 제이슨이 호탕하게 웃는지, 제스의 광대뼈가 아름다운지 나는 모른다. 여기서는 제스의 골격이 보이지 않고, 나는 제이슨의 목소리를 들어본 적이 없다. 그들을 가까이에서 본 적도 없다. 내가 몇 집 건너에 살 때 그들은 그 집에 살지 않았다. 그들은 2년 전 내가 떠난 후 이사를 왔는데, 정확히 언제였는지는 모르겠다. 1년 전쯤부터 내가 그들을 주목하기 시작했던 것 같고, 시간이 지나면서 서서히 그들은 내게 중요한 존재가 되어갔다.

그들의 이름도 모르기 때문에 내가 직접 그들의 이름을 지어야 했다. 제이슨은 조니 뎁이나 브래드 피트보다는 영국 배우인 콜린 퍼스나 제이슨 아이작스 같은 스타일의 미남이라 그렇게 이름 지었다. 그리고 제스는 그냥 제이슨과 어울리는 이름이고, 그녀의 이미지와도 잘 어울린다. 예쁘고 근심 걱정 없어 보이는 그녀에게 딱 들어맞는다. 그들은 절대 떨어져서는 안 될 천생연분이다. 그들이 행복하다는 걸 난 알 수 있다. 5년 전의 톰과 내가 그랬듯이. 그들은 내가 잃어버렸고 간절히 바라는 모습 그대로다.

저녁

불편할 정도로 몸에 꽉 끼고 단추들이 가슴을 답답하게 죄는 내 셔츠의 겨드랑이 부분이 땀에 젖어 눅눅하고 축축하다. 눈과 목이 근질근질하다. 오늘 저녁엔 기차 여행이 길어지지 않았으면 좋겠다. 얼른 집에 가서 옷을 벗고 샤워하고 싶다. 아무도 나를 볼 수 없는 곳에서.

내 맞은편에 내 또래로 보이는 30대 초중반의 한 남자가 앉아 있다. 머리는 검은색인데 관자놀이 부분이 희끗희끗하다. 피부색은 약간 누렇다. 정장 차림이지만, 재킷은 벗어서 옆자리에 던져놓았다. 그리고 종이만큼 얇은 맥북을 앞에 열어놓고 있다. 타이프를 치는 속도가 느리다. 오른손 손목에 숫자판이 큼직한 은시계를 차고 있는데 비싸 보이는 것이, 아마도 브라이틀링 제품일 것이다. 그는 초조한 듯 뺨 안쪽을 씹어대고 있다. 아니면 그저 깊은 생각에 빠져 있는 건가. 뉴욕 사무실의 동료에게 중요한 이메일을 쓰고 있거나, 애인에게 보낼 이별 편지에 쓸 말을 신중하게 고르는 중일지도 모른다. 그가 갑자기 고개를 드는 바람에 나와 눈이 마주친다. 그의 시선이 나를 지나쳐 내 앞 테이블에 놓인 작은 포도주병으로 향한다. 그가 고개를 돌려버린다. 입 모양새를 보니 불쾌한 모양이다. 내가 불쾌한 것이다.

나는 예전의 내가 아니다. 이젠 남자들이 탐내기는커녕 좋아하기 힘든 여자가 되어버렸다. 단순히 살이 쪄서, 혹은 음주와 수면 부족으로 얼굴이 부어서만은 아니다. 내가 잠자코 있을 때나 움직일 때나 내 얼굴에 고스란히 새겨진 상처가 다른 사람들의 눈에도 보이는 것 같다.

지난주 어느 날 밤, 물을 마시려고 내 방을 나갔다가 거실에서 캐시가 자기 애인인 데이미언에게 하는 얘기를 우연히 들었다. 나는 복도에 서서 귀를 기울였다. "걘 외로운 애야. 정말 걱정돼. 이렇게 항상 혼자 있는 건 안 좋아." 그런 다음 그녀는 이렇게 물었다. "자기 직장이나 럭비 클럽에 괜찮은 사람 없어?" 그러자 데이미언은 이렇게 답했다. "레이첼한테 소개시켜줄 사람? 농담이 아니라, 캐시, 그렇게 여자가 궁한 사람이 있을까 싶어."

2013년 7월 11일 목요일
아침

난 지금 집게손가락에 붙인 반창고를 만지작거리고 있다. 오늘 아침에 커피잔을 씻다가 반창고가 젖어서 눅눅해졌다. 아침엔 깨끗했지만, 지금은 끈적끈적하고 더럽게 느껴진다. 베인 상처가 깊어서 반창고를 떼어내기는 싫다.

어제 집에 왔더니 캐시가 없기에 주류 판매점에 가서 포도주 두 병을 사 왔다. 한 병을 마시고 나니, 캐시가 집에 없는 틈을 타서 스테이크와 붉은 양파 렐리시(과일이나 채소에 양념을 해서 걸쭉하게 끓인 뒤 차게 식혀 고기, 치즈 등에 얹어 먹는 소스―옮긴이)를 만들어 채소 샐러드와 함께 먹어볼까 하는 생각이 들었다. 건강에 좋은, 제대로 된 식사. 그런데 양파를 썰다가 손가락 끝을 베고 말았다. 그러고는 화장실에 가서 상처를 씻고 잠깐 누워 있다가 부엌에 관해서는 그냥 잊어버렸던 모양이다. 10시쯤 깨어났을 때 캐시와 데이미언이 얘기하는 소리가 들렸는데, 데이미언이 내가 부엌을 치우지 않은 걸 욕하고 있었다. 캐시는 나를 보러 위층으로 올라와 내 방의 문을 살며시 두드리고는 살짝 열었다. 그리고 고개를 내밀며 내게 괜찮으냐고 물었다. 나는 내가 뭘 사과하는지도 모른 채 사과했다. 캐시는 괜찮다면서, 그래도 좀 치워주겠냐고 부탁했다. 도마에 피가 묻어 있고, 부엌에서는 생고기 냄새가 나고, 조리대에 아직 놓여 있는 스테이크는 회색으로 변해가고 있었다. 데이미언은 나를 보더니 인사도 하지 않고 그저 고개를 절레절레 흔들며 캐시의 방으로 올라가버렸다.

두 사람이 잠자리에 든 후 나는 포도주 한 병이 남았다는 사실을 기억해내고 그 병을 땄다. 그러고는 소파에 앉아 텔레비전을 켜고 그들에게 들리지 않도록 소리를 확 낮추었다. 뭘 보고 있었는지는 기억나지 않지만, 어느 순간 외로웠는지, 아니면 행복했는지 어땠는지 누군가와 얘기를 나누고 싶어졌던 모양이다. 누군가에게 연락하고 싶은 욕구를 어지간히 참기 어려웠던 것 같다. 그리고 내가 전화할 수 있는 사람은 톰밖에 없었다.

톰 말고는 얘기를 나누고 싶은 사람이 아무도 없다. 통화 기록에 따르면 나는 톰에게 네 번 전화를 걸었다. 11시 2분, 11시 12분, 11시 54분, 12시 9분. 전화를 걸고 있는 동안 흐른 시간을 확인해 보니, 메시지를 두 번 남긴 것 같다. 어쩌면 그가 전화를 받았을지도 모르지만, 그와 얘기를 나눈 기억은 없다. 첫 메시지를 남겼던 건 기억난다. 나한테 전화해

달라고 부탁했던 것 같다. 두 메시지 모두 그런 내용이라면 그나마 다행이다.

 기차가 정지 신호를 받아 크게 흔들리며 멈춰 서자 나는 시선을 들어 밖을 내다본다. 제스가 파티오에 앉아서 커피를 마시고 있다. 두 발을 테이블에 올려놓고 머리를 뒤로 젖힌 채 햇볕을 쬐고 있다. 그녀 뒤로 어떤 그림자가, 누군가가 움직이고 있는 것 같다. 제이슨이다. 그의 잘생긴 얼굴을 조금이라도 보고 싶다. 그가 밖으로 나와 평소처럼 제스 뒤에 서서 그녀의 정수리에 입을 맞춰줬으면 좋겠다.

 그는 나오지 않고, 제스의 고개가 앞으로 숙여진다. 오늘따라 그녀의 움직임이 평소와 달라 보인다. 무언가에 짓눌린 듯 굽혀 보인다. 어서 제이슨이 그녀에게 갔으면 좋겠는데, 기차가 덜커덩거리며 힘겹게 앞으로 나아가기 시작하고 여전히 그는 나타날 기미가 보이지 않는다. 그녀는 혼자다. 그러다가 무의식적으로 나도 모르게 내 집을 똑바로 바라본다. 고개를 돌릴 수가 없다. 프렌치 도어가 휙 열리고 햇빛이 부엌으로 흘러 들어간다. 내가 이 광경을 실제로 보고 있는 건지, 상상하고 있는 건지 모르겠다. 정말 모르겠다. 그 여자가 싱크대에서 설거지를 하고 있는 게 맞나? 저기 식탁 위에는 어린 여자아이가 통통 튀는 아기 의자에 앉아 있나?

 나는 눈을 감는다. 어둠이 점점 커지며 퍼져나가다가 슬픈 감정에서 더 나쁜 무언가로 바뀐다. 갑자기 생생하게 떠오르는 한 가지 기억. 나는 톰에게 전화해달라고 부탁하기만 한 것이 아니다. 이제 기억난다. 난 울고 있었다. 아직도 그를 사랑하고 있다고, 언제까지나 그럴 거라고 말했다. "제발, 톰, 제발, 당신이랑 얘기하고 싶어. 당신이 보고 싶어." 안 돼, 안 돼, 안 돼, 안 돼, 안 돼, 안 돼.

사실을 받아들이는 수밖에, 밀어내려 해봐야 소용없다. 오늘은 하루 종일 기분이 엉망일 것이다. 끔찍한 감정이 마치 파도처럼 강하게 밀려왔다가 물러나고 다시 강하게 밀려올 것이다. 불안감, 치욕의 고통, 화끈거림, 이 모든 것이 사라지기라도 할 것처럼 질끈 감은 두 눈. 그리고 하루 종일 속으로 이렇게 중얼거리고 있겠지. '그래도 최악은 아니잖아?' 난 그보다 더한 짓도 많이 했으니까. 사람들 앞에서 넘어진 것도 아니고, 길거리에서 생판 모르는 남에게 소리 지른 것도 아니잖아. 여름 바비큐 파티에서 남편 친구 아내한테 욕을 퍼부어 남편을 망신시킨 것도 아니고. 밤에 남편과 싸우다가 골프채를 들고 그를 쫓아가 복도 벽을 부순 것도 아니고. 세 시간 동안 점심 식사를 한 후 비틀거리며 사무실로 들어가는 나를 모두가 쳐다보자, 마틴 마일스가 나를 한쪽으로 데려가 "집에 가는 게 좋겠어요, 레이첼." 하고 말한 것도 아니잖아. 예전에 알코올 중독자였던 사람이 쓴 책을 읽은 적이 있는데, 그녀는 런던의 분주한 번화가에 있는 한 식당에서 방금 만난 두 남자에게 구강성교를 해줬다고 한다. 그 글을 읽으면서 내가 그렇게 저질은 아니라고 생각했다. 그 정도로 무너지지만 않으면 된다.

저녁

하루 종일 제스가 생각나서, 오늘 아침에 본 광경 말고는 아무것에도 집중할 수가 없었다. 왜 나는 뭔가 잘못됐다는 생각이 들었을까? 그 거리에서 그녀의 표정이 보일 리가 없지만, 그녀를 보니 왠지 혼자인 것 같았다. 혼자 있는 것이 문제가 아니라, 외로워 보였다. 아마도 제이슨이 인명 구조 활동을 위해 어떤 무더운 나라로 날아가버려서 그랬겠지. 그녀는 그가 그립고, 그가 떠나야 한다는 걸 알면서도 걱정스러운 것이다.

당연히 그립겠지, 나도 그런데. 제이슨은 친절하고 강한 남자다. 남편이라면 모름지기 그래야 한다. 그리고 두 사람은 인생을 함께하는 동반자 관계다. 그들이 어떤 사람들인지 내 눈에는 보인다. 그가 강하고 든든한 기운을 마구 발산한다고 해서 제스가 약한 여자인 것은 아니다. 그녀 역시 다른 면에서 강하다. 남편이 감탄하여 입을 다물지 못할 정도로 아주 똑똑한 여자다. 다른 사람들이 아침 인사를 나누는 데 걸리는 그 짧은 시간에 그녀는 어떤 문제의 핵심을 파고들어 분해하고 분석할 줄 안다. 오랜 세월 함께한 부부인데도 파티에 가면 제이슨은 제스의 손을 자주 잡는다. 그들은 서로를 존중하며, 서로를 깎아내리지 않는다.

오늘 저녁엔 몸이 뻑적지근하다. 술은 입에도 대지 않았다. 어떤 날은 기분이 너무 안 좋아서 술을 마셔야 겨우 버틸 수 있고, 또 어떤 날은 기분이 너무 안 좋아서 술도 마실 수가 없다. 오늘은 술 생각만 해도 속이 메스껍다. 하지만 저녁 기차 안에서 맨정신으로 있는 건 아주 힘든 일이다. 특히 이렇게 무더운 날에는. 몸 구석구석에서 땀이 나고, 입안은 따끔거리고, 눈은 가렵고, 마스카라는 눈가로 번진다.

핸드백에 들어 있는 전화기가 울려서 나는 움찔 놀란다. 건너편에 앉은 두 소녀가 나를 보더니 서로 은밀하게 미소를 주고받는다. 저 아이들이 나를 어떻게 생각하는지는 모르겠지만, 좋은 쪽은 아닌 것이 확실하다. 전화기로 손을 뻗으면서 심장이 쿵쾅거린다. 이 전화 역시 반가운 전화는 아닐 것이다. 아마도 캐시가 오늘 저녁엔 술을 마시지 말라고 아주 상냥하게 부탁하는 전화겠지. 아니면 엄마일지도 모른다. 다음 주에 런던에 와서 사무실에 들를 테니 점심 식사를 같이하자는. 전화기 액정 화면을 보니 톰이다. 나는 잠깐 망설이다가 전화를 받는다.

"레이첼?"

그를 알고 나서 첫 5년 동안 난 그에게 레이첼이 아니라 항상 래치로 불렸다. 가끔은 셸리로도 불렸는데, 그는 내가 그 이름을 싫어한다는 걸 알았기 때문에 일부러 그렇게 불렀다. 그리고 내가 짜증을 내며 펄쩍 뛰면 그런 나를 보며 웃었다. 그러면 나도 어쩔 수 없이 그와 함께 킥킥거렸다. "레이첼, 나야." 피곤한 듯 그의 목소리가 탁하게 들린다. "이제 그만 좀 해, 알겠어?" 나는 아무 말도 하지 않는다. 기차가 서서히 속도를 늦추면서, 그 집, 내 옛 집의 맞은편에 가까워진다. 나는 그에게 이렇게 말하고 싶다. '밖으로 나와, 나와서 잔디밭에 서봐. 당신 좀 보게.' "부탁이야, 레이첼, 전화 좀 그만해. 정신 차리라고." 목구멍에 자갈처럼 단단하고 매끄러운 응어리가 걸려 좀처럼 내려가질 않는다. 침을 삼킬 수가 없다. 말이 나오지 않는다. "레이첼? 듣고 있어? 당신 상황이 안 좋다는 거 알아. 나도 안타깝게 생각해, 정말이야. 하지만…… 난 도와줄 수 없어. 이렇게 계속 전화하면 애나가 정말 힘들어 할 거야. 알겠지? 난 이제 당신 못 도와줘. 알코올 중독자 모임 같은 데라도 나가봐. 부탁이야, 레이첼. 오늘 퇴근하고 한번 가봐."

나는 손가락 끝에서 더러운 반창고를 벗겨내고, 그 밑의 쭈글쭈글하고 창백한 살, 손톱 가에 굳어 있는 마른 피를 본다. 오른손의 엄지손톱으로 베인 상처의 한가운데를 꾹 누르자, 상처가 벌어지면서 날카롭고 얼얼한 통증이 느껴진다. 나는 숨을 죽인다. 상처에서 피가 질금질금 새어나오기 시작한다.

건너편 자리에 앉은 소녀들이 무표정한 얼굴로 나를 지켜보고 있다.

메건 _일 년 전

2012년 5월 16일 수요일
아침

기차 소리가 들린다. 이제 그 리듬에 익숙해졌다. 기차는 노스코트 역에서 빠져나가면서 속도를 높이다가 커브를 돌고 나면 속도를 늦추기 시작하면서 요란한 굉음이 조금 줄어든다. 가끔은 집에서 180미터 정도 떨어진 곳에서 정지 신호를 받아 멈추면 끼익 하는 브레이크 소리가 들리기도 한다. 테이블 위의 커피가 차갑게 식어 있지만, 따뜻하고 나른하니 기분이 좋아서 굳이 일어나 또 한 잔을 만들기가 귀찮다.

가끔은 기차가 지나가는 걸 보지도 않고 그냥 소리만 듣는다. 아침에 여기 앉아 눈을 감고 눈꺼풀에 뜨거운 주황빛 햇살을 받고 있으면 난 어디든 가 있을 수 있다. 스페인 남부의 해변이든, 색색의 예쁘장한 집들이 있고 기차들이 관광객들을 실어나르는 이탈리아의 친퀘테레든. 갈매기가 끼룩끼룩 우는 소리가 들리고 혀에는 짠맛이 돌고 저 멀리서 유령 열차가 녹슨 철로를 지나가는 홀컴으로 되돌아갈 수도 있다.

오늘은 기차가 멈춰 서지 않고 느릿느릿 지나간다. 바퀴가 선로 전환기 위를 지나면서 철커덩 하는 소리를 내자, 그 진동이 여기까지 느껴진다. 승객들의 얼굴은 보이지 않고 그들이 유스턴으로 일하러 가는 통근자들일 뿐이라는 걸 알지만, 그래도 상상은 할 수 있다. 기찻길이 끝나고 그 너머에서 계속 이어질 색다른 여행과 모험에 대해. 나는 홀컴으로의 여행을 계속 머릿속으로 그리고 있다. 아직까지도 이런 아침마다 그곳을 애틋하게 그리워하는 것이 이상하긴 하지만, 그리운 건 사실이다. 풀밭에 이는 바람, 모래언덕 위로 널따랗게 펼쳐진 짙은 청회색 하늘, 양초와 먼지와 음악 그리고 쥐들로 가득한 쓰러져가는 집. 이제 내겐 꿈만 같다.

심장박동이 조금 빨라진다.

계단을 올라오는 발소리가 들리고, 그가 내 이름을 부른다.

"커피 한 잔 더 할래, 메건?"

마법이 깨지고, 난 몽상에서 깨어난다.

저녁

산들바람은 시원하고, 마티니에 보드카를 조금 타 먹은 덕에 몸이 따뜻하다. 나는 스콧이 집에 돌아오기를 기다리며 테라스에 나와 있다. 킹리로에 있는 이탈리아 식당에 가서 저녁 식사를 하자고 그를 설득할 생각이다. 외식을 마지막으로 한 게 언제였는지 까마득하다.

오늘은 일을 많이 하지 못했다. 세인트 마틴스 예술대학의 섬유 과정에 낼 지원서를 정리하려고 했는데, 아래층 부엌에서 작업을 시작했을 때 어떤 여자의 소름 끼치는 비명 소리가 들렸다. 누군가가 살해당하고 있는 것 같았다. 정원으로 뛰어나가 봤지만, 아무것도 보이지 않았다.

하지만 그 소리는 여전히 들렸다. 정말 날카롭고 절박한 목소리가 끔찍하게도 곧장 내게로 전해졌다. '무슨 일이지? 이 여자가 무슨 일을 당하고 있는 거야? 어디지, 어디서 일어난 일이냐고.' 그 소리가 계속되는 것 같았지만, 실제로는 겨우 몇 초 동안이었을 것이다.

위층으로 뛰어 올라가 테라스로 나가봤더니, 나무들 사이로 두 여자가 보였다. 그들은 몇 집 건너 마당의 울타리 옆에 서 있었는데, 한 사람(어쩌면 둘 모두)이 소리를 지르고 있었고, 앙앙 울고 있는 아기도 한 명 보였다.

경찰에 신고할까 생각했지만, 그때 상황이 진정되는 것 같았다. 소리를 지르고 있던 여자가 아기를 안고 집 안으로 뛰어 들어갔다. 또 다른 여자는 밖에 그대로 서 있었다. 그녀는 집 쪽으로 뛰어가다가 넘어지고 다시 일어나더니 마당을 빙빙 돌았다. 정말 기묘한 일이었다. 대체 무슨 일이 벌어지고 있는 건지. 이렇게 흥분되는 사건은 오랜만이었다.

이제 화랑에 나가지 않으니 허전한 느낌이 든다. 정말 그립다. 화가들과 얘기를 나누던 시간이 그립다. 스타벅스 커피를 들고 화랑에 들러서 그림을 멍하니 보며 자기 딸이 유치원에 다닐 때보다 그림 실력이 늘었다고 친구들에게 자랑하는 따분한 젊은 엄마들을 상대하던 것까지 그립다.

예전에 알고 지냈던 사람을 한번 찾아보고 싶을 때도 있지만, 그러다가도 지금의 나에 대해 어떻게 얘기해야 하나 싶은 생각이 든다. 그들은 교외에서 행복한 결혼 생활을 하고 있는 메건을 알아보지도 못할 텐데. 어쨌든 과거를 되돌아보는 위험을 감수할 순 없다. 그 결과가 좋은 걸 본 적이 없다. 여름이 끝날 때까지 기다렸다가 일을 찾아봐야겠다. 이 기나긴 여름날을 낭비하는 건 부끄러운 일이다. 여기나 다른 곳에서 뭔가를 찾을 것이다, 꼭.

2012년 8월 14일 화요일
아침

나는 옷장 앞에 서서 옷걸이에 걸려 있는 예쁜 옷들, 작지만 잘나가는 화랑의 관리자에게 완벽하게 어울리는 옷들을 한참이나 빤히 쳐다보고 있다. '보모'가 입을 만한 옷은 한 벌도 없다. 윽, 그 단어를 생각하기만 해도 속이 메스껍다. 나는 청바지와 티셔츠를 입고, 머리를 단단히 뒤로 넘긴다. 굳이 화장할 생각은 없다. 하루 종일 아기와 함께 보낼 텐데 꾸며 봐야 무슨 소용이랴?

나는 조금은 싸움닭 같은 기분이 되어 아래층으로 뛰어 내려간다. 스콧이 부엌에서 커피를 만들고 있다. 그가 씩 웃으며 나를 돌아보자 나도 바로 기분이 좋아진다. 나는 뾰로통한 표정을 풀고 빙긋 웃는다. 그가 커피를 건네주면서 내게 키스한다.

이 일을 그의 탓으로 돌리는 건 말이 안 된다. 내 생각이었으니까. 몇 집 건너에 사는 가족의 아이를 돌봐주고 싶다고 한 건 나였다. 그땐 재미있을 것 같았다. 완전히 미쳤지, 정말 정신이 나갔던 모양이다. 심심한 데다 제정신이 아니었고, 호기심도 있었다. 한번 보고 싶었다. 마당에서 그 여자가 소리 지르는 걸 들은 후 그런 생각을 하게 된 것 같다. 무슨 일이 벌어지고 있는 건지 알고 싶었다. 물론 물어보지는 않았다. 그럴 순 없으니까.

내가 그 얘기를 꺼냈을 때 스콧은 적극적으로 찬성하면서 아주 기뻐했다. 내가 아기들과 함께 시간을 보내면 아이를 원하게 될 거라고 생각한 것이다. 사실 상황은 그 정반대로 돌아가고 있다. 나는 그들의 집을 나오자마자 우리 집으로 뛰어와서 얼른 옷을 벗어던지고 샤워를 하며 내 몸에 밴 아기 냄새를 씻어내린다.

화랑에서 일하던 시절이 그립다. 예쁘게 꾸미고, 머리도 손질하고, 아이가 아닌 어른들과 미술이나 영화에 관해 대화하거나 잡담을 나누던 때가 그립다. 아무리 시답잖은 얘기라도 애나와의 대화보다는 낫다. 어찌나 따분한지! 그 여자도 옛날 옛적엔 자기 얘기를 할 거리가 있었을 테지만, 지금은 온통 아이에 대한 얘기뿐이다. 아이 몸이 따뜻해요? 너무 따뜻한 거 아니에요? 젖은 얼마나 먹었지? 게다가 항상 그녀가 아기 옆에 있기 때문에, 나는 있으나 마나 한 사람처럼 느껴질 때가 많다. 내가 할 일은 애나가 쉬는 동안 아이를 봐주고, 그녀에게 여유로운 시간을 만들어주는 것이다. 그런데 정확히 뭘 쉰다는 거지? 게다가 그 여자는 이상할 정도로 예민하다. 계속 내 주위를 맴돌면서 몸을 흠칫거린다. 기차가 지나갈 때마다 움찔하고, 전화가 울리면 화들짝 놀란다. 아이들은 참 연약하잖아요? 그녀는 이렇게 말하지만 난 동의할 수 없다.

나는 집에서 나가 느릿느릿 블레넘로를 따라 50미터 정도 걸어 그들의 집까지 간다. 내 발걸음이 무겁다. 오늘은 그녀가 아니라 그녀의 남편인 톰이 문을 열어준다. 정장 차림에 구두를 신고 출근하는 톰. 정장 차림의 그가 멋있어 보인다. 스콧 같은 미남은 아니다. 키가 더 작고 피부색이 더 창백한 데다, 가까이서 보면 눈이 지나치게 몰려 있다. 하지만 나쁘진 않았다. 그가 내게 톰 크루즈 같은 미소를 환하게 날리고는 가버리고, 이제 남은 건 나와 그녀와 아기뿐이다.

2012년 8월 16일 목요일
오후

그만뒀다!

무슨 일이든 할 수 있을 것처럼 기분이 한결 좋아졌다. 난 이제 자유다!

난 지금 테라스에 앉아 비를 기다리고 있다. 하늘은 거무스름하고, 제비들이 원을 그리며 날다가 갑자기 쑥 하강한다. 공기는 습기를 잔뜩 머금고 있다. 한 시간쯤 지나서 스콧이 집에 오면 그에게 사실을 알려야 한다. 그러면 그는 고작 1, 2분 화를 낼 테고, 난 그에게 보상을 해줄 것이다. 그리고 하루 종일 집에서 빈둥거리지 않을 것이다. 계획을 세우고 있는 중이다. 사진을 배우거나 아니면 가판대에서 장신구를 팔 수도 있다. 요리를 배울 수도 있고.

학창 시절 한 선생님은 내가 자기 창조의 대가라고 했다. 당시에는 무슨 뜻인지 모르고 선생님이 내게 수작을 거는 줄 알았지만, 그 말이 싫지는 않았다. 가출 소녀, 정부, 아내, 웨이트리스, 화랑 관리자, 보모, 그 사이사이의 다른 역할들. 내일은 누가 되어볼까?

진짜 그만둘 생각은 없었는데, 그냥 말이 나와버렸다. 우리는 식탁에 앉아 있었다. 애나는 무릎에 아기를 앉혀놓고 있었고, 톰은 뭔가를 가지러 집에 왔다가 함께 앉아 커피를 마시고 있었다. 그냥 우스운 생각이 들었다. 내가 그곳에 있을 이유가 전혀 없었다. 무엇보다 내가 마치 침입자가 된 것처럼 불편한 기분이 들었다.

"다른 일을 찾았어요." 나는 별 생각 없이 이렇게 말했다. "그래서 이제 이 일은 못할 것 같아요." 애나는 나를 한 번 쳐다보았다. 내 말을 믿는 것 같지는 않았다. 그녀는 그저 "이런, 아쉬워서 어떡해요."라고 말했지만, 진심이 아니었다. 오히려 안도하는 눈치였다. 내가 찾은 일이 무엇인지 묻지도 않았다. 다행이었다. 그럴듯한 거짓말을 생각해두지 않았기 때문이다.

톰은 살짝 놀라는 것 같았다. 그는 "보고 싶을 겁니다."라고 말했지만, 역시 거짓말이다.

진심으로 실망할 유일한 사람은 스콧뿐이다. 그러니 그에게 어떻게 말할지 생각해봐야 한다. 톰이 내게 수작을 걸었다고 말해야겠다. 그럼 상황은 종료될 것이다.

2012년 9월 20일 목요일
아침

7시가 막 지난 지금, 여기 밖은 쌀쌀하지만 참 아름답다. 나란히 이어져 있는 좁고 기다란 정원들은 푸르고 차갑다. 햇살의 손길이 기찻길에서부터 살금살금 기어 올라오면 활기를 찾을 것이다. 난 몇 시간 전부터 깨어 있었다. 잠이 오질 않는다. 며칠 동안 통 자지 못했다. 불면증은 질색이다. 그것만큼 싫은 게 없다. 누워 있기는 하지만 머릿속은 계속 돌아간다, 똑딱, 똑딱, 똑딱, 똑딱. 온몸이 근질근질하다. 머리를 밀어버리고 싶다.

달리고 싶다. 자동차 여행을 떠나고 싶다. 컨버터블을 타고, 차 지붕은 내리고. 차를 몰고 해안으로 가고 싶다. 어느 해안이든 상관없다. 해변을 걷고 싶다. 오빠와 나는 자동차 여행을 하면서 살려고 했다. 벤 오빠와 나, 우리는 그런 계획이 있었다. 뭐, 대부분은 오빠가 짠 계획이었지만. 오빠는 대단한 몽상가였다. 우리는 파리에서 코트다쥐르까지, 아니면 미국 태평양 해안을 따라 시애틀에서 로스앤젤레스까지 쭉 모터바이크를 타려고 했다. 부에노스아이레스에서 카라카스까지 체 게바라의 행적을 따라가보려 했다. 그 계획들이 다 실현됐다면, 여기서 이렇게 막막하게 살고 있지는 않을 것이다. 아니, 그 모든 일을 다 했다면, 인생이 지금과 똑같을지라도 아무 불만 없었을지도 모른다. 하지만 물론 난 그렇게 하지 못했다. 오빠가 파리는커녕 케임브리지에도 가지 못했기 때문이다. 오빠는 A10 도로에서 트레일러 트럭 바퀴에 머리가 깔려 죽었다.

매일 오빠가 그립다, 그 누구보다. 오빠는 내 인생에, 내 영혼의 한가운데에 뻥 뚫린 커다란 구멍 같은 존재다. 아니, 어쩌면 오빠는 그저 시작이었을지도 모른다. 모르겠다. 이 모든 게 오빠 때문인지, 아니면 그 후에 일어난 모든 일 때문인지 모르겠다. 확실한 건, 아쉬운 것 없이 달콤한 인생을 즐기며 잘 지내고 있다가도 어느 순간이 되면 달아나고 싶어지고 엉망진창이 되어 또다시 미끄러지고 만다는 것이다.

그래서 심리치료를 받아볼 생각이다! 이상할 수도 있지만, 기분 전환이 될지도 모른다. 예전부터 가톨릭 신자가 되면 재미있겠다는 생각을 했다. 고해소에 가서 속마음을 털어놓은 뒤 누군가로부터 용서해주겠다는 말을 들으면 모든 죄가 없어지고 과거를 깨끗이 잊어버릴 수 있다니.

물론 상담이 고해와 똑같지는 않을 것이다. 조금 긴장되긴 하지만, 요즘 잠을 못 자고 있는 데다 스콧마저 날 들볶는다. 나는 내가 아는 사람들에게는 이 문제를 얘기하기가 힘들다고, 그에게조차 얘기하지 못하겠다고 했다. 그러자 그는 바로 그거라며, 모르는 사람에겐 무슨 얘기든 할 수 있다고 했다. 하지만 완전히 그런 건 아니다. 아무 얘기나 할 수 있는 건 아니다. 가엾은 스콧. 잘 알지도 못하면서. 그가 날 너무 사랑해줘서 마음이 아프다. 어떻게 그럴 수 있는지 모르겠다. 미쳐 버릴 것 같다.

하지만 뭔가 해야 하고, 적어도 심리치료는 행동을 취하는 것처럼 느껴진다. 사진이나 요리를 배우겠다는 계획들은 조금 무의미하게 느껴진다. 진짜 현실을 사는 것이 아니라 그러는 척하고 있는 것처럼. 내가 해야 하는 일, 부정할 수 없는 무언가를 찾아야 한다. 이렇게 그저 한 아내로 살아갈 순 없다. 어떻게 그럴 수 있을까? 기다리는 것 말고는 아무것도 할 일이 없는데. 남자가 집에 돌아와 사랑해주기를 기다리는 것밖에. 아니면 기분 전환할 거리를 찾거나.

저녁

계속 기다리고 있는 중이다. 약속 시간은 30분 전에 지났는데 난 아직도 여기 대기실에 앉아 〈보그〉지를 획획 넘기며 그냥 가버릴까 생각하고 있다. 의사들이야 원래 약속 시간을 잘 어기지만, 심리치료사는? 영화를 보면 그들은 50분을 채우자마자 바로 환자를 쫓아내버리던데. NHS(영국의 보건 의료 서비스 - 옮긴이)가 추천해주는 치료사들은 사정이 다른 모양이다.

접수원에게 가서 기다릴 만큼 기다렸으니 가겠다고 말하

려는데, 치료사의 사무실 문이 열리더니 아주 키가 크고 마른 남자가 나와서 미안한 표정으로 내게 손을 내민다.

"히프웰 부인, 늦어서 정말 죄송합니다." 그가 이렇게 말하고, 나는 빙긋 웃으며 괜찮다고 말한다. 지금으로선 정말 괜찮을 거라는 느낌이 든다. 겨우 1, 2분 같이 있었는데 벌써부터 마음이 진정되는 걸 보면.

아무래도 부드럽고 나지막한 목소리 때문인 것 같다. 카말 아브디치 박사라는 이름에서 짐작했던 대로 외국인 억양이 살짝 배어 있다. 30대 중반일 텐데, 굉장히 진한 황갈색 피부 때문에 아주 젊어 보인다. 나는 그의 손이 내 몸을 어루만지는 상상을 한다. 그 길고 섬세한 손가락들의 감촉이 느껴지는 것만 같다.

우리는 본론으로 들어가기에 앞서 서로를 알아가는 예비 시간을 갖는다. 그가 내게 고민이 뭐냐고 묻기에, 나는 공황 발작, 불면증, 너무 두려워서 잠들지 못하고 밤을 꼬박 새는 증세에 대해 말해준다. 그는 더 얘기해달라고 하지만, 난 아직 준비가 되지 않았다. 그가 내게 마약을 하는지, 술을 마시는지 묻는다. 나는 요즘 다른 악행을 저지르고 있다고 대답하면서 그와 눈이 마주친다. 그는 내 말의 의미를 아는 것 같다. 그러고 나서 나는 좀 더 진지하게 임해야 할 것 같아서, 화랑 폐관에 대해, 항상 공허한 마음과 방황에 대해, 지나친 망상에 대해 이야기한다. 그는 가끔 맞장구를 쳐줄 뿐 별로 말이 없고, 나는 그의 얘기를 듣고 싶어서 나가는 길에 그에게 어디서 왔느냐고 묻는다.

"켄트 주의 메이드스톤에서요." 그가 답한다. "하지만 몇 년 전에 콜리로 이사했죠." 그는 내가 원하는 답이 그게 아니라는 걸 알고 있다. 그가 음흉한 미소를 내게 보낸다.

집에 돌아오니 기다리고 있던 스콧이 내 손에 술잔을 푹 찔러주며, 전부 다 얘기해달라고 한다. 나는 괜찮았다고 답한다. 그가 치료사에 대해 묻는다. 마음에 들었어? 괜찮은 사람 같아? 괜찮았어. 나는 이번에도 이렇게 답한다. 너무 열성적으로 들리면 안 되니까. 스콧이 벤 오빠에 관해서도 이야기했느냐고 묻는다. 그는 오빠가 모든 문제의 원인이라고 생각한다. 그가 옳을지도 모른다. 어쩌면 스콧은 내가 생각하는 것보다 더 나를 잘 알고 있을지도 모른다.

2012년 9월 25일 화요일
아침

오늘 아침엔 일찍 일어났지만, 몇 시간 잤으니 지난주보다는 낫다. 침대에서 나갈 때 거의 상쾌한 기분까지 들어서, 테라스에 앉아 있는 대신 산책을 하기로 결심했다.

나는 거의 무의식적으로 나 자신을 고립시키고 있었다. 요즘 내가 가는 곳이라곤 가게들, 필라테스 교실, 그리고 진료소뿐인 것 같다. 가끔 타라의 집에 가기도 한다. 나머지 시간엔 집에 있다. 내가 제대로 잠들지 못하는 것도 그리 놀라운 일이 아니다.

나는 집에서 나가 오른쪽으로 가다가 왼쪽으로 꺾어 킹리로로 들어간다. 더 로즈를 지난다. 예전엔 그 술집에 자주 갔었다. 그런데 왜 발길을 끊었는지는 기억나지 않는다. 난 처음부터 그곳이 별로 마음에 들지 않았다. 마흔이 안 된 부부들이 복작대면서 술을 진탕 마시고, 뭔가 더 나은 게 있을까 시선을 이리저리 던져대며 자신들에게 그럴 용기가 있을까 궁금해하는 모습들. 아마도 그 점이 마음에 안 들어 발길을 끊은 것 같다. 술집을 지나고, 가게들을 지난다. 멀리 가고 싶지는 않다. 그냥 동네를 한 바퀴 돌면서 다리나 풀고 싶다.

학생들과 직장인들보다 일찍 나오니 기분이 좋다. 거리는 깨끗하게 텅 비어 있고, 오늘 하루에 대한 기대감이 부풀어오른다. 난 다시 왼쪽으로 돌아 작은 운동장으로 걸어간다. 우리 동네에 있는 유일한 녹지인데 볼품은 없다. 지금은 텅 비어 있지만 몇 시간만 지나면 걸음마를 배우는 아기들과 엄마들, 오페어걸au pair girl(아이를 돌봐주고 가사를 돕는 대가로 숙식과 급여를 제공받으면서 그 나라 언어와 문화를 배우는 외국인 여성-옮긴이)들로 가득 찰 것이다. 필라테스 교실에 다니는 여자들 중 절반은 머리끝부터 발끝까지 스웨티 베티(영국의 여성 스포츠웨어 브랜드-옮긴이)로 빼입고 매니큐어를 칠한 손에는 스타벅스 커피를 들고 여기 와서 서로 경쟁하듯 스트레칭을 할 것이다.

나는 공원을 지나 로즈베리가 쪽으로 향한다. 여기서 오른쪽으로 꺾으면 오르막길을 올라가 내 화랑(내 화랑이었지만 지금은 텅 빈 가게 진열창)을 지나가게 될 테지만 그러고 싶지 않다. 아직도 상처가 조금 남아 있다. 화랑을 성공시키려고 엄청 노력했다. 하지만 장소를 잘못 골랐고, 시기가 안 좋았다. 교외에서 예술 작품을 찾는 사람은 없었고, 경기도 불황이었다. 나는 왼쪽으로 돌아 테스코 익스프레스(편의점 규모의 테스코 매장-옮긴이)를 지나고, 주거지역 사람들이 다니는 또 다른 술집을 지나 다시 집으로 향한다. 이제부터 가슴이 조마조마하고, 긴장되기 시작한다. 왓슨 부부와 마주칠까 봐 두렵다. 그들을 볼 때마다 겸연쩍어지기 때문이다. 내가 새 일자리를 구하지 않았고, 그들의 집에서 일하기 싫어 거짓말했다는 건 누가 봐도 빤한 사실이다.

특히 그녀를 보기가 거북하다. 톰은 그냥 날 못 본 척한다. 하지만 애나는 기분이 상한 모양이다. 내가 보모 일을 잠깐 하다가 그만둔 것이 자기나 자기 아이 때문이라고 생각하는 것이 분명하다. 사실 그녀의 아이 때문은 아니었다. 하긴 아이가 계속 징징거려서 사랑스럽게 돌봐주기가 힘들긴 했다. 그보다 훨씬 더 복잡한 문제가 있지만 물론 그녀에게는 설명할 수 없다, 절대로. 아마도 왓슨 부부와 마주치고 싶지 않아서 내가 은둔하다시피 했는지도 모른다. 그들이 그냥 이사가버렸으면 좋겠다는 생각이 들기도 한다. 나는 그녀가 이곳을 싫어한다는 걸 안다. 그녀는 그 집을 싫어하고, 남편의 전처가 쓰던 물건들 속에서 지내는 것도 싫어하고, 기차도 싫어한다.

나는 모퉁이에 멈춰 서서 굴다리 안을 가만히 들여다본다. 그 차갑고 습한 냄새를 맡을 때마다 항상 등골이 오싹해진다. 밑에 뭐가 있나 보려고 바위를 뒤집었다가 이끼와 벌레와 흙을 본 것처럼. 그 냄새를 맡으면 어릴 적 정원에서 벤 오빠와 함께 놀며 연못가에서 개구리를 찾던 일이 떠오른다. 나는 계속 걷는다. 거리에는 톰이나 애나의 흔적이 전혀 보이지 않고, 조금은 드라마 같은 상황을 기대하던 마음도 있었기에 꽤 실망스럽다.

저녁

스콧이 방금 전화해서 일이 늦게 끝날 거라고 했다. 내가 듣고 싶던 소식은 아니다. 하루 종일 그랬던 것처럼 또 마음이 초조해진다. 가만히 있을 수가 없다. 그가 얼른 집에 와서 날 진정시켜줘야 하는데, 그가 오려면 몇 시간은 더 기다려야 하고 그동안 내 머릿속은 계속 날뛸 테고 또 잠 못 이루는 밤을 맞게 될 것이다.

그냥 여기 앉아서 기차들이나 보고 있을 수가 없다. 너무 조마조마하고, 마치 새장에서 나가려고 퍼덕거리는 새처럼 심장이 팔딱팔딱 뛰어댄다. 나는 고무 샌들을 신고 아래층으로 내려가서, 현관문을 열고 나가 블레넘로로 향한다. 7시 반쯤 됐고, 몇몇 사람들이 퇴근해서 느릿느릿 집으로 가고 있다. 그들 외에는 아무도 없지만, 저녁 식사 시간에 불려가기 전까지 마지막 남은 여름 햇빛을 받으며 뒤뜰에서 놀고 있는 아이들이 떠들어대는 소리가 들린다.

나는 기차역을 향해 걷는다. 23호 집 밖에 잠시 멈춰 서서 초인종을 눌러볼까 생각한다. 무슨 말을 하지? 설탕이 떨어졌다고 할까? 수다나 떨자고? 블라인드가 반쯤 걷혀 있지만 집 안에는 아무도 보이지 않는다.

나는 걸음을 옮겨 모퉁이로 향하고, 별 생각 없이 굴다리 밑으로 계속 걸어 들어간다. 반 정도 갔을 때 머리 위로 기차가 달리는데, 굉장하다. 마치 지진이 일어난 것처럼, 그 진동이 몸통 한가운데를 지나가면서 피를 휘젓는 듯한 느낌이다. 내려다보니 바닥에 뭔가가 있다. 오래 사용해서 늘어난 보라색 머리띠다. 그 주인이 달리다가 떨어뜨린 모양인데, 왠지 소름이 끼쳐서 얼른 통로를 벗어나 햇빛 속으로 돌아가고 싶다.

집으로 돌아가는 길에 차를 타고 지나가던 그와 잠깐 눈이 마주치고, 그가 내게 미소 짓는다.

레이첼

2013년 7월 12일 금요일

아침

졸려서 머리가 띵하고 온몸에 기운이 하나도 없다. 술을 마시면 거의 잠을 못 잔다. 한두 시간 기절해 있다가 깨어나서는 공포에 질리고, 나 자신에게 질려버린다. 술을 마시지 않는 날 밤엔 누가 업어 가도 모를 만큼 인사불성으로 깊이 잠들었다가 아침에 완전히 깨지 못해 졸음을 몇 시간이나, 가끔은 하루 종일 달고 있다.

오늘 내가 탄 기차간에는 사람이 별로 없고, 내 근처 자리에는 한 명도 없다. 나를 보고 있는 사람이 아무도 없으니, 창에 머리를 기대고 눈을 감는다.

기차 브레이크의 새된 소리가 나를 깨운다. 기차가 정지 신호를 받고 멈추는 중이다. 이 시기 아침 시간에는 기찻길 옆에 있는 집들의 뒤편이 햇빛을 직접적으로 받아 환하게 빛난다. 그 느낌이 나에게까지 전해지는 것 같다. 식탁에서 아침을 먹는 동안 내 얼굴과 팔에 와닿는 아침 햇살의 온기, 내 맞은편에 앉은 톰, 언제나 내 발보다 훨씬 더 따뜻한 그의 발 위에 얹어놓은 나의 맨발, 신문을 내려다보는 내 눈. 내게 미소 짓는 그가 느껴지고, 그가 이렇게 날 쳐다볼 때마다 항상 그렇듯 내 가슴에서 목까지 홍조가 번진다.

눈을 세게 깜박이고 나니 톰은 사라지고 없다. 기차는 아직 멈춰 있다. 마당에 나와 있는 제스가 보이고, 그녀 뒤로 한 남자가 집에서 걸어나온다. 그는 커피잔 같은 것을 들고 있는데, 제이슨이 아니다. 이 남자는 제이슨보다 키가 더 크고, 더 날씬하고, 피부색이 더 가무잡잡하다. 그들 부부의 친구거나 제스의 오빠, 아니면 제이슨의 형인 모양이다. 남자가 허리를 굽혀 컵들을 파티오에 있는 금속제 테이블에 내려놓는다. 그는 오스트레일리아에서 온 사촌이고, 두어 주 동안 이 집에서 묵고 있다. 아니면 그들의 결혼식에서 신랑 들러리를 해준 제이슨의 오랜 친구일지도 모른다. 제스가 그를 향해 걸어가더니 그의 허리를 껴안고 그에게 키스한다, 오랫동안 진하게. 기차가 움직인다.

믿을 수가 없다. 나는 숨을 몰아쉰다. 그러고 보니 계속 숨을 참고 있었다. 제스가 왜 이런 짓을? 제이슨은 그녀를 사랑한다. 난 알 수 있다. 그들은 행복하다. 제스가 제이슨에게 이런 짓을 하다니 믿을 수가 없다. 그는 이런 대접을 받을 이유가 없다. 정말 실망스럽고, 마치 내가 배신당한 것 같은 기분이다. 내 가슴에 익숙한 아픔이 가득 차오른다. 전에도 이런 감정을 느낀 적이 있다. 물론 더 크고, 더 강렬한 감정이었지만, 아픔 자체는 기억하고 있다. 그건 잊히지 않는다.

요즘 모든 사람들이 그렇듯 나도 전자 버전의 여자 속옷으로 남편의 불륜을 눈치챘다. 그것은 문자 메시지나 음성 메시지일 수도 있다. 내 경우엔 셔츠 칼라에 묻은 립스틱과도 같은 이메일이었다. 그건 우연이었다. 정말 뒤를 캘 생각은 없었다. 톰은 내게 자기 컴퓨터 근처에 가지 말라고 했다. 내가 실수로 중요한 뭔가를 지우거나 잘못 클릭해서 컴퓨터가 바이러스나 트로이 목마에 감염될까 봐 걱정된다는 것이었다.

"당신은 기계 같은 거 잘 못 다루잖아, 래치?" 내가 그의 이메일 주소록에 있는 모든 연락처를 실수로 삭제해버린 후 그가 이렇게 말했다. 그래서 난 그의 컴퓨터를 건드리지 않기로 되어 있었다. 하지만 사실 좋은 일을 하려던 것이었다. 조금 뚱해 있고 까다롭게 굴었던 걸 만회하려고 특별한 4주년 휴가, 예전의 우리 관계를 떠올리게 해줄 여행을 계획하고 있었다. 깜짝 선물을 해주고 싶었기 때문에, 그의 업무 일정을 몰래 확인하기 위해 그의 컴퓨터를 볼 수밖에 없었다.

난 뒤를 캐려던 게 아니었다. 그의 부정을 들추거나 하려던 게 아니었다. 난 그 정도로 생각 없는 사람은 아니었다. 남편의 호주머니를 샅샅이 뒤지는 의부증 심한 아내가 되고 싶지 않았다. 한번은 그가 샤워 중일 때 그의 전화를 받은 적이 있었는데, 그는 자기를 못 믿느냐며 크게 화를 냈다. 그의 상처받은 표정을 보고 얼마나 미안했는지 모른다.

나는 그의 업무 일정을 봐야 했고, 그는 회의에 늦어서 급하게 나가느라 노트북 컴퓨터를 끄지 못했다. 완벽한 기회였기 때문에 나는 그의 일정표를 보고 날짜를 몇 개 적었다. 일정표가 있는 브라우저 창을 닫자, 로그인되어 있는 그의 이메일 계정이 나타났다. 맨 위에 aboyd@cinnamon.com으로부터 온 메시지가 있었다. 그것을 클릭해보았다. XXXXX. 그게 전부였다. 그냥 한 줄의 X자들. 처음엔 스팸 메일인 줄 알았다가 X가 키스를 뜻한다는 걸 깨달았다.

그 이메일은 톰이 몇 시간 전인 7시 직후에, 내가 아직 우리 침대에서 자고 있을 때 보낸 메시지에 대한 답장이었다.

> 어젯밤에 당신을 생각하며 잠들었고, 꿈속에서 당신의 입술에, 당신의 가슴에, 당신의 허벅지 안쪽에 키스를 했지. 오늘 아침에 깨어났을 때 내 머릿속은 당신 생각으로 가득 차 있었고, 당신을 만지고 싶어 견딜 수가 없었어. 내가 제정신이길 기대하지 마. 그럴 수가 없어. 당신이랑 있으면 정신을

차릴 수가 없어.

 나는 그가 쓴 편지들을 쭉 읽어보았다. 'Admin'이라는 이름의 폴더에 수십 개의 메시지가 숨겨져 있었다. 여자의 이름은 애나 보이드였고, 내 남편은 그녀와 사랑에 빠져 있었다. 그가 그녀에게 그렇다고 말했다, 자주. 이런 감정은 처음이라고, 어서 그녀를 만나고 싶다고, 두 사람이 함께할 수 있는 시간이 멀지 않았다고.
 그날의 내 감정을 어떤 말로 표현해야 할지 모르겠다. 기차 안에 있는 지금은 화가 치밀어 손톱으로 손바닥을 아프게 찔러대고 있고, 눈물이 나서 눈이 따갑다. 강렬한 분노가 확 타오른다. 마치 제이슨이 아닌 내가 무언가를 빼앗긴 것만 같은 기분이다. 어떻게 제스가? 어떻게 제스가 이런 짓을 할 수가 있어? 미친 거야? 그런 인생을, 그렇게 아름다운 인생을 살고 있으면서! 남에게 폐를 끼치든 말든 자기 마음 가는 대로 사는 사람들을 이해할 수 없다. 마음을 따라가라고, 대체 누가 말한 거야? 그건 순전한 이기심, 모든 걸 자기 손에 넣으려는 욕심일 뿐이다. 미치도록 밉다. 지금 제스가 내 눈앞에 있다면, 그녀가 보인다면, 그녀의 얼굴에 침을 뱉어주리라. 그녀의 눈알을 할퀴어주리라.

저녁

기차 노선에 뭔가 문제가 생긴 모양이다. 스토크로 가는 17시 56분 급행열차가 취소되는 바람에 내가 탄 기차에 사람들이 밀어닥쳤고, 입석 말고는 자리가 꽉 차버렸다. 운 좋게도 나는 앉아 있지만, 창가가 아닌 통로 쪽이라 사람들 몸이 내 공간을 침범하여 내 어깨와 무릎을 짓눌러댄다. 일어나서 사람들을 밀치고 싶은 충동이 인다. 하루 종일 더위가 점점 더 심해져 질식할 지경이고, 마치 가면을 쓴 채 숨을 쉬는 것 같다. 창문은 빠짐없이 다 열려 있는데, 기차가 움직이는 동안에도 꽉 잠겨 공기가 전혀 안 통하는 금속 상자 안에 있는 기분이다. 충분한 산소를 폐 속으로 들여보낼 수가 없다. 속이 메스껍다. 아무리 떨쳐버리려 애를 써도 오늘 아침 커피숍에서 있었던 일이 계속 생각난다. 내가 아직도 거기에 있는 것처럼 그들의 표정이 계속 눈에 아른거린다.

제스 탓이다. 오늘 아침엔 제스와 제이슨에 대해, 그녀가 저지른 짓과 그가 느낄 심정에 대해, 그가 사실을 알고 나처럼 세상이 갈가리 찢기는 듯한 고통을 느낄 때 두 사람 사이에 생길 갈등에 대해 생각하느라 끙끙 앓았다. 어디로 가고 있는지 집중하지도 못하고 멍하니 걸어다녔다. 아무 생각 없이 헌팅던 위틀리의 모든 직원들이 이용하는 커피숍에 들어갔다. 문을 열고 들어가자 그들이 보였고, 그들을 봤을 땐 이미 몸을 돌리기에 늦었다. 그들은 나를 보는 순간 눈을 휘둥

그러 떴다가 아차 싶은지 미소를 지었다. 마틴 마일스와 사샤 그리고 해리엇, 어색하기 그지없는 이 삼인방이 손을 흔들며 나를 불렀다.

"레이첼!" 마틴이 두 팔을 벌려 나를 껴안으며 말했다. 난 포옹을 예상하지 못했고, 내 두 손은 우리 둘 사이에 끼어 그의 몸을 더듬고 있었다.

사샤와 해리엇은 미소 짓고, 머뭇머뭇 내 얼굴을 향해 입 맞추는 시늉의 인사를 하며 너무 가까워지지 않으려 조심했다. "여기서 뭐 해요?"

한참이나 나는 멍하니 서 있었다. 바닥을 내려다보았고, 얼굴이 달아올랐다. 이러고 있으면 분위기가 더 어색해지겠다는 생각이 들어서 거짓 웃음을 지으며 "면접이요, 면접이 있어서요."라고 대답했다.

"오." 마틴은 놀라움을 감추려 했지만 실패했고, 사샤와 해리엇은 고개를 끄덕이며 빙긋 웃었다. "어떤 회사예요?"

나는 홍보 회사의 이름이 하나도 기억나지 않았다, 단 하나도. 현실적으로 취직 가능한 곳은 고사하고 자산 관리 회사조차 생각나지 않았다. 난 그냥 서서 집게손가락으로 아랫입술을 문지르며 고개를 절레절레 흔들었다. 그러자 마틴이 말했다. "일급비밀이다, 이거죠? 그렇게 이상한 회사들이 있다니까. 계약서에 도장 찍고 공식적으로 결정 나기 전까지는 입 닫고 있으라는 거지." 그건 거짓말이었고, 마틴도 거짓말이라는 걸 알면서 나를 구해주기 위해 그런 말을 했다. 아무도 그 말을 믿지 않으면서 믿는 척 고개를 끄덕였다. 해리엇과 사샤는 내 어깨 너머로 문 쪽을 바라보고 있었다. 이 민망한 자리를 빨리 벗어나고 싶었던 것이다.

"빨리 커피나 주문해야겠어요." 내가 말했다. "늦으면 안 되니까요."

마틴이 내 팔뚝에 손을 얹고는 "만나서 반가웠어요, 레이첼." 하고 말했다. 그의 동정심이 손에 만져질 듯 또렷이 느껴졌다. 1, 2년 전까지만 해도 몰랐다. 동정받는 것이 얼마나 수치스러운지.

원래 계획은 시어볼즈로에 있는 홀본 도서관에 가는 것이었지만, 그럴 기분이 아니어서 대신 리전트 공원으로 갔다. 공원 저쪽 끝까지 걸어 동물원 옆으로 갔다. 당단풍나무 그늘에 앉아 남은 시간을 어떻게 때울까 생각하고, 커피숍에서 오갔던 대화를 되새기고, 내게 작별 인사를 하던 마틴의 표정을 떠올렸다.

그렇게 앉아 있은 지 30분이 채 안 지났을 때 휴대전화가 울렸다. 이번에도 톰이 집에서 거는 전화였다. 나는 햇볕 잘 드는 우리 부엌에서 노트북 컴퓨터로 일하고 있는 그의 모습을 그려보려 했지만, 그의 새로운 인생이 침식해 들어와 그 이미지를 망쳐버렸다. 눈에 보이지 않는 어디에선가 그 여자가 톰에게 그림자를 드리운 채 차를 만들거나 어린 딸에게 젖을 먹이고 있을 것이다. 나는 음성 메시지로 넘어가게 내 버려두었다. 전화기를 가방에 집어넣고 무시하려 애썼다. 더는 듣고 싶지 않았다, 오늘만큼은. 오늘은 이미 끔찍한 일을 겪었고, 아직 10시 반도 되지 않았다. 나는 3분 정도 더 버티다가 전화기를 꺼내어 음성 메시지를 확인해보았다. 한때는 웃음기를 담고 내게 가볍게 말을 걸었지만 지금은 나를 혼내거나 위로하거나 동정하기만 하는 그의 목소리를 들으면 또 얼마나 괴로울까 생각하며 마음을 단단히 먹고 있는데, 그가 아니었다.

"레이첼, 애나예요." 나는 전화를 끊어버렸다.

숨을 쉴 수가 없고 머릿속이 폭주하고 살갗이 근질근질했다. 나는 벌떡 일어나 티치필드가에 있는 구멍가게로 가서 진토닉 캔을 네 개 산 다음 공원의 아까 그 자리로 돌아갔다. 첫 캔을 따서 최대한 빨리 마시고는 두 번째 캔을 땄다. 나는 달리는 사람들, 유모차를 끌고 다니는 엄마들, 관광객들이 보이지 않도록 길을 등지고 앉았다. 내가 그들을 볼 수 없으면 그들도 나를 볼 수 없을 거라고 생각하는 아이처럼. 나는 음성 메시지를 다시 확인해보았다.

"레이첼, 애나예요." 긴 침묵. "전화에 대해서 얘기 좀 해야겠어요." 또 한 번 긴 침묵. 그 여자는 내게 말하는 동시에 다른 일을 함께 하고 있는 것이다. 바쁜 아내와 엄마들이 그렇듯 청소도 하고 세탁기도 돌리면서. "저기, 요즘 힘들다는 거 알아요." 마치 자기는 내 고통과 아무런 관계도 없다는 듯 말한다. "그렇다고 툭하면 밤에 전화하고 그러면 안 되죠." 그녀의 말투는 딱 부러지고 짜증이 배어 있다. "당신 전화 때문에 우리가 깨는 것도 불쾌한데, 에비까지 깨잖아요. 그건 못 참겠어요. 에비를 재우려고 우리가 얼마나 고생하고 있는데요."
'에비를 재우려고 우리가 얼마나 고생하고 있는데요.' 우리. 우리 작은 가족. 우리의 문제들과 우리의 일상. 못된 년. 내 둥지에다 자기 알을 낳은 뻐꾸기. 그 여자는 내게서 모든 걸 빼앗아 갔다. 모든 걸 훔쳐가 놓고는 나한테 전화해서 내 고통이 자기한테 폐가 된다고 말하다니.

나는 두 번째 캔을 다 비우고 세 번째 캔을 마시기 시작한다. 핏속에 알코올이 흘러 들어가면서 느껴지는 황홀한 쾌감은 겨우 몇 분 지속될 뿐이고 그러고 나면 속이 메스꺼워진다. 나한테도 벅찰 만큼 너무 빨리 마시고 있다. 마시는 속도를 늦춰야 한다. 늦추지 않으면 나쁜 일이 벌어질 것이다. 후회할 짓을 저지르고 말 것이다. 그 여자에게 전화해서, 난 그녀에게 관심 없다고, 그녀의 가족에게 관심 없다고, 그녀의 아이가 평생 잠을 잘 자든 못 자든 아무런 관심도 없다고 말할 것이다. 톰이 그녀에게 쓴 '내가 제정신이길 기대하지 마.'라는 말은 우리가 함께 살기 시작했을 때 그가 내게도 써먹었던 대사라고, 편지에 그렇게 쓰면서 영원히 변치 않을 뜨거운 사랑을 고백했다고 말할 것이다. 자기가 생각해낸 말도 아니다. 헨리 밀러의 말을 훔쳐 쓴 것이다. 그녀가 가진 모든 것은 중고품이다. 그녀의 기분은 어떨까? 그녀에게 다시 전화해서 묻고 싶다. 기분이 어때, 애나? 내 집에서 내가 산 가구들에 둘러싸여 살면서 내가 수년 동안 그와 함께 썼던 침대에서 잠을 자고, 그와 내가 그 짓을 했던 식탁에서 당신 아이에게 밥을 먹이는 기분이 어때?

그들이 그곳에, 그 집에, 내 집에 계속 있기로 선택한 것이 아직도 놀랍다. 그가 내게 말했을 때 난 믿을 수가 없었다. 난 그 집을 사랑했다. 위치가 어떻든 그 집을 사자고 우긴 사람은 나였다. 기찻길 옆에 있는 것이 좋았고, 지나가는 기차를 보는 것이 좋았고, 고속열차의 새된 소리가 아니라 오래된 기차가 덜컹거리는 구식 소리가 좋았다. 톰은 항상 이렇지는 않을 거라고, 결국엔 노선을 승격해서 고속열차들이 시끄럽게 지나갈 거라고 했지만, 난 그런 일이 실제로 일어날 거라고 생각하지 않았다.

돈만 있었다면 그를 내보내고 내가 그 집에 눌러앉았을 것이다. 하지만 난 돈이 없었고, 이혼할 때 적당한 가격에 그 집을 살 구매자가 나타나지 않았다. 그러자 톰은 내게 돈을 줄 테니 나가라고, 제값을 받을 수 있을 때까지 자기가 그 집에 있겠다고 했다. 하지만 적절한 구매자가 나타나지 않자 그는 그 여자를 집으로 들였고, 그녀도 내가 그랬듯 그 집을 사랑했다. 그래서 그들은 그 집에 계속 있기로 결정했다. 다른 여자가 살았던 곳에서 시작하는 것도 꺼리지 않다니, 그녀는 자기 자신에 대한, 그들의 관계에 대한 믿음이 아주 확고했던 모양이다. 그녀는 분명 나를 위협적인 존재로 생각하지 않는다. 실비아 플래스(미국의 시인이자 소설가로, 시인이자 아동문학가인 테드 휴즈와 결혼했다가 그의 외도로 이혼했다. - 옮긴이)와 함께 살던 집에 아시아 베빌을 들인 테드 휴즈, 실비아의 옷을 입고 똑같은 빗으로 머리를 빗는 아시아가 생각난다. 애나에게 전화해서, 아시아도 결국 실비아처럼 오븐에 머리를 처박고 자살했다는 사실을 알려줄까 보다.

술과 뜨거운 햇볕 때문에 노곤해져 깜박 잠이 들었던 모양이다. 나는 움찔하며 깨어나 허둥지둥 핸드백을 더듬어 찾았다. 핸드백은 아직 제자리에 있었다. 피부가 따끔거렸다. 머리에, 목과 가슴에 개미들이 우글우글했다. 나는 벌떡 일어나 손톱으로 개미들을 뜯어냈다. 20미터 정도 떨어진 곳에서 축구공을 차고 있던 십대 소년 두 명이 동작을 멈추고 날 보더니 자지러지게 웃어댔다.

기차가 멈춰 선다. 제스와 제이슨의 집 거의 맞은편에 있지만, 객차 안에 사람이 너무 많아서 선로 너머가 보이지 않는다. 그들은 집에 있을까? 제이슨은 사실을 알고 있을까? 제스는 그를 떠났을까? 제이슨은 자신의 삶이 거짓이라는 걸 아직 모르고 있을까?

2013년 7월 13일 토요일

아침

시계를 보지 않아도 7시 45분에서 8시 15분 사이라는 걸 알 수 있다. 빛의 느낌, 창밖 거리에서 들려오는 소리, 캐시가 내 방 바로 밖의 복도에서 진공청소기를 돌리는 소리를 통해 알 수 있다. 캐시는 늘 토요일마다 일찍 일어나서 집을 청소한다. 자신의 생일이든 휴거가 일어나는 날 아침이든 캐시는 토요일에 일찍 일어나서 청소를 할 것이다. 그 친구 말로는 청소를 하면 카타르시스가 느껴지고 기분 좋은 주말을 시작할 수 있다고 한다. 또, 청소를 하면 운동이 되니까 헬스클럽에 갈 필요도 없단다.

아침 일찍 진공청소기를 돌리는 건 별로 짜증 나지 않는다. 어차피 그 시간에 깨어 있으니까. 난 아침잠이 없다. 해가 중천에 뜰 때까지 태평하게 눈을 붙이고 있을 수가 없다. 갑자기 잠에서 깨어버린다. 거친 호흡과 두근거리는 심장, 퀴퀴한 입냄새로 당장에 그 사실을 알 수 있다. 내가 깨어 있구나. 잠들어 모든 걸 다 잊고 싶은 마음이 클수록 잠들기가 더 어려워진다. 살아 있으니까, 햇빛이 들어오니까 그럴 수가 없다. 나는 가만히 누운 채 캐시가 부지런을 떨며 다급하고 기운차게 움직이는 소리를 들으면서, 선로 가에 버려져 있던 옷들을, 아침 햇살 속에서 애인과 키스하던 제스를 떠올린다.

오늘 하루가 내 앞에 쫙 펼쳐져 있다. 단 1분도 정해진 일정이라곤 없다.

브로드가의 농산물 직판장에 가서 사슴고기와 판체타(이탈리아식 베이컨 – 옮긴이)를 사 가지고 와 요리나 해볼까.

소파에 앉아서 차를 홀짝이며 〈새터데이 키친Saturday Kitchen〉(영국 BBC에서 방송하는 요리 프로그램 – 옮긴이)이나 볼까.

운동이나 하러 갈까.

이력서를 다시 쓸까.

캐시가 집을 나갈 때까지 기다렸다가 소비뇽 블랑을 두 병 사 올까.

지금과 다른 인생을 살 때에도, 8시 4분 기차가 덜커덩거리며 지나가는 소리에 일찍 잠에서 깼다. 눈을 뜨고 빗방울이 창문에 부딪치는 소리를 들었다. 내 뒤에 잠들어 있는 따뜻하고 단단한 그의 몸을 느꼈다. 나중에 그는 신문을 가지러 가고, 나는 스크램블드에그를 만들었다. 우리는 부엌에 앉아 차를 마시고, 식당에 가서 늦은 점심을 먹고, 텔레비전 앞에서 뒤엉킨 채 잠들었다. 지금 그의 생활은 그때와 다를 것이다. 토요일의 느긋한 섹스나 스크램블드에그 대신에 다른 종류의 즐거움을 누리고 있겠지. 그와 그의 아내 사이에 끼어 이불을 푹 덮고 옹알이를 하는 어린 딸아이. 그 아이는 이제 막 말을 배우고 있을 것이다. '아빠', '엄마', 그리고 부모 말고는 아무도 못 알아들을 말들.

단단하고 묵직한 고통이 내 가슴 한가운데에 응어리져 있다. 빨리 캐시가 집에서 나갔으면 좋겠다.

저녁

제이슨을 보러 가는 중이다.

하루 종일 내 방에 틀어박혀 있으면서, 캐시가 나가기를 기다렸다. 그래야 술을 마실 수 있으니까. 하지만 캐시는 나가지 않았다. 거실에 꼼짝 않고 앉아서 "밀린 일을 처리하고" 있었다. 늦은 오후가 되니 답답하고 따분해서 더는 견딜 수가 없어 캐시에게 산책을 다녀오겠다고 말했다. 하이가 근처에 있는 특색 없이 규모만 큰 술집 위트시프에 가서 포도주를 큰 잔으로 석 잔 마셨다. 잭 대니얼스도 두 잔 마셨다. 그런 다음 역까지 걸어가 진토닉 캔을 두 개 사서 기차에 올라탔다.

제이슨을 봐야겠다.

그를 찾아가는 것이 아니다. 그의 집에 가서 문을 두드리려는 것이 아니다. 그런 얼빠진 짓을 하려는 게 아니다. 그저 기차에 탄 채 그 집을 지나가고 싶다. 달리 할 일도 없고 집에 가기도 싫다. 그저 그를 보고 싶다. 그들을 보고 싶다.

이건 좋은 생각이 아니다. 좋은 생각이 아니라는 건 나도 안다.

하지만 그런다고 해가 될 건 없잖아?

유스턴까지 간 다음 다시 돌아올 것이다. (난 기차가 좋다. 그게 어때서? 기차가 얼마나 멋진데.)

전에, 내가 아직 망가지지 않았을 때, 톰과 함께하는 로맨틱한 기차 여행을 꿈꾸곤 했다. (결혼 5주년 기념으로 노르웨이의 베르겐 선을, 톰의 마흔 번째 생일 기념으로는 남아프리카공화국의 블루 트레인을 타고 싶었다.)

잠깐, 이제 그들의 집을 지나간다.

아직 날이 밝지만, 잘 보이지 않는다. (겹쳐 보인다. 한쪽 눈을 감아본다. 좀 낫다.)

저기 그들이 있다! 제이슨인가? 그들이 테라스에 서 있다. 그들이 아닌가? 저 사람이 제이슨인가? 저 사람이 제스인가?

더 가까이 가고 싶다. 잘 보이지 않는다. 그들에게 더 가까이 가고 싶다.

유스턴까지 가지 말아야겠다. 위트니에서 내려야지. (위트니에서 내리면 안 되는데. 너무 위험하다. 톰이나 애나가 날 보면 어떡해?)

어쨌거나 위트니에서 내릴 거다.

좋은 생각은 아니다.

아주 안 좋은 생각이다.

맞은편에 붉은 기가 강하게 도는 금발의 한 남자가 앉아 있다. 그가 나를 보며 미소 짓고 있다. 그에게 뭐라고 말하고 싶은데, 내가 입 밖으로 뱉어내기도 전에 그 말은 혀에서 증발되어 사라져버린다. 그 말의 맛이 느껴지지만, 달콤한지 시큼한지 모르겠다.

저 남자는 나한테 미소 짓는 거야, 아니면 비웃는 거야? 모르겠다.

2013년 7월 14일 일요일
아침

목구멍 바로 밑에서 심장이 거북하고 요란스럽게 뛰어대는 느낌이 든다. 입안이 말라 있고, 침을 삼키면 아프다. 나는 옆으로 굴러 창 쪽으로 얼굴을 돌린다. 커튼이 쳐져 있지만, 새어드는 햇빛 때문에 눈이 아프다. 손을 얼굴로 들어올린다. 통증을 없애려 손가락으로 눈꺼풀을 눌러본다. 손톱이 더럽다.

뭔가 잘못됐다. 순간, 마치 내 몸을 받치고 있는 침대가 사라져버린 것처럼 밑으로 뚝 떨어지는 느낌이다. 어젯밤 무슨 일인가 있었다. 나는 숨을 헉 하고 몰아쉬며 일어나 앉는다. 너무 빨리 움직인 탓에 심장이 두근거리고 머리가 지끈거린다.

기억이 돌아오기를 기다린다. 가끔은 시간이 좀 걸린다. 어떤 때는 몇 초 만에 내 눈앞에 그려지기도 하지만, 어떤 때는 전혀 떠오르지 않는다.

 무슨 일인가 일어났다, 뭔가 나쁜 일이. 말다툼이 있었다. 언성이 높아졌고. 주먹질도 있었나? 모르겠다. 기억이 안 난다. 나는 술집에 갔고, 기차에 탔고, 역에 있었고, 길거리에 있었다. 블레넘로. 블레넘로에 갔다.

 검은 공포가 파도처럼 밀려든다.

 분명 무슨 일이 있었다. 머릿속에 그려지진 않지만, 느낌이 그렇다. 뺨 안쪽을 깨물었던 것처럼 입안이 아프고, 혀에 금속성의 싸한 피 맛이 남아 있다. 속이 메스껍고 머리가 띵하다. 두 손으로 머리카락을 쓸어넘겨 본다. 그러다가 움찔한다. 머리 오른쪽에 아프고 따가운 혹이 하나 생겼다. 머리카락은 피에 엉겨붙어 있다.

 넘어졌구나, 위트니 역 계단에서. 바로 그거다. 머리를 바닥에 부딪쳤나? 기차에 탔던 건 기억이 나는데 그 후의 시간은 시커먼 아주 깊은 구멍처럼 뻥 뚫려 있다. 심장박동을 늦추고 가슴에서 피어오르는 공포를 잠재우기 위해 심호흡을 해본다. 생각하자. 내가 뭘 했더라? 술집에 갔고, 기차에 탔다. 기차에 한 남자가 있었지. 이제 기억난다, 붉은 머리. 그 남자가 내게 미소 지었다. 내게 말을 걸었던 것 같은데, 무슨 말을 했는지는 기억나지 않는다. 그와 관련된 뭔가가 더 있다. 그에 대한 기억에 뭔가가 더 있는데 거기까지 닿을 수가 없다. 암흑 속이라 아무것도 보이지 않는다.

겁이 나는데 뭐가 무서운 건지 확실히 알 수가 없고, 그래서 더 무섭다. 두려워해야 할 것이 있기나 한 건지도 잘 모르겠다. 방을 둘러본다. 침대 옆 테이블에 전화기가 없다. 핸드백이 바닥에 없고, 평소처럼 의자 등에 걸려 있지도 않다. 하지만 잃어버리지 않은 건 틀림없다. 내가 집 안에 있다는 건 열쇠를 가지고 있었다는 뜻이니까.

침대에서 일어나니 내가 알몸이다. 옷장에 붙은 전신 거울로 내 모습을 힐끔 본다. 두 손이 가볍게 떨리고 있다. 마스카라는 광대뼈 위로 번져 있고 아랫입술에 베인 상처가 있다. 다리에는 멍 자국이 있다. 속이 메스껍다. 침대에 도로 앉아 두 무릎 사이에 머리를 묻은 채 욕지기가 가실 때까지 기다린다. 일어나서 나이트가운을 움켜잡고 문을 빼꼼 열어본다. 집 안이 조용하다. 웬일인지 난 캐시가 집에 없다는 걸 확신하고 있다. 데이미언의 집에서 잘 거라고 캐시가 나한테 말해줬었나? 그랬던 것 같은데 언제인지는 기억나지 않는다. 내가 나가기 전에? 아니면 나중에 캐시랑 얘기했나? 나는 살금살금 복도로 나간다. 캐시 방의 문이 열려 있는 게 보인다. 그 방을 가만히 들여다본다. 침대가 정리되어 있다. 이미 일어나서 정리한 것일 수도 있지만, 아마 캐시는 어젯밤에 여기 없었을 것이다. 마음이 조금 놓인다. 여기 없었다면 어젯밤에 내가 들어오는 걸 보거나 듣지 못했을 테고, 그렇다면 내 꼴이 얼마나 엉망이었는지도 모를 것이다. 그게 뭐 그리 중요한가 싶지만, 내겐 중요한 문제다. 어떤 일이 터질 때마다 내가 느끼는 수치심은 상황의 심각성뿐만 아니라 그것을 목격한 사람들의 숫자와도 비례한다.

계단 꼭대기에서 또 현기증이 일어나 난간을 꼭 잡는다. 내 간이 마침내 고장 나서 출혈이 일어날지도 모른다는 두려움을 항상 안고 있지만, 계단에서 굴러떨어져 목이 부러지는 것도 정말 무섭다. 그 생각을 하니 또 기분이 나빠진다. 드러눕고 싶지만 가방을 찾아서 전화기를 확인해봐야 한다. 적어도 신용카드를 잃어버리지는 않았는지, 내가 누구에게 언제 전화를 걸었는지는 알아야 하니까. 내 핸드백이 현관문 바로 안쪽의 복도에 아무렇게나 떨어져 있다. 그 옆에는 내 청바지와 속옷이 구겨진 채 뭉쳐져 있다. 계단 밑에서 지린내가 풍긴다. 가방을 집어 전화기를 찾아본다. 천만다행으로 안에 들어 있고, 꼬깃꼬깃 접힌 20파운드짜리 지폐 한 뭉치와 피 묻은 화장지 한 장도 함께 나온다. 또 욕지기가 난다. 이번 건 더 강하다. 목구멍으로 신물이 올라오고, 얼른 달려가보지만 화장실까지 가지 못하고 계단을 올라가던 도중에 카펫에다 속을 게운다.

누워야겠다. 눕지 않으면 의식을 잃고 기절할 것 같다. 청소는 나중에 해야겠다.

위층으로 올라와 전화기에 플러그를 꽂고 침대에 드러눕

는다. 천천히, 조심스럽게 손발을 들어올려 자세히 살펴본다. 무릎 위에 멍이 들어 있다. 딱 봐도 술에 취해 비틀거리며 걷다가 여기저기 부딪쳐서 생긴 멍이다. 팔 윗부분에는 마치 지문처럼 생긴 타원형의 거무스름한 자국이 찍혀 있는데, 이 상처는 좀 걱정스럽다. 이것이 꼭 불길한 징조는 아니다. 전에도 넘어져서 다른 사람의 부축을 받다가 그런 자국이 생긴 적이 있으니까. 머리의 상처는 아프지만 별것 아닌 일로 생겼을 수도 있다. 차에 타다가 부딪쳤다든가. 아무래도 택시를 타고 집에 왔을 테니까.

전화기를 집어든다. 두 개의 메시지가 남겨져 있다. 첫 번째 메시지는 5시 직후 캐시가 남긴 것이다. 내게 어디 갔느냐고 묻고, 데이미언의 집에서 자고 올 테니 내일 보자는 내용이다. 그리고 나 혼자 술을 마시지 말았으면 좋겠단다. 두 번째는 10시 15분에 톰이 남긴 것이다. 나는 그의 목소리를 듣고 깜짝 놀라 전화기를 떨어뜨릴 뻔한다. 그가 소리를 버럭 지른다.

"젠장, 레이첼, 대체 왜 이러는 거야? 나도 참을 만큼 참았어, 알아? 당신 찾으려고 거의 한 시간이나 차 몰고 다녔잖아. 당신 때문에 애나가 얼마나 겁먹었는지 알아? 애나는 당신이…… 당신이…… 애나가 경찰에 신고하겠다는 걸 겨우 말렸어. 우리 좀 내버려둬. 이제 나한테 전화하지 말고, 주변에서 얼쩡대지도 말고, 그냥 우리 좀 내버려둬. 난 당신이랑 할 얘기 없어. 내 말 알아들어? 당신이랑 말하기 싫고, 당신 꼴도 보기 싫고, 당신이 우리 가족 근처에 오는 게 싫다고. 당신 인생 망치고 싶으면 실컷 그렇게 해, 하지만 내 인생은 안 돼. 이 이상은 안 돼. 앞으로는 당신 지켜주지 않을 거야, 알아들어? 우리 근처에 얼씬도 하지 마."

내가 무슨 짓을 저질렀는지 모르겠다. 내가 뭘 했지? 5시부터 10시 15분 사이에 뭘 하고 있었던 거지? 왜 톰이 날 찾아? 내가 애나한테 무슨 짓을 했기에? 이불을 머리 위로 뒤집어쓰고, 눈을 꼭 감는다. 그 집으로 가는 내 모습을 상상해본다. 그들의 마당과 이웃집 마당 사이로 난 작은 길을 따라 걷다가 울타리를 넘어간다. 유리문을 열고 부엌으로 몰래 기어들어갈까 생각한다. 애나가 식탁에 앉아 있다. 나는 뒤에서 그녀를 붙잡고, 그녀의 기다란 금발을 휘어잡아 머리를 뒤로 확 젖힌 다음 그녀를 바닥으로 끌어내려 차가운 파란색 타일에 그녀의 머리를 힘껏 내리친다.

저녁

누군가가 소리 지르고 있다. 내 방 창으로 들어오는 햇빛의 각도를 보아 하니 내가 한참이나 잠들어 있었던 모양이다. 늦은 오후나 초저녁이 틀림없다. 머리가 아프다. 베개에 피가 묻어 있다. 아래층에서 누가 고함을 질러대는 소리가 들린다.

"기가 막혀! 이게 뭐야! 레이첼! 레이첼!"

나도 모르게 잠이 들어버렸다. 이런, 계단에 토해놓은 걸 치우지 않았다. 그리고 복도에 벗어둔 옷들. 어떡해, 어떡하지.

나는 운동복 바지와 티셔츠를 입는다. 문을 열어보니 캐시가 문 바로 밖에 서 있다. 나를 본 캐시가 기겁한 표정을 짓는다.

"대체 무슨 일이 있었던 거야?" 캐시가 이렇게 말하고는 손을 들어올린다. "아니, 레이첼, 미안해, 알고 싶지 않아. 내 집에 저런 걸 둘 순 없어. 내 집에……." 캐시는 말꼬리를 흐리고는 복도로 고개를 돌려 계단 쪽을 본다.

"미안. 정말 미안해, 몸이 정말 안 좋았거든. 치우려고 했는데……."

"몸이 안 좋았던 게 아니잖아? 술에 취해 있었겠지. 술김에 이런 짓을 저질렀겠지. 안 되겠어, 레이첼. 더는 못 참겠어. 이렇겐 못 살아. 나가줘, 알았지? 다른 데 알아봐, 4주 줄 테니까 그땐 나가줘." 캐시가 몸을 돌려 자기 방으로 향한다. "그리고 제발 저 더러운 것 좀 치워줄래?" 캐시가 자기 방으로 들어가며 문을 쾅 닫는다.

나는 청소를 마친 후 내 방으로 돌아온다. 캐시의 방문은 여전히 닫혀 있지만, 그녀의 고요한 분노가 문밖으로 뿜어져 나오는 것이 느껴진다. 캐시를 탓할 순 없다. 집에 돌아왔는데 계단에 쏟아진 구토물과 오줌 지린 속바지가 보이면 나라도 화가 날 것이다. 난 침대에 앉아 노트북 컴퓨터를 열고 이메일 계정에 로그인한 다음 어머니에게 편지를 쓰기 시작한다. 마침내 그때가 오고야 말았다. 엄마에게 도움을 청해야 할 때가. 집을 옮긴다면 계속 이렇게 지낼 순 없을 거다. 변해야 한다. 더 착실하게 살아야 한다. 하지만 쓸 말이 딱히 떠오르지 않는다. 엄마에게 어떻게 설명해야 할지 모르겠다. 도움을 청하는 내 편지를 읽으면서 엄마가 어떤 표정을 지을지 안 봐도 눈에 선하다. 씁쓸한 실망감과 격한 짜증. 엄마의 한숨 소리가 들리는 것만 같다.

전화기가 울린다. 몇 시간 전에 남겨진 메시지가 한 통 있다. 역시 톰이다. 그의 말을 듣고 싶지 않지만, 어쩔 수가 없다. 난 그를 무시할 수가 없다. 최악의 상황을 각오하며 음성 메시지를 연결하는 동안 심장박동이 빨라진다.

"레이첼, 전화해주겠어?" 그리 화난 목소리가 아니라 내 심장박동이 조금 느려진다. "당신이 무사히 집으로 들어갔는지 확인하고 싶어서 그래. 어젯밤에 당신 좀 흥분한 상태였거든." 진심 어린 기다란 한숨. "저기, 어젯밤에 소리 질러서 미안해. 상황이 좀…… 심각해지는 바람에. 정말 미안해, 레이첼, 진심이야. 하지만 앞으로 또 이런 일이 있으면 안 돼."

또 한 번 메시지를 돌려 그의 상냥한 목소리를 들으니 눈물이 난다. 한참이 지나서야 울음을 멈추고, 그에게 보낼 문자 메시지를 쓴다. '정말 미안해. 지금 집이야.' 다른 말은 할 수가 없다. 정확히 뭐가 미안한지 모르니까. 내가 애나에게 무슨 짓을 했는지, 어떻게 겁을 줬는지 모르겠다. 솔직히 말하면 그건 별로 신경 쓰이지 않지만, 톰이 불쾌하다면 문제가 달라진다. 그동안 겪은 일을 생각하면 톰은 행복할 자격이 있다. 그가 행복해진다고 해서 절대 시기하지 않을 것이다. 그저 그 행복을 나와 함께 누리기를 바랄 뿐.

나는 침대에 누워 이불 속으로 기어들어간다. 무슨 일이 있었는지 알고 싶다. 내가 뭘 미안해해야 하는지 알고 싶다. 요리조리 빠져나가는 기억의 단편을 잡아내기 위해 필사적으로 애쓴다. 내가 누군가와 말다툼을 벌였든가, 아니면 다른 사람의 말다툼을 목격한 건 확실하다. 애나와 싸웠나? 머리에 생긴 상처, 입술의 베인 상처를 만져본다. 뭔가가 보일 듯하다가, 어떤 말이 들릴 듯하다가 또다시 저만치 달아나버린다. 도무지 잡히지가 않는다. 잡힐 듯하다가도 마지막 순간 내 손이 닿지 않는 어둠 속으로 모습을 감춘다.

메건

2012년 10월 2일 화요일

아침

곧 비가 오려나 보다. 느낌이 온다. 턱이 덜덜 떨리고, 손가락 끝이 푸르스름하게 보일 만큼 창백하다. 집 안으로 들어가진 않을 거다. 여기 밖에 있는 것이 좋다. 냉수욕을 하는 것처럼 속이 후련하고 정화되는 느낌이다. 스콧이 오면 잽싸게 나를 안으로 끌고 들어가 아이에게 하듯이 담요로 감싸겠지.

어젯밤 집으로 돌아오는 길에 공황발작이 일어났다. 모터바이크 한 대가 엔진 회전속도를 올리면서 계속 부릉거리고, 빨간 차 한 대가 여자를 유혹하듯 천천히 지나가고, 유모차를 끌고 있는 두 여자가 내 길을 막았다. 인도에서는 그들을 지나갈 수가 없어 도로로 들어갔다가 반대편에서 오는 차를 미처 보지 못해 치일 뻔했다. 운전사가 경적을 울리며 내게 뭐라고 소리를 질렀다. 숨이 턱 막히고, 심장이 두근거리고, 속이 뒤틀렸다. 마치 약을 먹은 후 아드레날린이 솟구쳐 메스꺼움과 흥분과 두려움이 동시에 밀려들 때처럼.

나는 집으로 달려가 그대로 기찻길까지 내려간 다음 그곳에 앉았다. 기차가 달려와서 나를 밟고 지나가 다른 모든 소음들을 없애주기를 기다렸다. 스콧이 와서 날 진정시켜주기를 기다렸지만, 그는 집에 없었다. 나는 아무도 지나다니지 않는 반대편으로 가서 잠깐 앉아 있고 싶어 울타리를 넘으려 했다. 그러다가 손이 베여 집으로 들어갔고, 그때 스콧이 돌아와 무슨 일이 있었느냐고 물었다. 나는 설거지를 하다가 유리컵을 떨어뜨렸다고 말했다. 그는 내 말을 믿지 않고 무척 화를 냈다.

밤에 일어나서 잠든 스콧을 내버려두고 테라스로 살금살금 나갔다. 그에게 전화를 걸어, 전화를 받는 그의 목소리를 들었다. 처음엔 잠기운이 가시지 않아 부드럽던 음성이 점점 더 커지면서 경계심과 걱정과 짜증이 배어났다. 나는 전화를 끊고 그가 다시 전화를 하나 보려고 기다렸다. 내 번호를 숨기지 않았기 때문에 그가 전화해줄 거라고 생각했다. 그는 전화하지 않았고, 그래서 난 다시, 다시, 그리고 또다시 전화를 걸었다. 그러자 시간이 나는 대로 최대한 빨리 전화를 주겠다는, 무덤덤하고 사무적인 음성 메시지가 날아왔다. 진료소에 전화해서 예약 시간을 앞당길까 생각했지만, 한밤중에 자동 안내 시스템이 돌아갈 것 같지 않아서 도로 침대로 들어갔다. 그러고는 한숨도 자지 못했다.

오늘 아침엔 콜리 우드에 가서 사진을 좀 찍어야겠다. 안개가 끼고 어둑하니 분위기가 좋아서 괜찮은 작품을 건질 수 있을 것이다. 작은 카드를 만들어서 킹리로에 있는 선물 가게에 팔아볼까 생각 중이었다. 스콧은 내게 일자리 걱정은 하지 말고 그냥 쉬라는 말만 계속 하고 있다. 내가 무슨 환자라도 되나! 휴식은 전혀 필요 없다. 하루하루를 채울 무언가를 찾아야 한다. 찾지 않으면 어떤 일이 벌어질지 잘 알고 있으니까.

저녁

아브디치 박사(그는 내게 카말이라고 부르라고 했다)가 오늘 오후 상담에서 내게 일기를 써보는 게 어떻겠느냐고 제안했다. 나는 남편이 읽지 않는다는 보장이 없어서 쓸 수 없다고 말할 뻔했다. 스콧에 대한 지독한 배신처럼 느껴질 것 같아서 그렇게 말하지는 않았다. 하지만 사실이다. 내가 진짜 느끼거나 생각하는 것들을 적을 수는 없다. 오늘 일만 봐도 잘 알 수 있다. 저녁에 집에 돌아와 보니 내 노트북 컴퓨터가 따뜻했다. 스콧은 브라우저 방문 기록이든 뭐든 삭제하는 법을 알아서 자기 흔적을 완벽하게 감출 수 있다. 난 분명 집을 나가기 전에 컴퓨터를 껐다. 그가 또 내 이메일을 읽은 것이다.

별로 상관은 없다. 읽을 만한 것이 아무것도 없으니까. (취업 정보 업체에서 온 스팸 메일이 대부분이고, 필라테스 수업을 같이 듣는 제니가 목요일 밤의 저녁 식사 모임에 들어오지 않겠느냐고 묻는 편지가 있었다. 그녀와 그녀의 친구들이 돌아가면서 서로의 저녁 식사를 요리해주는 모임이라고 했다. 차라리 죽고 말지.) 상관없다. 아무 일도 없다고, 내가 어떤 짓도 저지르지 않고 있다고 그가 믿게 됐으니까. 사실이 아니더라도 그가 그렇게 믿고 있는 편이 내게도, 우리에게도 좋다. 그리고 사실 난 그에게 화를 낼 수 없다. 그가 의심하는 것도 무리가 아니니까. 과거에 내가 원인을 제공했고 아마 또 그렇게 될 것이다. 난 좋은 아내가 아니다. 될 수도 없다. 내가 아무리 그를 사랑한다 해도 그는 만족하지 못할 것이다.

2012년 10월 13일 토요일
아침

어젯밤엔 다섯 시간 잤다. 이렇게 오랜 시간 잔 게 얼마 만인지 모르겠다. 이상한 건, 어제 저녁 집에 왔을 때 신경이 곤두서 있었기 때문에 몇 시간 동안 잠을 설칠 줄 알았다. 다시는 그 짓을 안 하겠다고, 이제 끝이라고 다짐했는데 그때 그가 보였고 그를 원했다. 그리고 이런 생각이 들었다. 하면 어때? 왜 참아야 하는지 모르겠어. 참지 않고 사는 사람들이 얼마나 많은데. 남자들은 자기 마음 내키는 대로 살잖아. 아무에게도 상처를 주고 싶지 않지만, 자신에게 솔직해야 하지 않을까? 난 스콧도, 카말도, 그 누구도 모르는 진짜 나에게 솔직한 것뿐이다.

어젯밤 필라테스 수업을 마치고 나서 타라에게 다음 주 밤 시간에 만나 영화를 보러 가지 않겠느냐고, 그리고 나를 위해 거짓말을 해주지 않겠느냐고 물어보았다.

"그이가 전화하면, 나랑 같이 있는데 내가 화장실에 갔다고, 내가 곧바로 전화할 거라고 말해줄래요? 그런 다음 나한테 연락해주면 내가 그이한테 전화할게요. 그럼 끝이에요."

타라는 빙긋 웃고 어깨를 으쓱하더니 "좋아요."라고 말했다. 내가 어디에 갈 건지, 누구와 함께 있을 건지 묻지도 않았다. 그녀는 정말 내 친구가 되고 싶은 것이다.

나는 그가 콜리의 스완 호텔에 잡아놓은 방에서 그를 만났다. 들키지 않도록 조심해야 한다. 들켰다간 그에게 안 좋을 것이다. 인생이 끝장나버릴 수도 있다. 내게도 그건 재앙이 될 것이다. 스콧이 어떻게 나올지 생각도 하기 싫다.

일을 치른 후 그가 내게 노리치에서 살았던 어린 시절에 대해 얘기해보라고 했다. 전에 슬쩍 얘기하고 넘어간 적이 있었는데, 어젯밤엔 그가 더 자세한 내용을 듣고 싶어 했다. 그에게 이런저런 얘기를 했지만, 그건 사실이 아니었다. 이야기를 지어내고, 거짓말을 하고, 그가 듣고 싶어 하는 온갖 지저분한 얘기를 들려주었다. 재미있었다. 거짓말하는 것이 나쁘다는 생각은 들지 않는다. 어차피 그도 대부분의 얘기를 믿지 않는 눈치니까. 그 역시 거짓말을 하고 있는 것이 분명하다.

그는 침대에 누워 내가 옷 입는 모습을 지켜보며 이렇게 말했다. "이젠 안 돼, 메건. 안 된다는 거 당신도 알잖아. 계속 이럴 순 없어." 그의 말이 옳았다. 이러면 안 된다는 걸 나도 알고 있다. 이래선 안 된다. 이런 짓을 하면 안 된다. 하지만 우린 할 것이다. 이번이 마지막일 리가 없다. 그는 날 거절하지 않을 것이다. 집으로 돌아오는 길에 생각해봤는데, 역시 그 점이 가장 마음에 든다. 누군가를 내 마음대로 할 수 있다는 것. 그 맛에 취하면 벗어날 수가 없다.

저녁

부엌에서 포도주병을 따고 있는데 스콧이 뒤에서 다가와 내 어깨에 손을 얹어 꽉 쥐고는 "상담은 어땠어?"라고 묻는다. 나는 좋았다고, 진척이 있다고 말한다. 이제는 스콧도 내게서 시시콜콜한 얘기까지 다 들을 수 없다는 것쯤은 잘 알고 있다. 그다음엔. "어젯밤에 타라하고 재미있게 놀았어?"

그를 등지고 서 있어서, 그가 정말로 궁금해서 묻는 건지 아니면 뭔가가 의심스러워 떠보는 건지 감이 오지 않는다. 그의 목소리로는 아무것도 눈치챌 수 없다. "타라는 정말 괜찮은 사람이야. 당신이랑도 잘 맞을 거야. 다음 주에 같이 영화 보러 가기로 했어. 나중에 집에 데려와서 식사라도 대접할까 봐."

"나도 같이 영화 보러 갈까?" 그가 묻는다.

"좋지." 나는 고개를 돌려 그의 입에 키스한다. "그런데 타라가 샌드라 블록 나오는 영화 보자고 해서……."

"됐어! 나중에 저녁 식사에 초대하지 뭐." 그가 두 손으로 내 허리께를 살짝 누르며 말한다.

나는 포도주를 따르고 그와 함께 바깥으로 나간다. 우리는 파티오 끄트머리에 나란히 앉아 발가락을 풀밭에 놓는다.

"결혼했어?" 스콧이 묻는다.

"타라? 아니. 독신이야."

"남자 친구도 없고?"

"없는 것 같아."

"여자 친구는?" 그가 눈썹을 치켜세우며 묻고 난 웃는다. "그럼 몇 살인데?"

"글쎄. 마흔 정도."

"아. 그럼 아주 외롭겠네. 좀 안됐다."

"음. 외롭겠지."

"그런 사람들이 꼭 당신을 좋아하더라. 외로운 사람들 말이야. 그렇지 않아? 당신한테 줄을 선다니까."

"그런가?"

"그럼 아이도 없겠네?" 그가 이렇게 묻는데, 내 착각인지는 몰라도 아이 얘기가 나오자마자 그의 목소리에 날이 서는 것 같고 곧 말다툼이 벌어질 것 같은 예감이 든다. 난 그걸 원치 않고 감당할 수도 없기 때문에 일어나며 그에게 방으로 갈 테니 포도주 잔을 가져오라고 말한다. 그가 날 뒤따라오고 나는 계단을 올라가며 옷을 벗는다. 방으로 들어갈 때에도, 그가 날 침대 위로 쓰러뜨릴 때에도 내 머릿속엔 그가 없지만, 그는 모르니까 상관없다. 내 감쪽같은 연기 덕분에 그는 나한테 자기밖에 없다고 믿고 있다.

레이첼

2013년 7월 15일 월요일

아침

오늘 아침 집을 나서는데 캐시가 나를 부르더니 뻣뻣하게 살짝 안아주었다. 날 내쫓지 않겠다고 말할 줄 알았는데, 타이프라이터로 친 메모를 내 손에 슬그머니 쥐어주었다. 공식적인 퇴거 통지서였고, 거기에는 내가 나가야 할 날짜도 적혀 있었다. 캐시는 내 눈을 보지 못했다. 그녀가 안쓰러웠다. 솔직히 그랬다. 하지만 나 자신만큼 안쓰럽지는 않았다. 캐시는 슬픈 미소를 지으며 "나도 너한테 이러기 싫어. 레이첼, 진심이야."라고 말했다. 아주 어색한 순간이었다. 우리는 내가 표백제로 그렇게 열심히 닦았는데도 역겨운 냄새가 완전히 가시지 않은 복도에 함께 서 있었다. 난 울고 싶은 심정이었지만, 안 그래도 기분이 안 좋은 캐시의 심기를 더 건드리고 싶지 않아서 씩씩하게 미소 지으며 "괜찮아. 별일도 아닌데 뭘."이라고 말했다. 마치 캐시에게 작은 부탁을 받기라도 한 것처럼.

기차 안에 있는 지금 눈물을 흘리고 있지만, 누가 보든 말든 상관없다. 불치병에 걸렸거나, 기르는 강아지가 차에 치였나 보다 하겠지. 아니면 아이도 못 낳고, 이혼까지 한 데다, 곧 길바닥에 나앉게 될 알코올 중독자라고 생각하겠지.

생각하면 우습다. 내가 어쩌다 이 꼴이 됐을까? 어디서부터 내리막길이 시작됐을까? 그걸 막을 수 있었다면 언제였을까? 어디서 길을 잘못 들어섰을까? 아빠가 돌아가신 후 슬픔에서 날 구해준 톰을 만난 건 나쁘지 않았다. 7년 전 이상하게도 쌀쌀했던 5월에 아무 걱정 없이 마냥 행복에 겨워 결혼식을 올렸던 그날도 나쁘지 않았다. 스물여섯이라는 어린 나이에 생각보다 더 널찍하고 더 근사한 23호 집으로 들어갔을 때만 해도 나쁘지 않았다. 그 집에 들어간 후 첫 며칠 동안 나는 맨발로 이리저리 걸어다니며 나무 바닥의 온기를 발밑으로 느끼고, 채워지기를 기다리고 있는 방들의 텅 빈 공간을 즐겼다. 톰과 나는 계획을 세웠다. 마당에 뭘 심을지, 벽에는 뭘 걸어둘지, 작은 방은 무슨 색으로 칠할지. 사실 나는 벌써부터 그 방을 아기 방으로 생각하고 있었다.

어쩌면 그때였을지도 모른다. 그 순간, 우리를 연인이 아닌 한 가족으로 생각한 그 순간부터 잘못되기 시작했을지도 모른다. 그렇게 한 가족의 그림을 머릿속에 그리고 나니 우리 둘만으로는 성이 차지 않았다. 그때부터 톰이 날 다르게 보기 시작했을까? 나처럼 그도 실망했을까? 결국 그는 나를, 나와 함께하길 포기했고, 나는 그가 자신이 모자란 탓이라고 생각하게 내버려두었다.

눈물을 계속 흘리다가 노스코트에 도착하자 마음을 가다듬고 눈물을 닦은 뒤 캐시가 준 퇴거 명령서 뒤쪽에다 오늘 해야 할 일들을 적기 시작한다.

> 홀본 도서관
> 엄마에게 이메일 보내기
> 마틴에게 이메일 보내기, 추천서 부탁???
> 알코올 중독자 모임 찾아볼 것-런던 중심가/애시버리
> 실직 사실을 캐시에게 털어놓기?

기차가 정지 신호를 받아 멈출 때 고개를 들어보니 제이슨이 테라스에 서서 기찻길을 내려다보고 있다. 마치 그가 날 똑바로 쳐다보고 있는 것 같아서 기분이 정말 묘하다. 전에도 그가 이렇게 날 쳐다본 적이 있는 것 같다. 그가 정말 날 본 적이 있는 것 같다. 그가 내게 미소 짓는 모습을 상상하니 왠지 모르게 두려워진다.

그가 고개를 돌리고 기차가 움직이기 시작한다.

저녁

나는 유니버시티 칼리지 병원의 응급실에 앉아 있다. 그레이즈인로를 건너가다가 택시에 치였다. 한 가지 짚고 넘어가자면 난 취한 상태가 아니었다. 약간 흥분해서 집중이 안 되고, 거의 공황 상태에 빠져 있긴 했지만. 오른쪽 눈 위 2센티미터가 조금 넘는 길이의 상처를 끝내주게 잘생긴 수련의가 꿰매주는데, 실망스럽게도 무뚝뚝하고 사무적이다. 그는 상처를 다 꿰매고 나서 내 머리에 난 혹을 알아챈다.

"예전에 생긴 거예요." 내가 말한다.

"얼마 안 된 것처럼 보이는데요."

"음, 오늘 생긴 건 아니에요."

"전쟁터라도 갔다 왔어요?"

"머리를 부딪쳤어요, 차에 타다가."

그가 내 머리를 몇 초 동안 살피더니 "그래요?" 하고 말한다. 그러고는 뒤로 물러서서 내 눈을 바라본다. "그런 것 같지는 않은데요. 어떤 물건으로 머리를 맞은 것 같아요." 그의 말에 난 오싹해진다. 일격을 피하기 위해 손을 들어올리며 머리를 홱 숙였던 기억이 난다. 그게 진짜 기억일까? 의사가 다시 다가와서 상처를 좀 더 자세히 살펴본다. "톱니 모양의 날카로운 물건인 것 같은데……."

"아니에요." 내가 말한다. "자동차였다니까요. 차에 타다가 머리를 부딪쳤어요." 나는 의사뿐만 아니라 나 자신도 납득시키려 애쓰고 있다.

"알겠습니다." 그가 미소 짓더니 다시 물러서 몸을 약간 구부려 나와 눈을 맞춘다. "괜찮으세요……?" 그가 기록을 본 후 말을 잇는다. "레이첼?"

"네."

그가 한참이나 날 쳐다본다. 내 말을 믿지 않는 것이다. 그는 걱정스러운 표정을 하고 있다. 내가 남편에게 맞고 사는 아내인 줄 아는 모양이다. "좋아요. 제가 처리해드리죠, 그냥 넘어갈 문제가 아닌 것 같아서요. 연락할 사람은 있습니까? 남편은요?"

"이혼했어요."

"그럼 다른 사람은요?" 이혼했다는 말에 그는 별로 개의치 않는다.

"친구한테 연락해주세요, 걱정하고 있을 거예요." 나는 의사에게 캐시의 이름과 전화번호를 알려준다. 캐시는 눈곱만큼도 걱정하지 않을 것이다. 평소에도 지금보다 늦게 집에 들어가니까. 하지만 내가 택시에 치였다는 얘기를 들으면 불쌍히 여겨서 어제 일을 용서해주지 않을까 하는 희망을 품어본다. 캐시는 내가 술에 취해서 차에 치였다고 생각할지도 모른다. 내가 말짱한 정신이었다는 걸 증명하기 위해 혈액검사 같은 걸 받을 수 있을지 의사에게 물어볼까? 나는 의사를 올려다보며 빙긋 웃어보지만, 그는 메모를 하느라 날 보지 않고 있다. 어차피 엉뚱한 생각이다.

내 잘못이었고, 택시 운전기사를 탓할 수 있는 상황이 아니었다. 내가 택시 앞으로 걸어갔으니까, 아니 실은 뛰어들었다. 어디를 향해 뛰고 있었는지 모르겠다. 아무 생각이 없었던 것 같기도 한데, 적어도 나 자신과 관련된 생각은 아니었다. 난 제스를 생각하고 있었다. 제스가 아니라 메건 히프웰, 그녀가 실종됐다.

시어볼즈로에 있는 도서관에 갔었다. 야후 계정으로 엄마에게 이메일을 막 보낸 참이었다(중요한 사실은 하나도 알리지 않았다. 지금 엄마가 내게 얼마만큼의 모성애를 갖고 있는지 가늠하기 위한 탐색용 이메일이었다). 야후 사이트의 첫 페이지에는 내 거주 지역의 뉴스들이 뜬다. 무슨 수로 알아내는지는 도무지 모르겠지만, 어쨌든 야후는 내가 어디에 사는지 알고 있다. 그런데 거기에 완벽한 금발의 그녀, 제스, 나의 제스 사진이 실려 있었다. 그 옆에는 '위트니 여성 실종 사건'이라는 기사 제목이 쓰여 있었다.

처음엔 확신하지 못했다. 그녀처럼 보였고, 내가 상상한 그녀의 모습 그대로였지만 설마 하는 생각이 들었다. 그러다가 기사를 읽으면서 거리 이름을 보고 알았다.

> 버킹엄셔 경찰은 실종된 위트니 블레넘로의 여성 메건 히프웰(29세)의 안전 문제를 우려하고 있다. 히프웰 부인을 마지막으로 본 남편 스콧 히프웰에 따르면, 그녀는 토요일 저녁 7시경 친구의 집에 가기 위해 외출했다고 한다. 히프웰 씨는 그녀의 실종이 '전혀 그녀답지 않은' 일이라고 말했다. 실종 당일 히프웰 부인은 청바지와 빨간 티셔츠를 입고 있었다. 163센티미터 정도 키에 날씬한 체형이며, 금발에 파란 눈이다. 버킹엄셔 경찰은 히프웰 부인과 관련된 정보를 가진 사람의 제보를 기다리고 있다.

그녀가 실종됐다. 제스가 실종됐다. 메건이 실종됐다. 토요일에. 나는 그녀를 검색해보았다. 〈위트니 아거스Witney Argus〉에 기사가 실렸지만, 추가된 내용은 없었다. 난 제이슨, 아니 스콧을 볼 생각이었다. 오늘 아침에 테라스에 서서 나를 보고 미소 짓던 그를. 나는 가방을 움켜잡고 벌떡 일어나 도서관에서 뛰어나가 도로로 들어갔다가 검은색 택시의 앞을 가로막고 말았던 것이다.

"레이첼? 레이첼?" 잘생긴 의사가 딴생각에 빠진 나를 깨우려 애쓰고 있다. "친구 분이 데리러 오셨네요."

메건

2013년 1월 10일 목요일

아침

가끔은 어디에도 가기 싫을 때가 있다. 집 밖으로 다시 나가지 않아도 된다면 행복할 거라는 생각이 든다. 일을 하지 않는 것이 서운하지도 않다. 그저 스콧과 함께 내 안식처에서 누구의 방해도 받지 않고 안전하고 따뜻하게 지내고 싶다.

어둡고 춥고 음산한 날씨에는 그런 마음이 더욱 커진다. 몇 주째 비가 그치지 않아도 그렇다. 얼어붙을 듯 차갑게 몰아치는 장대비, 나무들 사이로 시끄럽게 윙윙거리며 기차 소리를 잡아먹어 버리는 강풍. 그러면 다른 곳으로 떠나라며 날 부추기고 유혹하는 그 덜컹거리는 소리가 들리지 않아서 좋다. 오늘은 어디에도 나가고 싶지 않다. 달아나고 싶은 마음도 들지 않고, 거리로 나가기도 싫다. 남편에게 전화해서 오후에 섹스를 하고 싶으니까 빨리 오라고 해야지. 그리고 그와 함께 집에서 텔레비전을 보면서 아이스크림을 먹고 싶다.

물론 나중에 나가봐야 한다. 카말을 만나는 날이기 때문이다. 요즘은 스콧에 대해, 내가 저지른 모든 잘못에 대해, 제대로 하지 못한 아내 노릇에 대해 얘기하고 있다. 카말은 나 자신을 행복하게 만들 수 있는 방법을 찾고, 이제부터는 다른 곳에서 행복을 기대하지 말라고 말한다. 맞는 말이다. 그래야 한다. 그래야 한다는 걸 나도 안다. 그러다가도 지금 이 순간으로 돌아오면 그냥 이런 생각이 든다. 알 게 뭐야. 인생은 너무 짧잖아.

부활절 방학에 가족이 다 함께 산타 마르게리타로 여행을 떠났던 때가 생각난다. 그때 난 막 열다섯 살이 되었고, 해변에서 어떤 아저씨를 만났다. 나보다 훨씬 더 나이가 많은 30대나 40대 초반의 남자였는데, 내게 다음 날 같이 배를 타자고 했다. 내 옆에 있던 벤 오빠도 초대를 받았지만, 항상 동생을 지켜주던 든든한 오빠는 그 남자가 수상하다면서, 추잡한 사람 같다면서 가지 말자고 했다. 물론 그는 추잡한 사람이었다. 하지만 난 오빠에게 화를 냈다. 우리가 그런 개인 요트를 타고 리구리아해를 돌아다닐 수 있는 기회가 또 언제 오겠냐며. 오빠는 그런 기회가 많을 거라고, 우리가 모험으로 가득한 인생을 즐기게 될 거라고 말했다. 결국 우리는 그 아저씨에게 가지 않았고, 그해 여름 오빠가 A10 도로에서 모터바이크를 제대로 운전하지 못하는 바람에 오빠와 내가 항해를 떠날 수 있는 기회는 영원히 사라져버렸다.

오빠와 함께 지내던 때가 그립다. 우린 겁이 없었다.

카말에게 벤 오빠에 대해서는 모든 걸 털어놨지만, 이제 또 다른 문제, 진실, 완전한 진실에 점점 더 가까워지고 있다. 맥과 있었던 일, 그리고 그 전후에 생긴 일들. 카말에게는 마음 놓고 말할 수 있다. 환자의 비밀을 지켜줘야 한다는 서약 때문에 아무에게도 말하지 못할 테니까.

설사 그런 서약이 없다 해도 카말이 남에게 얘기할 것 같지는 않다. 난 그를 진심으로 믿는다. 우습지만, 내가 카말에게 모든 걸 털어놓지 못하는 이유는 그가 내 얘기를 듣고 무슨 조치를 취할까 봐 두려워서도 아니고, 그에게 비난받을까 봐 걱정돼서도 아니다. 바로 스콧 때문이다. 스콧에게 하지 못하는 얘기를 카말에게 하면 꼭 그를 배신하는 것처럼 느껴진다. 내가 저지른 다른 모든 일들, 다른 배신들을 생각하면 이 정도는 별거 아니겠지만, 실은 그렇지 않다. 어찌 보면 더 나쁘게 느껴진다. 나의 현실, 나의 속마음을 그와 함께 나누지 않는 거니까.

난 여전히 망설이고 있다. 내가 느끼는 모든 것을 말할 수 없기 때문이다. 그것이 치료의 핵심이라는 건 알지만, 어쩔 수 없다. 그 모든 남자들, 애인들, 옛 남자들을 뒤죽박죽으로 섞어 애매모호하게 둘러대야겠지만, 그들이 누군지는 중요한 문제가 아니니까 상관없을 것이다. 중요한 건 그들이 날 어떻게 느끼게 만드느냐 하는 것이다. 그들은 날 숨 막히고, 불안하고, 갈증 나게 만든다. 왜 난 내가 원하는 걸 얻지 못할까? 왜 그들은 그걸 내게 주지 못할까?

뭐, 가끔은 그들이 만족스러울 때도 있다. 가끔은 스콧만 있으면 될 때도 있다. 지금의 이 감정을 계속 유지하는 법을 배울 수만 있다면, 이 행복에 집중하고 순간을 즐기며 다른 곳에서 최고의 행복을 찾지 않을 수만 있다면 모든 것이 괜찮아질 텐데.

저녁

카말과 함께 있을 땐 집중해야 한다. 그가 그런 사자 같은 눈으로 날 쳐다보고 있으면, 기다란 두 다리를 꼰 채 무릎 위에 두 손을 포개놓고 있으면, 내 마음이 흐트러진다. 우리 둘이 함께할 수 있는 일들이 자꾸 생각나니까.

집중해야 한다. 오빠의 장례식을 치른 뒤, 내가 가출한 후의 일을 얘기하고 있는 중이었다. 나는 오랜 시간은 아니지만 얼마 동안 입스위치에 있었다. 그곳에서 처음으로 맥을 만났다. 그는 술집 같은 데서 일하고 있었는데, 집으로 가는 길에 나를 차에 태워주었다. 그는 날 안쓰럽게 여겼다.

"그 사람은 그것도 안 하려고 했어요. 그거 있잖아요." 난 웃기 시작한다. "그의 집에 갔을 때 내가 돈을 요구했더니 날 미친 사람처럼 보는 거예요. 내가 나이를 먹을 만큼 먹었다고 말했는데도 그는 믿지 않았어요. 그리고 내 열여섯 번째 생일까지 기다렸죠, 정말이라니까요. 그때쯤 맥은 홀컴 근처의 낡은 집에 살고 있었어요. 막다른 골목길 끝에 있는 오래된 작은 돌집이었는데, 주변에 땅이 좀 있고 해변에서 800미터 정도 떨어져 있었죠. 집 근처에 낡은 철도가 깔려 있었어요. 밤에는 잠을 못 자고 그냥 누워 있곤 했어요. 그땐 항상 약에 취해 있었고 담배도 많이 피웠거든요. 그리고 기차 소리가 들린다고 상상하다가 진짜라는 확신이 들어서 밖으로 나가 불빛을 찾곤 했죠."

카말은 의자에 앉은 채 자세를 바꾸고는 천천히 고개를 끄덕인다. 말은 한마디도 하지 않는다. 내가 계속해야 한다는, 얘기를 계속해야 한다는 뜻이다.

"그곳에서 맥이랑 정말 행복하게 살았어요. 그 사람이랑…… 세상에, 3년이나 같이 살았네요. 그러고 보니. 내가…… 떠났을 때 열아홉 살이었으니까요. 열아홉 살."

"행복했다면서 왜 떠났죠?" 그가 묻는다. 벌써 여기까지 왔다. 내 생각보다 빨리. 그래서 미리 이것저것 따져보고 대비할 시간이 없었다. 그럴 수가 없다. 너무 빠르다.

"맥이 날 떠난 거예요. 그 사람이 나한테 상처를 줬어요."
이 말은 진실이지만, 거짓이기도 하다. 아직은 진실을 있는 그대로 말할 준비가 되지 않았다.

돌아와보니 스콧이 집에 없기에 내 노트북 컴퓨터를 열어 처음으로 그를 검색해본다. 10년 만에 처음으로 맥을 찾아본다. 하지만 찾을 수가 없다. 세상에는 수백 명의 크레이그 매켄지가 있고, 그들 중에 나의 크레이그는 보이지 않는다.

2013년 2월 8일, 금요일
아침

숲속을 걷고 있다. 날이 밝기 전에 나왔는데 이제 막 동이 트려 하고, 내 머리 위로 나무들 사이에서 까치들이 가끔 우는 소리 말고는 쥐 죽은 듯 고요하다. 새들이 구슬 같은 눈으로 날 지켜보며 머리를 굴리고 있는 것이 느껴진다. 까치 떼. 한 마리는 슬픔, 두 마리는 기쁨, 세 마리는 소녀, 네 마리는 소년, 다섯 마리는 은, 여섯 마리는 금, 일곱 마리는 절대 알려지지 않을 비밀(까치 몇 마리를 보느냐에 따라 운수가 결정된다는 미신을 바탕으로 한 전래 동요 중 일부-옮긴이).

나는 그중 몇 가지를 가졌다.

스콧은 서식스의 어딘가에 일을 보러 가고 집에 없다. 어제 아침에 떠났고 오늘 밤에야 돌아온다. 그래서 난 내가 원하는 건 뭐든 할 수 있다.

집을 나서는 스콧에게, 상담 치료를 받고 나서 타라와 함께 영화를 보러 갈 거라고 말했다. 전화기를 꺼둘 거라고 말했고, 타라에게도 말해두었다. 스콧이 전화해서 나와 함께 있는지 확인할지도 모른다고. 이번에는 타라가 내게 그 시간에 뭘 할 거냐고 물었다. 내가 그저 한쪽 눈을 찡긋하며 미소 짓자 그녀는 웃었다. 그녀는 외로운 사람이니까 이런 작은 음모에 끼는 것도 좋을 것이다.

카말과의 상담에서 스콧에 대해, 노트북 컴퓨터 사건에 대해 얘기를 나누었다. 일주일 정도 전의 일이었다. 나는 맥을 찾고 있었다. 여러 번 검색했다. 그가 어디에 있는지, 무슨 일을 하며 지내는지 알고 싶었을 뿐이다. 요즘엔 인터넷에 거의 모든 사람들의 사진이 뜨니까 그의 얼굴을 보고 싶었다. 하지만 결국 그를 찾지 못했다. 그날 밤 난 일찍 잠자리에 들었다. 스콧은 텔레비전을 보느라 늦게까지 자지 않았고, 나는 깜박하고 브라우저 기록을 삭제하지 않았다. 한심한 실수였다. 뭘 보고 있었든 간에 보통은 컴퓨터를 끄기 전에 마지막으로 하는 일인데. 컴퓨터 전문가인 스콧은 내가 뭘 하고 있었는지 알아내려면 알아낼 수 있겠지만, 시간이 아주 많이 걸리는 일이라 굳이 그런 수고를 하지는 않는다.

어쨌든 내가 깜박했다. 그리고 다음 날 우리는 싸웠다. 격하게. 스콧은 크레이그가 누구냐고, 그를 얼마나 오래 만났냐고, 어디서 만났냐고, 자기는 해주지 않았는데 그가 해준 것이 있느냐고 따졌다. 멍청하게도 나는 크레이그가 옛날 친구라고 말했고, 분위기는 더 냉랭해졌다. 카말이 내게 스콧이 무서우냐고 물었을 때 난 정말 화가 났다.

"내 남편이에요." 나는 이렇게 쏘아붙였다. "무서울 리가 없잖아요."

카말은 충격을 크게 받은 표정이었다. 사실 나도 충격이었다. 그렇게 분한 마음이 들 줄은, 내가 그렇게 스콧을 싸고돌 줄은 나 자신도 예상치 못했다. 내게도 뜻밖의 일이었다.

"유감이지만, 남편을 두려워하는 여성들이 많답니다, 메건." 내가 무슨 말을 하려고 하자 그가 손을 들어 막았다. "당신은 당신의 이메일을 읽고 브라우저 기록을 감시하는 남편의 행동을 평범한 일인 것처럼, 정상적인 일인 것처럼 얘기하고 있지만, 그렇지 않아요, 메건. 다른 사람의 사생활을 그 정도로 침범하는 건 정상이 아니에요. 일종의 정서적 학대인 경우가 많죠."

너무 감상적인 얘기처럼 들려서 난 웃었다. "학대가 아니에요. 당사자가 괜찮으면 학대가 아니잖아요. 난 괜찮아요. 괜찮다니까요."

그러자 카말이 미소를 지었다. 조금은 슬픈 미소였다. 그리고 그는 이렇게 물었다. "기분 나빠야 하는 거 아니에요?"

난 어깨를 으쓱했다. "그래야 할지도 모르지만 사실 난 괜찮아요. 그이는 질투가 많고 소유욕이 강해요. 원래 그런 사람인걸요. 그런 점 때문에 그이가 싫지는 않아요. 가끔은 정말 별거 아닌 걸로 다퉈요. 평소에는 내가 조심해서 흔적을 남기지 않죠. 그래서 보통은 문제가 안 돼요."

카말은 거의 알아차리지 못할 정도로 아주 살짝 고개를 저었다.

"선생님이 날 심판하려고 여기 계신 건 아니잖아요."

상담이 끝났을 때 나는 그에게 같이 한잔하겠느냐고 물었다. 그는 안 된다고 했다. 적절치 않은 일이라며 그럴 수 없다고 했다. 그래서 나는 집까지 그를 미행했다. 그는 진료소에서 길을 따라 내려가면 나타나는 아파트에 살고 있었다. 나는 그의 집 문을 두드렸고, 그가 문을 열자 "이건 적절한가요?"라고 물었다. 그러고는 손으로 그의 뒷덜미를 붙잡고 발끝으로 서서 그의 입술에 키스했다.

"메건." 그가 벨벳처럼 부드러운 목소리로 말했다. "이러지 말아요. 이러면 안 돼요. 그만둬요."

그 격렬한 밀고 당기기, 욕망과 억제. 난 그 감정이 사라지기를 원치 않았고, 어떻게든 그것을 붙들고 싶었다.

나는 새벽에 일어났다. 이런저런 일들로 가득 차 복잡해진 머릿속이 핑핑 돌았다. 내가 받아들이거나 거부할 수 있었던 그 모든 기회들을 생각하자니, 깬 채 혼자 누워 있을 수가 없어서 일어나 옷을 입고 걷기 시작했다. 그러다 보니 어느새 여기까지 왔다. 이리저리 걸어다니면서 여러 일들을 되돌아보았다. 그가 한 말, 그 여자가 한 말, 유혹, 해방. 무언가에 정착할 수 있다면, 흔들리지 않고 거기에 달라붙고 싶은 마음이 생긴다면 좋을 텐데. 내가 찾고 있는 것이 영영 발견되지 않으면 어쩌지? 그게 불가능하다면?

차가운 공기가 폐 속으로 들어오고, 손가락 끝이 새파랗게 질리기 시작한다. 그냥 여기 이파리들 사이에 누워 내 몸을 냉기에 맡겨버리고 싶은 마음도 든다. 그럴 순 없다. 이제 갈 시간이다.

블레넘로에 돌아오니 거의 9시가 다 됐고, 모퉁이를 돌 때 유모차를 밀며 내 쪽으로 다가오는 그녀가 보인다. 웬일인지 아이가 조용하다. 그녀가 날 보더니 고개를 끄덕이며 살짝 미소 짓고, 난 화답하지 않는다. 평소대로라면 친절한 척이라도 하겠지만, 오늘 아침엔 진짜 나로 돌아온 것 같은 기분이다. 마치 마약에 취한 것처럼 하늘을 날 것 같고, 친절한 척하려 했어도 실패했을 것이다.

오후

오후에 잠이 들었다. 그러다가 열에 들뜨고 공황 상태에 빠져 깨어났다. 죄책감, 죄책감이 느껴진다. 하지만 조금은 모자란 듯한 죄책감이다.

그가 한밤중에 떠나면서 내게 또 했던 말이 떠올랐다. 이번이 마지막이라고, 정말 마지막이라고, 다시는 이러면 안 된다고. 그는 청바지를 입고 있었다. 나는 침대에 누운 채 웃었다. 지난번에도, 지지난번에도, 또 그 전에도 그가 했던 말이다. 그가 날 힐끗 쳐다보았다. 그 눈빛을 어떻게 설명해야 할지 모르겠다. 정확히 말하자면 분노도 경멸도 아니었다. 그건 경고였다.

기분이 뒤숭숭하다. 집 안을 이리저리 서성거려본다. 마음이 진정되지 않는다. 내가 잠들어 있는 동안 누군가가 여기 있었던 것처럼 느껴진다. 모든 게 다 제자리에 있는데 마치 누가 물건들을 건드려 미묘하게 움직여놓은 것처럼 집이 다르게 느껴지고, 내가 집 안을 돌아다니는 동안 다른 누군가가 내 시선이 비껴난 곳에 있는 것처럼 느껴진다. 마당으로 통하는 프렌치 도어를 세 번이나 확인해보지만 잘 잠겨 있다. 스콧이 얼른 집으로 돌아왔으면 좋겠다. 그가 필요하다.

레이첼

2013년 7월 16일 화요일

아침

난 지금 8시 4분 기차를 타고 있지만, 런던으로 가는 건 아니다. 위트니로 가고 있다. 그곳에 가면 혹시 기억이 되살아나지 않을까 싶어서다. 역에 도착하면 모든 게 분명해지고, 그날 무슨 일이 있었는지 알게 되지 않을까? 그리 큰 기대는 하지 않지만, 달리 할 수 있는 일이 없다. 톰에게 전화할 순 없다. 너무 창피하기도 하고, 어쨌든 그가 명확히 선을 그었다. 앞으로 나와 엮이기 싫다고.

메건은 아직도 행방이 묘연하다. 실종된 지 60시간이 넘었고, 이 소식은 전국으로 퍼져나가고 있다. 오늘 아침 BBC와 〈데일리 메일〉의 웹사이트에 기사가 실렸고, 다른 사이트들에도 그 사건이 짤막하게 언급되었다.

나는 BBC와 〈데일리 메일〉에 실린 기사들을 모두 출력해서 가져왔다. 그 기사들을 읽으면서 다음의 사실들을 알았다.

메건과 스콧은 토요일 저녁에 말다툼을 했다. 한 이웃 사람이 고성이 오가는 걸 들었다고 한다. 스콧은 다툰 사실을 인정했고, 그의 아내가 콜리에 사는 친구인 타라 엡스타인의 집에서 그날 밤을 보낸 줄 알았다고 말했다.

메건은 타라의 집에 가지 않았다. 타라는 금요일 오후에 필라테스 수업에서 마지막으로 메건을 봤다고 말했다. (그럼 그렇지. 난 메건이 필라테스를 할 줄 알았다.) 엡스타인 씨에 따르면, "메건은 평소와 다를 바 없이 괜찮았다. 기분이 좋아 보였고, 다음 달에 돌아오는 서른 번째 생일에 뭔가 특별한 일을 할 계획이라고 했다."

메건이 토요일 저녁 7시 15분경에 위트니 기차역으로 걸어가고 있는 걸 목격한 사람이 한 명 있었다.

메건은 그 지역에 가족이 없다. 아버지와 어머니 모두 사망했다.

메건은 실직한 상태였다. 위트니에서 작은 화랑을 운영했지만, 작년 4월에 문을 닫았다. (역시나 내 예상대로 메건은 예술 관련 일을 했다.)

스콧은 자영업을 하는 IT 컨설턴트다. (스콧이 IT 컨설턴트라니, 믿을 수가 없다.)

메건과 스콧은 3년 차 부부다. 블레넘로의 그 집에서 2012년 1월부터 살았다.

〈데일리 메일〉에 따르면, 그 집값이 40만 파운드라고 한다.

기사들을 읽으니 스콧에게 불리한 상황 같다. 말다툼 때문만은 아니다. 원래 그렇다. 어떤 여자에게 나쁜 일이 생기면 경찰은 제일 먼저 남편과 애인부터 의심한다. 하지만 이번 사건의 경우엔 경찰이 모든 사실을 알고 있는 건 아니다. 애인에 대해서는 몰라서인지 남편만 주시하고 있다.

나는 애인의 존재를 아는 유일한 사람일지도 모른다.

나는 가방 안을 뒤져 종이 쪼가리를 찾는다. 포도주 두 병을 사고 받은 카드 전표 뒷면에 메건 히프웰의 실종에 관한 가장 그럴듯한 가설들을 쭉 적어본다.

1. 메건은 애인과 함께 도망갔다. 이제부터 이 애인을 B로 칭한다.
2. B가 메건을 해쳤다.
3. 스콧이 메건을 해쳤다.
4. 메건은 그냥 남편을 떠나 다른 곳에서 살고 있다.
5. B나 스콧이 아닌 다른 누군가가 메건을 해쳤다.

첫 번째 가설이 제일 그럴듯해 보이고, 4번 역시 가능성이 아주 높다. 메건은 분명 독립적이고 고집 센 여자니까. 그리고 만약 그녀가 바람을 피우고 있다면 머리도 식힐 겸 떠나고 싶지 않았을까?

5번은 가능성이 희박해 보인다. 제삼자에 의한 살인은 그리 흔한 일이 아니니까.

머리에 난 혹이 욱신욱신 쑤시고, 토요일 밤에 내가 본 건지, 상상한 건지, 아니면 꿈을 꾼 건지 모를 다툼이 계속 생각난다. 기차가 메건과 스콧의 집을 지나가자 나는 고개를 든다. 머릿속에서 맥박 뛰는 소리가 들린다. 흥분된다. 두렵다. 아침 햇빛을 반사하고 있는 15호 집의 창문들이 마치 앞을 못 보는 눈들처럼 보인다.

저녁

좌석에 막 앉으려고 할 때 전화기가 울린다. 캐시다. 음성 메시지로 넘어가도록 내버려둔다.

캐시가 메시지를 남긴다. "안녕, 레이첼, 아무 일 없는지 확인하려고 전화한 거야." 내가 택시에 치였던 일 때문에 걱정하고 있는 것이다. "요전엔 내가 미안했어. 나가라고 말했던 거 말이야. 그러지 말았어야 했는데, 내가 지나쳤어. 네가 있고 싶은 만큼 있어도 돼." 기나긴 침묵 끝에 캐시가 다시 말을 잇는다. "전화해줘. 알았지? 그리고 곧장 집으로 와, 레이첼. 술집에 들르지 말고."

술집에 갈 생각은 없다. 점심 때 한잔하고 싶었다. 오늘 아침 위트니에서 있었던 일 때문에 술 생각이 간절했다. 하지만 말짱한 정신으로 있어야 했기 때문에 술을 마시지 않았다. 말짱한 정신으로 해야 할 일이 생긴 것도 참으로 오랜만이다.

오늘 아침 위트니로 가는 길은 참 낯설었다. 겨우 며칠 만인데도 굉장히 오랫동안 가지 않은 것처럼 느껴졌다. 하지만 완전히 다른 곳, 다른 마을의 다른 역이라 해도 큰 상관은 없을 것이다. 토요일 밤 그곳에 갔던 건 나와 다른 사람이었으니까. 오늘 난 맑은 정신에 기운도 넘쳤고, 소리와 빛, 그리고 들킬지도 모른다는 두려움을 그 어느 때보다 과민하게 의식하고 있었다.

난 무단침입죄를 저지르고 있었다. 오늘 아침엔 그렇게 느껴졌다. 이제 톰과 애나, 스콧과 메건, 그들의 땅이니까. 난 그곳에 살지 않는 외지인이지만, 그래도 모든 것이 친숙하기만 하다. 역의 콘크리트 계단을 내려가 신문 가판대를 지나서 로즈베리가로 들어간 뒤, T자형 삼거리 끝까지 이어지는 블록의 반까지 가다가 오른쪽으로 꺾으면 굴다리로 이어지는 아치형 입구가 나오고, 왼쪽으로 꺾으면 빅토리아 왕조풍의 멋진 연립주택들이 양옆으로 늘어선 좁은 가로수길인 블레넘로가 나온다. 마치 집으로 가는 느낌이다. 그냥 집이 아니라 유년 시절을 보낸 집, 아주 오래전에 떠나온 곳. 계단을 올라가면서 어디서 삐걱거리는 소리가 날지 훤히 아는 그런 친숙함이 느껴진다.

그 친숙함은 내 머릿속뿐만 아니라 뼛속 깊이 스며들어 있다. 내 온몸이 그곳을 기억하고 있다. 오늘 아침 어두컴컴한 굴다리 입구를 지나칠 때 내 걸음이 빨라졌다. 그곳에서는 항상 조금 더 빨리 걷기 때문에 따로 생각할 필요도 없었다. 특히 겨울엔 매일 밤 집으로 돌아갈 때마다 확인차 오른쪽을 힐끔거리며 걷는 속도를 높이곤 했다. 그때처럼 오늘도 그곳엔 아무도 없었지만, 오늘 아침에 암흑 속을 들여다보던 난 걸음을 갑자기 멈추었다. 갑자기 나 자신의 모습이 보였기 때문이다. 몇 미터 안에서 벽에 기대어 털썩 주저앉은 채 두 손으로 머리를 감싸고 있는 내가 보였다. 머리와 두 손 모두 피투성이였다.

심장이 쿵쾅거렸고 난 그곳에 그대로 서 있었다. 출근하는 사람들이 역으로 가면서 나를 돌아갔고, 내가 꼼짝도 않고 서 있자 한두 명은 고개를 돌려 나를 쳐다보았다. 내가 본 광경이 진짜인지 알 수 없었다. 지금도 모르겠다. 내가 뭐 하러 굴다리로 들어갔을까? 어둡고 축축하고 지린내가 코를 찌르는 그곳에 들어갈 이유가 있었을까?

나는 몸을 돌려 다시 역으로 향했다. 그곳에 더는 있고 싶지 않았다. 스콧과 메건의 집에 가고 싶지 않았다. 그곳에서 얼른 벗어나고 싶었다. 그곳에서 뭔가 나쁜 일이 벌어졌던 것이 분명했다.

기차표를 산 다음 반대편 플랫폼으로 이어지는 역 계단을 빠른 걸음으로 올라가는데, 그때 또 어떤 광경이 뇌리를 스쳐 지나갔다. 이번엔 굴다리가 아니라 계단이었다. 내가 계단에서 넘어지고, 한 남자가 내 팔을 잡아 일으켜주었다. 기차에서 봤던 붉은 머리의 그 남자. 그의 얼굴이 희미하게 떠올랐지만 대화는 생각나지 않았다. 내가 웃었던 기억이 났다. 나 혼자 웃음이 터졌는지, 아니면 그의 말을 듣고 웃었는지는 모르겠지만. 그가 내게 친절을 베푼 건 확실하다. 거의 확실하다. 뭔가 나쁜 일이 일어나긴 했지만, 아마 그 사람과는 아무런 관계도 없을 것이다.

나는 기차를 타고 런던으로 들어갔다. 도서관에 가서 컴퓨터 모니터 앞에 앉아, 메건에 관한 기사를 찾아보았다. 〈텔레그래프〉 웹사이트에 실린 짤막한 기사에 "한 30대 남성이 경찰의 수사를 돕고 있다."라고 쓰여 있었다. 아마 스콧일 것이다. 그가 메건을 해쳤을 거라고는 생각할 수 없다. 절대 그럴 리가 없다. 나는 두 사람이 함께 있는 모습을 본 적이 있다. 그들이 함께 있을 때의 분위기를 난 안다. 기사에는 제보를 기다리는 크라임스토퍼스Crimestoppers(범죄에 대한 정보를 익명으로 제공받는 프로그램-옮긴이)의 전화번호도 함께 소개되어 있었다. 집으로 가는 길에 전화해야겠다, 공중전화로. 전화해서 B에 대해, 내가 본 것에 대해 말해줘야지.

기차가 애시버리로 들어가는 순간 내 전화기가 울린다. 또 캐시다. 가여운 친구, 정말 날 걱정하고 있구나.

"레이첼? 지금 기차 안이야? 집에 오는 길이야?" 캐시의 목소리가 불안하게 들린다.

"경찰이 와 있어, 레이첼." 캐시의 말에 내 온몸이 차갑게 식어내린다. "너랑 얘기하고 싶대."

2013년 7월 17일 수요일
아침

메건은 여전히 행방불명 중이고, 난 경찰에게 몇 번이나 거짓말을 했다.

어젯밤 집에 도착했을 때 나는 거의 제정신이 아니었다. 경찰이 날 찾아온 건 택시 사고 때문일 거라고 나 자신을 납득시키려 애썼지만, 그건 말이 되지 않았다. 이미 난 사고 현장에서 경찰에게 명백히 내 잘못이라고 말했던 것이다. 그러니까 그들은 토요일 밤과 관련된 일 때문에 찾아온 것이 분명했다. 내가 무슨 짓을 저지른 것이 틀림없었다. 뭔가 끔찍한 짓을 저지르고는 그냥 잊어버린 모양이었다.

그리 있음직한 얘기는 아니다. 내가 무슨 짓을 저지를 수 있었을까? 블레넘로에 가서, 메건 히프웰을 공격한 다음, 그녀의 시체를 어딘가에 처리해버리고 싹 다 잊어버렸다고? 말도 안 된다. 정말 말도 안 된다. 하지만 토요일에 무슨 일이 있었던 건 분명하다. 기찻길 아래의 어두운 터널을 들여다보고 내 피가 차갑게 식어내렸을 때 그걸 알았다.

단기 기억 상실은 얼마든지 일어날 수 있는 일이다. 클럽에서 집까지 어떻게 왔는지 정확하게 기억하지 못하거나, 술집에서 떠들었던 재미있는 이야기를 까먹는 정도의 문제와는 다르다. 완전한 암흑이 생기는 것이다. 몇 시간을 잃어버리고, 다시는 되찾지 못하는 상황이 되는 것이다.

톰이 내게 그것에 관한 책을 한 권 사준 적이 있었다. 그리 낭만적인 선물은 아니었지만, 그는 아침에 내가 이유도 모르고 사과하는 말을 듣는 데 진력이 나 있었다. 아마도 그는 내가 어떤 폐를 끼치고 있는지, 내가 어떤 짓까지 저지를 수 있을지 알려주고 싶었을 것이다. 어떤 박사가 쓴 책이었는데, 그 내용이 정확한지는 모르겠다. 저자는 단기 기억 상실이란 단순히 과거의 일을 잊어버리는 것이 아니라 애초에 잊을 기억이 없는 거라고 주장했다. 뇌가 단기 기억을 만들어내지 못하는 상태에 빠지게 된다는 것이 그의 이론이었다. 그리고 그런 깊고도 깊은 암흑 속에 있으면 평소처럼 행동하지 않는다. 방금 전에 일어났다고 '생각되는' 일에 반응을 해야 하는데, 기억을 만들고 있지 않아서 바로 전에 정확히 무슨 일이 있었는지 모르기 때문이다. 그는 필름이 끊길 정도로 술을 마시는 사람들을 겨냥한 경고성 일화들도 실어놓았다. 뉴저지의 한 남자는 7월 4일 미국 독립기념일 파티에서 술에 취했다. 나중에 그는 자기 차를 몰고 고속도로에서 잘못된 방향으로 몇 킬로미터를 달리다가, 일곱 명을 태운 밴을 들이받았다. 밴은 폭발해 불길에 휩싸였고 여섯 명이 사망했다. 정작 술에 취한 남자는 무사했다. 늘 그렇듯이 그는 자기가 차에 탄 것도 기억하지 못했다.

뉴욕의 또 다른 남자는 술집에서 나와, 어릴 때 살던 집으로 차를 몰고 가서, 그 집에 살고 있는 사람들을 칼로 찔러 죽이고 자기 옷을 다 벗어버린 다음 다시 차를 몰고 집으로 돌아가 잠자리에 들었다. 다음 날 아침에 일어난 그는 옷은 어디에 있는지, 집까지 어떻게 왔는지 궁금해하며 찝찝한 기분으로 있다가 경찰이 그를 체포하러 왔을 때에야 자신이 뚜렷한 이유 없이 두 사람을 잔인무도하게 살해했다는 사실을 알았다.

그러니까, 터무니없어 보이지만 불가능한 얘기도 아니다. 어젯밤 집에 도착했을 즈음 난 내가 메건의 실종에 어떤 식으로든 연루되었다는 확신이 들었다.

경찰관들이 거실의 소파에 앉아 있었다. 사복을 입은 40대 남자와 목에 여드름이 난 제복 차림의 젊은 남자였다. 캐시는 창 옆에 서서 두 손을 쥐어짜듯 꼭 쥐고 있었다. 겁을 집어먹은 표정이었다. 경찰들이 일어났다. 키가 아주 크고 약간

꾸부정한 사복 경찰이 나와 악수를 나누고 자신을 개스킬 경위라고 소개했다. 그가 순경의 이름도 말해줬지만, 기억나지 않는다. 난 집중할 수가 없었다. 간신히 숨만 쉬고 있었다.

"무슨 일이에요?" 나는 그들에게 소리를 질러댔다. "무슨 일 생겼어요? 우리 엄마에게요? 아니면 톰인가요?"

"모두 무사합니다, 왓슨 씨. 토요일 저녁에 당신이 뭘 했는지, 그 얘기만 들으면 됩니다." 개스킬이 말했다. 텔레비전에서 경찰들이 늘 하는 말이다. 실감이 나지 않았다. 내가 토요일 저녁에 한 일을 알고 싶다니. 내가 대체 토요일 저녁에 무슨 짓을 한 거지?

"좀 앉아야겠어요." 내가 이렇게 말하자, 형사는 '목 여드름' 순경 옆, 그가 앉아 있던 자리를 손으로 가리켰다. 캐시는 아랫입술을 깨물며 계속 서성거렸다. 반쯤 혼이 나간 것처럼 보였다.

"괜찮으십니까, 왓슨 씨?" 개스킬이 내 눈 위의 찢어진 상처를 가리키며 물었다.

"택시에 치였어요. 어제 오후에, 런던에서요. 병원에도 갔어요. 확인해보세요."

"좋습니다." 그가 살짝 고개를 저으며 말했다. "그럼, 토요일 저녁에는요?"

"위트니에 갔어요." 나는 떨리는 목소리를 애써 다잡으며 대답했다.

"뭐 하러요?"

목 여드름이 수첩을 꺼내고 연필을 들어올렸다.

"남편을 보고 싶어서요." 내가 답했다.

"오, 레이첼." 캐시가 말했다.

형사는 캐시의 말을 못 들은 척했다. "남편이요? 전남편 말입니까? 톰 왓슨?" 그래, 난 아직 그의 이름을 버리지 않았다. 더 편해서 그랬을 뿐이다. 신용카드, 이메일 주소, 여권 같은 것들을 바꿀 필요가 없으니까.

"맞아요. 전남편을 보려고 했지만, 좋은 생각이 아닌 것 같아서 집으로 왔어요."

"그게 몇 시였습니까?" 개스킬의 목소리는 차분하고, 그의 얼굴은 완벽한 무표정이었다. 그는 말할 때 입술을 거의 움직이지도 않았다. 목 여드름이 연필로 종이에 갈겨쓰는 소리가 들리고, 내 귓속에서 맥박 뛰는 소리가 울렸다.

"그게…… 음…… 6시 반쯤이었을 거예요. 아니, 6시 정도에 기차를 탄 것 같아요."

"그리고 집으로 오신 게……?"

"7시 반 정도?" 나는 힐끔 올려다봤다가 캐시와 눈이 마주쳤고, 그녀의 표정을 보니 내가 거짓말하고 있다는 걸 아는 눈치였다. "약간 더 늦었을지도 몰라요. 8시에 더 가까웠을 거예요. 네, 맞아요. 이제 기억나네요. 8시 직후에 집에 도착한 것 같아요." 내 두 뺨이 달아오르는 것이 느껴졌다. 내가 거짓말한다는 걸 눈치채지 못한다면 이 남자는 경찰 자격도 없다.

형사는 몸을 돌려 구석의 테이블 밑으로 밀어 넣어둔 의자들 중 하나를 잡더니 아주 거칠고 잽싸게 자기 쪽으로 휙 당겨서 뺐다. 그러고는 의자를 내 바로 맞은편으로 두세 발짝 정도 떨어진 곳에 놓았다. 그는 의자에 앉아 두 손을 무릎에 얹고 고개를 한쪽으로 기울였다. "좋습니다. 그러니까 6시쯤 집을 나가서 6시 반에 위트니에 도착했군요. 그리고 8시경에 여기로 돌아왔고요. 그럼 위트니에서 7시 반 정도에 출발했겠군요. 맞습니까?"

"네, 맞는 것 같아요." 내 기대를 저버리고 목소리가 다시 떨리고 있었다. 이제 곧 형사가 내게 한 시간 동안 뭘 했느냐고 물을 텐데, 난 그에게 해줄 답이 없었다.

"전남편을 보러 가지는 않으셨죠. 그럼 위트니에서 그 시간 동안 뭘 하셨습니까?"

"조금 걸어다녔어요."

그는 내가 자세한 설명을 덧붙이나 보려고 기다렸다. 술집에 갔다고 할까 생각해봤지만 멍청한 짓 같았다. 사실 여부를 확인할 수 있는 일이니까. 어떤 술집이었느냐고, 누구와 얘기를 나눴냐고 물어볼 것이 뻔했다. 어떻게 둘러댈까 고민하는 동안, 그러고 보니 왜 토요일 밤의 내 행적을 궁금해하는지 묻지 않았다는 걸 깨달았다. 그리고 그 자체가 틀림없이 이상해 보였을 거라는 생각이 들었다. 뭔가 켕기는 일이 있는 사람처럼 보였을 것이다.

"대화를 나눈 사람은 없습니까?" 그가 내 마음을 읽기라도 한 듯 이렇게 물었다. "무슨 가게나 술집에 갔다든가……?"

"역에서 어떤 남자랑 얘기했어요." 나는 무슨 중요한 의미라도 있는 것처럼 큰 소리로, 거의 도도하게 이 말을 불쑥 뱉었다. "왜 이런 걸 알고 싶으세요? 무슨 일인데요?"

개스킬 경위가 의자에 등을 기댔다. "위트니의 블레넘로에서 한 여자가, 당신 전남편 집에서 몇 집 건너 사는 여자가 실종됐다는 뉴스를 들으셨을 겁니다. 우리가 집집마다 돌아다니면서 사람들한테 그날 밤 그 여자를 본 기억이 있는지, 평소와 다른 걸 보거나 들은 것이 있는지 물어봤습니다. 그런데 탐문 수사 중에 당신 이름이 나왔어요." 그는 잠깐 입을 다물고, 자신의 말이 충분히 이해되기를 기다렸다. "그날 저녁 실종된 히프웰 씨가 집을 나간 시간 즈음에 블레넘로에서 당신을 본 사람이 있습니다. 애나 왓슨 부인이 자기 집에서 그리 멀지 않은 거리에서, 히프웰 씨의 집 근처에서 당신을 봤다고 하더군요. 당신 행동이 이상해서 걱정됐답니다. 너무 걱정돼서 경찰에 신고할 생각까지 했대요."

내 심장이 덫에 걸린 새처럼 퍼덕거렸다. 난 아무 말도 할 수 없었다. 그 순간, 두 손에 피를 묻힌 채 굴다리 아래 웅크리고 있는 나 자신의 모습이 떠올랐기 때문이다. 두 손에 피를 묻힌 채. 내 손이 확실한가? 내 손일 수밖에 없었다. 고개를 들었다가 내 눈을 주시하고 있는 개스킬의 눈을 보니 그에게 마음을 읽히기 전에 뭐라도 빨리 말해야 할 것 같았다. "난 아무 짓도 안 했어요, 아무 짓도. 그냥…… 그냥 남편을 보고 싶어서……."

"전남편이죠." 개스킬이 바로잡아주었다. 그러고는 재킷 주머니에서 사진 한 장을 꺼내어 내게 보여주었다. 메건의 사진이었다. "토요일 밤에 이 여자를 봤습니까?" 난 한참 동안 사진을 뚫어져라 보았다. 이런 식으로 그녀가 내 앞에 나타나다니, 초현실적인 느낌이 들었다. 내가 지켜봤던 완벽한 금발의 여인, 내가 머릿속으로 지어올리고 무너뜨렸던 그녀의 인생. 전문가가 찍은 듯한 얼굴 사진이었다. 내가 상상했던 것보다 선이 굵은 그 얼굴은 내 머릿속의 제스만큼 멋지진 않았다. "왓슨 씨? 이 여자를 봤습니까?"

내가 그녀를 봤는지 어땠는지 알 수 없었다. 솔직히 그랬다. 지금도 모르겠다.

"못 본 것 같은데요." 내가 답했다.

"못 본 것 같다고요? 그럼 봤을지도 모른다는 얘기군요?"

"아니…… 잘 모르겠어요."

"토요일 저녁에 술을 마셨습니까?" 그가 물었다. "위트니로 가기 전에 술을 마셨어요?"

내 얼굴이 다시 화끈거렸다. "네."

"왓슨 부인, 그러니까 애나 왓슨이 집 밖에서 당신을 봤을 때 술에 취한 것처럼 보였다고 하더군요. 술에 취해 있었습니까?"

"아니요." 나는 캐시와 눈이 마주칠까 봐 형사에게만 계속 시선을 고정하고 있었다. "오후에 두세 잔 마셨지만 취하지는 않았어요."

개스킬이 한숨을 내쉬었다. 내게 실망한 눈치였다. 그가 목 여드름을 힐끔 쳐다보더니 다시 내게로 시선을 돌렸다. 그러고는 천천히, 신중하게 일어나 의자를 원래 자리인 테이블 밑으로 밀어넣었다. "토요일 밤에 관해서, 우리한테 도움이 될 만한 일이 뭐라도 기억나면 전화해주시겠습니까?" 그가 내게 명함을 건네며 말했다.

개스킬이 어두운 표정으로 캐시에게 고개를 끄덕이며 떠날 준비를 할 때 나는 다시 소파에 몸을 묻었다. 심장박동이 느려지기 시작하다가 그의 질문을 듣자 다시 빨라졌다. "홍보 회사에 다니신다던데, 맞습니까? 헌팅던 위틀리?"

"맞아요. 헌팅던 위틀리."

그는 확인을 해볼 것이고, 내 거짓말을 알아챌 것이다. 그가 먼저 알게 내버려둬선 안 된다. 내가 그에게 얘기해야 한다.

그래서 오늘 아침에 그렇게 할 작정이다. 경찰서에 가서 사실을 털어놓을 생각이다. 개스킬 경위에게 모든 걸 말해야지. 몇 달 전 일자리를 잃었고, 토요일 밤에 엄청 취해 있었고, 몇 시에 집으로 돌아갔는지 모르겠다고. 어젯밤에 말했어야 할 사실을 알려줄 것이다. 그가 수사 방향을 엉뚱하게 잡았다고, 메건 히프웰이 바람을 피우고 있었다고 그에게 말해줄 것이다.

저녁

경찰은 나를 오지랖 넓은 사람으로 생각한다. 나를 정신이 불안정한 스토커, 미치광이쯤으로 여긴다. 경찰서에는 괜히 갔다. 내 상황만 더 곤란해졌고, 스콧에게 도움이 된 것 같지도 않다. 애초에 거기에 간 이유는 스콧을 돕고 싶어서였다. 그에게는 내 도움이 필요하다. 경찰은 그가 메건에게 무슨 짓을 저질렀다고 의심할 것이 뻔한데 난 그게 사실이 아니라는 걸 알고 있다. 왜냐하면 난 그를 아니까. 미친 소리처럼 들릴지 몰라도 정말 그런 기분이 든다. 난 스콧이 메건과 함께 있는 모습을 본 적이 있다. 스콧이 메건을 해쳤을 리가 없다.

뭐, 순전히 스콧을 도우려는 마음 하나로 경찰서에 간 건 아니었다. 바로잡아야 할 거짓말이 있었다. 헌팅던 위틀리에서 일한다는 거짓말.

경찰서 안으로 들어갈 용기를 내기까지 한참이나 걸렸다.

수십 번이나 몸을 돌려 집으로 돌아갈까 했지만 결국엔 안으로 들어갔다. 내근 경찰관에게 개스킬 경위를 만날 수 있느냐고 묻자 그가 숨 막힐 듯한 대기실로 나를 안내해주었고, 한 시간 넘게 앉아 있으니 누군가가 와서 날 데려갔다. 그때쯤 난 교수대로 끌려가는 여자처럼 땀을 흘리며 덜덜 떨고 있었다. 안내받아 들어간 방은 창문이 없고 공기가 잘 안 통해 훨씬 더 갑갑하고 더 작았다. 거기서 또 혼자 10분을 더 기다리고 있으니 개스킬과 역시 사복 차림의 한 여자가 나타났다. 개스킬이 정중하게 내게 인사했다. 나를 보고도 그리 놀라지 않는 것 같았다. 그는 함께 온 라일리 경사를 소개해주었다. 그녀는 나보다 어리고, 큰 키에 날씬하고, 머리칼이 검고, 이목구비가 뚜렷한 여우과 미인이다. 그녀는 내 미소에 화답하지 않았다.

모두 앉고 나서는 아무도 입을 열지 않았다. 두 사람은 기대에 찬 표정으로 날 쳐다보고만 있었다.

"그 남자가 기억났어요." 내가 말했다. "역에 어떤 남자가 있었다고 말했잖아요. 그 사람이 어떻게 생겼는지 설명해드릴게요." 라일리가 아주 살짝 눈썹을 치켜세우고는 앉은 자세를 바꾸었다. "보통 키에, 보통 체격에 머리가 붉은색이었어요. 내가 계단에서 넘어졌는데 그 사람이 내 팔을 잡아줬죠." 개스킬이 몸을 앞으로 숙여 팔꿈치를 테이블에 댄 채 자신의 입 앞으로 두 손을 움켜쥐었다. "그 남자가 입고 있던 옷은…… 파란색 셔츠를 입고 있었던 것 같아요."

 이 말은 사실이 아니다. 한 남자가 기억나고, 그가 붉은 머리였다는 것도 거의 확실하고, 기차에서 그가 내게 미소를 짓거나 아니면 능글맞게 웃었던 것 같다. 그가 위트니에서 내린 것 같고, 내게 말을 걸었을지도 모른다. 내가 계단에서 넘어졌다는 것도 있음직한 일이다. 그런 일이 기억은 나는데, 토요일 밤이었는지 다른 날이었는지는 알 수가 없다. 수많은 계단에서 수없이 넘어졌으니까. 그 남자가 무슨 옷을 입었는지는 전혀 모르겠다.

 형사들은 내 얘기에 시큰둥했다. 라일리는 알아차릴 수 없을 만큼 아주 살짝 고개를 저었다. 개스킬은 움켜쥐고 있던 손을 풀고 손바닥을 위로 향한 채 두 손을 벌리며 물었다. "알겠습니다. 정말 이 얘기를 하려고 오신 겁니까, 왓슨 씨?" 그의 말투를 들으니 화가 난 것 같지는 않고 거의 날 격려하는 것처럼 들렸다. 나는 개스킬과 얘기할 수 있게 라일리가 나가버렸으면 싶었다. 그는 믿음이 갔다.

 "지금은 헌팅던 위틀리에서 일하지 않아요." 내가 말했다.

 "오." 그는 좀 더 흥미가 생긴 표정으로 의자에 등을 기댔다.

 "석 달 전에 나왔어요. 같이 사는 친구한테는, 뭐, 실은 집주인이지만, 그 친구한테는 말 안 했어요. 지금 다른 일자리를 찾고 있는 중이에요. 그 친구가 집세를 걱정할까 봐 사실을 숨긴 거예요. 돈은 어느 정도 있어서 집세는 낼 수 있어요.

그런데…… 어쨌든, 어제 형사님한테 내 직업에 대해 거짓말한 거 사과드려요."

라일리가 몸을 앞으로 구부리더니 가식적인 미소를 지었다. "그렇군요. 헌팅던 위틀리에서 일하지 않으신다고요. 직장이 없으신 거죠? 그럼 실직 상태인가요?" 나는 고개를 끄덕였다. "좋아요. 그럼…… 실업수당 신청자로 등록하지 않으셨나요?"

"안 했어요."

"그리고…… 같이 사는 친구 분은 당신이 매일 출근하는 게 아니라는 사실을 모르고 있고요?"

"매일 나가기는 해요. 그러니까 회사가 아니라 런던으로 가죠. 시간이나 이런저런 것들 다 예전이랑 똑같이. 그래야…… 그래야 친구가 모를 테니까요." 라일리는 개스킬을 힐끔 쳐다보았다. 그는 내 얼굴에 시선을 고정한 채 미간을 살짝 찌푸렸다. "좀 이상하게 들린다는 거 나도 알아요……." 나는 말꼬리를 흐렸다. 내 말은 그저 이상하게 들릴 뿐만 아니라, 막상 입 밖으로 꺼내니 정신 나간 얘기처럼 들렸다.

"좋아요. 그러니까 매일 출근하는 척하는 거군요?" 라일리가 역시 이맛살을 찌푸리며 물었다. 마치 내가 걱정스럽다는 듯이. 그녀는 나를 완전히 미친 사람으로 생각하는 것 같았다. 나는 말을 하지도, 고개를 끄덕이지도 않고, 아무것도 하지 않았다. 계속 입을 다물고 있었다. "왜 직장을 그만두셨는지 물어봐도 될까요?"

거짓말해봐야 아무 소용없었다. 이 대화를 나누기 전에는 그들이 내 고용 기록을 확인할 생각이 없었겠지만 이젠 확인하고도 남을 것이다. "잘렸어요."

"해고당했군요." 라일리가 만족스러운 투로 말했다. 그녀가 기대했던 답이 분명했다. "어쩌다가요?"

나는 살짝 한숨을 짓고는 개스킬에게 호소했다. "이게 그렇게 중요한 문제예요? 내가 왜 일을 그만뒀는지가 중요해요?"

개스킬은 아무 말도 하지 않았고, 라일리가 그의 앞으로 밀어준 몇몇 메모를 보더니 고개를 살짝 저었다. 라일리는 질문 방향을 바꾸었.

"왓슨 씨, 토요일 밤 일에 대해 얘기해보죠." 난 개스킬을 힐끔 쳐다봤지만('그 얘기는 이미 했잖아요.') 그는 날 보고 있지 않았다. 나는 "좋아요."라고 말했다. 자꾸 손이 머리로 올라가 두피에 난 상처를 만지작거렸다. 나도 어쩔 수가 없었.

"토요일 밤에 왜 블레넘로에 갔는지 말씀해주세요. 전남편이랑 얘기하고 싶었던 이유가 뭐죠?"

"그건 형사님이 상관할 바가 아닌 것 같은데요." 그런 다음 나는 그녀가 다른 말을 할 틈을 주지 않고 얼른 물었다. "물 한 잔 먹을 수 있을까요?"

내 기대와 달리 개스킬이 일어나서 방을 나갔다. 라일리는 한마디도 하지 않았다. 여전히 입술에 엷은 미소를 띤 채 가만히 나를 쳐다보고만 있었다. 나는 그녀의 시선을 견딜 수가 없어서 테이블을 보다가 여기저기로 눈을 돌렸다. 그녀의 전략이 분명했다. 내가 거북한 분위기를 못 이기고 무슨 말이든 하게 만들려고 계속 침묵을 지키고 있는 것이다. "그 사람이랑 의논할 일이 좀 있었어요. 개인적인 일로요." 내 말은 건방지고 우습게 들렸다.

라일리는 한숨을 쉬었다. 나는 개스킬이 방으로 돌아올 때까지 아무 말도 하지 않기로 결심하고 입술을 깨물었다. 그가 돌아와 뿌연 물이 든 유리잔을 내 앞에 놓자마자 라일리가 말했다.

"개인적인 일이요?" 그녀가 내 대답을 재촉했다.

"맞아요."

라일리와 개스킬은 시선을 주고받았다. 짜증스럽다는 건지 재미있다는 건지 나로서는 알 수 없었다. 윗입술에 땀 맛이 느껴져서 물을 한 모금 홀짝였더니 상한 맛이 났다. 개스킬이 그의 앞에 있는 서류들을 이리저리 뒤섞다가, 볼일을 다 본 건지 아니면 그 내용이 별로 흥미롭지 않은지 옆으로 치워버렸다.

"왓슨 씨, 당신의…… 저어…… 당신 전남편의 현재 아내인 애나 왓슨 부인이 당신에 대한 우려를 표했습니다. 부인 말로는, 당신이 자기와 남편을 귀찮게 하고, 무작정 집에 찾아오고, 또 한번은……." 개스킬이 메모를 힐끔 보는 사이에 라일리가 끼어들었다.

"한번은 왓슨 부부의 집에 무단침입해서 그들의 아이를 데려갔죠, 갓난아기를."

방 한가운데에 블랙홀이 열려 나를 삼켜버렸다. "아니에요! 아기를 데려가지 않았어요…… 그런 게 아니에요, 아니라고요. 난…… 난 아기를 데려가지 않았어요."

나는 아주 심란해져서 몸을 바들바들 떨고 울면서, 가고 싶다고 말했다. 라일리가 의자를 뒤로 밀고 일어나 개스킬에게 어깨를 으쓱하고는 나가버렸다. 개스킬이 내게 화장지를 건넸다.

"가시고 싶으면 언제든 그러셔도 됩니다, 왓슨 씨. 우리한테 말씀해주실 게 있다고 찾아오신 거니까요." 그러고 나서 그는 미안한 듯 미소 지었다. 그 순간 나는 그가 좋아졌고, 그의 손을 꼭 잡고 싶었지만 그러지 않았다. 분위기가 이상해질 테니까. "저한테 말씀해주실 게 더 있을 것 같은데요." '우리한테'가 아니라 '저한테'라고 말해주니 그가 훨씬 더 좋아졌다.

"아마." 그가 이렇게 말하며 일어나 나를 문 쪽으로 데려갔다. "잠깐 쉬면서 다리도 풀고 뭐라도 좀 드시고 싶을 겁니다. 준비가 되시면 돌아와서 전부 다 말씀해주세요."

나는 그냥 다 없었던 일로 하고 집으로 돌아갈 생각이었다. 모든 걸 외면할 작정으로 기차역을 향해 걷고 있었다. 그런데 그때, 매일 기차를 타고 오가면서 그 집, 메건과 스콧의 집을 지나가겠지, 하는 생각이 들었다. 메건을 끝내 못 찾으면 어떡하지? 그럼 난 내가 뭐라도 말했다면 도움이 됐을까 하고 평생 궁금해하며 살겠지. 물론 그럴 가능성은 별로 크지 않지만 그래도. 경찰이 메건의 애인에 대해 몰라서, 스콧이 메건을 해친 죄를 뒤집어쓰면 어떡하지? 바로 지금 메건이 애인의 집 지하실에 묶인 채 다쳐서 피를 흘리고 있거나, 아니면 마당에 묻혀 있다면?

나는 개스킬이 시키는 대로 했다. 구멍가게에서 햄치즈 샌드위치와 물 한 병을 사서 위트니에 있는 유일한 공원으로 갔다. 공원이라기보다는 1930년대 집들에 둘러싸인 볼품없는 작은 땅으로, 아스팔트 깔린 놀이터가 거의 대부분을 차지하고 있다. 나는 그 끄트머리에 있는 벤치에 앉아, 모래를 파먹는 아이들을 꾸짖는 엄마들과 보모들을 지켜보았다. 몇 년 전만 해도 내가 꿈꾸던 모습이었다. 경찰과 얘기하는 사이에 햄치즈 샌드위치나 먹으러 오는 게 아니라, 내 아기와 함께 여기 오는 걸 꿈꿨었다. 어떤 유모차를 살까 생각도 해보고, 트로터스Trotters(런던 킹스로드에 있는 아동 의류·액세서리·장난감 가게 – 옮긴이)와 얼리 러닝 센터Early Learning Centre(영국의 어린이 장난감 가게 체인 – 옮긴이)에서 귀여운 옷들과 교육용 장난감들을 구경하기도 했다. 여기 앉아 무릎에 내 아기를 올려놓고 폴짝폴짝 놀게 하는 모습을 상상했다.

그런 일은 일어나지 않았다. 어떤 의사도 내가 왜 임신이 안 되는지 설명해주지 못했다. 난 충분히 젊었고, 충분히 건강했고, 아이를 가지려고 시도하는 동안에는 술도 많이 마시지 않았다. 남편의 정자는 팔팔하고 수도 많았다. 그런데 임신이 되지 않았다. 유산의 고통을 겪은 적도 없고, 그저 임신이 되지 않았다. 우리는 형편에 맞춰 시험관아기 시술을 한 번 시도했다. 모두가 우리에게 경고했던 대로 힘들었고 성공하지 못했다. 그 일로 우리가 망가질 거라고 경고해준 사람은 아무도 없었다. 하지만 우린 망가졌다. 아니, 내가 망가졌고, 그런 다음 내가 우리를 망가뜨렸다.

불임의 고약한 점은 그 문제로부터 벗어날 수가 없다는 것이다. 30대에는 더더욱. 내 친구들이 아이를 낳고 있었고, 친구들의 친구들도 아이를 낳고 있었다. 그래서 임신과 출산, 돌잔치가 온 사방에서 벌어지고 있었다. 난 끊임없이 임신에 관한 질문을 받았다. 엄마, 친구들, 직장 동료들로부터. 네 차례는 언제가 되는 거니? 어느 시점이 되자 불임은 톰과 나만의 문제가 아니라 일요일 점심 식사 때 다른 사람들도 아무렇지 않게 입에 올리는 주제가 되었다. 우리가 어떤 방법을 시도하고 있는지, 뭘 해야 하는지, 그리고 내가 꼭 포도주를 한 잔 더 마셔야겠는지. 난 아직 젊었고 시간도 많았지만, 실패만 계속되다 보니 거기에 짓눌려 기가 꺾이고 힘이 빠졌다. 그러다 결국엔 희망을 버렸다. 당시엔 언제나 내 잘못으로 보이는 것이 싫고, 내가 일을 그르친다는 사실이 싫었다. 하지만 톰이 애나를 그렇게 빨리 임신시킨 걸 보면 그에게는 아무런 문제도 없었다. 우리 둘 모두의 책임이라고 넌지시 눈치를 준 내가 틀린 것이다. 순전히 내 잘못이었다.

대학 시절부터 가장 친하게 지낸 라라는 2년 동안 두 아이를 낳았다. 첫 아이는 아들, 둘째는 딸이었다. 난 그 아이들이 싫었다. 그들에 대한 얘기는 뭐든 듣고 싶지 않았다. 그 아이들 근처에도 가고 싶지 않았다. 얼마 후 라라는 연락을 끊었다. 직장의 한 여자 동료는 최근에 약으로 아이를 뗀 얘기를 마치 맹장 수술이나 사랑니 발치 얘기하듯 아무렇지도 않게 하면서, 대학생 때 낙태 수술을 받았을 때보다 정신적 쇼크가 훨씬 덜하다고 말했다. 그 후로 나는 그녀에게 말을 걸 수 없었고, 그녀를 쳐다보기도 힘들었다. 사무실에 있기가 거북해졌고, 사람들이 눈치를 챘다.

톰은 나 같은 감정을 느끼지 않았다. 우선 그의 잘못이 아니었고, 어쨌든 그는 나만큼 아이를 원하지 않았다. 그도 아빠가 되고 싶은 마음은 있었다. 정말 그랬다. 마당에서 아들과 함께 축구를 하거나 공원에서 딸을 어깨에 태우고 다니는 모습을 꿈꾸었을 것이다. 하지만 그는 아이가 없어도 우리가 잘 살 수 있을 거라고 생각했다. "우린 행복하잖아. 그냥 이렇게 행복하게 살면 안 돼?" 하고 말하곤 했다. 그는 나를 답답해하기 시작했다. 왜 가져보지도 못한 것을 그리워하고, 그

것 때문에 슬퍼하는지, 그는 전혀 이해하지 못했다.

나 혼자만 불행한 것 같았다. 난 외로워졌고, 그래서 술을 입에 대기 시작하다가 양이 점점 늘었다. 그러고 나서는 더 외로워졌다. 술 취한 사람 근처에 오고 싶어 하는 사람은 아무도 없으니까. 난 사람을 잃고 술을 마셨고 술을 마시고 사람을 잃었다. 내 일을 좋아하긴 했지만, 그리 잘나가지는 못했다. 설마 잘나갔다 한들, 여자로서는 아니었다. 솔직히 말해 여자가 가치를 인정받는 기준은 딱 두 가지다. 외모와 엄마로서의 역할. 미인도 아니고 아이도 가질 수 없는 난 그럼 뭘까? 쓸모없는 인간.

내가 이 모든 것 때문에 술을 마신다고 핑계를 댈 순 없다. 내 부모님이나 어린 시절 폭력적인 삼촌이나 어떤 끔찍한 비극을 탓할 수도 없다. 다 내 잘못이다. 어쨌든 난 술꾼이었다. 난 원래 술을 좋아했다. 하지만 술을 마시면서 더 슬퍼졌고, 시간이 조금 지나면 슬픈 사람도 주위의 모든 사람들도 슬픔에 진절머리를 내게 된다. 그러다가 나는 술꾼에서 주정뱅이가 되었다. 그보다 더 진절머리 나는 사람은 없다.

아이 문제에 대해서는 좀 나아졌다. 혼자가 되고 나서 좋아졌다. 그럴 수밖에 없었다. 책과 논문들을 읽었고, 그 일을 받아들여야 한다는 걸 깨달았다. 다른 방법들도 있고, 희망이 있다. 정신을 차리고 술을 끊으면 입양을 할 수도 있다. 그리고 난 아직 서른네 살이 되지 않았다. 아직 끝나지 않았다.

슈퍼마켓에 엄마들과 아이들이 가득 차 있으면 카트를 버리고 그냥 나오던 몇 년 전에 비하면 지금은 좋아졌다. 그때였다면 이렇게 공원의 놀이터 근처에 앉아 미끄럼틀을 타고 내려오는 통통한 아기들을 보고 있지도 못했을 것이다. 갈망이 극에 달했을 때, 실성할 것만 같던 침울한 시기가 있었다.

어쩌면 한동안은 정말 실성했을지도 모른다. 경찰들이 문제 삼았던 그날, 난 화가 났을지도 모른다. 톰이 한 어떤 말 때문에 뒤통수를 맞은 듯 속이 뒤집혔던 것이다. 아니, 그가 쓴 글 때문에. 그날 아침에 페이스북에서 그 글을 읽었다. 충격적이진 않았다. 그가 미리 말해줬기 때문에 그 여자가 아기를 가졌다는 사실을 알고 있었고, 그녀의 배부른 모습도 보았고, 아이 방 창문에 쳐진 분홍색 블라인드도 보았다. 그래서 이런 날이 오리라는 걸 알고 있었다. 하지만 난 그 아기를 '그녀의' 아기로 생각하고 있었다. 그가 갓 태어난 딸을 품에 안고 내려다보며 미소 짓고 있는 사진 밑에 써놓은 글을 보기 전까지는. '이래서 그 난리들이구나! 처음 느껴보는 사랑이다! 내 인생에서 가장 행복한 날!' 그가 어떻게 이런 글을 쓸 수 있을까 하는 생각이 들었다. 내가 볼 줄 뻔히 알면서, 내가 얼마나 힘들어할지 알면서도 그는 그런 글을 썼다. 상관없었던 것이다. 부모들이란 자기 아이들 빼고는 그 무엇에도 관심이 없다. 아이들이 우주의 중심이 되고, 세상에서 중요한 건 아이뿐이다. 그 외의 다른 사람이야 어떻게 되든,

다른 사람의 고통이나 기쁨 따위는 아무래도 상관없고, 그들의 눈에는 보이지도 않는다.

난 화가 났다. 마음의 평정을 잃었다. 복수심에 불탔을지도 모른다. 내 고통이 진짜라는 걸 그들에게 보여줄 생각이었는지도 모른다. 모르겠다. 난 어리석은 짓을 했다.

나는 두어 시간 후 경찰서로 돌아갔다. 개스킬에게 단둘이 얘기할 수 있느냐고 물어봤지만, 그는 라일리도 동석했으면 좋겠다고 했다. 그 후로는 그에 대한 호감이 조금 줄어들었다.

"난 그 사람들 집에 무단침입하지 않았어요. 톰이랑 얘기하고 싶어서 간 거예요. 초인종을 눌렀는데 아무도 대답을 안 해서······."

"그런데 어떻게 안으로 들어갔죠?" 라일리가 물었다.

"문이 열려 있었어요."

"현관문이 열려 있었다고요?"

나는 한숨을 쉬었다. "아니요, 물론 아니죠. 뒤쪽에 있는 미닫이문으로요, 마당으로 통하는 문."

"그럼 뒷마당으로는 어떻게 들어갔죠?"

"울타리를 넘어갔어요, 들어가는 길을 알고 있었거······."

"전남편 집에 들어가려고 울타리를 넘어갔단 말이에요?"

"그래요. 우린 늘 그랬어요······ 항상 뒤쪽에 예비 열쇠를 뒀으니까요. 우리 중 한 명이 열쇠를 잃어버리거나 깜빡 잊고 안 가져 나왔을 때를 대비해서 한 장소에 숨겨뒀어요. 하지만 난 무단침입은 하지 않았어요, 안 했다고요. 그냥 톰하고 얘기를 좀 하고 싶었을 뿐이에요. 난…… 초인종이 고장 나거나 한 줄 알았죠."

"평일의 한낮이었잖아요? 왜 전남편이 집에 있을 거라고 생각했죠? 가기 전에 전화라도 했었나요?" 라일리가 물었다.

"제발 좀! 그냥 내 얘기 좀 들어주면 안 돼요?" 내가 소리를 지르자, 그녀는 고개를 젓고는 또 그 미소를 지었다. 마치 나를 아는 것 같은, 내 속내를 읽은 것 같은 미소. "울타리를 넘어갔어요." 나는 목소리가 커지지 않도록 조심하며 말했다. "유리문이 약간 열려 있어서 두드려봤어요. 아무런 답이 없었어요. 그래서 머리를 안으로 들이밀고 톰의 이름을 불렀죠. 이번에도 답이 없었는데, 아기 우는 소리가 들렸어요. 들어가봤더니 애나가……."

"왓슨 부인 말인가요?"

"그래요. 왓슨 부인이 소파에서 자고 있더군요. 아기는 아기 침대에서 울고 있고요. 아니, 벌건 얼굴로 악을 쓰고 있었죠. 분명 꽤 오랫동안 그렇게 울고 있었던 거예요." 이 말을 하다 보니, 거리에서도 아기 울음소리가 들려서 집 뒤쪽으로 돌아서 들어갔다고 말할 걸 그랬다는 생각이 들었다. 그랬다면 내 얘기가 덜 미치광이처럼 들렸을 텐데.

"아기가 악을 쓰고 있는데 아기 엄마가 옆에 있으면서 깨지도 않았다고요?" 라일리가 물었다.

"그렇다니까요." 그녀가 팔꿈치를 테이블에 올리고 두 손을 입에 대고 있었기 때문에 그녀의 표정을 완전히 읽을 수는 없었지만, 그녀가 내 말을 믿지 않는다는 건 알 수 있었다. "난 아기를 달래주려고 안아 올렸어요. 그게 다예요. 아기를 진정시키려고 안아줬다니까요."

"그게 다가 아니잖아요. 애나가 깨어났을 때 당신은 거기 없었죠? 당신은 울타리 옆에, 기찻길 옆에 있었어요."

"아기가 곧바로 울음을 그치지 않았어요. 아무리 얼러줘도 계속 보채서 밖으로 데려나간 거예요."

"기찻길로요?"

"마당으로요."

"왓슨 부부의 아이를 해칠 생각이었나요?"

난 벌떡 일어났다. 과장된 행동이었다는 건 나도 알지만, 그들에게, 개스킬에게 그들의 생각이 얼마나 터무니없는지 보여주고 싶었다. "내가 왜 이런 말을 듣고 있어야 해요! 난 그 남자에 대해 얘기해주려고 왔어요! 당신들을 도와주려고 왔다고요! 그런데 지금…… 나한테 정확히 무슨 죄를 씌우려는 거죠? 뭣 때문에 날 비난하는 거예요?"

개스킬은 그리 큰 인상을 받지 않은 듯 여전히 무덤덤한 표정이었다. 그는 내게 다시 앉으라는 손짓을 했다. "우리가 메건 히프웰에 대해 조사하는 중에 왓슨 부인, 그러니까, 애나 왓슨 부인이 당신 이름을 언급했습니다. 당신이 예전에

별난 행동을 해서 사람을 조마조마하게 만들었다면서, 아기와 있었던 그 사건을 얘기해줬어요. 부인 말로는 당신이 자기와 자기 남편을 괴롭혔고, 집에 계속 전화를 한다더군요." 그는 잠깐 메모를 내려다보았다. "거의 매일 밤마다 말이죠. 결혼 생활이 끝났다는 걸 받아들이지 않고……."

"그런 게 아니라니까요!" 난 우겼다. 그 여자의 말은 사실이 아니었다. 그래, 톰에게 가끔 전화를 하긴 했다. 하지만 매일 밤이라니, 명백히 과장된 얘기였다. 하지만 개스킬은 내 편이 아닌 것 같은 느낌이 들었고, 난 또 울고 싶어졌다.

"왜 이름을 바꾸지 않았죠?" 라일리가 물었다.

"뭐라고요?"

"전남편의 성을 아직도 사용하고 있잖아요. 왜죠? 나 같으면 딴 여자 때문에 날 버린 남자의 이름을 지워버리고 싶을 텐데요. 내 자리를 꿰찬 사람이랑 같은 이름을 쓰고 싶지 않을……."

"뭐, 난 그렇게 속 좁은 사람이 아니거든요." 난 속이 좁다. 그 여자가 애나 왓슨이라는 게 싫다.

"알겠어요. 그럼 그 반지, 당신 목걸이에 걸려 있는 반지. 그건 결혼반지인가요?"

"아니에요." 난 거짓말을 했다. "이건…… 할머니한테 받은 거예요."

"그래요? 좋아요. 뭐, 당신 행동을 보아 하니 왓슨 부인의 말대로 당신은 정리할 생각이 없군요. 전남편에게 새로운 가족이 있다는 사실을 받아들일 생각이 없어요."

"대체 이게……."

"대체 이게 메건 히프웰과 무슨 상관이냐고요?" 라일리가 내 말을 대신 끝냈다. "말씀드리죠. 메건이 실종됐는데, 메건이 사는 거리에서 당신을, 그러니까 만취해서 비틀거리는 여자를 봤다는 제보가 들어왔어요. 메건과 왓슨 부인이 조금 닮았다는 사실을 감안하면……."

"두 사람은 전혀 닮지 않았어요!" 나는 발끈했다. 제스는 애나와 전혀 닮지 않았다. 메건은 애나와 하나도 닮지 않았다.

"두 사람 모두 금발에, 날씬하고, 체구가 작고, 피부가 새하얗고……."

"그래서 내가 애나인 줄 알고 메건 히프웰을 해코지했다고요? 그런 얼빠진 얘기는 처음 들어보네요." 난 이렇게 말했지만, 머리에 난 혹이 또 욱신거렸고, 토요일 밤의 모든 것은 여전히 시커먼 암흑 속에 있었다.

"애나 왓슨과 메건 히프웰이 서로 아는 사이라는 건 알고 있었습니까?" 개스킬이 내게 물었고, 난 입이 떡 벌어졌다.

"난…… 뭐라고요? 아니, 아니에요. 두 사람은 서로 몰라요."

라일리는 잠깐 미소 짓다가 정색을 했다. "아니요, 아는 사이예요. 메건이 왓슨 부부네 아이를 돌봐주는 일을 했거든요……." 그녀는 메모를 힐끔 내려다보았다. "작년 8월과 9

월에요." 나는 말문이 막혔다. 상상이 되지 않았다. 내 집에서 메건이 그 여자와, 그 여자의 아기와 함께 있었다니.

"입술에 있는 베인 상처는 요전에 넘어졌을 때 생긴 겁니까?" 개스킬이 내게 물었다.

"네. 넘어지면서 깨물었던 것 같아요."

"어디였습니까, 그 사고가 일어난 게?"

"런던의 시어볼즈로였어요. 홀본 근처요."

"거기서 뭘 하고 있었습니까?"

"뭐라고요?"

"무슨 일 때문에 런던 중심가에 있었죠?"

나는 어깨를 으쓱하며 차갑게 말했다. "이미 말했잖아요. 같이 사는 친구는 내가 실직한 사실을 모른다고요. 그래서 평소대로 런던에 가서 도서관에도 가고, 일자리도 찾고, 이력서도 써요."

라일리는 내 말을 못 믿겠는지 고개를 저었다. 아니면, 어떻게 사람이 저 지경까지 갈 수 있을까 하고 생각하는 건지도.

나는 떠날 준비를 하며 의자를 뒤로 밀었다. 이렇게 멍청하고 미친 여자로 취급받으면서 무시당하는 걸 더는 견딜 수 없었다. 비장의 카드를 쏠 시간이 왔다. "왜 이런 얘기나 하고 있는지 이해가 안 가네요. 난 형사님들이 이것보다는 더 나은 일을 하실 줄 알았어요, 예를 들면 메건 히프웰의 실종을 수사한다든가. 그 여자 애인하고도 얘기해보셨겠죠?" 그들은 아무 말도 하지 않고 그저 나를 빤히 쳐다보고만 있었다. 그들에게는 전혀 뜻밖의 얘기였던 것이다. 그들은 메건의 애인에 대해 알지 못했다. "형사님들은 아마 모르셨겠죠. 메건 히프웰은 바람을 피우고 있었어요." 나는 이렇게 말하고는 문 쪽으로 걷기 시작했다. 개스킬이 날 막았다. 그는 조용히, 그리고 놀랄 정도로 잽싸게 움직여, 내가 문손잡이에 손을 대기도 전에 내 앞에 서 있었다.

"메건 히프웰을 모르시는 줄 알았는데요?" 그가 내게 물었다.

"몰라요." 나는 그를 지나쳐 가려 했다.

"앉아요." 그가 내 앞을 가로막으며 말했다.

나는 그들에게 내가 기차를 타고 가면서 본 것을 얘기했다. 메건이 테라스에 나와 앉아서 저녁에는 석양을 즐기고 아침에는 커피를 마시는 모습을 자주 봤다고. 지난주에 그녀가 분명 남편이 아닌 누군가와 함께 있는 걸 봤고, 그들이 잔디밭에서 키스하는 걸 봤다고 얘기했다.

"그게 언제였습니까?" 개스킬이 쏘아붙이듯 말했다. 내게 화가 난 것처럼 보였다. 하루 종일 나에 관해 떠들어대느라 시간을 낭비하는 대신 곧장 이 얘기부터 했어야 했나 보다.

"금요일이에요. 금요일 아침이었어요."

"그러니까 메건이 실종되기 전날 다른 남자와 함께 있는 걸 봤다고요?" 라일리는 이렇게 물으며 격앙된 한숨을 쉬었다. 그러고는 자기 앞에 있는 파일을 덮었다. 개스킬은 의자에 등을 기댄 채 내 얼굴을 찬찬히 뜯어보았다. 라일리는 내가 이야기를 지어내고 있다고 생각하는 것이 분명했고, 개스킬은 아직 확신이 서지 않는 눈치였다.

"그 남자가 어떻게 생겼는지 설명해주시겠습니까?" 개스킬이 물었다.

"키가 크고, 가무잡잡하고······."

"잘생겼고요?" 라일리가 끼어들었다.

나는 두 볼을 부풀렸다. "스콧 히프웰보다 더 컸어요. 두 사람이 함께 있는 걸 봤기 때문에 알아요, 제스랑, 아니, 메건이랑 스콧 히프웰 말이에요. 그런데 이 남자는 달랐어요. 더 날씬하고, 더 말랐고, 피부색이 더 어두웠어요. 어쩌면 아시아계 남자일 수도 있어요."

"기차에서 봤다면서 인종까지 알아요?" 라일리가 물었다. "대단하군요. 그나저나 제스는 누구예요?"

"뭐라고요?"

"방금 제스라는 이름을 말했잖아요."

얼굴이 또 달아오르고, 나는 고개를 저으며 말했다. "아니요, 그런 적 없어요."

개스킬이 일어나서 내게 손을 내밀었다. "이 정도면 된 것 같군요." 나는 그와 악수를 나눈 뒤 라일리를 무시하고 몸을 돌렸다. "블레넘로 근처에는 가지 마십시오, 왓슨 씨." 개스킬이 말했다. "중요한 일 아니면 전남편에게 연락하지 마시고, 애나 왓슨이나 그 아이 근처에도 가지 마십시오."

집으로 돌아가는 기차 안에서 오늘 하루 동안 틀어진 일들을 하나하나 따지다 보니 내 기분이 별로 나쁘지 않은 것이 놀랍다. 가만히 생각해보면 그 이유를 알 것도 같다. 어젯밤에 술을 마시지 않았던 것이다. 그리고 지금도 한잔하고 싶은 생각이 들지 않는다. 정말 오랜만에 나의 고통이 아닌 다른 무언가에 흥미가 생겼다. 목적이 생겼다. 아니 적어도, 정신을 딴 곳에 쏟을 수 있게 되었다.

2013년 7월 18일 목요일
아침

오늘 아침 기차에 타기 전에 신문 세 개를 샀다. 메건은 4박 5일 동안 행방불명 중이고, 그 사건이 여기저기 많이 보도되고 있었다. 아니나 다를까 〈데일리 메일〉은 메건이 비키니를 입고 찍은 사진들을 찾아 실었고, 내가 이제껏 본 기사 중에 그녀를 가장 자세하게 소개해놓았다.

결혼 전 이름이 메건 밀스인 그녀는 1983년 로체스터에서 태어나 열 살 때 부모님과 함께 노퍽의 킹스린으로 옮겨갔다. 그녀는 명랑하고 사교성이 아주 뛰어났으며, 그림도 잘 그리고 노래도 잘 불렀다. 한 학교 친구의 말에 따르면, 그녀는 "잘 웃고, 아주 예쁘고, 꽤 거칠었다." 그녀의 거친 성격은 가깝게 지내던 오빠 벤이 죽으면서 더욱 심해졌다. 벤은 열아홉 살에 오토바이 사고로 죽었고, 그때 메건은 열다섯 살이었다. 오빠의 장례식 사흘 후 그녀는 가출했고, 두 번 체포된 전력이 있었다. 한 번은 절도죄로, 또 한 번은 성매매 호객 행위로. 〈데일리 메일〉은 그녀와 부모의 관계가 완전히 끊어졌다고 보도했다. 몇 년 전에 그녀의 아버지와 어머니는 딸과 화해하지도 못한 채 세상을 떠났다. (이 부분에서 메건이 무척이나 안쓰럽게 느껴진다. 따지고 보면 그녀도 나와 별반 다르지 않은 것 같다. 그녀 역시 고독하고 외로운 사람이다.)

메건은 열여섯 살에 노퍽 북부의 홀컴 근처에 있는 애인의 집에서 지내기 시작했다. 학교 친구에 따르면, "그 남자는 음악인가 뭔가를 하는 연상의 남자였다. 그는 마약을 했다. 메건이 동거를 시작한 후로는 자주 보지 못했다." 그 애인의 이름이 나와 있지 않은 걸 보면 그를 찾지 못한 모양이다. 어쩌면 그는 존재하지 않는 사람일 수도 있다. 그 학교 친구가 신문에 나고 싶어서 지어낸 이야기일 수도 있다.

기사는 그 후 몇 년을 건너뛴다. 갑자기 메건은 스물네 살이 되고, 런던에 살며, 런던 북부의 한 식당에서 웨이트리스로 일한다. 그곳에서 그녀는 식당 매니저와 친한 IT업계 자영업자인 스콧 히프웰을 만난다. 두 사람은 죽이 잘 맞았다.

'뜨거운 연애' 후에 메건과 스콧은 결혼한다. 그녀는 스물여섯, 스콧은 서른 살이었다.

다른 몇 명의 말도 인용되어 있는데, 그중에는 메건이 사라진 날 밤 만나기로 했던 친구 타라 엡스타인도 포함되어 있다. 그녀는 메건이 '사랑스럽고 낙천적인 여자'였고, '아주 행복해' 보였다고 말한다. "스콧은 메건을 해치지 않았을 것이다. 메건을 아주 많이 사랑하니까." 타라는 상투적인 얘기만 늘어놓는다. 내 관심을 끄는 건 메건이 관리했던 화랑에 작품을 전시했던 한 화가의 말이다. 라제시 구즈랄이라는 그 화가는 메건이 "야무지고, 재미있고, 아름다운 멋진 여성, 마음이 따뜻하고 자기 얘기를 잘 하지 않는 사람"이라고 말한다. 내가 보기엔 라제시가 메건을 짝사랑했던 것 같다. 마지막으로 스콧의 옛 동료인 데이비드 클라크라는 남자의 말이 인용되어 있다. "메건과 스콧은 굉장히 멋진 부부다. 행복한 결혼 생활을 했고, 서로를 아주 많이 사랑했다."

수사에 관한 기사들도 조금 있지만, 경찰 쪽에서 나온 얘기는 아무짝에도 쓸모가 없다. 그들은 "다수의 증인들"과 얘기했고, "여러 방향으로 조사를 진행하고" 있다. 흥미로운 부분은 두 남자가 수사를 돕고 있다고 확인해준 개스킬 경위의 발언뿐이다. 두 남자란 분명 용의자들일 것이다. 한 사람은 스콧일 테고. 다른 한 사람은 B일까? B는 혹시 라제시?

신문에 열중하느라 평소와 달리 기차 밖 풍경에 별로 주의를 기울이지 않고 있었다. 기차가 정지 신호를 받고 습관대로 끼익 하며 서자, 나는 그때 막 자리에 앉은 것처럼 정신을 차린다. 스콧의 마당에 사람들이 있다. 뒷문 바로 밖에 제복을 입은 경찰 둘이 서 있다. 머리가 어질어질하다. 경찰이 뭘 찾았나? 메건을 찾았나? 마당에 묻혀 있거나 마룻바닥 밑에 숨겨져 있던 시체가 발견됐을까? 기찻길 가에 있던 옷들이 계속 생각난다. 바보 같은 짓이다. 그 옷들을 본 건 메건이 실종되기 전이었다. 그리고 어찌 됐건, 메건이 해코지를 당했다 해도 그건 스콧의 짓이 아니다. 그럴 리가 없다. 그가 무지무지하게 메건을 사랑했다고 다들 말하고 있다.

오늘은 금방이라도 비가 쏟아질 것처럼 하늘이 납빛이고 햇빛이 신통치 않다. 그러니 집 안이 보이지 않아서 무슨 일이 벌어지고 있는지 알 수가 없다. 속이 탄다. 이렇게 밖에 있는 걸 견딜 수가 없다. 좋든 싫든 난 지금 이 사건에 연루되어 있다. 일이 어떻게 돌아가고 있는지 알아야 한다.

어쨌든 내게는 계획이 있다. 먼저, 토요일 밤에 있었던 일을 기억해낼 수 있는 방법이 있는지 알아볼 것이다. 최면요법으로 기억을 되살리고 잃어버린 시간을 되찾을 수 있을지 도서관에 가서 조사를 좀 해볼 계획이다. 둘째(이 부분이 중요하다. 내가 메건의 애인에 대해 얘기했을 때 경찰이 믿지 않는 것 같았으니까), 스콧 히프웰과 연락해야 한다. 그에게 말해줘야 한다. 그는 알 자격이 있다.

저녁

 기차 안은 비에 흠뻑 젖은 사람들로 가득 차 있다. 그들의 옷에서 피어오른 김이 창문에 서린다. 숙여진 축축한 머리들 위로 체취, 향수, 세탁비누 냄새가 풍기는 퀴퀴한 공기가 숨 막힐 듯 맴돌고 있다. 오늘 아침 비를 뿌릴 것 같던 구름은 하루 종일 그러다가 점점 더 짙어지고 시커메지더니 저녁에 직장인들이 퇴근해서 러시아워가 본격적으로 시작된 바로 그때 마치 장마철처럼 비를 쏟아냈고, 그 바람에 도로는 정체되고 지하철 역 입구는 우산을 펴고 접는 사람들로 꽉 막혀 버렸다.

 난 우산이 없어서 홀딱 젖었다. 누군가가 내게 물 한 양동이를 들이부은 것 같은 기분이다. 면 바지는 허벅지에 찰싹 붙어 있고, 색 바랜 파란 셔츠는 민망할 정도로 속이 다 비친다. 핸드백을 가슴에 딱 붙인 채 가릴 수 있을 만큼 가리고 도서관에서 지하철역까지 쭉 뛰어왔다. 왠지 웃겼다. 이렇게 갑작스레 비를 만나는 건 약간은 우스운 일이다. 그래서 그레이스인로의 끝에 도착했을 때쯤엔 숨도 제대로 못 쉴 만큼 심하게 웃고 있었다. 그렇게 웃어본 지가 얼마 만인지 기억도 나지 않는다.

 지금은 웃고 있지 않다. 자리에 앉자마자 전화기로 메건 사건에 관한 최신 소식을 확인해봤더니 내가 계속 염려하던 소식이 올라와 있었다. "토요일 저녁 이후 집에서 사라진 메건 히프웰의 실종 사건과 관련하여 35세의 남성이 위트니 경찰서에서 미란다 원칙을 고지받은 상태에서 심문을 받고 있다." 스콧이다. 틀림없다. 경찰들에게 끌려가기 전에 그가 내 이메일을 읽었기를 바랄 뿐이다. 미란다 원칙을 고지받은 상태의 심문은 보통 일이 아니다. 경찰이 그가 그 일을 저질렀다고 생각한다는 뜻이다. 물론 '그 일'이라는 것이 뭔지 아직은 확실히 밝혀지지 않았지만. 어쩌면 '그 일'은 아예 일어나지 않았을지도 모른다. 메건은 무사할지도 모른다. 가끔은, 그녀가 무사히 잘 있는 건 아닐까, 바다가 보이는 발코니에 앉아서 차가운 음료를 옆에 두고 난간에 발을 올려놓고 있는 건 아닐까 하는 생각이 들 때도 있다.

그런 그녀를 생각하면 전율이 이는 동시에 실망스럽고, 그러고 나서는 실망감을 느끼는 내 자신이 싫어진다. 스콧을 속이고 바람을 피운 그녀에게, 완벽한 부부에 대한 내 환상을 깨버린 그녀에게 아무리 화가 난다 해도, 그녀가 잘못되기를 바라지는 않는다. 절대로. 내가 이 미스터리에 얽혀 있는 것 같은 기분이 들어서 남 일 같지 않기 때문이다. 난 이제 아무런 의미나 목적 없이 그냥 기차를 타고 왔다 갔다 하는 여자가 아니다. 메건이 무사히 나타났으면 좋겠다. 진심이다. 다만 아직은 안 된다.

오늘 아침에 스콧에게 이메일을 보냈다. 그의 주소를 찾기는 쉬웠다. 인터넷으로 그를 검색해봤더니, www.

shipwellconsulting.co.uk라는 사이트에 그가 '기업과 비영리 단체들을 위한 다양한 컨설팅, 클라우드, 웹 기반의 서비스들'을 광고해놓은 내용이 나왔다. 나는 이 스콧이 그라는 걸 알았다. 사업장 주소가 그의 집 주소로 되어 있었기 때문이다.

나는 사이트에 나와 있는 이메일 주소로 짧은 편지를 보냈다.

> 스콧 씨에게
>
> 나는 레이첼 왓슨이라고 해요. 날 모르시겠지만, 당신 아내에 관한 일로 당신에게 해주고 싶은 얘기가 있어요. 아내 분의 행방에 대한 정보도 전혀 없고, 아내 분에게 어떤 일이 일어났는지도 몰라요. 하지만 당신에게 도움이 될 만한 정보를 가지고 있어요.
>
> 나와 얘기하기 싫다고 하셔도 이해해요. 하지만 생각이 있으면 이 주소로 답장해줘요.
>
> 레이첼 드림

그가 경찰에게 불려가지 않았다면 내게 연락을 했을까? 만약 내가 그의 입장이라면 과연 연락할까? 경찰처럼 그도 나를 정신 나간 사람, 신문에서 그 사건에 대해 읽은 괴짜로 생각할지도 모른다. 이젠 알 도리가 없다. 그가 체포된 거라면 내 메시지를 볼 기회가 영영 사라져버린 것이다. 만약 그가 체포됐다면 그 메시지를 볼 사람은 경찰뿐일 테고, 그렇게 되면 내게 좋을 것이 없다. 하지만 시도해볼 수밖에 없었다.

지금은 절망감과 좌절감에 휩싸여 있다. 객차 안에 있는 사람들 때문에 그들의 집이 보이지 않고, 설사 보인다 해도 억수같이 쏟아지는 비 때문에 선로 울타리 너머까지 볼 수는 없을 것이다. 증거가 씻겨나가고 있는 건 아닐까? 지금 이 순간 결정적인 단서들이 사라져버리고 있는 건 아닐까? 피 얼룩, 발자국, DNA가 잔뜩 묻어 있는 담배꽁초들. 술 생각이 얼마나 간절한지 혀에 포도주 맛이 느껴질 정도다. 핏속으로 알코올이 들어가 머리가 아찔해지는 기분을 정확히 상상할 수 있다.

한잔하고 싶은 마음 반, 그렇지 않은 마음 반이다. 오늘 마시지 않으면 사흘째가 되는데, 사흘 연속으로 술을 마시지 않은 것이 언제적 일인지 기억조차 나지 않는다. 입안에서 느껴지는 또 다른 맛이 있다. 오래전의 고집스러움. 내게도 의지라는 것이 있던 시절, 아침 식사 전에 10킬로미터를 달리고 하루에 1,300칼로리로 몇 주를 버티던 때가 있었다. 톰은 나의 그런 점이 좋다고 했다. 나의 고집스러움, 나의 강인함. 상황이 최악으로 나빠졌을 무렵 막판에 그와 다퉜던 일이 생각난다. 그는 화를 내며 내게 이렇게 물었다. "대체 무슨 일이 있었던 거야, 레이첼? 어쩌다 이렇게 약해졌어?"

나도 모르겠다. 그 강인함이 다 어디로 갔는지 모르겠다. 그걸 잃어버린 기억도 없다. 아마도 시간이 흐르면서 깎여나갔나 보다. 하루하루 살아가다 보니 조금씩 조금씩.

위트니에 거의 다 와서 기차가 신호를 받고 끼익 하는 시끄러운 소리를 내며 갑작스레 멈춰 선다. 서 있던 승객들이 비틀거리면서 서로 부딪치고 남의 발을 밟아 사과의 말을 중얼거리는 소리가 여기저기서 들린다. 나는 고개를 들다가 토요일 밤의 그 남자와 정면으로 시선이 부딪친다. 날 일으켜 줬던 붉은 머리의 남자. 놀랄 만큼 파란 두 눈을 내게 고정한 채 그가 날 빤히 쳐다보고 있고, 나는 간담이 서늘해져 전화기를 떨어뜨린다. 바닥에서 전화기를 줍고 나서, 이번엔 그를 똑바로 쳐다보지 않고 머뭇머뭇 다시 고개를 든다. 객차 안을 쭉 훑어보고 김 서린 창문을 팔꿈치로 닦은 다음 밖을 보다가 결국 다시 그에게로 눈을 돌려보니, 그가 고개를 한쪽으로 살짝 기울인 채 나를 보며 빙긋 웃는다.

얼굴이 화끈해진다. 그의 미소에 어떻게 반응해야 할지 모르겠다. 그 의미를 알 수가 없으니까. '오, 안녕하세요, 요전 날 밤에 당신을 봤던 기억이 납니다.'라는 뜻일까, 아니면 '아, 요전 날 밤에 계단에서 넘어지고 나한테 욕을 퍼붓던 그 술 취한 여자잖아.'라는 뜻일까? 이것도 아닌 다른 뜻일까? 그게 뭔지 알 수 없지만, 지금 그 일을 떠올리니 내가 계단에서 넘어지는 장면과 함께 짧은 음성이 들리는 것 같다.

"저기, 괜찮아요?"라고 말하는 그의 목소리. 나는 고개를 돌려 다시 창밖을 바라본다. 나를 쳐다보는 그의 시선이 느껴진다. 그냥 숨고 싶다. 사라져버리고 싶다. 기차가 심한 진동을 일으키다가 몇 초 후 위트니 역으로 들어가고, 사람들은 자리를 잡느라 서로 밀치고 신문을 접고 전자책 단말기와 아이패드를 가방에 챙겨넣으며 기차에서 내릴 준비를 한다. 나는 고개를 다시 들고는 안도감에 휩싸인다. 그가 내게서 몸을 돌려 기차에서 내리고 있다.

그때 내가 왜 이리 바보 같은 짓을 하고 있나 하는 생각이 든다. 일어나 그를 따라가서 얘기를 해봐야 한다. 어떤 일이 일어났고 어떤 일이 일어나지 않았는지 그가 내게 말해줄 수 있다. 적어도 내가 기억하지 못하는 부분 중 일부를 채워줄 수 있을지도 모른다. 나는 자리에서 일어난다. 하지만 선뜻 움직이지 못한다. 이미 너무 늦었다. 문이 막 닫히려 하는데, 난 객차의 한가운데에 있으니 사람들을 밀치고 나간다 해도 늦을 것이다. 삑 하는 소리와 함께 문이 닫힌다. 기차가 출발하는데도 난 그대로 서서 창밖을 내다본다. 토요일 밤의 그 남자가 빗속에서 플랫폼 끄트머리에 선 채 기차 안의 나를 지켜보고 있다.

집에 가까워질수록 나 자신에게 점점 더 짜증이 난다. 노스코트에서 기차를 갈아타고 위트니로 돌아가 그를 찾아보고 싶은 마음까지 생긴다. 물론 터무니없는 생각이고, 말도 안

되게 위험하다. 개스킬이 내게 위트니 근처에 가지 말라고 경고한 게 바로 어제다. 하지만 토요일에 있었던 일이 도무지 기억나지 않으니 힘들다. 오늘 오후에 몇 시간 동안 인터넷 검색을 해보니(그렇게 힘들지는 않았다.) 역시나 내 짐작이 맞았다. 최면요법은 단기 기억 상실로 잃어버린 시간을 되찾는 데 그리 도움이 되지 않는다. 예전에 읽었던 책에서도 봤듯이, 우리는 기억을 일시적으로 상실한 동안에는 기억을 만들지 않기 때문이다. 그러니 기억할 것이 아무것도 없다. 내게 그 시간은 블랙홀처럼 뻥 뚫려 있고 앞으로도 계속 그럴 것이다.

메건

2013년 3월 7일 목요일

오후

어둑하고 갑갑한 방에 우리 냄새가 향기롭게 풍긴다. 우린 또 스완 호텔의 처마 밑 방에 있다. 하지만 이번엔 다르다. 그가 아직 가지 않고 날 지켜보고 있기 때문이다.

"어디로 가고 싶어?" 그가 내게 묻는다.

"코스타 데 라 루스 해변에 있는 집."

그가 미소 짓는다. "거기서 우리가 뭘 할 건데?"

나는 웃는다. "이거 말고?"

그의 손가락들이 내 배 위를 천천히 훑고 지나간다. "이거 말고. 카페를 열고, 예술 작품을 전시하고, 파도타기를 배울 거야."

그가 내 엉덩이뼈 끝에 입을 맞춘다. "타이는 어때?"

나는 코를 찡그린다. "고등학교 졸업하고 나서 경험 쌓는다고 거기로 가는 애들이 너무 많아. 시칠리아의 에가디 제도도 좋아. 해변에 바를 열고, 낚시도 하고……."

그가 또 웃더니 내 위로 몸을 굴려 내게 키스한다. "거부할 수가 없어." 그가 중얼거린다. "당신은 거부할 수가 없어."

웃음을 터뜨리고 큰 소리로 말하고 싶다. '거 봐. 내가 이겼어! 마지막이 아니라고 내가 말했잖아. 마지막은 절대 없어.' 나는 입술을 깨물고 눈을 감는다. 내 생각이 맞았고, 그럴 줄 알았다. 하지만 그렇게 말하면 내게 득 될 것이 없다. 나는 말없이 내 승리를 만끽한다. 그의 손길만큼이나 이 승리감이 기분 좋다.

일을 치른 후 그가 웬일인지 말을 한다. 보통은 나만 떠들어대는데, 이번에는 그가 얘기를 시작한다. 공허감에 대해, 자기가 떠나온 가족에 대해, 나 이전에 만난 여자, 또 그 전의 여자에 대해, 그를 망가뜨려놓고 허탈하게 만든 여자에 대해 이야기한다. 난 영혼의 친구 따위는 믿지 않지만, 우리 둘 사이에는 뭔가 통하는 것이 있다. 이전에, 아니 적어도 오랫동안 느껴보지 못한 감정이다. 우린 같은 경험을 했고, 망가지는 기분이 어떤지 아니까.

공허감. 그게 어떤 건지 나는 잘 안다. 그걸 없애기 위해 할 수 있는 일은 아무것도 없다는 생각이 들기 시작한다. 상담

치료를 받으면서 하게 된 생각이다. 인생에 난 구멍들은 영원히 채워지지 않는다. 콘크리트를 돌아 뻗어나가는 나무뿌리처럼, 우리는 그 구멍들을 피하면서 계속 살아가야 한다. 구멍들 사이의 틈에 자신을 맞춰 가면서. 이 모든 걸 알고 있지만 난 입 밖에 내지 않는다. 지금은 때가 아니다.

"언제 갈까?" 내가 묻지만 그는 대답하지 않고, 나는 깊이 잠들어버린다. 깨어나 보니 그는 가고 없다.

2013년 3월 8일 금요일
아침

스콧이 테라스로 커피를 가져온다.

"어젯밤엔 잘 자던데." 그가 이렇게 말하며 고개를 숙여 내 머리에 입을 맞춘다. 그는 내 뒤에 서서 두 손을 내 어깨에 올려놓고 있다. 그 느낌이 따뜻하고 단단하다. 나는 머리를 그의 몸에 기대고 눈을 감은 채, 기차가 철도 위를 덜커덕거리며 달리다가 집 앞에 멈춰 서는 소리에 귀를 기울인다. 여기로 처음 이사 왔을 때 스콧이 기차에 탄 사람들에게 손을 흔들곤 했고, 그때마다 난 웃었다. 그가 내 어깨에 얹은 손에 살짝 힘을 준다. 그러고는 몸을 앞으로 기울여 내 목에 입을 맞춘다.

"잘 잤으니까." 그가 또 말한다. "기분이 좀 괜찮겠네."
"그래."
"그럼 효과가 있는 건가?" 그가 묻는다. "상담 말이야."
"내 병이 고쳐진 것 같으냐는 얘기야?"
"그게 아니야." 그의 목소리에서 가슴 아픈 상처가 느껴진다. "그런 뜻이 아니라……."

나는 손을 들어올려 그의 손을 꼭 쥔다. "농담이야. 내 생각에는 과정 중에 있는 것 같아. 간단한 문제가 아니잖아? 효과가 있다고, 나아졌다고 말할 수 있는 때가 오기나 할지 잘 모르겠어."

침묵이 흐르고, 그가 내 손을 더 세게 움켜쥐며 묻는다. "그럼 계속 상담받고 싶어?" 나는 그렇다고 답한다.

스콧이 내 전부가 될 수 있을 거라고, 그만 있으면 아무 문제 없을 거라고 생각하던 때가 있었다. 몇 년 동안 그렇게 생각했다. 난 그를 더할 나위 없이 사랑했다. 지금도 그렇다. 하지만 이젠 원하지 않는다. 어제처럼 비밀스럽고 뜨거운 오후, 그 열기와 어둑한 빛 속에서 흥분을 느낄 때만 진짜 나 자신으로 돌아간 것 같은 기분이 든다. 달아나는 것만이 능사는 아닐지도 모른다. 지금과 똑같이 느끼게 되지 않으리라는 보장이 없다. 아늑함이 아닌 숨 막히는 갑갑함. 아마 난 다시, 그리고 또다시 달아나고 싶을 테고, 결국에 더는 갈 곳이 없어 이 오래된 기찻길 옆으로 돌아올 것이다. 그럴 수도, 그렇지 않을 수도 있다. 위험을 감수해야 하지 않겠어?

 나는 아래층으로 내려가, 일하러 나가는 스콧에게 인사한다. 그가 두 팔을 내 허리에 두르고 내 정수리에 입을 맞춘다.

 "사랑해, 메건." 그가 이렇게 중얼거리자, 난 세상에서 가장 나쁜 사람이 된 것처럼 끔찍한 기분이 든다. 그가 빨리 문을 닫았으면 좋겠다. 우는 얼굴을 보여주기 싫으니까.

레이첼

2013년 7월 19일 금요일

아침

8시 4분 기차에 사람이 거의 없다. 창들은 열려 있고, 어제 폭풍우가 몰아친 뒤라 공기가 싸늘하다. 메건이 실종된 지 133시간 정도 지났고, 난 몇 달 만에 기분이 상쾌하다. 오늘 아침 거울을 봤더니 내 얼굴이 달라져 있었다. 피부는 더 깨끗하고, 두 눈은 더 반짝인다. 몸이 더 가벼워진 느낌이다. 살은 전혀 빠지지 않았는데, 거추장스러운 것이 빠져나간 기분이다. 나의 본모습으로 되돌아온 느낌이다. 예전의 나로.

스콧으로부터는 아무 소식도 없다. 인터넷을 뒤져봤는데 체포 소식도 없는 걸 보면, 그냥 내 이메일을 무시해버렸나 보다. 실망스럽지만, 짐작 못한 일도 아니다. 오늘 아침에 집을 나서는데 개스킬에게서 전화가 왔다. 그가 내게 오늘 경찰서에 들러줄 수 있느냐고 물었다. 나는 순간 겁이 났지만, 그는 사진 두어 장만 봐달라고 점잖고 상냥하게 말했다. 나는 스콧 히프웰이 체포되었느냐고 물었다.

"체포된 사람은 아무도 없습니다, 왓슨 씨." 그가 답해주었다.

"그럼 그 남자는, 취조받고 있다는……?"

"내 마음대로 말씀드릴 수 있는 사항이 아닙니다."

나를 달래고 안심시키려는 그의 말투를 들으니 다시 그가 좋아졌다.

어제 저녁에는 운동복 바지에 티셔츠 차림으로 소파에 앉아 할 일들, 현실성 있는 전략들을 정리했다. 예를 들어, 혼잡한 시간대에 위트니 역을 어슬렁거리면서 토요일 밤의 그 붉은 머리 남자가 다시 보일 때까지 기다리는 거다. 그에게 같이 한잔하자고 해서, 그가 뭐라도 봤는지, 그날 밤에 대해 아는 것이 있는지 알아볼 수도 있다. 위험 요소는 애나나 톰과 마주칠지도 모른다는 것이다. 그들이 날 경찰에 신고하면 난 경찰과 (더) 껄끄러워질 것이다. 또, 내가 위험을 자초하는 상황이 될 수도 있다. 그날 밤 있었던 다툼의 잔상이 아직도 내 머릿속에 남아 있다. 내 두피와 입술에 난 상처가 그 물리적 증거일지도 모른다. 이 남자가 날 해친 사람이면 어떡하지? 그가 내게 미소 짓고 손을 흔들었다고 해서 안심할 건 못 된다. 사이코패스인 줄 알게 뭐야? 하지만 그 남자가 사이코패스로 보이지는 않는다. 왠지 그에게 호감이 간다.

다시 스콧에게 연락을 하는 방법도 있다. 하지만 그러려면 합당한 구실이 필요한데, 내가 무슨 말을 하든 그가 날 미친 여자로 볼까 봐 걱정이다. 어쩌면 내가 메건의 실종과 관계 있다고 생각해서 경찰에 신고할지도 모른다. 그러면 진짜 골치 아파지는데.

최면요법을 시도해볼 수도 있다. 기억을 떠올리는 데 도움이 되지는 않겠지만, 어쨌든 궁금하긴 하다. 밑져야 본전이잖아?

계속 앉아서 메모를 하고 출력해놓은 기사들을 훑어보고 있는데 캐시가 집에 왔다. 데이미언과 영화를 보러 갔다 온 것이다. 캐시는 술에 취하지 않은 내 모습을 보고 기분 좋은 듯 놀란 표정을 지었지만 선뜻 티를 내지는 않았다. 화요일에 경찰이 다녀간 후로 우리 둘은 별로 말을 섞지 않았다. 내가 사흘 동안 술을 마시지 않았다고 말하자 캐시가 날 안아주었다.

"정상으로 돌아가고 있어서 정말 다행이야!" 캐시는 내가 생각하는 정상의 기준이 뭔지 아는 양 아기를 어르듯 말했다.

"경찰이 온 건, 오해가 있어서 그랬던 거야. 난 톰이랑 아무 문제도 없고, 그 실종된 여자에 대해서도 아무것도 몰라. 걱정 안 해도 돼." 캐시는 또 한 번 나를 안아주었고, 우리는 차를 끓였다. 내가 만들어낸 이 따뜻한 분위기를 틈타 캐시에게 내 실직 사실을 얘기할까 하는 생각도 했지만, 캐시의 저녁을 망치고 싶지는 않았다.

오늘 아침에도 캐시는 내게 살갑게 굴었다. 내가 집을 나설 준비를 하고 있을 때 나를 또 안아주었다. "정말 잘됐어, 레이첼. 네가 마음을 잘 다잡고 있어서. 너 때문에 걱정했었단 말이야." 그러고 나서 캐시는 주말을 데이미언의 집에서 보낼 거라고 말했고, 그때 내 머릿속에 제일 먼저 떠오른 생각은 오늘 밤엔 집에서 누구의 눈치도 보지 않고 술을 마실 수 있겠구나 하는 것이었다.

저녁

키니네의 쌉쌀하게 톡 쏘는 맛, 이 맛 때문에 차가운 진토닉을 좋아한다. 토닉워터는 슈웹스 것으로, 플라스틱 병이 아니라 유리병에 든 것을 써야 한다. 이렇게 진과 토닉을 미리 섞어서 파는 캔들은 제대로 된 것이 아니지만, 급할 땐 별 수 없다. 이래선 안 된다는 걸 알지만, 하루 종일 이 시간만 기다리고 있었다. 집에 나 혼자 있을 수 있다는 기대감 때문만은 아니다. 마구 흥분되고, 아드레날린이 솟구친다. 기운이 넘치고, 피부가 저릿저릿하다. 오늘은 정말 즐거운 하루였다.

오늘 아침에 개스킬 경위와 단둘이 한 시간을 보냈다. 경찰서에 도착하자마자 곧장 그에게 안내받았다. 이번에는 취조실이 아니라 그의 사무실에서 그를 만났다. 그가 내게 커피를 마시겠느냐고 해서 좋다고 대답했더니 놀랍게도 그가 일어나서 직접 커피를 타주었다. 사무실 구석에 있는 냉장고 위에 약간의 네스카페와 주전자가 있었다. 그는 설탕이 없다고 사과했다.

그와 함께 앉아 있으니 기분이 좋았다. 그의 손이 움직이는 모습을 지켜보는 것이 좋았다. 그는 몸짓을 크게 하는 사람은 아니지만 물건들을 자주 이리저리 옮긴다. 저번에는 취조실이라 옮길 물건이 별로 없었기 때문에 그의 이런 버릇을 눈치채지 못했었다. 그의 사무실에 있는 지금 그는 커피잔, 스테이플러, 펜 통의 위치를 끊임없이 바꾸고, 서류들을 이리저리 뒤섞어 좀 더 가지런하게 정리했다. 그의 손은 큼직하고 손가락은 길고 손톱은 깔끔하게 손질되어 있었다. 반지는 없었다.

오늘 아침엔 느낌이 달랐다. 그가 나를 용의자 취급하면서 내 거짓말을 간파하려고 애쓰는 것 같던 지난번과 달랐다. 내가 쓸모 있는 사람이 된 기분이었다. 그가 서류철 하나를 내 앞에 놓고 여러 장의 사진들을 보여줬을 때 그런 기분이 최고조로 올라갔다. 스콧 히프웰, 내가 본 적이 없는 세 남자들, 그리고 B.

처음엔 확신이 가지 않았다. 사진을 노려보면서, 그날 메건과 함께 있던 남자, 몸을 구부리고 고개를 숙여 그녀를 안아 주던 남자의 모습을 떠올리려 애썼다.

"그 남자예요." 내가 말했다. "그 남자인 것 같아요."

"확실한 건 아니고요?"

"그 남자인 것 같아요."

개스킬은 사진을 가져가서 잠시 동안 유심히 살폈다. "두 사람이 키스하는 걸 봤다고 하셨죠? 지난 금요일이었습니까? 일주일 전?"

"네, 맞아요. 금요일 아침에요. 두 사람이 마당에 나와 있었어요."

"그때 보신 걸 잘못 해석하셨을 가능성은 없을까요? 포옹이었거나, 아니면······ 순수한 입맞춤일 수도 있지 않습니까?"

"아니요, 아니었어요. 진짜 키스였어요. 그건······ 로맨틱했어요."

그때 그의 입술이 마치 미소를 지으려는 것처럼 실룩이는 것 같았다.

"그 남자가 누구죠?" 내가 개스킬에게 물었다. "그 남자가······ 형사님은 지금 메건이 그 남자랑 같이 있다고 생각하세요?" 그는 대답하지 않고 고개를 살짝 저었다. "저······ 내가 도움이 됐나요? 도움이 되긴 했어요?"

"네, 왓슨 씨. 도움이 됐어요. 와주셔서 고맙습니다."

우리는 악수를 나누었고, 그가 잠깐 왼손을 내 오른쪽 어깨에 가볍게 올려놓았을 때 난 고개를 돌려 그 손에 키스하고 싶었다. 누군가가 다정함에 가까운 느낌으로 나를 만져준 게 얼마 만인지 모르겠다. 아, 캐시를 제외하고.

개스킬이 나를 문밖으로 데려나가 칸막이가 없는 넓은 사무실로 안내했다. 그곳에는 10여 명의 경관들이 있었다. 한두 명이 곁눈으로 나를 힐끔거렸는데, 잠깐 스치고 지나간 그 눈빛이 호기심인지 경멸인지 알 수 없었다. 우리는 사무실을 지나 복도로 들어갔고, 그때 라일리와 함께 내 쪽으로 걸어오는 그를 보았다. 스콧 히프웰. 그가 정문을 지나오고 있었다. 그는 고개를 숙이고 있었지만, 나는 그라는 걸 한눈에 알았다. 그가 고개를 들더니 끄덕하고 개스킬에게 인사한 다음 나를 힐끔 보았다. 아주 잠깐 우리의 시선이 마주쳤고, 나는 그가 날 알아봤다는 확신이 들었다. 테라스에 나와 있는 그를 봤던 아침이 생각났다. 그는 철길을 내려다보고 있었고, 난 그때 그가 날 쳐다보는 기분이 들었다. 우리는 복도에서 서로를 지나쳤다. 몸이 닿을까 싶을 정도로 아주 가깝게. 실물로 직접 본 그는 멋졌고, 속이 텅 빈 듯 공허한 표정에 그의 몸은 똘똘 말린 용수철처럼 긴장감을 내뿜고 있었다. 정문에 가까워졌을 때 그의 시선이 느껴져서 고개를 돌려봤지만 그때 날 보고 있는 사람은 라일리였다.

나는 기차를 타고 런던에 가서 도서관으로 향했다. 그 사건에 대한 기사들을 모조리 찾아 읽어봤지만, 새로운 소식은 없었다. 애시버리에 있는 최면요법 치료사를 찾아보다가 그 생각은 접기로 했다. 비싼 데다 기억 회복에 실제로 도움이 될지 확실하지도 않았다. 하지만 최면요법을 통해 기억을 되찾았다는 사람들의 사연을 읽다 보니, 내가 최면요법의 실패보다는 성공을 더 두려워하고 있다는 사실을 깨달았다. 내가 두려운 건 토요일 밤의 진실을 알게 되는 것만이 아니다. 내가 저지른 한심하고 끔찍한 짓들을 되새기고, 내가 악에 받쳐 내뱉은 말들을 듣고, 내가 그런 말을 했을 때 톰이 지었을 표정을 기억해내는 것이다. 그래도 과연 내가 견딜 수 있을지 확신이 서지 않는다. 너무 두려워서 그 어둠 속으로 감히 발을 들여놓을 수가 없다.

스콧에게 또 한 번 이메일을 보낼까 하는 생각도 했지만, 사실 그럴 필요가 없다. 아침에 개스킬 경위와 만났을 때 난 경찰이 내 말을 진지하게 듣고 있다는 걸 알았다. 내 역할은 끝났고, 이젠 그 사실을 받아들여야 한다. 그리고 적어도 내가 도움이 됐을 거라는 느낌이 든다. 내가 메건이 다른 남자와 함께 있는 모습을 본 다음 날 그녀가 실종된 것이 우연의 일치일 리는 없으니까.

기분 좋은 찰칵 소리와 함께 두 번째 진토닉 캔을 따자 쉬잇 하고 거품이 인다. 그러고 보니 하루 종일 톰 생각을 하지 않았다. 어쨌든, 지금까지는. 스콧, 개스킬, B, 기차에서 만난 남자를 생각하고 있었다. 톰은 다섯 번째로 밀려났다. 나는 술을 홀짝이며, 적어도 축하할 일이 한 가지 있다는 생각을 한다. 이제 기분이 좋아지고, 행복해질 것이다. 조금만 더 기다리면.

2013년 7월 20일 토요일
아침

난 구제불능이다. 잠에서 깨어날 때 죄책감과 수치심에 휩싸이고, 곧장 난 내가 어리석은 짓을 저질렀다는 걸 알아챈다. 무슨 짓을 했는지 정확히 기억해내려고 머리를 싸매는, 그 불쾌하고 안타까우리만큼 익숙한 절차를 또다시 시작한다. 난 이메일을 보냈다. 바로 그거다.

어젯밤의 어느 시점에 톰은 내가 생각하는 남자 명단에서 다시 상위권으로 복귀했고, 그래서 난 그에게 이메일을 보냈던 것이다. 침대 옆 바닥에 노트북 컴퓨터가 놓여 있다. 그곳에서 날 비난하듯 땅딸막한 존재감을 뽐내고 있다. 나는 일어나서 컴퓨터를 넘어 욕실로 향한다. 수돗물을 마시며, 거울에 비친 내 모습을 무심히 힐끔 쳐다본다.

상태가 별로 안 좋아 보인다. 그래도 사흘 동안 참은 건 나쁘지 않은 성적이고, 오늘부터 다시 시작할 것이다. 한참이나 샤워를 하면서 물 온도를 서서히 낮춘다. 물이 점점 더 시원해지다가 아주 차가워진다. 난 차가운 물에 바로 들어가지 못한다. 그건 충격이 너무 크고 너무 가혹하다. 하지만 이렇게 물이 서서히 차가워지면 거의 눈치채지 못한다. 개구리를 찬물에 넣고 서서히 온도를 높여 삶는 것과 같은 이치다. 차가운 물이 내 피부를 진정시켜준다. 머리와 눈 위에 난 상처들의 따끔거리는 통증을 줄여준다.

나는 노트북 컴퓨터를 아래층으로 가져다놓고 차를 끓인다. 톰에게 이메일을 써놓고 보내지 않았을 가능성도, 희박하지만, 있다. 나는 숨을 한 번 크게 쉬고 내 지메일 계정을 연다. 새로 온 메시지가 한 통도 없는 걸 보니 마음이 놓인다. 하지만 보낸 편지함을 클릭해보니, 거기에 있다. 내가 그에게 편지를 보냈고, 그는 답장을 보내지 않았다. 아직은. 그 이메일은 어젯밤 11시 직후에 발송되었다. 몇 시간째 술을 마시고 있었을 때였다. 아드레날린과 기분 좋은 취기는 사라진 지 오래였을 것이다. 나는 내가 보낸 메시지를 클릭해본다.

> 당신 아내한테 좀 전해줄래? 경찰한테 내 얘기 하면서 거짓말 좀 하지 말라고? 날 골탕 먹이려고 하는 거, 정말 치사하지 않아? 경찰한테 내가 자기랑 그 못생긴 애새끼한테 집착한다고 말하다니. 정신 차리라 그래. 제발 나 좀 내버려두라고 해.

나는 눈을 감고 노트북 컴퓨터를 탁 닫아버린다. 그러고는 말 그대로 온몸을 오그라뜨리며 움츠린다. 더 작아지고 싶다. 사라져버렸으면 좋겠다. 두렵기도 하다. 톰이 이 편지를 경찰한테 보여주기라도 하면 정말 큰일이다. 애나가 내 원한과 집착에 대한 증거를 모으고 있다면, 이 편지는 더할 나위 없는 먹잇감이 될 수도 있다. 그리고 어쩌자고 그 어린 딸을 언급했을까? 어떤 인간이 그런 짓을 할까? 어떤 인간이 그런 생각을 할까? 난 그 아기에게 아무런 악감정도 없다. 아이는, 어떤 아이라도 나쁘게 생각할 수 없다, 더군다나 톰의 아이라면. 나 자신을 이해할 수가 없다. 어쩌다 이런 인간이 됐는지 이해할 수가 없다. 어쩌지? 톰이 날 원망하고 있을 텐데. 내 자신이 원망스럽다, 어젯밤에 그 이메일을 쓴 내가. 그 여자는 나처럼 느껴지지 않는다. 난 그런 사람이 아니니까. 난 그렇게 밉살스러운 사람이 아니다.

아닌가? 최악의 시절을 떠올리지 않으려 애써보지만, 이런 때엔 꼭 기억들이 스멀스멀 머릿속으로 기어든다. 관계가 끝장날 무렵 터졌던 또 한 번의 싸움. 파티에서 필름이 끊겨버리고 다음 날 깨어나자 톰은 전날 밤에 내가 저지른 짓을 알려주었다. 그의 동료의 아내에게 내 남편이랑 시시덕거리지 말라고 욕해서 그를 또 망신시켰다고 했다. "앞으로 다시는 당신이랑 외출 안 할 거야." 톰은 이렇게 말했다. "당신이 나한테 왜 친구들을 집으로 초대하지 않느냐고, 왜 당신이랑 같이 술집에 안 가느냐고 물었지? 정말 그 이유를 알고 싶어? 당신 때문이야. 당신이 창피해서 그래."

나는 핸드백과 열쇠를 집어든다. 길 아래에 있는 론디스Londis(영국의 편의점 체인 - 옮긴이)에 가야겠다. 아직 아침 9시가 안 됐지만 상관없다. 두렵고, 아무 생각도 하고 싶지 않다. 지금 진통제를 조금 먹고 술을 한잔하면 몸에 무리가 가서 하루 종일 잘 수 있다. 그 일은 나중에 다시 생각할 것이다. 현관문까지 가서 문손잡이를 잡으려다 멈춘다. 사과하면 어떨까? 지금 당장 사과한다면 최악의 결과는 피할 수 있을지도 모른다. 내가 보낸 메시지를 애나나 경찰에게 보여주지 말라고 그를 설득할 수 있을지도 모른다. 그가 애나로부터 날 지켜준 게 한두 번이 아니었다.

지난여름의 그날 내가 톰과 애나의 집에 찾아갔을 때 있었던 일은 내가 경찰에게 진술한 내용과는 조금 다르다. 우선 나는 초인종을 누르지 않았다. 내가 뭘 원하는지 나 자신도 확실히 알지 못했다. 내가 무슨 작정으로 거기 갔는지 지금도 모르겠다. 나는 오솔길을 따라가다가 울타리를 넘어갔다. 조용하고, 아무 소리도 들리지 않았다. 나는 미닫이문까지 가서 안을 들여다보았다. 애나가 소파에서 자고 있었다는 말은 사실이다. 나는 그녀나 톰을 부르지 않았다. 그녀를 깨우고 싶지 않았다. 아기는 울고 있었던 게 아니라, 자기 엄마 곁에서 아기 침대에 누워 푹 잠들어 있었다. 나는 아기를 들어올려 최대한 빨리 밖으로 데리고 나갔다. 아기를 안고 울타리 쪽으로 달려가던 중에 아기가 슬슬 깨어나면서 조금 칭얼거렸던 기억이 난다. 내가 무슨 생각으로 그런 짓을 했는지 모르겠다. 아기를 해치려던 건 아니었다. 나는 아기를 가슴에 꼭 안고 울타리까지 갔다. 이제 아기는 본격적으로 울면서 악을 쓰기 시작했다. 내가 아기를 흔들며 어르고 입에 손가락을 대고 쉬잇 하던 그때 또 다른 소리, 기차가 달려오는 소리가 들렸고, 울타리에서 등을 돌리자 나를 향해 돌진하는 그녀, 애나가 보였다. 그녀의 입은 갈라진 상처처럼 벌어지고 입술은 움직이고 있었지만, 난 그녀가 하는 말이 들리지 않았다.

애나는 내게서 아이를 빼앗아갔고 난 도망가려 했지만 발을 헛디뎌 넘어지고 말았다. 그녀는 나를 내려다보며 서서, 꼼짝하지 말라고, 그러지 않으면 경찰을 부르겠다고 소리를 질러댔다. 애나가 톰에게 전화를 걸었고, 톰은 집에 와서 그녀를 거실로 데리고 들어갔다. 그녀는 병적으로 울면서 경찰에 신고하자고 했고, 나를 유괴범으로 감방에 보내버리자고 했다. 톰은 그녀를 달래면서 그냥 넘어가자고, 날 보내주자고 부탁했다. 그가 애나에게서 날 구해주었다. 나중에 그는 나를 집까지 태워다주었고, 내가 차에서 내릴 때 내 손을 잡았다.

나는 그가 내 마음을 다독여주려고 상냥하게 손을 잡아주는 줄 알았지만, 그는 손에 점점 더 힘을 주었고 급기야 난 소리를 질렀다. 그는 내가 자기 딸에게 해가 되는 일을 조금이라도 하면 날 죽여버리겠다고 벌게진 얼굴로 말했다.

그날 내가 무슨 짓을 할 작정이었는지 모르겠다. 여전히 모르겠다. 나는 문손잡이를 움켜쥔 채 망설인다. 입술을 세게 깨문다. 지금 술을 마시기 시작하면 한두 시간은 기분이 좋아지다가 예닐곱 시간은 더 나빠지겠지. 나는 문손잡이에서 손을 떼고 거실로 되돌아가, 노트북 컴퓨터를 다시 연다. 사과해야 한다. 용서를 구해야 한다. 이메일 계정에 다시 로그인해보니 새 메시지가 한 통 와 있다. 톰이 아니라 스콧 히프웰이 보낸 것이다.

> 레이첼에게
>
> 연락 주셔서 고맙습니다. 메건에게서 당신 얘기를 들은 기억은 없지만, 화랑의 단골손님들이 워낙 많았으니까요. 또 제가 이름을 잘 못 외우는 편입니다. 뭘 알고 계시는지 이야기를 들어봤으면 합니다. 가능한 한 빨리 07583 123657로 연락 주십시오.
>
> 스콧 히프웰 드림.

순간, 그가 이메일을 잘못 보냈을 거라는 생각이 든다. 다른 사람에게 보낼 메시지를 내게 보낸 거다.

잠깐, 기억이 난다. 기억난다. 소파에 앉아서 두 병째를 마시던 도중에, 내 역할이 여기서 끝나지 않기를 바라는 내 마음을 깨달았다. 사건의 중심에 있고 싶었다. 그래서 그에게 편지를 썼다. 나는 그의 이메일을 쭉 내려, 내가 그에게 보낸 이메일을 보았다.

> 스콧에게
> 또 연락해서 미안하지만, 꼭 만나서 얘기를 해야 할 것 같아서요. 메건이 내 얘기를 했는지는 모르겠지만 화랑에서 알게 된 친구고, 나도 위트니에서 살았던 적이 있답니다. 당신이 흥미를 가지실 만한 정보를 갖고 있어요. 이 주소로 답장 보내주세요.
> 레이첼 왓슨.

얼굴에 열이 오르고, 속이 쓰리다. 어제, 맑은 머리로 이성적이고 올바른 생각을 하던 나는 이 일에서 내 역할이 끝났다는 사실을 받아들이기로 마음먹었다. 하지만 내 안의 착한 천사들이 이번에도 술에게, 그리고 술에 취하면 나타나는 인격에게 지고 말았다. 주정뱅이 레이첼은 뒷일을 생각하지 않고, 과도하게 마음이 넓어지고 태평해지거나 아니면 미움에 빠져버린다. 그녀에게는 과거도 미래도 없다. 순전히 그 순간만 존재한다. 주정뱅이 레이첼은 이 사건에 끼어들고 싶어서,

스콧의 답장을 어떻게든 받아내기 위해서 거짓말을 했다. 내가 거짓말을 했다.

이 창피한 기분이 사라지도록 내 살에 칼이라도 그어버리고 싶지만, 그럴 용기도 없다. 나는 톰에게 편지를 쓰기 시작한다. 어젯밤에 내가 한 말들을 어떻게 용서받을 수 있을까 고심하며, 썼다 지웠다 썼다 지웠다 한다. 내가 톰에게 사과해야 하는 잘못을 다 적으면 책 한 권은 나올 것이다.

저녁

일주일 전, 거의 정확히 일주일 전, 메건 히프웰이 블레넘로 15호를 떠난 후 사라져버렸다. 그 후로는 아무도 그녀를 보지 못했다. 그녀의 전화기도 신용카드도 토요일 이후로는 사용되지 않았다. 오늘은 그녀에 관한 기사를 읽다가 울기 시작했다. 내가 남몰래 했던 생각들이 이제는 부끄럽다. 메건은 풀어야 할 수수께끼도, 영화가 시작될 때 카메라가 따라가며 보여주는 인물처럼 아름답고 실체 없는 천상의 존재도 아니다. 그녀는 암호 같은 존재가 아니다. 그녀는 실재하는 인간이다.

난 기차를 타고 그녀의 집으로 가고 있는 중이다. 그녀의 남편을 만날 생각이다.

그에게 전화를 할 수밖에 없었다. 이미 엎질러진 물이었다. 그의 이메일을 모른 체할 수 없었다. 그가 경찰에 알릴 테니까. 그렇지 않을까? 만약 내가 그의 입장이라면, 낯선 사람이 정보가 있다면서 내게 연락했다가 그냥 사라져버린다면 경찰에게 알릴 것이다. 어쩌면 이미 경찰에게 알렸을지도 모른다. 그곳에 가면 경찰이 날 기다리고 있을지도 모른다.

평소와 다른 날이지만 평소와 같은 자리에 앉은 지금, 꼭 절벽을 향해 달려가고 있는 기분이다. 오늘 아침에 그에게 전화를 걸 때에도 이런 기분이었다. 언제 바닥에 부딪칠지 모른 채 어둠 속에서 추락하는 것 같은 기분. 곁에 다른 사람이 있는지, 그는 그 사람에게 들리지 않게 하려는 듯 낮은 목소리로 말했다.

"만나서 얘기할 수 있을까요?" 그가 물었다.

"저…… 아니요. 그건 좀……."

"부탁할게요."

나는 잠시 망설이다가 그러겠다고 했다.

"집으로 와주시겠어요? 지금은 안 되고, ……여기 사람들이 있어서요. 오늘 저녁은 어떠세요?" 그가 내게 주소를 알려주었고, 나는 받아 적는 척했다.

"연락 주셔서 고맙습니다." 그는 이렇게 말하고는 전화를 끊었다.

그의 부탁을 받아들이면서도 난 그를 만나는 게 좋은 생각이 아니라는 걸 알고 있었다. 신문 기사를 통해 스콧에 대해 알게 된 사실은 거의 아무것도 없다. 그를 지켜보긴 했지만 정말로 그를 아는 건 아니다. 난 스콧에 대해 아무것도 모른다. 내가 아는 사람은 제이슨이다. 그는 존재하지 않는 사람이라고, 계속 속으로 되새겨야 한다. 내가 확실히 아는 건, 절대적으로 확신할 수 있는 건 스콧의 아내가 일주일째 행방불명이라는 사실이다. 그가 용의자일 수도 있다는 사실도 알고 있다. 그리고 난 그 키스를 봤기 때문에, 그녀를 죽일 동기가 스콧에게 있다는 걸 알고 있다. 물론 그는 자기에게 살인 동기가 있다는 걸 모르고 있을 수도 있지만…… 이런 생각을 하니 몹시 당황스럽긴 했다. 그러나 철도에서, 거리에서 수백 번 지켜보았던 그 집에 가까이 갈 수 있는 기회를 어떻게 날려버리겠는가? 그 집의 현관문으로 걸어 올라가, 집 안으로 들어가서, 그들이 함께 앉아 있던 그 부엌에, 그 테라스에 앉아 있을 수 있는 기회를…….

뿌리치기엔 너무 달콤한 유혹이었다. 난 지금 기차 안에 앉아서, 마치 앞으로 펼쳐질 모험에 한껏 들뜬 아이처럼 두 팔로 몸을 감싼 채 자꾸 떨리는 손을 옆구리에 끼워넣고 있다. 내게 어떤 목적이 생겼다는 사실이 너무 기쁜 나머지 현실을 잊어버렸다. 메건도 생각나지 않았다.

하지만 지금은 그녀를 생각하고 있다. 내가 그녀와 아는 사이였다고, 아주 잘 알지는 못해도 조금 아는 사이였다고 스콧을 납득시켜야 한다. 그래야 그녀가 다른 남자와 함께 있는 걸 봤다는 내 말을 믿어줄 것이다. 내 거짓말을 처음부터 털어놓으면 절대 날 믿지 않을 것이다. 그래서 나는 화랑에 들러 그녀와 커피를 마시며 잡담을 나누는 모습을 상상해본다. 그녀는 커피를 마셨을까? 우리는 아마 예술에 대해, 혹은 요가나 우리 남편들에 대해 얘기를 나누었겠지. 하지만 나는 예술에 완전히 문외한이고, 요가는 해본 적도 없다. 남편도 없다. 그리고 그녀는 자기 남편을 배신했다.

메건의 진짜 친구들이 그녀에 대해 했던 얘기들을 떠올려본다. 멋지고, 재미있고, 아름답고, 마음이 따뜻하고, 사랑받은 여자. 그녀는 실수를 했다. 그럴 수도 있다. 완벽한 사람은 없다.

애나

2013년 7월 20일 토요일
아침

6시 직전에 에비가 깨어난다. 나는 침대를 빠져나가 아기방으로 살며시 들어가서 에비를 안아 올린다. 그러고는 젖을 먹인 뒤 침대로 데려온다.

다시 깨어나보니 톰이 내 곁에 없지만, 계단을 올라오는 그의 발소리가 들린다. 그가 틀린 음으로 나지막이 노래를 부르고 있다. "생일 축하합니다. 생일 축하합니다……." 생각도 못했다. 완전히 까먹고 있었다. 그저 우리 어린 딸을 데리고 침대로 돌아올 생각뿐이었다. 지금 나는 잠에서 완전히 깨지도 못했으면서 킥킥거리고 있다. 눈을 떠보니 에비 역시 방긋거리고 있고, 눈을 들어보니 톰이 침대 발치에서 쟁반을 들고 서 있다. 그는 내 올라 카일리 브랜드 앞치마 하나만 달랑 걸친 차림이다.

"침대에서 아침 드시죠. 생일 축하해요, 아가씨." 그가 이렇게 말하며 쟁반을 침대 끝에 내려놓고는 얼른 침대를 돌아와 내게 키스해준다.

나는 선물을 열어본다. 에비의 선물은 얼룩마노가 박힌 예쁜 은팔찌, 톰의 선물은 검은색 실크 테디(슬립과 팬티가 결합된 원피스형 여성 속옷 - 옮긴이)와 거기에 어울리는 속바지다. 웃음을 멈출 수가 없다. 그가 다시 침대로 올라오고 우리는 에비를 사이에 두고 눕는다. 에비는 톰의 집게손가락을 꼭 감아쥐고 있고, 나는 에비의 완벽한 분홍빛 발을 잡고 있다. 내 가슴속에서 불꽃이 팡팡 터지고 있는 것 같다. 믿기지가 않는다. 이렇게 벅찬 사랑이라니.

잠시 후, 나는 일어나고 싶어 하는 에비를 아래층으로 데려가고, 톰은 잠깐 눈을 붙이게 내버려둔다. 그는 그럴 자격이 있다. 나는 집 안을 조금씩 치우며 한가하게 빈둥거린다. 밖으로 나가 파티오에서 커피를 마시며, 반쯤 빈 채로 덜컹거리며 지나가는 기차를 구경하고, 점심을 어떻게 할까 생각한다. 고기를 구워 먹기에는 너무 덥지만, 톰이 로스트비프를 좋아하니까 고기를 구워야겠다. 식사를 끝내고 나서 아이스크림으로 열을 식히면 된다. 그가 좋아하는 메를로(보르도 와인을 대표하는 적포도주 - 옮긴이)를 사러 가기 위해 에비를 준비시켜 유모차에 태우고 끈을 채운 다음 가게를 향해 어슬렁어슬렁 걸어간다.

모두들 내게 톰의 집으로 들어가는 건 미친 짓이라고 말했다. 유부남, 그것도 정신적으로 아주 불안정한 아내를 둔 유부남과 얽히는 건 미친 짓이라고. 나는 이 점에서만큼은 그들의 생각이 틀렸다는 걸 증명해 보였다. 그 여자가 아무리 말썽을 피워도 톰과 에비를 생각하면 참을 수 있다. 하지만 집에 대해서는 그들의 생각이 옳았다. 오늘처럼 햇빛이 반짝이는 날에, 고급 주택 단지의 도로 같지는 않지만 그에 못지않은 분위기를 자아내는 우리 동네의 작지만 깔끔한 가로수 길을 걸으면 더할 나위 없이 기분이 좋아야 하는데 그렇지 않다. 나 같은 엄마들, 줄에 묶인 개들, 스쿠터를 탄 아이들로 인도가 복잡하다. 끽끽거리는 기차 브레이크 소리를 듣지 않을 수만 있다면, 고개를 돌렸을 때 15호 집이 보이지만 않는다면, 더 바랄 게 없을 것 같다.

집에 돌아와보니 톰이 식탁에 앉아 컴퓨터로 뭔가를 보고 있다. 그는 웃통을 벌거벗은 채 반바지만 입고 있다. 그가 움직일 때마다 피부 밑에서 꿈틀거리는 근육들이 보인다. 지금도 그를 보면 가슴이 두근거린다. 내가 인사를 건네도 그는 혼자만의 세계에 푹 빠져 있고, 내가 손가락 끝으로 그의 어깨를 훑자 화들짝 놀란다. 노트북 컴퓨터가 탁 하고 닫힌다.

"아." 그가 일어나며 말한다. 미소 짓고 있지만 피곤하고 근심스러운 표정이다. 그는 나와 눈을 마주치지 않은 채 내게서 에비를 데려간다.

"뭔데?" 내가 묻는다. "뭔데 그래?"

"아무것도 아니야." 그는 이렇게 말하고는 창 쪽으로 몸을 돌려 허리에 에비를 얹고 통통 튀긴다.

"톰, 뭔데?"

"아무것도 아니라니까." 그가 나를 쳐다보는데, 그가 무슨 말을 할지 안 들어도 뻔하다. "레이첼이야. 또 이메일을 보냈어." 그는 고개를 저으며, 분노와 상처가 뒤섞인 표정을 짓는다. 정말 싫다. 참을 수가 없다. 가끔은 그 여자를 죽이고 싶다.

"그 여자가 뭐라는데?"

그는 이번에도 그냥 고개를 젓는다. "별거 아니야. 그냥…… 늘 하는 얘기지 뭐. 헛소리."

"어떡해." 나는 정확히 무슨 헛소리인지는 묻지 않는다. 물어도 그가 대답해주지 않을 테니까. 톰은 이 문제로 내가 속상해하는 걸 싫어한다.

"괜찮아. 아무것도 아니야. 그냥 평소처럼 술에 취해서 말도 안 되는 소리를 지껄인 거야."

"참 나, 그 여자가 떨어져주기나 할까? 왜 우리가 행복한 꼴을 못 보는 거야?"

그가 내게 다가와 우리 딸을 사이에 두고 내게 키스한다.

"우린 행복하잖아." 그가 말한다. "우린 행복해."

저녁

우린 행복하다. 점심을 먹고 잔디밭에 누워 있다가, 참기 어려울 정도로 더워져서 집 안으로 들어와 아이스크림을 먹었다. 톰은 그랑프리 대회를 보고, 에비와 나는 점토를 가지고 놀았는데, 에비는 점토를 조금 먹기도 했다. 몇 집 건너에서 일어나고 있는 일을 생각하면, 원하는 것을 모두 가진 난 정말 운이 좋은 것 같다. 톰을 보며, 그가 날 찾아내서, 내가 그 여자에게서 그를 구해낼 수 있어서 천만다행이라고 생각한다. 결국 톰은 그 여자 때문에 미쳐버리고 말았을 것이다. 정말 그런 생각이 든다. 그 여자는 그에게 고통을 주고, 그를 다른 사람으로 만들어버렸을 것이다.

톰은 에비를 위층으로 데려가 몸을 씻겼다. 에비가 즐거워하며 꽥꽥거리는 소리가 여기까지 들려오고 나는 또 미소 짓고 있다. 하루 종일 미소가 내 입술에서 떠나가질 않는다. 나는 설거지를 하고 거실을 치우고 저녁 식사를 생각한다. 가볍게 먹어야겠다. 참 재밌는 일이다. 몇 년 전만 해도 내 생일에 집에서 요리하는 걸 싫어했는데, 지금은 아무런 불만도 없다. 당연히 그래야 한다는 생각이 든다. 우리 셋이서만 이렇게.

나는 거실 바닥에 어질러져 있는 에비의 장난감들을 주워 통에 도로 집어넣는다. 오늘 밤엔 에비를 일찍 재우고, 톰이 사준 테디를 입어야겠다. 어두워지려면 몇 시간 더 있어야 하지만, 벽난로 선반에 촛불을 켜고 메를로를 또 한 병 따서 방 안을 그 향으로 채운다. 커튼을 치려고 소파 위로 몸을 기울이는 순간, 머리를 가슴으로 푹 숙인 채 거리 맞은편의 인도를 허둥지둥 달려가는 여자를 보았다. 고개를 숙이고 있어도 알 수 있다. 그 여자다. 틀림없다. 내 심장이 쿵쾅거린다. 자세히 보려고 몸을 앞으로 더 숙여보지만, 각도가 안 좋아서 이젠 그녀가 보이지 않는다.

뛰쳐나가서 그녀를 뒤쫓아가려고 몸을 돌리는데, 톰이 수건에 싼 에비를 품에 안은 채 문간에 서 있다.

"괜찮아?" 그가 묻는다. "왜 그래?"

"아무것도 아니야." 나는 떨리는 손을 주머니에 찔러넣어 숨기며 말한다. "아무 일도 아니야, 아무 일도."

레이첼

2013년 7월 21일 일요일

아침

잠에서 깨어날 때 내 머릿속은 온통 그에 대한 생각으로 가득 차 있다. 내가 정말로 그를 만났나 싶게, 전혀 실감이 나지 않는다. 살갗이 따끔거린다. 한잔하고 싶어 미칠 것 같지만, 그럴 순 없다. 맑은 정신으로 있어야 한다. 메건을 위해. 스콧을 위해.

어제는 나도 나름대로 노력했다. 머리를 감고 화장을 조금 했다. 지금 내 몸에 유일하게 맞는 청바지에 날염된 면 블라우스를 입고, 굽이 낮은 샌들을 신었다. 내 모습이 꽤 괜찮아 보였다. 내가 어떻게 생겼든 스콧은 눈곱만큼도 관심이 없을 텐데 외모에 신경 쓰는 건 우스운 짓이라고 계속 되뇌었지만, 나도 어쩔 수가 없었다. 처음으로 그를 가까이서 만나는 날이니만큼 신경이 쓰였다. 지나치다 싶을 정도로.

나는 6시 반쯤 애시버리를 출발하는 기차를 탔고, 7시 직후 위트니에 도착했다. 로즈베리가를 따라 걷다가 굴다리를 지나쳤다. 이번에는 그 집을 보지 않았다. 차마 볼 수가 없었다. 나는 턱이 가슴에 닿을 듯 고개를 푹 숙이고 선글라스를 낀 채, 톰과 애나가 살고 있는 23호를 얼른 지나가며 그들의 눈에 띄지 않기를 빌었다. 주위에 아무도 없어 조용했고, 여러 줄로 주차되어 있는 차량 사이로 자동차 두어 대가 도로의 중앙을 따라 조심스럽게 지나가고 있었다. 나른하게 조용한 분위기가 감도는 이 깔끔하고 부유한 작은 동네에는 아이가 아직 어린 가족들이 많이 살고 있다. 7시쯤 되면 그들은 저녁 식사를 하거나 엄마와 아빠가 아이들을 사이에 끼고 소파에 앉아 〈엑스 팩터X-Factor〉(리얼리티 음악 오디션 프로그램-옮긴이)를 본다.

23호에서 15호까지는 50~60걸음이면 충분한데 왜 그리 멀게 느껴지는지 도무지 끝이 보이질 않았다. 마치 술에 취한 것처럼 다리는 무겁고 걸음이 휘청거려 인도에서 벗어날 것만 같았다.

내가 문을 두드리기가 무섭게 문이 열렸고, 내 손이 미처 내려오기도 전에 스콧이 문간에 나타나 내 바로 앞에 서서 시야를 가려버렸다.

"레이첼?" 그가 웃음기 없는 얼굴로 나를 내려다보며 물었다. 나는 고개를 끄덕였다. 그러고는 그가 내민 손을 잡았다. 그가 집으로 들어오라는 손짓을 했지만 잠시 동안 난 꼼짝도 하지 않았다. 그가 두려웠다. 가까이에서 본 그의 몸은 위협적이었다. 큰 키에 어깨가 떡 벌어지고 팔과 가슴은 근육질이었다. 두 손은 큼직했다. 그라면 큰 힘을 들이지 않고도 나를, 내 목과 갈비뼈를 으스러뜨릴 수 있겠구나 하는 생각이 들었다.

그를 지나쳐 현관으로 들어가면서 그와 팔이 스치자 나는 얼굴이 달아올랐다. 그의 몸에서 묵은 땀 냄새가 나고, 검은 머리칼은 한동안 감지 않은 것처럼 엉겨붙어 있었다.

거실로 들어가니 언젠가 와본 듯한 느낌이 너무 강렬해서 겁이 날 정도였다. 저쪽 벽감 사이에 설치된 벽난로, 비스듬히 쳐진 블라인드 사이로 흘러들어오는 거리의 불빛이 낯설지 않았다. 왼쪽으로 고개를 돌리면 유리창과 푸른 잔디, 그리고 철길 너머가 보인다는 걸 알고 있었다. 고개를 돌려보니 식탁, 그 뒤의 프렌치 도어, 그리고 푸릇푸릇한 잔디밭이 있었다. 난 이 집을 알고 있었다. 현기증이 일어나 앉고 싶었다. 지난 토요일 밤에 생긴 블랙홀, 그 잃어버린 시간들이 떠올랐다.

물론 그건 아무런 의미도 없었다. 내가 그 집을 아는 건 그곳에 가본 적이 있어서가 아니다. 23호와 한 치도 다르지 않기 때문이다. 현관은 계단으로 이어져 있고, 오른편은 거실인데 벽 없이 곧장 부엌으로 통한다. 파티오와 마당은 기차에서 봤기 때문에 내게 친숙할 수밖에 없다. 위층에 올라가보지는 않았지만, 올라가면 층계참에 큼직한 내리닫이창이 달려 있었을 테고, 그 창을 넘어가면 임시로 만든 옥상 테라스가 나왔을 것이다. 방은 두 개, 큰방에는 거리가 내다보이는 커다란 창문이 두 개 달려 있고, 안쪽에 있는 더 작은 방에서는 마당이 내려다보일 것이다. 내가 그 집의 안과 밖을 잘 안다고 해서 그곳에 가본 적이 있는 건 아니다.

스콧이 날 부엌으로 데려갔을 때 난 덜덜 떨고 있었다. 그가 차를 대접하겠다고 했다. 내가 식탁에 앉아 있는 동안 그는 주전자에 물을 끓인 뒤 머그잔에 티백을 집어넣었고 끓는 물이 조리대로 흘러넘치자 작은 목소리로 혼자 중얼거렸다. 부엌에서 소독제 냄새가 강하게 풍기는데, 정작 스콧 자신은 지저분한 꼴을 하고 있었다. 티셔츠의 등판에 땀 얼룩이 져 있고 청바지는 그에게 너무 큰 듯 엉덩이로 축 처져 있었다. 나는 그가 식사는 제대로 하고 있는지 궁금했다.

그는 내 앞에 찻잔을 놓고는 맞은편에 앉아 자기 앞으로 두 손을 깍지 꼈다. 우리 사이의 공간도, 부엌 전체도 침묵에 휩싸였다. 귓속이 윙윙거리기 시작하고, 덥고 불편해지더니 갑자기 머리가 멍해졌다. 내가 여기서 뭘 하고 있는 건가 하는 생각이 들었다. 대체 내가 여기 왜 왔을까? 멀리서 덜커덩

거리는 소리가 작게 들려왔다. 기차가 오고 있었다. 그 익숙한 소리를 들으니 마음이 편해졌다.

"메건의 친구라고요?" 마침내 스콧이 입을 열었다.

그의 입에서 그녀의 이름이 나오는 걸 들으니 목이 메어왔다. 나는 두 손으로 머그잔을 꼭 감싸쥔 채 식탁을 가만히 내려다보았다.

"네." 나는 대답했다. "메건과 아는 사이예요…… 조금요. 화랑에서 만났어요."

그는 기대 어린 표정으로 날 쳐다보며 기다렸다. 그가 이를 악물자 턱 근육이 꿈틀거렸다. 나는 적당한 말을 찾아봤지만 소용없었다. 준비를 더 철저히 했어야 했다.

"새로운 소식은 없었나요?" 내가 물었다. 그가 가만히 날 쳐다보자 난 순간 두려워졌다. 내가 말을 잘못했구나. 새로운 소식이 있건 없건 내가 상관할 바가 아니었다. 화를 내겠지, 집에서 나가달라고 하겠구나.

"없었어요." 그가 말했다. "나한테 얘기해주고 싶다는 게 뭐죠?"

기차가 천천히 지나갔고 나는 철도 쪽을 바라보았다. 마치 유체이탈이 일어나 내가 나 자신을 밖에서 바라보고 있는 것처럼 현기증이 일었다.

"메건에 대해서 나한테 할 말이 있다고 이메일에 쓰셨잖아요." 스콧의 목소리가 조금 높아졌다.

나는 숨을 크게 한 번 쉬었다. 끔찍한 기분이었다. 내가 이제부터 할 말이 얼마나 상황을 악화시킬지, 그에게 얼마나 큰 상처를 줄지 잘 알고 있었으니까.

"메건이 어떤 사람이랑 같이 있는 걸 봤어요." 나는 앞뒤 설명 없이 불쑥 이 말을 뱉었다.

그가 나를 빤히 쳐다보았다. "언제요? 토요일 밤에 봤어요? 경찰한테는 얘기했어요?"

"아니요, 금요일 아침이었어요." 내가 이렇게 말하자 그의 어깨가 축 처졌다.

"하지만…… 금요일엔 메건한테 아무 일도 없었어요. 그런데 그 일이 왜 중요하단 겁니까?" 그의 턱이 또 꿈틀거리는 걸 보니 화가 나기 시작한 모양이었다. "메건이…… 메건이 누구와 같이 있었다는 겁니까? 남자였어요?"

"네, 난……."

"어떻게 생겼던가요?" 그가 일어나자 그의 몸이 불빛을 막아버렸다. "경찰한테 얘기했어요?" 그가 또 이렇게 물었다.

"했어요. 그런데 내 얘기를 진지하게 받아들였는지는 잘 모르겠네요."

"왜요?"

"그게…… 나도 모르겠어요……. 당신도 알고 있어야 할 것 같아서 연락한 거예요."

그는 몸을 앞으로 기울여 두 손을 식탁에 올려놓고 주먹을 꽉 쥐었다.

"그래서 뭡니까? 메건을 어디서 봤어요? 뭘 하고 있었습니까?"

나는 또 한 번 숨을 크게 쉬었다. "메건은…… 잔디밭에 나와 있었어요. 바로 저기요." 나는 마당을 가리켰다. "메건이…… 나는 기차에서 메건을 봤어요." 그의 표정을 보니 내 말을 믿지 않는 것이 분명했다. "매일 애시버리에서 런던으로 가는 기차를 타거든요. 바로 여기를 지나가요. 그날 메건을 봤어요. 어떤 사람이랑 같이 있는 걸요. 그리고…… 그 사람은 당신이 아니었어요."

"어떻게 알아요? ……금요일 아침이라고 했죠? 금요일이라면, 메건이 실종되기 전날이요?"

"맞아요."

"그때 난 집에 없었어요. 멀리 나가 있었습니다. 회의가 있어서 버밍엄에 갔었죠. 금요일 저녁에 돌아왔어요." 그의 뺨이 붉게 얼룩지고, 의심은 다른 무언가로 변해가고 있었다. "그러니까 메건을 봤단 말이죠, 잔디밭에서 어떤 사람과 함께 있는 걸? 그리고……."

"메건이 그 남자한테 키스했어요." 결국엔 실토할 수밖에 없었다. 그에게 말해야 했다. "두 사람은 키스하고 있었어요."

그는 몸을 똑바로 펴고, 주먹 쥔 두 손을 몸의 양옆으로 늘어뜨렸다. 안 그래도 상기된 그의 뺨이 무서울 정도로 점점 더 벌게졌다.

"유감이에요. 정말 유감이에요. 정말 듣기 괴로운 얘기겠죠……."

그가 손을 휘휘 저었다. 경멸스럽다는 듯. 그는 내 동정 따위에는 아무런 관심도 없었다.

그 심정은 나도 잘 안다. 그렇게 앉아 있으니, 네 집 건너에 있는 우리 집 부엌에서 한때 가장 절친한 친구였던 라라와 마주 앉아 있었을 때 내가 느꼈던 기분이 마치 어제 일처럼 생생하게 떠올랐다. 그때 통통한 아기가 라라의 무릎에 앉아 꼼지락거리고 있었다. 라라가 내 결혼 생활이 끝나버려서 안타깝다고 말했고, 난 그녀의 상투적인 위로에 화를 냈다. 라라는 내 고통을 전혀 이해하지 못했다. 내가 꺼지라고 말하자 라라는 아이 앞에서 그런 식으로 말하지 말라고 했다. 그 후로는 라라를 만나지 않았다.

"메건하고 같이 있었다는 남자, 어떻게 생겼던가요?" 스콧이 물었다. 그는 나를 등지고 서서 잔디밭을 내다보고 있었다.

"키가 커요. 당신보다 더 컸던 것 같아요. 피부가 까무잡잡했어요. 어쩌면 아시아계일지도 몰라요. 인도나 뭐 그런 쪽."

"그리고 두 사람이 마당에서 키스를 하고 있었다고요?"

"네."

그가 긴 한숨을 뱉었다. "젠장, 한잔해야겠어." 그가 고개를 돌려 날 보며 물었다. "맥주 한잔할래요?"

한잔하고 싶었다. 술 한 잔이 절실했지만, 거절했다. 그가 냉장고에서 맥주 한 병을 꺼내와 뚜껑을 따고 길게 한 번 쭉 들이켜는 동안 나는 지켜보고만 있었다. 그렇게 보고 있기만 해도 마치 차가운 액체가 내 목구멍으로 미끄러져 내려가는 것 같은 기분이었다. 내 손은 술잔을 갈망하고 있었다. 스콧은 조리대에 기댄 채 머리가 가슴에 닿을 만큼 고개를 푹 숙이고 있었다.

난 비참한 기분이 들었다. 도움이 되기는커녕 그를 기분 나쁘게 만들고 고통을 더해주고 말았다. 나는 그의 슬픔에 간섭하고 있었고, 그건 잘못된 행동이었다. 그를 만나러 오지 말았어야 했다. 거짓말을 하지 말았어야 했다. 거짓말만은 정말 하지 말았어야 했다.

내가 막 몸을 일으키는데 그가 말했다. "어쩌면…… 글쎄요. 오히려 다행 아닙니까? 메건이 무사할 수도 있다는 얘기잖아요. 메건은 그냥……." 그가 허탈한 웃음을 흘렸다. "그냥 딴 남자랑 눈이 맞아서 도망간 건지도 모르니까." 그가 손등으로 뺨에 흘러내린 눈물을 닦아냈고, 나는 심장이 단단한 작은 공으로 쪼그라드는 기분이었다. "하지만 메건이 나한테 연락을 하긴 할 겁니다." 그는 마치 내게 답이 있는 것처럼, 내가 답을 알고 있는 것처럼 나를 쳐다보았다. "꼭 연락하겠죠? 내가 얼마나 충격을 받을지…… 얼마나 힘들어할지 알

테니까요. 그렇게 독한 여자는 아니잖아요?"

그는 나를 메건의 친구, 믿을 만한 사람으로 여기고 있었고, 나는 그의 착각이라는 걸 알면서도 기분이 좋았다. 그가 또 한 번 맥주를 벌컥벌컥 마시고는 마당 쪽으로 몸을 돌렸다. 그의 시선을 따라가보니, 울타리 쪽에 조그맣게 쌓여 있는 돌무더기가 보였다. 오래전에 만들기 시작했지만 결국엔 완성하지 못한 암석 정원이었다. 그는 또 맥주병을 입으로 가져가다가 멈추었다. 그리고 내 쪽으로 고개를 돌렸.

"기차에서 메건을 봤다고요?" 그가 물었다. "그러니까…… 그냥 창밖을 보고 있었는데, 우연히도 아는 여자가 보였다는 겁니까?" 방 안의 분위기가 바뀌었다. 내가 자기편이라는, 나를 믿어도 된다는 그의 확신이 흔들리고 있었다. 그의 얼굴에 의혹의 표정이 그림자처럼 스쳐 지나갔다.

"그래요, 난…… 난 메건이 어디에 사는지 알거든요." 이 말이 입 밖으로 나가는 순간 난 후회했다. "내 말은, 지금 당신이 살고 있는 이 집, 여기 와본 적이 있어요, 오래전에. 그래서 가끔 지나갈 때 혹시 메건이 나와 있나 싶어서 창밖을 보곤 했어요." 그가 날 빤히 쳐다보았다. 내 얼굴이 달아올랐다. "메건이 자주 밖에 나와 있었거든요."

그가 빈 맥주병을 조리대에 내려놓더니 내게로 두어 걸음 다가와서 나와 가장 가까운 의자에 앉았다.

"메건하고 잘 아는 사이였어요? 집에 놀러올 만큼?"

목에서 맥박이 뛰는 게 느껴지고, 등 아래에서 땀이 나고, 메스꺼울 정도로 아드레날린이 솟구쳤다. 그 말을 하지 말았어야 했다. 거짓말을 더 복잡하게 만들지 말았어야 했다.

"딱 한 번요. 하지만…… 이 근처에서 살았던 적이 있어서 여기를 아는 거예요." 그가 눈썹을 치켜세웠다. "몇 집 건너, 23호요."

그가 천천히 고개를 끄덕였다. "왓슨. 그럼, 당신이 톰의 전처?"

"맞아요. 2년 전에 그 집에서 나왔죠."

"그런데 메건의 화랑은 계속 찾아갔어요?"

"가끔요."

"메건을 만나면 어떤 얘기를……. 메건이 개인적인 얘기도 하던가요? 나에 대해서라든가." 그가 쉰 목소리로 물었다. "아니면 다른 사람 얘기라도."

나는 고개를 저었다. "아니, 아니요. 보통은 그냥…… 같이 시간이나 죽이는 정도였어요." 한참이나 정적이 흘렀다. 갑자기 방 안에 열기가 점점 더 쌓여가고, 모든 표면에서 소독제 냄새가 피어오르는 것 같았다. 나는 머리가 어찔해졌다. 내 오른편에 있는 사이드 테이블에 액자 사진들이 놓여 있었다. 메건이 짓궂게 나무라는 듯 내게 미소 짓고 있었다.

"이제 가봐야겠어요. 시간을 많이 빼앗은 것 같네요." 내가 몸을 일으키자 그가 팔을 뻗더니 내 손목에 손을 얹고는 내 얼굴을 뚫어져라 쳐다보았다.

"아직은 가지 말아요." 그가 나지막이 말했다. 나는 일어나지 않았지만, 그의 손 밑에서 내 손을 빼냈다. 마치 구속당한 것처럼 불편했다. "그 남자, 메건과 함께 있었다는 남자, 그 남자를 알아볼 수 있겠어요? 다시 보면?"

나는 이미 경찰에게 그 남자를 확인해주었다는 말을 할 수가 없었다. 내가 그에게 접근하려는 명목으로 나 자신에게 내세웠던 이유는 경찰이 내 이야기를 진지하게 받아들이지 않는다는 것뿐이었다. 내가 그 사실을 인정한다면 나에 대한 그의 신뢰는 사라져버릴 것이 뻔했다. 그래서 나는 또 거짓말을 했다.

"확신은 못하겠지만 알아볼 수 있을 것 같기도 해요." 나는 잠깐 기다렸다가 다시 말을 이었다. "신문에 메건의 친구가 한 말이 인용되어 있더라고요. 이름이 라제시였어요. 혹시 그 남자가……."

스콧은 이미 고개를 젓고 있었다. "라제시 구지랄 말이에요? 아닐 겁니다. 화랑에 전시회를 열었던 화가예요. 좋은 사람이긴 하지만…… 유부남이에요. 아이들도 있고." 그게 큰 의미가 있을까. "잠깐만요." 그가 일어나며 말했다. "그 사람 사진이 어디 있을 텐데."

그가 위층으로 사라졌다. 내 어깨가 축 늘어졌다. 이 집에 온 후로 긴장해서 계속 뻣뻣하게 앉아 있었다는 걸 그제야 깨달았다. 나는 다시 한 번 사진을 보았다. 해변에서 여름 드레스를 입고 있는 메건, 근접 촬영한 그녀의 얼굴, 놀랄 정도로 푸른 눈동자. 메건뿐이었다. 두 사람이 함께 찍은 사진은 하나도 없었다.

스콧이 다시 나타나 팸플릿 하나를 내게 건넸다. 화랑에서 열리는 전시회를 광고하는 전단이었다. 그가 전단을 뒤집었다.

"거기," 그가 말했다. "그 사람이 라제시예요."

화려한 색채의 추상화 옆에 서 있는 남자. 턱수염을 기르고, 작은 키에 체구가 땅딸막한 노인이었다. 내가 봤던 남자, 경찰에게 확인해주었던 남자가 아니었다. "그 남자가 아니에요." 내가 말했다. 내 옆에 서서 팸플릿을 내려다보고 있던 스콧이 갑자기 몸을 돌려 급한 걸음으로 다시 계단을 올라갔다. 잠시 후 그가 노트북 컴퓨터를 들고 돌아와 식탁에 앉았다.

"어쩌면……." 그가 컴퓨터를 열어서 켜며 말했다. "어쩌면 찾을 수 있을……." 그가 입을 다물어버렸고 나는 그를 지켜보고 있었다. 그는 이를 악문 채 집중하고 있었다. "메건은 상담을 받고 있었어요. 치료사 이름이…… 아브디치. 카말 아브디치였어요. 아시아인은 아니고, 세르비아나 보스니아 쪽 사람인데. 피부색이 까무잡잡해요. 멀리서 보면 인도인처럼 보이기도 할 겁니다." 그가 컴퓨터 자판을 톡톡 두드렸다.

"웹사이트가 있을 텐데. 분명히 있을 겁니다. 사진이 있을 것 같은데……."

그가 컴퓨터를 휙 돌려 내게 화면을 보여주었다. 나는 고개를 앞으로 숙여 더 자세히 보았다. "이 남자예요. 확실해요."

스콧이 노트북 컴퓨터를 탁 닫았다. 그러고는 한참이나 말이 없었다. 그는 식탁에 팔꿈치를 괴고, 손가락 끝으로 이마를 지그시 누른 채 두 팔을 바르르 떨고 있었다.

"메건은 불안발작 증세가 있었어요." 마침내 그가 입을 열었다. "불면증 같은 게 있었죠. 작년 언젠가부터 시작됐는데, 언제였는지는 정확히 기억 안 나네요." 그는 내가 옆에 있다는 사실을 아예 잊어버린 듯, 마치 혼잣말하듯이 나를 보지도 않고 말했다. "상담을 받아보라고 한 건 나였습니다. 내가 메건을 부추겼어요. 나는 도움이 안 될 것 같았거든요." 그때 그의 목소리가 약간 갈라졌다. "난 도울 수가 없었어요. 메건은 예전에도 비슷한 문제가 있었다면서 결국엔 괜찮아질 거라고 했는데, 내가…… 의사를 만나보라고 내가 설득했어요. 그리고 그 남자를 추천받았죠." 그는 헛기침을 살짝 하며 목청을 가다듬었다. "상담이 도움이 되는 것 같았어요. 메건이 더 행복해 보였으니까요." 그러고는 슬픈 웃음을 짧게 뱉었다. "이젠 그 이유를 알겠네요."

나는 위로 차원으로 그의 팔을 토닥여주려고 손을 뻗었다. 갑자기 그가 몸을 뒤로 빼더니 일어서며 퉁명스레 말했다.

"이제 가보십시오. 곧 어머니가 오실 겁니다. 두세 시간은 여기 계실 거예요." 내가 막 문을 나서려고 할 때 그가 내 팔을 붙잡았다.

"우리 전에 어디서 만난 적 있죠?" 그가 물었다.

순간, "그랬을 거예요. 경찰서나, 아니면 여기 거리에서 당신이 날 봤을지도 몰라요. 난 토요일 밤에 여기 있었으니까." 라고 말할까 하는 생각이 들었다. 하지만 나는 고개를 저었다. "아니요, 그럴 리가 없잖아요."

나는 기차역 쪽으로 걸음을 서둘렀다. 거리를 반쯤 내려갔을 때 고개를 돌려보았다. 그는 여전히 문간에 서서 나를 지켜보고 있었다.

저녁

집요하게 이메일을 확인하고 있지만, 톰으로부터는 아무런 소식도 없다. 이메일, 문자 메시지, 휴대전화 같은 것들이 없었을 때, 이런 전자기기들과 그것들이 남기는 흔적이 없던 시절, 질투심 많은 술꾼들은 얼마나 살기 편했을까.

오늘은 메건에 대한 신문 기사가 거의 한 건도 없다. 이미 사람들의 관심은 다른 사건으로 옮겨가고 있다. 터키의 정치적 위기, 위건에서 개들에게 공격받아 다친 네 살짜리 여자

아이, 잉글랜드 축구팀이 몬테네그로에게 당한 치욕적인 패배가 신문의 1면을 장식했다. 메건은 잊혀가고 있다. 실종된 지 일주일밖에 되지 않았는데.

캐시가 밖에서 점심을 같이 먹자고 했다. 데이미언이 버밍엄에 있는 자기 어머니 집에 간 바람에 한가해진 것이다. 캐시는 초대받지 못했다. 데이미언과 사귄 지 거의 2년이 다 됐는데, 아직도 그의 어머니를 만나지 않았다. 우리는 내가 정말 싫어하는 하이가의 지래프에 갔다. 다섯 살도 안 된 아이들이 악을 써대고 있는 곳의 한가운데에 앉아 캐시는 내가 뭘 했는지 캐물었다. 어젯밤에 내가 어디에 있었는지 궁금해했다.

"누구라도 만났어?" 캐시는 기대감으로 눈을 빛내며 이렇게 물었다. 정말 가슴이 뭉클했다.

나는 그렇다고 답할 뻔했다. 그게 사실이니까. 하지만 거짓말이 더 쉬웠다. 나는 위트니에서 알코올 중독자 모임에 참석했다고 말했다.

"아." 캐시는 겸연쩍은 표정을 지으며 그리크 샐러드(토마토, 올리브, 그리스산 염소 치즈인 페타 치즈로 만든 샐러드 – 옮긴이)로 시선을 떨어뜨렸다. "네가 또 못 참았나 싶었거든. 금요일에."

"그래. 쉽지는 않을 거야, 캐시." 캐시가 나의 금주를 진심으로 바라고 있다는 생각이 들자, 정말 미안해졌다. "그래도 최선을 다하고 있어."

"혹시 내가 같이 가줄까?"

"아직은 아니야. 하지만 고마워."

"그럼, 다른 거라도 같이 할까? 헬스클럽에 다닌다든가." 캐시가 물었다.

나는 웃었지만, 캐시의 말이 농담이 아니라는 걸 알고는 생각해보겠다고 했다.

캐시는 방금 집에서 나갔다. 어머니 집에서 돌아왔다는 데이미언의 연락을 받고 그의 집으로 간 것이다. 나는 캐시에게 이렇게 묻고 싶었다. 넌 왜 데이미언이 전화하기만 하면 바로 달려가니? 하지만 내가 연애든 뭐든 무슨 조언을 할 처지도 아니고, 어쨌든 술 생각이 간절하다. (지래프에 가서 앉은 순간부터 계속 그랬는데, 여드름투성이의 종업원이 포도주를 마시겠냐고 물었을 때 캐시가 아주 단호하게 "아뇨, 됐어요."라고 답했다.) 그래서 나는 캐시에게 잘 가라며 손을 흔들고, 기대감에 부풀어 온몸으로 전율을 느끼며, 착한 생각('이러지 마, 지금 아주 잘하고 있잖아.')은 저만치 밀어낸다. 술을 사러 가게에 가려고 신발을 신고 있는데 전화가 울린다. 톰이다. 톰일 것이다. 핸드백에서 전화기를 꺼내 액정 화면을 보자 심장이 북처럼 둥둥거린다.

"여보세요." 상대편에서 아무런 답이 없어서 내가 묻는다. "괜찮으세요?"

잠깐의 침묵 끝에 스콧이 답한다. "네, 괜찮아요. 아무 일 없습니다. 그냥, 어제 고마웠다고 인사하고 싶어서 전화했습니다. 나한테 알려주려고 일부러 시간까지 내줘서 고마워요."

"아, 아니에요. 그거야……."

"지금 통화하기 괜찮아요?"

"네. 괜찮아요." 스콧이 아무 말도 없어서 내가 다시 말한다. "괜찮아요. 혹시…… 무슨 일 있었어요? 경찰한테 얘기했어요?"

"오늘 오후에 가족 연락관이 왔어요." 그의 말에 내 심장박동이 빨라진다. "라일리 경사님이요. 경사님한테 카말 아브디치 얘기를 했어요. 그 사람을 만나보라고 말해줬죠."

"혹시…… 나랑 만났다는 얘기도 했어요?" 내 입이 바짝 마른다.

"아니요, 안 했습니다. 왠지…… 왠지 내가 그 이름을 알려주는 게 낫겠다 싶었거든요. 그래서…… 거짓말이죠, 알아요. 하지만 뭔가 중요한 걸 기억해내려고 머리를 짜내다가 그 치료사랑 얘기해보는 것도 좋겠다는 생각이 들었다고 말했어요. 예전에 두 사람 사이를 염려한 적이 있다고요."

다시 숨통이 트인다. "경사님이 뭐라던가요?"

"이미 그 사람하고 얘기해봤지만, 다시 해보겠답니다. 왜 진작 알려주지 않았냐면서 질문을 엄청 많이 해대더군요. 경사님은…… 나도 모르겠어요. 그 경사님은 믿음이 가질 않아요. 내 편이어야 할 사람인데 처음부터 왠지 염탐하면서 내 허점만 노리는 것 같았거든요."

 스콧 역시 라일리를 좋아하지 않는다고 하니, 한심하게도 기분이 좋다. 우리의 공통점, 우리를 묶어주는 끈이 또 하나 생겼다.

 "어쨌든, 고맙다고 인사하고 싶었습니다. 이렇게 도와주셔서. 사실…… 이상한 얘기긴 한데…… 잘 모르는 사람과 얘기하는 게 좋았어요. 좀 더 이성적으로 생각할 수 있을 것 같았거든요. 당신이 떠난 후에, 메건이 그 남자, 아브디치를 처음 만났던 날을 떠올려봤습니다. 그날 집에 돌아왔을 때 메건은 왠지 밝아 보였어요." 그는 큰 소리로 숨을 내쉬었다. "나도 모르겠어요. 그냥 내 착각일지도 모르죠."

 어제와 같은 느낌이다. 그가 나한테 얘기하는 게 아니라 혼잣말을 하고 있는 듯한 느낌. 난 그의 말을 들어주는 공명판 같은 존재가 되었고, 그래서 기쁘다. 그에게 쓸모가 있어서 기쁘다.

 "하루 종일 메건의 물건들을 다시 살펴봤어요. 우리 방, 집 전체를 이미 여섯 번은 뒤져봤습니다. 메건이 있는 곳을 추측하는 데 도움이 될 만한 물건이 있을까 싶어서요. 그 남자와 관련된 거라도. 그런데 아무것도 없어요. 이메일도 없고, 편지도 없고, 아무것도 없더군요. 그 남자한테 연락해볼까 했지만 오늘은 진료소가 문을 닫았고, 그 사람 휴대전화 번호는 못 찾겠어요."

"그래도 괜찮을까요?" 내가 묻는다. "내 말은, 그냥 경찰한테 맡기는 게 낫지 않겠어요?" 입 밖에 내고 싶은 얘기는 아니지만, 우리가 잊지 말아야 할 사실이 있다. 그 남자는 위험하다는 것. 아니, 적어도 위험할 수 있다.

"모르겠어요, 정말 모르겠어요." 듣기 괴로울 정도로 그의 목소리가 절박하지만, 난 아무런 위로도 해줄 수 없다. 전화기 저편에서 그의 숨소리가 들린다. 두려운 듯 호흡이 짧고 빠르다. 지금 옆에 누군가 있느냐고 묻고 싶지만, 그럴 순 없다. 부적절하고 주제넘은 말처럼 들릴 것이다.

"오늘 당신 전남편을 봤어요." 그의 말을 듣자 내 팔에 털이 곤두서는 느낌이다.

"그래요?"

"네, 신문을 가지러 나갔다가 거리에서 그를 봤습니다. 나한테 괜찮으냐고, 무슨 소식 없냐고 묻더군요."

"그렇군요." 나는 또 이렇게 말한다. 이 말밖에는 달리 할 말이 없으니까. 스콧이 톰과 얘기를 나누면 안 된다. 톰은 내가 메건 히프웰과 아는 사이가 아니라는 사실을 알고 있다. 톰은 메건이 실종된 날 밤에 내가 블레넘로에 있었다는 사실을 알고 있다.

"당신 얘기는 안 했어요. 그게…… 당신을 만났다는 얘기를 해야 할지 말아야 할지 모르겠더라고요."

"안 하길 잘했어요. 저기, 상황이 좀 그렇잖아요."

"그래요."

그 후로 한참이나 침묵이 흐른다. 나는 심장박동이 느려지기를 기다리고 있다. 그가 전화를 끊을 줄 알았는데 다시 입을 연다. "정말 메건이 내 얘기는 전혀 안 했어요?"

"아니요…… 물론 했죠. 우리가 그렇게 자주 얘기를 나누진 않았지만 그래도……."

"그래도 집까지 왔다면서요. 메건은 사람들을 집으로 잘 안 불러요. 남한테 자기 얘기를 거의 안 하고, 자기 공간을 침해받는 걸 싫어하는 사람이죠."

나는 변명거리를 찾아본다. 집에 갔었다는 얘기는 하지 말걸 그랬다.

"그냥 책 한 권 빌리려고 갔던 거예요."

"그래요?" 그는 내 말을 믿지 않는 눈치다. 메건은 책을 좋아하는 사람이 아니다. 그 집을 떠올려보니, 책장에 책이 한 권도 없었다. "메건이 뭐라고 하던가요? 나에 대해서."

"음, 메건은 아주 만족스러워했어요. 그러니까, 당신에 대해서요. 두 사람의 관계에 대해서." 이 말을 하는 와중에도 참 이상하게 들리겠다 싶지만, 난 구체적으로 얘기할 수가 없으니 어떻게든 잘 넘어가야 한다. "솔직히 말하면 내 결혼 생활이 정말 힘들었던 때여서, 이런 점은 서로 비슷하고 저런 점은 다르구나 하고 얘기했던 것 같아요. 메건은 당신 얘기를 할 때 얼굴이 확 밝아지더라고요." 이런 진부한 얘기라니.

"그랬어요?" 그는 눈치를 못 챘는지, 그의 목소리에 그리움이 묻어 있다. "정말 다행이네요." 그가 잠깐 말을 멈추고, 전화기 건너편에서 빠르고 얕은 숨소리가 들려온다. "그게……심하게 다퉜거든요. 메건이 떠난 날 밤에. 나한테 화가 난 상태로 그렇게 가버렸다고 생각하면 정말……." 그가 말끝을 흐린다.

"분명히 금방 화가 풀렸을 거예요. 부부 싸움이잖아요. 부부 싸움이야 늘 하는 건데요, 뭘."

"이번엔 심했어요, 끔찍했죠. 다른 사람한테…… 다른 사람한테 얘기도 못하겠어요. 했다간 다들 날 죄인처럼 볼 테니까."

이제 그의 목소리가 달라졌다. 죄책감에 사로잡혀 겁에 질린 목소리.

"어쩌다가 다투기 시작했는지 기억이 안 나요." 나는 그의 이 말을 듣자마자 거짓말이라고 생각하다가, 내가 기억하지 못하는 수많은 다툼을 떠올리고는 입술을 깨문다. "싸움이 아주 격해졌어요. 난 아주…… 메건한테 못되게 굴었어요, 개새끼처럼. 완전히 개새끼였죠. 메건은 화가 나서 위층으로 올라가 가방을 쌌어요. 정확히 뭘 챙겼는지는 모르겠는데 나중에 보니까 메건의 칫솔이 없더군요. 그래서 아내가 집으로 돌아올 생각이 없다는 걸 알았죠. 난…… 메건이 그날 밤을 타라네 집에서 보낼 줄 알았어요. 그 전에도 한 번 그랬거든요. 딱 한 번. 항상 그랬던 것도 아닌데, 난 아내를 뒤쫓아가지도 않았어요." 이번에도 그가 내게 말하는 것이 아니라 자기 잘못을 참회하고 있는 것처럼 들린다. 그는 고해실의 한쪽에 앉아 있고, 난 그 반대편에서 모습을 감춘 채 그의 얘기를 듣고 있는 얼굴 없는 사람이 된 것 같다. "아내를 그냥 떠나보냈어요."

"토요일 밤에요?"

"네. 메건을 본 건 그때가 마지막이었어요."

메건이, 혹은 '그녀의 인상착의와 일치하는 여성'이 7시 15분쯤 위트니 역으로 걸어가고 있는 걸 목격한 사람이 있다는 기사를 읽은 기억이 난다. 그것이 마지막으로 목격된 그녀의 모습이었다. 플랫폼이나 기차 안에서 그녀를 본 사람은 아무도 없었다. 위트니 역에는 CCTV가 없고, 콜리 역의 CCTV에는 그녀의 모습이 잡히지 않았지만, 그렇다고 해서 그녀가 그곳에 있지 않았다는 증거는 될 수 없다고 기자들은 보도했다. 그 역에는 '중대한 사각지대들'이 있기 때문이다.

"메건한테 연락한 건 언제였어요?" 내가 또 한 차례의 기나긴 침묵 끝에 그에게 묻는다.

"난…… 술집에 갔어요. 동네에서 아주 가까운, 킹리로에 있는 더 로즈라고 알죠? 흥분을 가라앉히고 생각을 정리하려고 갔죠. 맥주를 두어 잔 마신 다음 집으로 돌아왔어요. 그게

10시 직전이었습니다. 시간이 지나면 메건이 화를 풀고 돌아올 거라고 기대했던 것 같아요. 하지만 그렇게 되지 않았죠."

"그럼 10시쯤 메건한테 전화를 했겠네요?"

"아니요." 그가 속삭이다시피 말했다. "안 했어요. 집에서 맥주를 두어 잔 더 마시고, 텔레비전을 조금 봤어요. 그런 다음 잠들었고요."

내가 톰과 다툴 때마다 저질렀던 짓들이 떠오른다. 정도껏 했어야 할 끔찍한 말들을 계속 내뱉고, 거리로 뛰쳐나가 다시는 그를 보고 싶지 않다고 고함을 질러댔다. 항상 그가 나에게 연락했고, 항상 그가 날 달래어 집으로 돌아가게 만들었다.

"메건이 타라네 부엌에 앉아서 내 욕이나 하고 있을 줄 알았죠. 그래서 그냥 손 놓고 있었어요."

그냥 손 놓고 있었다니, 무정하고 무신경하게 들린다. 그가 이 이야기를 다른 사람에게 하지 않은 것이 무리도 아니다. 내가 상상했던 스콧, 내가 알던 그 스콧이 아니다. 테라스에서 메건의 뒤에 서서, 세상으로부터 그녀를 지켜주려는 듯 큼직한 손을 그녀의 가녀린 어깨에 올려놓고 있던 남자.

나는 당장이라도 전화를 끊고 싶지만, 스콧이 말을 멈추지 않는다. "다음 날 아침 일찍 일어났어요. 전화기에 메시지가 한 통도 없더군요. 그래도 별로 당황하지는 않았어요. 아직도 화가 안 풀려서 타라와 함께 있는 줄 알았거든요. 그때 전화를 해봤더니 음성 메시지로 넘어갔어요. 그때까지도 난 당황하지 않았어요. 아직 안 깼거나, 아니면 그냥 날 무시하는 거라고 생각했죠. 나는 타라의 전화번호는 몰라도 주소는 알고 있었어요. 메건의 책상에서 명함을 찾았거든요. 그래서 자리에서 일어나 그 집으로 차를 몰고 갔죠."

걱정하지 않았다면서 왜 타라의 집으로 갈 생각을 했을까? 궁금하지만 난 끼어들지 않고 그가 계속 얘기하도록 내버려둔다.

"9시 조금 넘어서 타라의 집에 도착했어요. 한참 지나서 타라가 문을 열더니 날 보고 깜짝 놀라더군요. 그렇게 이른 시간에 내가 찾아올 줄은 전혀 예상도 못한 얼굴이었고, 그때 난 알았죠…… 메건이 그곳에 없다는 걸. 그제야…… 그제야 걱정이……." 그가 말을 잇지 못하고, 그를 의심했던 내가 치사한 사람처럼 느껴진다.

"타라는 금요일 저녁에 필라테스 수업에서 메건을 마지막으로 봤다고 했어요. 그제야 비로소 나도 걱정이 되기 시작했습니다."

전화를 끊고 나니 이런 생각이 든다. 스콧을 모르는 사람이, 메건과 함께 있는 그를 보지 못한 사람이 그의 얘기를 들었다면 얼마나 거짓말처럼 들릴까.

2013년 7월 22일 월요일

아침

머리가 땅하다. 푹 잤지만 꿈을 많이 꾼 탓에 잠이 확 깨지 않아 고생 중이다. 다시 날이 무더워졌고 기차 안은 반밖에 차지 않았는데도 숨이 턱 막힌다. 늦게 일어나는 바람에 집을 나서기 전에 신문을 보거나 인터넷 기사를 확인할 시간이 없었다. 그래서 전화기로 BBC 사이트에 들어가려고 하는데 무슨 이유에선지 아무리 기다려도 접속이 되지 않는다. 노스코트 역에서 아이패드를 가진 남자가 타서 내 옆자리에 앉는다. 그는 아무런 문제 없이 기사를 본다. 그가 〈데일리 텔레그래프〉 사이트로 바로 들어가자, 세 번째 기사 제목이 크고 굵직한 글자로 뜬다. '메건 히프웰 실종 사건 용의자 체포.'

나는 깜짝 놀라 더 자세히 보고 싶은 마음에 나도 모르게 몸을 바짝 기울인다. 그가 화들짝 놀라며 화난 표정으로 나를 쳐다본다.

"미안해요. 내가 아는 사람이거든요. 실종된 여자요. 내가 아는 사람이에요."

"아, 참 안됐군요." 그는 말투가 고상하고 옷차림이 세련된 중년 남자다. "기사 읽어볼래요?"

"고맙습니다. 내 전화기로는 기사를 읽을 수가 없네요."

그가 상냥하게 미소 지으며 내게 태블릿을 건네준다. 제목을 누르니 기사 내용이 뜬다.

7월 13일 토요일 이후 행방불명 중인 위트니의 여성, 메건 히프웰(29세)의 실종 사건과 관련하여 한 30대 남성이 체포됐다. 경찰은 체포된 이 남성이 금요일에 미란다 원칙을 고지받은 상태에서 취조받은 바 있는 메건 히프웰의 남편, 스콧 히프웰인지는 확인해주지 않았다. 경찰 대변인은 오늘 아침에 발표한 성명서에서 다음과 같이 밝혔다. "메건의 실종 사건과 관련하여 한 남성을 체포했습니다. 아직 기소하지는 않았습니다. 메건을 찾는 작업은 계속되고 있으며, 범죄 현장일지도 모르는 한 장소를 수색 중입니다."

지금 그 집을 지나가고 있다. 이번엔 기차가 정지 신호를 받지 않았다. 나는 고개를 휙 돌려보지만 너무 늦었다. 이미 지나가버렸다. 나는 떨리는 손으로 아이패드를 주인에게 돌려준다. 그가 안타까운 표정으로 고개를 저으며 말한다. "정말 안됐어요."

"메건은 죽지 않았어요." 내 목소리는 쉬어 있고 나조차도 내 말에 믿음이 가지 않는다. 눈물이 나서 눈이 따끔거린다. 나는 그의 집에 있었다. 그곳에 있었다. 식탁에 그와 마주 앉았고, 그의 눈을 들여다보았고, 무언가를 느꼈다. 그의 큼직한 두 손이 떠오른다. 그가 나를 으스러뜨릴 수 있다면, 몸집이 작고 가냘픈 메건 정도는 쉽게 죽일 수 있겠지.

기차가 위트니 역으로 다가가면서 끼익 하는 브레이크 소리를 시끄럽게 내자 나는 자리에서 벌떡 일어난다.

"가야겠어요." 옆자리 남자에게 이렇게 말하자, 그는 약간 놀란 표정이지만 점잖게 고개를 끄덕이며 "행운을 빕니다." 라고 말한다.

나는 플랫폼을 달려 계단을 내려간다. 수많은 사람들이 계단을 올라오고 있고, 계단을 거의 다 내려가서 내가 발을 헛디디자 한 남자가 "조심해요!"라고 말한다. 나는 콘크리트 계단의 맨 끝에서 두 번째 단의 가장자리를 보느라 그를 쳐다보지 않는다. 거기에 피 얼룩이 묻어 있다. 언제 묻은 걸까? 일주일 됐을까? 내 피일까? 아니면 메건의 피? 집에서 그녀의 피가 나와 경찰이 그를 체포한 걸까? 나는 부엌과 거실을 머릿속에 그려본다. 아주 개운한 소독제 냄새. 표백제였을까? 모르겠다. 지금은 기억나지 않는다. 또렷이 기억나는 건 그의 등에 밴 땀과 그의 입에서 나던 맥주 냄새뿐이다.

나는 굴다리를 달려 지나다가 블레넘로 모퉁이에서 비틀거린다. 숨을 죽인 채 인도를 급하게 걸어가며 고개를 들기가 두려워 푹 숙이지만, 고개를 들어보니 아무것도 없다. 스콧의 집 바깥에는 밴도, 경찰차도 전혀 없다. 벌써 집 수색을 끝냈나? 뭔가 찾았다면 분명히 아직도 여기 있을 텐데. 샅샅이 뒤지고 증거를 분류하려면 몇 시간은 걸릴 테니까. 나는 걸음을 서두른다. 그의 집에 도착하자 걸음을 멈추고 숨을 크게 한 번 쉰다. 위층과 아래층에 커튼이 쳐져 있다. 옆집의 커튼이 홱 움직인다. 누군가가 날 지켜보고 있다. 나는 문으로 다가가 손을 들어올린다. 난 여기 있으면 안 된다. 여기서 뭘 하고 있는 건지 모르겠다. 그냥 보고 싶었다. 알고 싶었다. 망설여진다. 직감을 무시하고 문을 두드릴까, 아니면 돌아설까. 떠나려고 몸을 돌리는 순간 문이 열린다.

내가 움직이기도 전에 그의 손이 불쑥 튀어나와 내 팔뚝을 붙잡아 끌어당긴다. 그의 입은 굳게 다물어져 있고, 눈빛은 거칠었다. 그는 절박한 심정인 것이다. 두려움과 아드레날린이 솟구치고, 난 위험을 예감한다. 소리를 지르려고 입을 열지만 너무 늦었다. 그가 나를 집 안으로 힘껏 잡아당기며 내 뒤로 문을 쾅 닫는다.

메건

2013년 3월 21일 목요일

아침

난 지지 않는다. 그는 나에 대해 이것만은 알고 있어야 한다. 이런 게임에서 난 절대 지지 않는다.

전화기의 액정 화면이 텅 비어 있다. 고집스럽게, 건방지게 텅 비어 있다. 문자 메시지도, 부재중 전화도 없다. 전화기를 볼 때마다 뺨을 맞은 것 같은 기분이 들고, 그래서 점점 더 성질이 난다. 호텔 방에서 내게 무슨 일이 일어났던 걸까? 내가 무슨 생각을 하고 있었던 거지? 우리가 통했다고? 우리 사이에 진실인 것이 있다고? 그는 나와의 관계를 발전시킬 생각이 전혀 없다. 그런데 난 아주 잠깐, 아니 잠깐보다는 더 오래 그를 믿었고, 그래서 정말 약이 오른다. 바보같이 속아 넘어가다니. 그는 처음부터 끝까지 날 비웃고 있었다.

내가 자기 때문에 울고불고할 거라고 생각한다면 오산이다. 난 그 없이도 살 수 있다. 그가 없어도 아무 상관없다. 하지만 지는 건 싫다. 그건 나답지 않다. 전혀 나답지 않다. 난 거절당하지 않는다. 나만이 관계를 끝낼 수 있다.

생각할수록 분하지만, 어쩔 수가 없다. 그날 오후 호텔에서 있었던 일을 계속 떠올리고, 그가 했던 말과 그때의 내 기분을 곱씹고 있다.

개새끼.

내가 조용히 그냥 사라져줄 거라 생각한다면, 큰 착각이다. 그가 전화를 받지 않는다면, 그의 휴대전화가 아니라 집으로 전화를 할 것이다. 무시당하고만 있지는 않을 거다.

아침을 먹으면서 스콧이 내게 상담을 취소하라고 부탁한다. 난 아무 말도 하지 않는다. 그의 말을 못 들은 척한다.

"데이브가 저녁 먹으러 오래." 그가 말한다. "오랫동안 그 집에 못 갔잖아. 상담 시간 다시 잡을 수 있겠어?"

별것 아닌 부탁인 듯 그의 말투가 가볍지만, 그가 내 얼굴을 가만히 쳐다보고 있는 것이 느껴진다. 이러다간 또 다툴지도 모르니 조심해야 한다.

"안 돼, 스콧. 너무 늦었어. 대신 토요일에 데이브랑 캐런을 우리 집에 초대하면 어때?" 주말에 데이브와 캐런을 대접한다는 생각만 해도 진저리가 나지만, 양보할 건 해야 한다.

"아직 안 늦었어." 그가 내 앞에 자기 커피잔을 내려놓으며 말한다. 그러고는 내 어깨에 손을 잠깐 얹으며 "취소해. 알았지?"라고 말한 뒤 자리를 뜬다.

현관문이 닫히자마자 나는 커피잔을 들어 벽으로 집어던져 버린다.

저녁

진짜 거절은 아니라고 나 자신을 다독일 수도 있다. 그는 그저 윤리적으로 직업적으로 옳은 일을 하려고 애쓰고 있는 것뿐이라고 나 자신을 설득해볼 수도 있다. 하지만 난 그게 사실이 아니라는 걸 알고 있다. 아니 적어도, 절대적인 진실은 아니다. 누군가를 간절히 원하면, 윤리 같은 건(그리고 물론 직업의식도) 문제가 되지 않으니까.

나는 오후 내내 스콧의 전화를 무시했고, 진료소에 늦게 찾아가 접수 직원에게 한마디도 하지 않고 그의 사무실로 곧장 들어갔다. 그는 책상에 앉아 뭔가를 쓰고 있었다. 내가 들어가자 그는 힐끔 날 올려다보더니 무표정한 얼굴로 다시 서류를 내려다보았다. 나는 책상 앞에 서서 그가 날 쳐다볼 때까지 기다렸다. 한참이나 지나서 그가 고개를 들었다.

"괜찮으십니까?" 마침내 그가 물었다. 이번엔 미소를 지었다. "늦으셨군요."

숨이 턱 막혀서 난 아무 말도 할 수 없었다. 책상을 돌아가서 책상 모서리에 기대어 서자 내 다리가 그의 허벅지를 스쳤다. 그가 살짝 뒤로 물러났다.

"메건, 괜찮아요?"

나는 고개를 저었다. 내가 손을 내밀자 그가 잡아주었다.

"메건." 그가 고개를 저으며 다시 말했다.

나는 아무 말도 하지 않았다.

"이러면 안 돼요……. 가서 앉아요. 얘기해야죠."

나는 고개를 저었다.

"메건."

그가 내 이름을 부를 때마다 상황은 더 나빠지기만 했다.

그가 일어나서 책상을 돌아가며 내게서 멀어졌다. 그리고 방 한가운데에 섰다.

"어서요." 그가 무뚝뚝하고 차분하게 사무적인 목소리로 말했다. "앉아요."

나는 그를 따라 방 한가운데로 가서, 한 손은 그의 허리에, 다른 한 손은 그의 가슴에 댔다. 그가 내 손목을 잡고 내게서 몸을 뗐다.

"이러지 말아요, 메건. 안 돼요……. 우린 이러면 안 돼요……." 그가 고개를 돌렸다.

"카말." 나는 목멘 소리로 말했다. 그 소리가 마음에 들지 않았다. "제발요."

"이런 짓을…… 여기서. 안 돼요. 이런 일이 일어나는 것도 정상적인 현상이긴 합니다. 정말이에요. 하지만……."

나는 그와 함께 있고 싶다고 말했다.

"이것을 '감정전이'라고 합니다, 메건. 가끔 일어나는 일이에요. 나한테도 일어나죠. 지난번에 이 얘기를 했어야 했는데. 미안해요."

그때 난 비명을 지르고 싶었다. 흔해빠진 일이라는 듯 그렇게 진부하고, 그렇게 무정하게 얘기하다니.

"선생님은 아무 느낌도 없다는 말이에요?" 내가 그에게 물었다. "이 모든 게 내 착각이라고요?"

그는 고개를 저었다. "이해해주세요, 메건. 일을 이 지경까지 몰고 온 내 잘못입니다."

나는 그에게 더 가까이 다가가 두 손으로 그의 허리를 잡고 그의 몸을 내 쪽으로 돌렸다. 그가 또 내 팔을 붙잡았고, 기다란 손가락으로 내 손목을 꽉 쥐었다. "이러다 내가 일자리를 잃을 수도 있어요." 그의 말에 난 정말 참을 수 없게 되어버렸다.

나는 그에게서 몸을 떼며 격렬하게 화를 냈다. 그는 날 잡으려 했지만 성공하지 못했다. 나는 그의 일자리에는 눈곱만큼도 관심 없다고 소리를 질러댔다. 그는 날 진정시키려 애썼다. 접수 직원이 뭐라고 생각할지, 다른 환자들이 뭐라고 생각할지 걱정스러웠을 것이다. 그가 내 어깨를 붙잡아 엄지손가락이 내 팔 윗부분의 살을 파고들 정도로 꽉 잡으며, 진정하라고, 아이 같은 행동을 그만두라고 말했다. 그는 내 몸을 거칠게 흔들었다. 잠깐이지만, 그가 내 뺨을 때릴 줄 알았다.

나는 그의 입에 키스하며 그의 아랫입술을 힘껏 깨물었다. 입안에 그의 피 맛이 느껴졌다. 그가 날 밀어냈다.

나는 집으로 돌아오는 길에 복수를 계획했다. 그를 골탕 먹일 수 있는 방법들을 이것저것 생각해보았다. 그가 해고당하게 만들거나, 아니면 더 심한 짓을 할 수도 있다. 하지만 그러지는 말아야지. 난 그를 지나치게 좋아하니까. 그에게 상처를 주기는 싫다. 이젠 그의 거절이 그렇게 화가 나지도 않는다. 가장 큰 문제는 내 이야기를 아직 다 끝내지 않았다는 것이다. 다른 사람에게 처음부터 다시 얘기할 수는 없다. 그건 너무 힘들다.

지금은 집에 가고 싶지 않다. 내 팔에 생긴 멍을 어떻게 해명해야 할지 모르겠으니까.

레이첼

2013년 7월 22일 월요일

저녁

지금 난 기다리고 있다. 일이 어떻게 되어가고 있는지 알 길이 없고, 모든 게 느릿느릿 진행되고 있어 더 힘들다. 하지만 더는 할 일이 없다.

오늘 아침 내가 느꼈던 두려움은 틀리지 않았다. 단지 무엇을 두려워해야 하는지 몰랐을 뿐이다.

스콧은, 아니었다. 나를 안으로 끌어당겼을 때 공포에 질린 내 눈빛을 봤는지, 그는 거의 바로 나를 놓아주었다. 눈은 분노로 이글이글 타오르고 머리는 부스스하게 헝클어진 그는 햇빛을 피하려는 듯 몸을 움츠리며 우리 뒤로 문을 닫아버렸다. "여기서 뭐 하는 거예요? 구석구석에 사진기자들, 저널

리스트들이 있단 말입니다. 집에 찾아오고 주위에서 서성거리는 사람들 때문에 미쳐버리겠어요. 그 인간들은······ 어떻게든 사진을 찍으려고 무슨 짓이든······ 무슨 짓이든 할 겁니다. 어떻게든······."

"밖에 아무도 없어요." 나는 이렇게 말했지만, 사실은 주변을 잘 살펴보지 않았다. 차에 앉아서 무슨 일이 벌어지기를 기다리고 있는 사람들이 있을지도 몰랐다.

"여기서 뭐 하는 겁니까?" 그가 또 다그쳤다.

"들었거든요······. 기사가 나왔어요. 그냥 궁금해서······ 그 사람이에요? 경찰이 그 남자를 체포한 거예요?"

그가 고개를 끄덕였다. "맞아요, 오늘 아침 일찍 체포했어요. 가족 연락관이 왔더군요. 나한테 알려주러. 하지만 체포 이유는 말해줄 수 없다고 했어요······ 경찰은 나한테 말 안 해줄 겁니다. 뭔가를 찾은 게 분명한데 그게 뭔지 나한테 말 안 해줄 거예요. 하지만 메건은 아닙니다. 메건을 찾은 건 아니에요."

그는 계단에 앉아 두 팔로 자기 몸을 감싸안았다. 그의 온몸이 오들오들 떨리고 있었다.

"힘들어요. 전화가 올 때까지 기다리기가 힘들어 미치겠어요. 전화가 오면, 그건 뭘까요? 최악의 소식일까요? 혹시······." 그는 말끝을 흐리더니 고개를 들고는 마치 처음으로 날 보는 것처럼 물었다. "여긴 왜 왔어요?"

"도와주려고…… 당신이 혼자 있기 싫을 거라 생각했거든요."

그는 미친 사람 보듯 나를 보았다. "난 혼자가 아니에요." 그는 이렇게 말하고는 일어나서 나를 밀치고 거실로 들어갔다. 나는 잠깐 동안 가만히 서 있었다. 그를 따라가야 할지 이 집을 나가야 할지 갈피를 못 잡고 있는데 그가 큰 소리로 물었다. "커피 마실래요?"

잔디밭에서 한 여자가 담배를 피우고 있었다. 키가 크고 머리가 희끗희끗한 그녀는 검은색 바지에 목까지 단추를 채운 흰 블라우스를 맵시 있게 차려입고 있었다. 그녀는 파티오를 이리저리 서성이다가 나를 보자마자 우뚝 멈춰 서서는 담배를 포석 위로 던져 신발 앞부리로 비벼 껐다.

"경찰이에요?" 그녀가 부엌으로 들어오며 미심쩍은 듯 물었다.

"아니요, 전……."

"레이첼 왓슨이에요, 엄마." 스콧이 말했다. "아브디치에 대해서 알려준 여자요."

그녀는 스콧의 설명이 별로 성에 차지 않은 듯 천천히 고개를 끄덕였다. 그녀의 시선이 내 머리끝에서 발끝까지, 발끝에서 머리끝까지 재빨리 훑고 지나갔다. "아."

"난 그냥, 저기……." 내가 그곳에 찾아갈 타당한 이유는 없었다. '그냥 알고 싶었어요. 내 눈으로 보고 싶었어요.'라고 말할 순 없었다.

"음, 스콧은 댁이 도와준 걸 아주 고마워하고 있어요. 지금은 일이 어떻게 되어가고 있는지 알아내려고 기다리고 있는 중이랍니다." 그녀는 내게 다가와 내 팔꿈치를 잡고는 내 몸을 현관문 쪽으로 살짝 돌렸다. 나는 스콧을 힐끔 봤지만, 그는 날 보고 있지 않았다. 그의 시선은 창밖의 어딘가, 기찻길 건너편에 고정되어 있었다.

"들러줘서 고마워요, 왓슨 부인. 당신이 얼마나 고마운지 몰라요."

나는 어느새 현관 계단에 나와 있었고, 내 뒤로 현관문이 단호하게 닫혔다. 그리고 고개를 들었을 때 그들이 보였다. 유모차를 밀고 있는 톰과, 그의 곁에 있는 애나. 그들은 나를 보더니 걸음을 멈추었다. 애나는 손을 입으로 가져갔다가 얼른 몸을 굽혀 아이를 안았다. 새끼를 지키는 암사자처럼. 나는 그녀를 비웃으며, '당신 때문에 여기 온 게 아니야. 당신 딸한테는 눈곱만큼도 관심 없어.'라고 말하고 싶었다.

난 쫓겨났다. 분명 스콧의 어머니가 날 쫓아냈다. 쫓겨나서 실망스럽지만, 마음에 담아둬서는 안 된다. 카말 아브디치를 잡았으니까. 경찰이 그를 잡았고, 난 도움이 됐다. 옳은 일을 했다. 그 남자를 잡았으니, 머지않아 경찰이 메건을 찾아서 집으로 데려올 것이다.

애나

2013년 7월 22일 월요일
아침

톰이 키스와 장난스러운 미소로 나를 일찍 깨웠다. 오늘 아침엔 회의를 늦게 하니까 에비를 데리고 나가 근처 카페에서 아침을 먹자고 했다. 우리가 처음 사귀기 시작했을 때 만나곤 했던 곳이다. 그때 우리는 창가에 자주 앉았다. 그녀는 런던에서 일했기 때문에 지나가다가 우리를 발견할 위험이 없었다. 그래도 스릴이 있었다. 그녀가 아프거나 중요한 서류를 깜박해서 집에 일찍 올 수도 있으니까. 나는 그런 상황을 꿈꾸었다. 어느 날 그녀가 나타나 나와 함께 있는 그를 보고, 그가 이제는 자기 사람이 아니라는 사실을 한눈에 알게 되는 것이다. 그녀가 나타나기를 바랐던 때가 있었다는 사실이 지금은 믿기지가 않는다.

메건이 실종된 후 나는 가능하면 이 길을 걷지 않으려고 했다. 그 집을 지나갈 때마다 소름이 끼친다. 하지만 그 카페에 가려면 이곳을 지나갈 수밖에 없다. 톰은 나보다 조금 앞에서 걸어가며 유모차를 밀고 있다. 톰이 무슨 노래를 불러 주자 에비가 웃음을 터뜨린다. 우리 셋이 이렇게 외출할 때가 좋다. 사람들이 우리를 쳐다보는 눈빛을 보면, '정말 아름다운 가족이야.'라고 생각하는 게 분명하다. 그러면 난 뿌듯해진다. 내 인생에서 우리 가족만큼 자랑스러운 건 없다.

그렇게 행복에 한껏 취해 걷고 있는데, 15호에 거의 다다랐을 때 문이 열린다. 순간 내가 헛것을 보고 있나 하는 생각이 든다. 그녀가 걸어나오고 있기 때문이다. 그녀가 현관문으로 나와 잠깐 서 있다가 우리를 보더니 우뚝 멈춰 선다. 끔찍하다. 그녀가 우리에게 미소를 보내는데, 얼마나 기괴한지 마치 얼굴을 찌푸리는 것처럼 보인다. 나는 견디지 못하고 앞으로 뛰쳐나가 에비를 유모차에서 안아 올린다. 깜짝 놀란 에비가 울기 시작한다.

레이첼은 얼른 자리를 떠서 역을 향해 걸어간다.

톰이 "레이첼! 여기서 뭐 하는 거야? 레이첼!" 하고 그녀를 부른다. 하지만 그녀는 멈추지 않고 점점 더 빨리 걷더니 거의 뛰다시피 한다. 우리 둘이 그렇게 서 있다가, 톰이 고개를 돌려 내 표정을 보자마자 말한다. "안 되겠다. 집에 가자."

저녁

집에 돌아왔을 때 경찰이 메건 히프웰 실종 사건의 용의자를 체포했다는 사실을 알았다. 나는 들어본 적이 없는 남잔데, 그녀가 만나고 있던 치료사라고 한다. 마음이 놓였다. 온갖 무시무시한 일들을 상상하고 있었으니까.

"내가 면식범일 거라고 했잖아." 톰이 말했다. "항상 그렇잖아? 어쨌든, 진상은 아직 모르는 거지. 그 여자는 아마 괜찮을 거야. 딴 남자랑 눈 맞아서 도망갔겠지."

"그럼 왜 그 남자를 체포해?"

그는 어깨를 으쓱했다. 그러고는 딴 일로 주의를 돌려, 재킷을 입고 넥타이를 고쳐 매며 오늘의 마지막 고객을 만나러 갈 준비를 했다.

"어떡하지?" 내가 그에게 물었다.

"뭘?" 그는 날 멍하니 쳐다보았다.

"그 여자 말이야, 레이첼. 왜 여기 왔을까? 왜 히프웰 부부네 집에 있었을까? 혹시…… 우리 집 마당으로 들어오려고 했던 거 아니야? 이웃집 마당을 통해서."

톰이 차갑게 웃었다. "설마. 이봐, 레이첼이잖아. 그 뚱뚱한 엉덩이로 어떻게 울타리를 넘겠어? 그런데 레이첼이 그 집에 뭐 하러 갔는지 모르겠어. 술에 취해서 엉뚱한 집에 갔나?"

"그 말은, 그 여자가 여기 오려고 했단 말이야?"

그는 고개를 저었다. "모르겠어. 이봐, 걱정하지 마. 알았지? 문 잘 잠그고 있어. 내가 전화해서 무슨 꿍꿍이속인지 알아볼게."

"경찰에 신고하는 게 좋겠어."

"경찰한테 뭐라고 말하게? 레이첼이 우리한테 실제로 무슨 짓을 저지른 것도 아니잖아……."

"최근에야 그랬지. 그리고 메건 히프웰이 실종된 날 밤에도 여기 왔었잖아. 경찰한테 진작 얘기해줄 걸 그랬어."

"애나, 이러지 마." 그가 내 허리를 감싸안으며 말했다. "레이첼은 메건 히프웰 실종 사건하고 아무 관계도 없을 거야. 그래도 얘기 한번 해볼게. 됐지?"

"하지만 지난번에 당신이……."

"나도 알아." 그가 나지막이 말했다. "내가 무슨 말 했는지 나도 안다고." 그가 내게 키스하며 내 청바지의 허리띠 속으로 손을 슬며시 집어넣었다. "꼭 필요하지 않으면 경찰은 끌어들이지 말자."

나는 경찰에게 알릴 필요가 있다고 생각한다. 그녀가 우리에게 짓던 그 미소, 그 비웃음을 잊을 수가 없다. 우쭐거리는 것처럼 보이기까지 했다. 우리는 이곳에서 벗어나야 한다. 그녀로부터 벗어나야 한다.

레이첼

2013년 7월 23일 화요일

아침

잠에서 깬 지금 내 기분이 어떤지 깨닫는 데 시간이 좀 걸린다. 한껏 우쭐대고 싶은 마음이지만 다른 무언가 때문에 흥분이 가라앉는다. 이름 모를 두려움. 우리는 진실에 가까워졌다. 그리고 그 진실이 끔찍할 것 같은 예감이 드는 건 어쩔 수가 없다.

침대에 앉아 노트북 컴퓨터를 켜고 부팅이 될 때까지 조바심을 내며 기다리다가, 인터넷에 접속한다. 이 모든 과정이 한없이 느리게만 느껴진다. 캐시가 집 안에서 이리저리 움직이다가 아침 식사에 쓴 그릇들을 닦고 양치질을 하러 위층으로 뛰어 올라오는 소리가 들린다. 그녀가 내 방 밖에서 잠깐 서성인다. 문을 두드리려고 손을 들어올리는 그녀의 모습이 그려진다. 그러다가 그녀는 생각을 바꾸고 계단을 다시 뛰어 내려간다.

BBC의 뉴스 페이지가 뜬다. 연금 감축에 관한 기사가 제일 앞에 실려 있고, 두 번째 기사는 성 스캔들을 일으킨 또 다른 1970년대 텔레비전 스타에 대한 것이다. 메건에 대한 기사는 없다. 카말에 대한 얘기도 없다. 실망스럽다. 경찰은 24시간 내에 용의자를 기소해야 하는데, 이제 24시간이 지났다. 하지만 상황에 따라서는 열두 시간 더 붙들어놓을 수도 있다.

내가 이런 사실들을 아는 건 어제 조사를 해봤기 때문이다. 스콧의 집에서 쫓겨난 후 집으로 돌아와 텔레비전을 켜고, 뉴스를 보거나 온라인 뉴스를 읽으며 대부분의 시간을 보냈다. 그리고 기다렸다.

정오 즈음 경찰은 용의자의 이름을 밝혔다. 뉴스에 '아브디치 박사의 집과 차에서 발견된 증거'가 언급됐지만, 어떤 증거인지는 알려주지 않았다. 피일까? 아직 발견되지 않았다던 메건의 전화기? 옷이나 가방이나 칫솔? 뉴스는 가무잡잡하게 잘생긴 카말의 얼굴 사진들만 계속 보여주었다. 경찰이 용의자 식별용으로 찍은 사진이 아니라 특별한 포즈를 취하지 않고 자연스럽게 찍은 사진이었다. 어딘가에서 휴가를 보내며 아주 살짝 미소 짓고 있는 모습. 살인범이라고 하기에는 너무 온화하고 잘생긴 얼굴이지만, 외모에 속아서는 안 된다. 연쇄살인마 테드 번디도 미남 배우 캐리 그랜트를 닮았다고 하니까.

하루 종일 나는 새로운 소식이 더 나오기를, 그의 죄목이 공식적으로 발표되기를 기다렸다. 납치든 폭행이든 혹은 더 심각한 범죄든. 메건이 어디에 있는지, 카말이 어디에 그녀를 가둬놓고 있었는지 알고 싶었다. 뉴스에는 블레넘로, 기차역, 스콧의 집 정면을 찍은 사진들이 나왔다. 해설자들은 메건의 전화기도 신용카드도 일주일 넘게 사용되지 않은 사실이 암시하고 있는 가능성에 대해 진지하게 말했다.

톰에게서 몇 번이나 전화가 왔다. 나는 받지 않았다. 그가 원하는 게 뭔지 알고 있다. 내가 왜 어제 아침에 스콧 히프웰의 집에 있었는지 묻고 싶은 것이다. 그렇게 계속 궁금해하라지. 그와는 아무런 상관도 없는 일이다. 내가 하는 모든 일이 그와 관계된 것은 아니다. 아마도 그 여자가 시켜서 전화하는 거겠지. 나는 그 여자에게 설명해줘야 할 의무가 없다.

기다리고 또 기다렸지만 기소 소식은 없었다. 대신에 카말이 어떤 사람인지 소개하는 내용이 더 나왔다. 그는 믿을 만한 정신건강 전문가로, 메건의 비밀과 고민을 들어주고 얻은 신뢰를 이용하여 그녀를 유혹했고, 그다음엔 무슨 짓을 했는지 알 길이 없다.

나는 그가 보스니아 출신의 이슬람교도이고 열다섯 살에

발칸 지역의 분쟁을 피해 영국으로 피난 왔다는 사실을 알게 되었다. 스레브레니차 학살 사건(1992~1995년 보스니아 내전 당시 유엔에서 '안전 지역'으로 선포한 피난민 주거지인 스레브레니차를 세르비아군이 침공한 사건 – 옮긴이)으로 아버지와 두 형을 잃은 그는 폭력이 낯설지 않은 사람이었다. 가정폭력 전과가 있다. 그에 대해 알면 알수록 내가 옳았다는 생각이 들었다. 경찰에게 그에 대해 알리고 스콧에게 연락한 건 잘한 일이었다.

나는 일어나서 나이트가운을 몸에 두르고 아래층으로 서둘러 내려가 텔레비전을 켠다. 오늘은 어디에도 갈 생각이 없다. 캐시가 갑자기 들이닥치면 몸이 안 좋다고 말하면 된다. 나는 커피를 한 잔 만들고 텔레비전 앞에 앉아 기다린다.

저녁

3시쯤 되자 지겨워졌다. 연금이니 1970년대 텔레비전 스타의 소아성애증이니 하는 얘기들만 계속 듣는 것이 지겹고, 메건이나 카말에 대한 소식은 하나도 없는 것이 짜증스러워 주류 판매점에 가서 백포도주를 두 병 샀다.

첫 번째 병을 거의 다 마셨을 때 뭔가 다른 뉴스가 뜬다. 짓다 만(아니면 반쯤 망가진) 건물에서 먼 곳의 폭발 현장을 찍은 흔들리는 영상이다. 시리아인가? 아니면 이집트나 수단? 이미 소리는 줄여놓았고, 나는 화면에 별로 집중하지 않는다. 그때 화면 밑으로 지나가는 자막 뉴스가 보인다. 정부가 소송 경비 보조금 감축이라는 난제에 직면해 있고, 페르난도 토레스가 발목 힘줄 좌상으로 4주 정도 결장할 예정이고, 메건 히프웰 실종 사건의 용의자가 무혐의로 풀려났다.

나는 술잔을 내려놓고 리모컨으로 텔레비전 소리를 더, 더, 더 키운다. 그럴 리가 없다. 전쟁 관련 보도가 계속될수록 내 혈압도 함께 올라가지만, 드디어 현장 연결이 끝나고 스튜디오로 돌아와 아나운서가 말한다.

"메건 히프웰 실종 사건과 관련하여 어제 체포됐던 카말 아브디치가 무혐의로 풀려났습니다. 히프웰 부인의 상담치료사였던 아브디치는 어제 구금됐다가 오늘 아침에 풀려났는데요, 경찰에 따르면 증거 불충분으로 그를 기소할 수 없다고 합니다."

그 후로는 아나운서의 말이 귀에 들어오지 않는다. 눈은 흐려지고 귓속은 시끄럽게 울려대고, 그저 가만히 앉아서 이런 생각을 한다. '그를 잡았잖아. 잡아놓고 그냥 풀어주다니.'

나중에 위층으로 올라온다. 술을 너무 많이 마셔서 컴퓨터 화면을 제대로 볼 수가 없다. 모든 것이 두 개, 세 개로 겹쳐 보인다. 한쪽 눈을 가려야 글을 읽을 수 있다. 그렇게 하니까 머리가 아프다. 캐시가 집에 와서 나를 부르기에 몸이 안 좋아 침대에 누워 있다고 말했다. 그녀는 내가 술을 마시고 있다는 걸 알 것이다.

내 뱃속은 알코올로 가득 차 있다. 속이 메스껍다. 생각을 제대로 할 수가 없다. 그렇게 일찍부터 술을 마시는 게 아닌데. 애초에 술을 마시지 말 걸 그랬다. 한 시간 전에 스콧에게 전화를 걸었고, 몇 분 전에 또 걸었다. 이것도 괜한 짓이었다. 카말이 경찰에게 어떤 거짓말을 했는지 알고 싶다. 어떤 그럴듯한 거짓말로 경찰을 구워삶았을까? 경찰이 모든 걸 망쳐버렸다. 바보들. 라일리라는 여자, 그녀의 잘못이다. 틀림없다.

신문들도 문제다. 이제 와서 가정폭력 전과가 없었다니. 실수였단다. 이젠 그를 피해자로 몰아가고 있다.

이젠 술이 당기지 않는다. 남은 술은 싱크대에 버려야 한다는 걸 나도 안다. 아침에 일어나서 남아 있는 술을 보면 곧장 마실 테고, 한번 시작했다 하면 멈추기 힘들 것이다. 싱크대에 버려야 하지만, 난 내가 그렇게 하지 않으리라는 걸 안다. 아침에 눈을 떴을 때 기대할 만한 뭔가가 있어야 한다.

어둠 속에서 누군가가 그녀의 이름을 부르는 소리가 들린다. 처음엔 나지막하다가 점점 더 커지는 목소리. 메건의 이름을 부르는 절박하고 성난 목소리. 스콧이다. 그는 그녀 때문에 슬퍼하고 있다. 그가 그녀를 부르고 또 부른다. 내가 꿈을 꾸고 있나 보다. 이 꿈을 놓치지 않고 꼭 붙잡으려고 노력

하지만, 발버둥 칠수록 그 꿈은 점점 더 희미해지고 더 멀리 달아나버린다.

2013년 7월 24일 수요일
아침

문을 살살 두드리는 소리에 잠에서 깨어난다. 빗줄기가 창문을 세게 때려대고, 8시가 지났지만 바깥은 아직도 어두워 보인다. 캐시가 조용히 문을 열고 방 안을 들여다본다.

"레이첼? 괜찮아?" 캐시가 내 침대 옆에 있는 병을 보고는 어깨를 축 늘어뜨린다. "이런, 레이첼." 그녀가 내 침대로 와서 병을 집어든다. 난 너무 민망해서 아무 말도 하지 못한다. "일하러 안 가?" 캐시가 묻는다. "어제는 출근했어?"

캐시는 내 대답을 기다리지도 않고 몸을 돌려 나가다가 다시 나를 부른다. "계속 이러다가는 해고당할 거야."

지금 말해야 한다. 캐시는 이미 나에게 화가 나 있다. 그녀를 쫓아가서 말해야 한다. 몇 개월 전에 한 고객과 세 시간 동안 점심 식사를 하면서 아주 무례하고 프로답지 못하게 굴어 일을 따내지 못한 채 인사불성으로 취해 사무실로 갔다가 해고당했다고. 눈을 감으니 그 점심 식사의 말로가 떠오른다. 내게 재킷을 건네던 웨이트리스의 표정, 비틀비틀 사무실로 들어갈 때 나를 돌아보던 사람들. 나를 한쪽으로 데려가는 마틴 마일스. "집에 가는 게 좋겠어요, 레이첼."

천둥이 쾅 치고, 번갯불이 번쩍인다. 나는 벌떡 일어나 앉는다. 어젯밤에 뭘 했던 것 같은데? 검은 수첩을 확인해보니 어제 정오 이후로는 아무것도 적어놓지 않았다. 카말에 대한 메모들이 남아 있다. 나이, 출신지, 가정폭력 전과. 펜을 들어 마지막 사항은 줄을 그어 지워버린다.

아래층으로 내려가 커피를 만들고 텔레비전을 켠다. 어젯밤에 경찰이 기자회견을 열었고, 스카이 뉴스가 그 편집 영상을 내보내고 있다. 창백하고 수척하고 기죽은 모습의 개스킬 경위가 회견장에 나와 있다. 처량해 보인다. 그는 카말의 이름을 입에 올리지 않은 채, 한 용의자를 구금하여 심문했지만 무혐의로 풀어주고 수사를 계속 진행 중이라고만 말한다. 카메라가 개스킬에게서 스콧으로 옮겨간다. 그는 구부정하고 불편하게 앉아, 카메라 불빛에 눈을 깜박이며 괴로움으로 일그러진 표정을 짓고 있다. 그를 보니 마음이 아프다. 그가 눈을 내리깐 채 조용히 말한다. 아직 희망의 끈을 놓지 않았다고, 경찰이 뭐라고 말하든 메건이 집으로 돌아올 거라고 믿는다고.

그의 말이 공허하고 거짓처럼 들리지만, 그의 눈을 들여다보지 않고는 그 이유를 알 수가 없다. 그가 메건의 무사 귀환을 진심으로 믿지 않는 이유가 지난 며칠간의 사건으로 모든 희망이 사라져버렸기 때문인지, 아니면 그녀가 영영 돌아오지 못하리라는 걸 확실히 알고 있기 때문인지 모르겠다.

바로 그때, 어제 그에게 전화했던 기억이 떠오른다. 한 번이었나? 아니면 두 번? 위층으로 뛰어 올라가 찾아보니 전화기가 침구와 뒤엉켜 있다. 부재중 전화가 세 통 와 있다. 한 통은 톰, 두 통은 스콧에게서 온 전화다. 메시지는 없다. 톰은 어젯밤에, 스콧은 그 후 자정 직전에 처음으로 전화를 했다. 스콧의 두 번째 전화는 오늘 아침 바로 몇 분 전에 왔다.

기분이 조금 홀가분해진다. 이건 좋은 소식이다. 그의 어머니가 보여준 행동은 그녀가 나를 어떻게 생각하는지 분명히 알려줬지만('도와줘서 정말 고마웠어요. 이젠 꺼져요.') 스콧은 아직 나와 얘기하기를 원하고 있다. 나를 필요로 하고 있다. 순간, 남은 포도주를 버려준 캐시가 한없이 고맙고 그녀에 대한 애정이 마구 샘솟는다. 스콧을 위해서라도 맑은 정신으로 있어야 한다. 정신을 똑바로 차리고 있어야 그에게 도움이 될 것이다.

나는 샤워를 하고 옷을 입고 커피를 또 한 잔 만든 다음, 검은 수첩을 옆에 두고 거실에 앉아 스콧에게 전화한다.

"말해줬어야죠." 스콧이 전화를 받자마자 말한다. "당신이 누군지." 그의 말투가 딱딱하고 차갑다. 내 뱃속이 단단하고 작은 공처럼 쪼그라드는 느낌이다. 그도 이제 사실을 알고 있다. "그 치료사가 풀려난 후에 라일리 경사님한테 들었습니다. 그 남자가 메건과 불륜 관계가 아니었다고 부인했대요. 또 두 사람 사이에 뭔가 있다고 귀띔한 증인은 신뢰할 만한 사람이 아니라고 하더군요. 알코올 중독자라고, 정신적으로 불안정한 것 같다고. 경사님이 증인의 이름을 말해주진 않았지만, 당신 얘기인 것 같은데요?"

"하지만…… 아니, 아니에요. 그게 아니라…… 그 두 사람을 봤을 땐 술에 취한 상태가 아니었어요. 아침 8시 반이었으니까요." 사실 그건 별 의미가 없는 소리다. "그리고 증거가 나왔다잖아요. 뉴스에서 그랬어요. 증거가……."

"하지만 불충분하다고 했죠."

전화가 끊긴다.

2013년 7월 26일 금요일
아침

이젠 가상의 회사로 나가지 않는다. 출근하는 척 연기하는 걸 그만뒀다. 침대에서 나가기 귀찮다. 수요일에 마지막으로 이를 닦았던 것 같다. 아직도 꾀병을 부리고 있긴 하지만, 딱히 내가 속일 사람이 있는 것도 아니다.

일어나서 옷을 입고 기차를 타고 런던으로 가서 거리를 헤매 다니고 싶지 않다. 햇빛이 좋은 날에도 힘든데 이런 빗속에서는 안 될 말이다. 차가운 폭우가 사흘째 끈질기게 휘몰아치고 있다.

난 불면증에 시달리고 있다. 술 때문만이 아니라, 악몽을 꾸기 때문이다. 난 어딘가에 갇혀 있고, 누군가가 오고 있다는 걸 안다. 출구가 있다는 걸 알고 전에 본 적도 있지만 어디에 있는지 찾을 수가 없고, 그 사람에게 잡히면 소리를 지를 수가 없다. 공기를 힘껏 빨아들였다가 억지로 내뱉으며 애써 보지만 소리가 나오지 않고, 죽으면서 깔딱깔딱 숨이 넘어가는 사람처럼 쉰 목소리로 끽끽거리기만 한다.

가끔은 블레넘로 근처의 굴다리 밑에 있는 악몽을 꾸기도 한다. 돌아가는 길은 막혀 있고 나는 앞으로 더 나아가지도 못한다. 거기 무언가가, 누군가가 나를 기다리고 있고, 난 순전히 공포에 질려 깨어난다.

메건은 영영 찾지 못할 것이다. 날이 갈수록, 시간이 흐를수록 점점 더 확신하게 된다. 그녀는 사라지고 행방불명되고 시신이 발견되지 않은 사람들 중 한 명이 될 테고 그들과 같은 사연을 남기게 될 것이다. 그리고 스콧은 정의도, 마음의 평화도 얻지 못할 것이다. 그녀의 시신 앞에서 슬퍼할 수도 없을 테고, 그녀에게 무슨 일이 있었는지도 끝내 알지 못할 것이다. 이 사건은 끝나지도 해결되지도 않을 것이다. 잠 못 들고 누워서 이런 생각을 하고 있으니 마음이 아프다. 영원히 모른 채 살아가는 것만큼 지독히 괴롭고 고통스러운 일이 또 있을까.

나는 그에게 메시지를 써서 보냈다. 내 문제를 시인했지만 또 거짓말을 했다. 자제하고 있고, 도움 받을 수 있는 길을 여기저기 알아보는 중이라고. 그리고 정신적으로 불안정하지 않다고 말했다. 그게 사실인지 아닌지 이젠 나도 모르겠다. 내가 그 두 사람을 본 건 확실하고, 당시 술에 취해 있지 않았다고 그에게 말했다. 적어도 이건 사실이다. 그는 답장을 보내지 않았다. 어차피 기대도 하지 않았다. 그는 나를 끊어냈다. 잘라내버렸다. 그에게 하고 싶은 말을 이제는 할 수 없다. 글로는 내 마음을 다 전할 수가 없다. 그냥 카말을 가리키면서 '봐요! 저 사람이에요!'라고 말하는 것만으로는 부족했다고, 미안하다고 말하고 싶다. 뭔가를 봤어야 했다. 그 토요일 밤에 두 눈을 똑바로 뜨고 있어야 했다.

저녁

온몸이 홀딱 젖어 차갑게 얼어붙은 데다 손가락 끝은 새파랗게 질려 쪼글쪼글하고, 5시 반쯤 밀려든 숙취 때문에 머리가 지끈거린다. 정오 전부터 마시기 시작했으니 그 시간에 숙취가 올 만도 하다. 나는 한 병을 더 사러 나갔지만, 현금인출기가 '계좌에 잔액이 부족합니다'라며 예견했던 반격을 가

하는 바람에 계획이 좌절되고 말았다.

그 후 걷기 시작했다. 거세게 쏟아지는 빗줄기 속에서 한 시간 넘도록 정처 없이 돌아다녔다. 애시버리의 보행자 전용 도로를 나 혼자 차지하고 있었다. 그렇게 걷는 도중에, 내가 이대로 가만있으면 안 된다는 생각이 들었다. 불충분했던 부분을 만회해야 한다.

비에 흠뻑 젖고 거의 술이 깬 지금 톰에게 전화해야겠다고 생각한다. 그 토요일 밤에 내가 무슨 짓을 했고 무슨 말을 했는지 알고 싶지 않지만, 알아내야 한다. 기억이 되살아날지도 모른다. 무슨 까닭인지, 내가 중요한 뭔가를 잊고 있다는 확신이 든다. 어쩌면 나 자신을 속이고 있는 건지도 모른다. 내가 쓸모없는 인간이 아니라는 걸 나 자신에게 증명해 보이려는 욕심. 하지만 아마 착각은 아닐 것이다.

"월요일부터 당신한테 연락하려고 애썼어." 전화를 받은 톰이 말한다. "당신 회사에도 전화해봤지." 그는 이렇게 덧붙이고는 자기 말의 의미가 내게 충분히 전달될 때까지 기다린다.

나는 민망하고 창피해서 벌써부터 위축된다. "당신이랑 할 얘기가 있어. 토요일 밤에 대해서. 그 토요일 밤 말이야."

"무슨 소리야? 용건 있는 사람은 나야. 월요일 일에 대해서 얘기해보자고, 레이첼. 대체 스콧 히프웰의 집에서 뭘 하고 있었던 거야?"

"그게 무슨 상관이야, 톰……."

"당연히 상관이 있지. 거긴 왜 간 거야? 당신도 알잖아, 그 사람이…… 알 게 뭐야? 그 남자가 무슨 짓을 저질렀을지. 안 그래? 자기 아내한테 말이야."

"그 사람은 자기 아내한테 아무 짓도 안 했어." 나는 자신 있게 말한다. "그는 범인이 아니야."

"당신이 그걸 어떻게 알아? 레이첼, 대체 무슨 일이야?"

"그냥…… 내 말 믿어. 그 일 때문에 당신한테 전화한 거 아니야. 토요일에 있었던 일이나 얘기해. 당신이 나한테 메시지 남겼잖아. 엄청 화내면서. 내가 애나를 겁줬다고."

"그래, 겁줬지. 거리에서 비틀거리는 당신을 애나가 봤는데, 당신이 애나한테 욕을 퍼부었거든. 애나가 기겁할 수밖에. 저번에 그런 일도 있었으니까. 에비한테."

"그래서…… 그 여자가 뭔가 했어?"

"뭔가 하다니?"

"나한테 말이야."

"뭐?"

"상처가 났어, 톰. 내 머리에 피가 났다고."

"애나가 당신한테 해코지했다는 거야?" 그는 이제 소리를 질러대고 있다. 불같이 화를 낸다. "정말이지, 레이첼. 나도 참을 만큼 참았어! 애나가 경찰에 신고한다는 걸 말린 적이 한두 번이 아닌데, 당신이 계속 이런 식으로 우리를 괴롭히고 얘기를 지어낸다면……."

"그 여자를 비난하려는 게 아니야, 톰. 그냥 어떻게 된 건지 알고 싶어서 그래. 그날 일이……."

"기억 안 나겠지! 어련하시겠어. 레이첼은 아무것도 기억 못하지." 그가 지친 듯 한숨을 내쉰다. "잘 들어. 애나가 당신을 봤어, 술에 취해서 욕을 퍼부어대는 당신을. 애나가 집에 와서는 화를 내면서 나한테 얘기해줬고, 그래서 난 당신을 찾으러 나갔어. 당신이 거리에 있더군. 넘어졌던 모양이야. 화가 많이 나 있었어. 손을 다쳤더라고."

"아니……."

"그때 당신 손에 피가 묻어 있었어. 어쩌다 그랬는지는 나도 몰라. 내가 집에 데려다준다고 했더니 당신은 내 말을 안 듣고 인사불성으로 헛소리만 해댔어. 당신이 또 움직이기 시작해서 차를 가져왔더니 당신이 없는 거야. 차를 몰고 기차역을 지나가봤는데 당신은 안 보였어. 그렇게 조금 더 찾아다녔지. 애나는 당신이 여기저기 돌아다니다가 다시 와서 집 안으로 들어오려고 할까 봐 걱정을 많이 했어. 난 당신이 넘어지거나 사고라도 칠까 봐 걱정했고……. 애시버리까지 가서 초인종을 눌렀는데 당신은 집에 없더군. 당신한테 두어 번 전화도 하고 메시지도 남겼어. 그래, 화가 났지. 그때쯤엔 아주 열받았어."

"미안해, 톰. 정말 미안해."

"알아. 당신은 항상 미안하지."

"내가 애나한테 소리를 질렀다면서." 그 생각을 하니 창피스럽다. "내가 뭐라고 했는데?"

"나도 몰라." 그가 쏘아붙인다. "가서 애나라도 데려올까? 같이 얘기해볼래?"

"톰……."

"그래, 솔직히, 이제 와서 그게 무슨 상관이야?"

"그날 밤 메건 히프웰을 봤어?"

"아니." 그가 이제 염려스러운 목소리로 말한다. "왜? 당신은 봤어? 당신이 무슨 짓을 한 건 아니지?"

"물론 안 했어."

그가 잠깐 입을 다물고 있다가 말한다. "그런데 그건 왜 물어? 레이첼, 혹시 아는 게 있으면……."

"난 아무것도 몰라. 아무것도 못 봤어."

"월요일에 왜 히프웰 부부네 집에 있었어? 말해줘. 애나를 안심시켜줘야 하잖아. 아직도 걱정하고 있다고."

"스콧한테 할 말이 있었어. 도움이 될까 싶어서."

"그 여자를 못 봤다면서 도움이 될 만한 얘기가 있었다고?"

나는 잠시 망설인다. 톰에게 어디까지 얘기를 해줘야 할지, 스콧만 이 사실을 알고 있어야 할지 잘 모르겠다. "메건에 관한 얘기야. 메건은 바람을 피우고 있었어."

"잠깐, 그 여자를 알아?"

"조금."

"어떻게?"

"그 여자 화랑에서 만났어."

"아. 그래서 상대 남자는 누군데?"

"메건의 심리치료사. 카말 아브디치. 두 사람이 같이 있는 걸 봤어."

"그래? 체포된 그 남자? 풀려날 줄 알았는데."

"풀려났어. 내 잘못이야. 내가 신뢰할 수 없는 증인이라서."

톰이 웃는다. 따뜻하고 상냥한 웃음소리다. 날 조롱하고 있는 게 아니다. "레이첼, 무슨 소리야. 당신은 옳은 일을 한 거야, 도와주려고 그런 거잖아. 꼭 당신 때문에 풀려난 건 아닐 거야." 뒤쪽에서 아이가 조잘대는 소리가 들리고, 톰이 전화기에서 입을 떼고 뭐라고 말하는데 내게는 들리지 않는다. "이제 끊어야겠어." 그가 전화기를 내려놓은 다음 어린 딸을 안아 올려 뽀뽀를 해주고 자기 아내를 끌어안는 모습이 그려진다. 누가 내 가슴에 비수를 꽂아 계속 비틀어대는 느낌이다.

2013년 7월 29일 월요일
아침

8시 7분, 나는 기차를 타고 다시 가상의 사무실로 가고 있다. 캐시는 주말 내내 데이미언과 함께 있었고, 어젯밤에 그녀가 집에 왔을 때 난 그녀가 잔소리할 틈을 주지 않고 곧장 내 행동에 대해 사과하기 시작했다. 기분이 안 좋아서 그랬지만, 이제 마음을 고쳐먹고 새 출발을 할 거라고 말했다. 캐시는 내 사과를 받아들였다. 아니 받아들이는 척했는지도 모른다. 캐시가 날 안아주며 또 과장된 친절을 베풀었다.

이제 메건에 대한 기사는 거의 나오지 않는다. 경찰의 무능력을 꼬집는 〈선데이 타임스〉의 논평에서 그 사건이 짧게 언급되었다. 이름을 밝히지 않은 한 검찰 관계자는 '경찰이 빈약하고 불완전한 증거에 근거하여 애먼 사람을 경솔하게 체포한 수많은 사례 중 하나'라고 말했다.

기차가 신호를 받아 서서히 멈추고 있다. 익숙한 덜컹거림과 흔들림이 느껴지면서 기차가 속도를 늦추고, 나는 고개를 든다. 어쩔 수가 없다. 그러지 않고는 견딜 수가 없다. 하지만 이젠 볼 것이 아무것도 없다. 문들은 닫혀 있고 커튼이 쳐져 있다. 비, 줄기차게 내리퍼붓는 비, 그리고 마당에 괴어 있는 흙탕물밖에는.

나는 충동적으로 위트니 역에서 내린다. 톰은 내게 도움을 줄 수 없겠지만, 다른 남자라면 가능할지도 모른다. 붉은 머리의 남자. 나는 다른 승객들이 계단을 내려가 사라질 때까지 기다리다가 플랫폼에 단 하나 있는 지붕 덮인 벤치에 앉는다. 운이 좋으면 기차에 타는 그를 볼 수 있을지도 모른다.

그를 따라가 말을 붙여봐야겠다. 내게 남은 마지막 기회다. 마지막으로 주사위를 던져보고, 그래도 성과가 없으면 포기하는 수밖에 없다. 그냥 그 일을 잊어야 한다.

30분이 지난다. 계단을 올라오는 발소리가 들릴 때마다 심장박동이 빨라진다. 또각거리는 하이힐 소리가 들릴 때마다 가슴이 조마조마해진다. 애나가 여기 있는 날 본다면, 골치 아픈 일이 생길 것이다. 톰이 내게 경고했다. 지금까지는 경찰에 신고하려는 애나를 말렸지만, 내가 계속 이런다면…….

9시 15분이다. 그가 원래 출근을 늦게 하는 사람이 아니라면, 난 그를 놓친 것이다. 이제 비가 더 심하게 내리고 있고, 오늘도 런던에서 아무 목적 없이 헤매 다닐 걸 생각하면 막막하다. 내가 가진 돈이라곤 캐시에게 빌린 10파운드짜리 지폐 한 장뿐이고, 엄마에게 돈을 빌려달라고 부탁할 용기가 나기 전까지는 그 돈으로 버텨야 한다. 반대편 플랫폼으로 건너가 애시버리로 돌아갈 생각으로 계단을 내려가는데, 갑자기 역 입구 맞은편에 있는 신문 판매점에서 코트 깃을 잔뜩 세워 입은 스콧이 급하게 나오는 모습이 보인다.

나는 그를 뒤쫓아 굴다리 맞은편의 모퉁이에서 따라잡는다. 그의 팔을 붙잡자 그가 깜짝 놀라며 몸을 휙 돌린다.

"잠깐만 얘기할 수 있어요?"

"젠장." 그가 소리를 버럭 지른다. "대체 나한테 왜 이러는 겁니까?"

나는 뒤로 물러서며 두 손을 들어올렸다. "미안해요. 미안해요. 그냥 사과하고 싶었어요. 해명을……."

홍수라도 날 듯 비가 더 무섭게 쏟아지고 있다. 거리에는 우리밖에 없고, 둘 다 물에 빠진 생쥐 꼴이다. 스콧이 웃기 시작한다. 두 손을 위로 휙 들어올리며 웃음을 터뜨린다. "집에 갑시다. 여기 있다가 익사하겠어요."

주전자 물이 끓는 사이에 스콧이 위층으로 올라가 수건을 가져온다. 일주일 전보다는 집이 덜 깔끔하고, 소독제 냄새 대신에 좀 더 인간적인 냄새가 풍긴다. 거실 한쪽 구석에 신문들이 쌓여 있고, 작은 테이블과 벽난로 선반 위에 더러운 머그잔들이 놓여 있다.

스콧이 옆으로 와서 수건을 내민다. "지저분하죠. 나도 알아요. 어머니가 계속 나를 따라다니면서 청소하고 치우시는 통에 미쳐버리는 줄 알았어요. 조금 다투고 나서 며칠 동안 안 오셨죠." 그의 휴대전화가 울리기 시작하고, 그가 전화기를 힐끔 보더니 주머니에 도로 집어넣어 버린다. "호랑이도 제 말 하면 온다더니. 계속 이러시네요."

나는 그를 따라 부엌으로 들어간다.

"일이 이렇게 돼서 정말 유감이에요."

그가 어깨를 으쓱한다. "그래요. 어쨌든 당신 잘못은 아니에요. 다만 당신이 그런 상태가 아니었다면 도움이 됐을지도……."

"내가 취하지 않았다면요?"

그가 등을 돌리고 커피를 따른다.

"뭐, 그래요. 하지만 어차피 그 사람을 기소할 만한 충분한 증거가 없었으니까요." 그가 내게 머그잔을 건네고 우리는 식탁에 함께 앉는다. 벽면 찬장에 있는 액자 사진들 중 하나가 엎어져 있는 것이 눈에 띈다. 스콧이 계속 말을 하고 있다. "그 남자 집에서 머리카락, 피부 세포 같은 게 나왔는데, 메건이 자기 집에 온 적이 없었대요. 뭐, 처음엔 부인하다가 나중엔 메건이 왔었다고 시인했지만."

"왜 거짓말을 했대요?"

"그러게 말입니다. 메건이 자기 집에 두 번 왔는데, 얘기만 했대요. 무슨 얘기를 했는지는 말 못하겠답니다. 환자의 비밀을 지켜줘야 한다나 뭐라나. 머리카락과 피부 세포는 아래층에서 발견됐어요. 침실에서는 아무것도 안 나왔고. 맹세코 불륜 관계가 아니었다네요. 하지만 그런 거짓말쟁이가 하는 말을……." 그가 손으로 눈을 쓰윽 닦는다. 그의 얼굴이 홀쭉해 보이고, 그의 어깨가 축 처진다. 그의 몸이 쪼그라드는 것처럼 보인다. "그놈 차에서 핏자국이 나왔어요."

"세상에."

"네. 메건의 혈액형과 일치해요. 너무 작은 샘플이라 DNA를 얻을 수 있을지 확실치 않다더군요. 경찰은 별거 아닐 수도 있다는 말만 계속 하고 있어요. 그 작자 차에서 메건의 피가 나왔는데, 어떻게 별거 아닐 수가 있어요?" 그가 고개를 젓는다. "당신 말이 맞았어요. 이 작자에 대해서 들으면 들을수록 더 확신이 생겨요." 집에 들어온 후 처음으로 그가 나를 똑바로 쳐다본다. "두 사람은 간통하고 있었고, 메건이 끝내고 싶어 하니까…… 놈이 손을 쓴 겁니다. 그거예요. 확실하다니까요."

그는 모든 희망을 잃었고, 그럴 만도 하다. 2주가 넘는 시간 동안 메건은 전화기를 켜지 않았고, 신용카드도 쓰지 않았고, 현금인출기에서 돈을 빼지도 않았다. 그녀를 본 사람은 아무도 없다. 그녀는 사라져버렸다.

"그놈이 경찰한테 메건이 도망갔을 수도 있다고 말했어요." 스콧이 말한다.

"아브디치 박사가 그렇게 말했대요?"

스콧이 고개를 끄덕인다. "나한테 만족하지 못했고, 그래서 떠나버렸을 수도 있다고."

"혐의에서 벗어나려고 그러는 거예요. 경찰들 눈을 당신 쪽으로 돌리려고."

"나도 알아요. 그런데 경찰은 그 개자식이 하는 말을 곧이곧대로 다 믿는 것 같더군요. 라일리라는 여자, 그 여자가 놈에 대해 얘기할 때 보면 알아요. 그놈을 좋아하는 겁니다. 짓밟히다가 도망 온 그 가난한 피난민을." 그가 비참한 듯 고개를 숙인다. "그놈 말이 맞을지도 몰라요. 우리가 심하게 다투긴 했어요. 하지만 믿을 수가 없어요……. 메건이 나한테 만족하지 못했다니. 그럴 리가 없어요, 그럴 리가." 세 번이나 그가 그렇게 말하자, 자기 자신을 설득하려고 애쓰는 것처럼 들린다. "하지만 외도를 하고 있었다면, 행복하지 못했던 거겠죠?"

"꼭 그런 건 아니에요. 그, 뭐라더라? 감정전이라는 말 있잖아요? 환자가 치료사한테 호감을 품게 되는 거예요. 아니, 그렇다고 착각하는 거죠. 그러면 치료사는 거기에 넘어가지 않고, 그게 진짜 감정이 아니라는 걸 지적해줘야 해요."

그가 내 얼굴을 가만히 쳐다보고 있지만, 정말로 내 말에 귀를 기울이고 있는 것 같지는 않다.

"무슨 일이 있었던 겁니까?" 그가 묻는다. "당신한테요. 남편을 떠났다면서요. 다른 남자가 있었나요?"

나는 고개를 젓는다. "그 반대예요. 애나가 나타났죠."

"미안합니다." 그러고는 그가 입을 다물어버린다.

그가 뭘 물을지 알기에 내가 먼저 말한다. "전부터 시작된 거예요, 이혼하기 전부터. 술 마시는 거요. 그게 알고 싶었던 거죠?"

그가 고개를 끄덕인다.

"아이를 가지려고 노력 중이었어요." 이 말을 하면서 목이 멘다. 아직도 그 일을 얘기할 때마다 눈물이 난다. "미안해요."

"괜찮아요." 그가 일어나 싱크대로 가더니 유리컵에 물을 따라와서 내 앞에 놓는다.

나는 목을 가다듬고, 최대한 담담하게 얘기하려고 노력한다. "아이를 가지고 싶었는데 잘 안 됐어요. 그래서 아주 우울해졌고 술을 마시기 시작했죠. 톰은 그런 나랑 같이 지내기가 너무 힘들어서 다른 곳에서 위안을 받으려고 한 거예요. 그리고 그 여자가 아주 기꺼이 톰을 받아줬죠."

"정말 유감입니다. 안타깝네요. 그 심정 이해해요……. 나도 아이를 갖고 싶었거든요. 메건은 아직 준비가 안 됐다는 말만 계속했지만." 이젠 그가 눈물을 닦아낸다. "그 일로…… 가끔 다퉜어요."

"메건이 떠난 날에도 그 문제로 다툰 거예요?"

그는 한숨을 쉬고는 의자를 뒤로 밀며 일어났다. "아니요." 그가 고개를 돌리며 말한다. "다른 일이었어요."

저녁

집에 돌아와보니 캐시가 날 기다리고 있다. 부엌에 서서, 무서운 기운을 뿜으며 물을 들이켜고 있다.

"회사에서 일 잘했어?" 캐시가 입술을 오므리며 묻는다. 그녀도 알아버린 것이다.

"캐시……."

"데이미언이 오늘 유스턴 근처에서 회의를 했어. 끝나고 나오다가 마틴 마일스랑 우연히 만났대. 데이미언이 랭 펀드 운용에서 일할 때 둘이 조금 알고 지냈잖아. 마틴이 그 회사 광고를 맡았으니까."

"캐시……."

캐시가 한 손을 들어올리고 또 한 번 물을 벌컥벌컥 삼킨다. "회사에 안 나간 지 몇 달은 됐다면서! 몇 달이나! 내가 얼마나 바보가 된 기분인지 알아? 데이미언은 또 얼마나 무안했겠어? 제발, 다른 직장에 나가고 있는데 나한테 아직 얘기 안 해준 것뿐이라고 말해줘, 제발. 출근한 척한 게 아니라고 말해줘. 지금까지 매일 날 속인 게 아니라고 말해줘."

"어떻게 말해야 할지 몰라서……."

"어떻게 말해야 할지 몰랐다고? '캐시, 술에 취해서 사무실 들어갔다가 잘렸어.' 이렇게 말하면 되잖아?" 내가 움찔하자 캐시의 표정이 조금 풀어진다. "미안해, 정말로, 레이첼." 캐시는 정말이지 사람이 너무 좋다. "그동안 뭘 했던 거야? 어디에 가고? 하루 종일 뭐 하면서 시간을 보내는 거야?"

"걸어다녀. 도서관에도 가고. 가끔은……."

"술집에도 가고?"

"가끔. 하지만……."

"왜 나한테 말 안 했어?" 캐시가 다가와 내 어깨에 두 손을 얹는다. "말했어야지."

"창피해서." 나는 이렇게 말하고는 울기 시작한다. 끔찍하고 민망하지만 눈물이 난다. 내가 계속 훌쩍이자 가여운 캐시가 나를 안고 내 머리를 쓰다듬어주면서 괜찮을 거라고, 다 잘될 거라고 말한다. 비참한 기분이다. 지금처럼 내 자신이 미웠던 적이 없다.

나중에 소파에 함께 앉아 차를 마시며 캐시가 내게 앞으로 어떡할 거냐고 묻는다. 나는 술을 끊고, 이력서를 열심히 쓰고, 마틴 마일스에게 연락해서 추천서를 부탁할 거라고 말한다. 괜히 런던을 오가면서 무의미한 기차 여행에 돈을 낭비하지 않을 거라고 말한다.

"정말, 레이첼, 그렇게 오랫동안 어떻게 버텼는지 이해가 안 돼."

나는 어깨를 으쓱한다. "아침에 8시 4분 기차로 갔다가, 저녁에 17시 56분 기차로 돌아와. 내 기차들이야. 내가 타고 다니는 기차. 이런 식이지 뭐."

2013년 8월 1일 목요일
아침

무언가가 얼굴을 덮고 있어서 숨을 쉴 수가 없고 질식할 것 같다. 정신을 차려보니 내가 거칠게 숨을 쉬고 있고, 가슴에 통증이 있다. 나는 눈을 크게 뜨고 일어나 앉는다. 방 한가운데에서 무언가가, 칠흑같이 짙은 덩어리가 움직이는 것이 보이는데, 그 덩어리가 점점 더 커진다. 비명이 터져나오려 할 찰나 난 완전히 깨어나고, 그곳엔 아무것도 없다. 하지만 난 분명 침대에 일어나 앉아 있고, 뺨은 눈물에 젖어 있다.

동 트기 직전인지 창밖이 잿빛을 띠기 시작하고, 며칠째 내린 비는 여전히 창문을 세게 두드리고 있다. 가슴 속에서 심장이 망치질을 해대는 통에 아파서 다시 잠들 수 있을 것 같지 않다.

확실하지는 않지만 아래층에 포도주가 좀 있을 것 같다. 두 번째 병을 비운 기억이 없다. 냉장고에 넣어두지 않았으니 따뜻할 것이다. 냉장고에 넣어뒀다간 캐시가 바로 버릴 테니까. 캐시는 내가 술을 끊기를 간절히 바라지만, 그녀의 계획대로 흘러가고 있지는 않다. 현관에 가스계량기가 들어 있는 작은 벽장이 있어서, 포도주가 남으면 그곳에 숨겨둔다.

나는 살금살금 층계참으로 나가, 어스름 속에 있는 계단을 발끝으로 내려간다. 작은 벽장을 열고 포도주병을 꺼낸다. 기껏해야 한 잔 나올 정도로 아주 가볍다. 하지만 아예 없는 것보다는 낫다. 나는 포도주를 머그잔에 따르고(혹시라도 캐시가 내려오면, 차를 마시는 척할 수 있으니까) 병을 쓰레기통에 버린다(우유갑과 비닐봉지 밑으로). 거실로 가서 텔레비전을 켜고 바로 소리를 죽인 다음 소파에 앉는다.

채널을 획획 돌려본다. 어린이 프로그램이나 정보 광고들만 계속 나오다가 눈에 익은 곳이 화면에 뜬다. 여기서 길을 조금만 내려가면 나오는 콜리 우드. 기차에서 보이는 곳이다. 억수같이 퍼붓는 비 속의 콜리 우드, 나무들 사이에 펼쳐진 들판, 물에 잠긴 기차 선로가 보인다.

이유는 모르겠지만, 무슨 일이 벌어지고 있는 건지 한눈에 알아챌 수가 없다. 10초, 15초, 20초 동안 난 그저 자동차들과 파랗고 하얀 띠들, 저 뒤쪽에 있는 흰색 천막을 가만히 보고만 있다. 호흡이 가빠지다가 난 숨을 죽인다. 숨이 멎을 것 같다.

그녀다. 지금까지 쭉 그녀는 숲속에 있었던 것이다. 여기서 기찻길만 따라가면 되는 곳에. 난 매일 아침저녁으로 아무 생각 없이 그 들판을 지나쳤다.

숲속이라니. 덤불 밑으로 파서 허둥지둥 덮어놓은 무덤이 그려진다. 더 끔찍하고 현실성 없는 일들도 떠오른다. 인적 없는 깊은 숲속에서 밧줄에 목을 매달고 있는 그녀의 시신.

어쩌면 그녀가 아닐지도 모른다. 다른 무언가일 수도 있다. 하지만 그럴 리가 없다는 걸 난 알고 있다.

이제 화면에 검은 머리를 반질반질하게 빗어넘긴 모습의 기자가 나온다. 나는 소리를 키우고 그의 말에 귀를 기울인다. 그는 내가 이미 알고 있고 느끼고 있는 사실을 말한다. 숨을 쉴 수 없는 사람은 내가 아니라, 메건이었다.

"그렇습니다." 그는 손으로 귀를 누른 채, 스튜디오에 있는 사람에게 말하고 있다. "콜리 우드 기슭의 들판에서 물에 잠긴 젊은 여자의 시신이 발견된 사실을 경찰이 확인해주었습니다. 메건 히프웰의 집에서 8킬로미터도 떨어지지 않은 곳입니다. 아시다시피 히프웰 부인은 7월, 정확히 7월 13일에 실종되었고 그 후로는 목격되지 않았습니다. 경찰에 따르면, 오늘 아침 일찍 개를 산책시키던 사람들이 발견한 그 시신은 아직 공식적으로 신원이 밝혀지지 않은 상태입니다. 하지만 경찰은 메건의 시신이라고 믿고 있습니다. 히프웰 부인의 남편도 이 소식을 전달받았습니다."

기자가 잠깐 말을 멈춘다. 뉴스 앵커가 그에게 어떤 질문을 하고 있지만, 귓속이 윙윙거려서 들리지 않는다. 나는 머그잔을 입으로 들어올려 남은 술을 끝까지 다 마신다.

기자가 다시 말을 하고 있다. "네, 케이, 그래요. 시신은 여기 숲속에 얼마 동안 매장되어 있다가 최근에 쏟아진 폭우 때문에 드러나게 된 것 같습니다."

끔찍하다. 내가 상상했던 것보다 훨씬 더 끔찍하다. 이제 그녀가 보인다. 얼굴은 진흙 속에서 망가져 있고, 밖으로 파리하게 드러난 두 팔은 마치 그녀가 무덤에서 기어나오고 있었던 것처럼 위쪽으로 뻗어 있다. 입안에 뜨거운 포도주의 시고 쓴 맛이 느껴지자, 나는 위층으로 올라가 속을 게운다.

저녁

거의 하루 종일 침대 속에 있었다. 머릿속으로 상황을 정리해보려 노력했다. 기억들과 언뜻언뜻 떠오르는 장면들과 꿈들을 짜맞추어 토요일 밤에 무슨 일이 있었는지 알아내려 애썼다. 제대로 이해하고 명확히 보기 위해 모든 걸 적어두었다. 펜으로 종이에 휘갈겨 쓰는 동안 마치 누군가가 내게 속삭이는 것 같은 느낌이 들었다. 그래서 신경이 곤두섰고, 문 반대편에 다른 누군가가 있는 것처럼 느껴졌고, 머릿속에 자꾸 그녀의 모습이 떠올랐다.

겁이 나서 문을 열기가 힘들었지만, 그래도 어렵사리 문을 열면 당연히 밖에는 아무도 없었다. 나는 아래층으로 내려가 다시 텔레비전을 켰다. 아직도 똑같은 화면들이 나오고 있었다. 비 내리는 숲, 진흙탕이 된 길을 따라 달리는 경찰차들, 그 오싹한 흰색 천막. 이 모든 것이 흐릿한 잿빛이다. 그러다가 갑자기 아름답고 멀쩡한 모습의 메건이 카메라를 향해 미소 짓고 있다. 그다음엔 스콧이 등장한다. 그는 고개를 숙인 채 집에서 나오며 사진기자들을 피하려 애쓰고 있고, 그의 옆에 라일리가 있다. 그다음엔 카말의 사무실. 그의 흔적은 보이지 않는다.

소리 없이 화면만 보고 싶지만, 내 귓속에서 윙윙거리는 울림을 멈추기 위해 소리를 높인다. 경찰은 아직 신원이 공식적으로 확인되지 않은 그 여자가 몇 주 전에 사망한 것으로 보인다고 말한다. 사인은 아직 밝혀지지 않았단다. 성적인 동기에 의한 살인이라는 증거는 없다고 한다.

그런 바보 같은 말이 어디 있담. 경찰이 무슨 말을 하고 싶은 건지는 알겠다. 그녀가 강간당하지 않았다는 소리다. 물론 다행이지만, 그렇다고 해서 성적인 동기가 없었다고 말할 수는 없다. 내가 보기엔 카말이 그녀를 원했는데 자기 뜻대로 하지 못했고, 메건이 관계를 끊으려 하자 그걸 견디지 못한 것이다. 그게 성적인 동기가 아니고 뭐지?

더는 뉴스를 보고 있을 수가 없어서 다시 위층으로 올라가 누비이불 속으로 기어든다. 핸드백을 몽땅 비워, 종이 쪼가리들에 휘갈겨쓴 메모들, 여기저기서 주워 모은 정보들, 그림자처럼 시시각각 변하는 기억들을 쭉 훑어본다. 난 왜 이런 짓을 하고 있을까? 이런다고 무슨 소용이 있을까?

메건

2013년 6월 13일 목요일
아침

  이렇게 더워서는 잠을 잘 수가 없다. 눈에 보이지 않는 벌레들이 온몸을 기어다니고 가슴에 발진까지 생겨 편안하게 누워 있을 수가 없다. 게다가 스콧이 따뜻한 열을 내뿜고 있기라도 한 건지, 그의 옆에 누워 있자니 마치 불 옆에 누워 있는 것 같다. 스콧에게서 아무리 멀리 떨어지려 애써봐도 고작 침대 끄트머리에 매달려 이불을 젖히고 있는 것밖에 할 수 있는 것이 없다. 견딜 수가 없다. 작은 방에 가서 일본식 요에 누워 있을까 생각해봤지만, 스콧은 깨어났을 때 내가 옆에 없는 걸 싫어한다. 그리고 그러고 나면 꼭 다투게 된다. 보통은 작은 방을 다른 용도로 사용하는 문제 때문에 싸우거나, 스콧이 내게 거기 혼자 누워 있는 동안 누굴 생각하고 있었느냐며 따지고 든다. 가끔은 그에게 소리를 지르고 싶어진다. "나 좀 놔줘. 놔달라고. 숨을 못 쉬겠어." 이러니 잠을 잘 수가 없고, 화가 난다. 이미 그와 다투고 있는 것 같은 기분이 들지만, 물론 내 상상 속에서만 벌어지고 있는 일이다.

내 머릿속에서는 생각들이 계속 빙빙 돌고 있다.

질식할 것 같다.

이 집은 언제 이렇게 어이없이 작아졌지? 내 인생은 언제 이렇게 따분해졌지? 이게 정말 내가 원했던 건가? 기억이 나지 않는다. 몇 달 전만 해도 기분이 괜찮았는데 지금은 생각도 할 수 없고 잠도 잘 수 없고 그림도 그릴 수 없고 그저 달아나고 싶은 충동만 걷잡을 수 없이 커지고 있을 뿐이다. 밤에 잠 못 들고 누워 있으면 머릿속에서 조용하지만 부인할 수 없는 속삭임이 끈덕지게 들려온다. '그냥 사라져버려.' 눈을 감으면, 내가 과거에 살았고 앞으로 살게 될 인생의 이미지들, 내가 꿈꾸고 원했던 것들, 내가 가졌다가 내던져버렸던 것들로 머릿속이 꽉 차버린다. 어디로 고개를 돌리든 막다른 끝과 부딪치게 되니 마음이 편해질 수가 없다. 폐관된 화랑, 이 길에 있는 집들, 필라테스 교실에서 만난 따분한 여자들의 숨 막히는 관심, 마당 끝에 있는 기찻길. 그곳을 달리며 다른 누군가를 다른 어떤 곳으로 실어가는 기차들은 끊임없이, 하루에도 수십 번씩 내가 같은 자리에 머물러 있음을 상기시켜준다.

내가 미쳐가고 있는 것 같다.

몇 달 전만 해도 기분이 괜찮았고 상태가 점점 좋아지고 있었다. 잘 지내고 있었다. 잠도 잘 잤다. 악몽에 시달리지도 않았다. 숨을 쉴 수 있었다. 그래, 여전히 달아나고 싶은 마음이 들기는 했다. 가끔. 하지만 매일은 아니었다.

카말과의 상담이 도움이 됐다는 건 부인할 수 없는 사실이다. 그의 심리치료가 마음에 들었다. 그가 좋았다. 그는 나를 더 행복하게 만들어주었다. 그런데 지금은 마무리를 제대로 짓지 못해 찝찝한 느낌이다. 가장 중요한 부분까지 가지 못했다. 물론 내 잘못이다. 거부당하는 게 싫어서 아이처럼 한심하게 행동한 탓이다. 패배를 깨끗하게 인정하는 법을 배워야겠다. 지금은 민망하고 창피하다. 그 생각을 하면 얼굴이 화끈거린다. 그에게 내 마지막 인상이 그런 식으로 남으면 안 된다. 그가 다시 한 번 날 보고, 더 좋게 봐줬으면 좋겠다. 그를 찾아가면 도와줄 것 같은 예감이 든다. 그는 그런 사람이다.

이야기를 끝까지 해야 한다. 누군가에게 한 번은 말해야 한다. 숨김없이 털어놔야 한다. 그 일을 내 밖으로 꺼내놓지 않으면, 그것이 날 집어삼켜버릴 것이다. 내 안에 뚫린 구멍, 그 일이 남긴 구멍이 점점 더 커져서 결국엔 내가 사라져버리고 말 것이다.

자존심이나 수치심 같은 건 접어두고 그를 찾아가야겠다. 그는 내 얘기를 들을 수밖에 없을 것이다. 내가 그렇게 만들 테니까.

저녁

스콧은 내가 타라와 함께 영화를 보고 있는 줄 안다. 나는 15분 동안 카말의 집 밖에 서서 문을 두드리기 전에 마음을 가다듬고 있다. 지난번에 그런 일이 있고 나서 그가 날 어떤 눈으로 볼지 너무 두렵다. 내 미안한 마음을 그에게 보여주려고 옷차림에도 신경을 썼다. 화려하지 않고 소박하게 청바지와 티셔츠를 입고, 화장은 거의 하지 않았다. 유혹하려고 온 게 아니라는 걸 그에게 보여줘야 한다.

현관으로 올라가서 초인종을 누를 때 내 심장박동이 빨라진다. 아무런 답이 없다. 불은 켜지는데, 아무도 나오지 않는다. 어쩌면 그는 밖에서 날 보고 숨어 있는지도 모른다. 어쩌면 위층에 있으면서, 모른 체하면 내가 그냥 가버리겠거니 하고 그렇게 되길 바라고 있을지도 모른다. 난 가지 않을 것이다. 내가 얼마나 집요할 수 있는지 그는 모른다. 나는 한번 마음먹으면 하고야 마는 성격이다.

나는 초인종을 다시 누르고 또 한 번 누른다. 마침내 계단을 내려오는 소리가 들리고 문이 열린다. 그는 운동복 바지와 흰 티셔츠를 입고 있다. 맨발에 머리는 젖어 있고, 얼굴은 붉게 상기되어 있다.

"메건." 그는 놀란 표정이지만 화를 내지는 않는다. 시작이 좋다. "괜찮아요? 무슨 일 있어요?"

"미안해요." 내가 이렇게 말하자, 그가 뒤로 물러나며 나를 집 안으로 들인다. 고마운 마음이 북받쳐올라, 거의 사랑의 감정처럼 느껴지기까지 한다.

그가 나를 데리고 부엌으로 들어간다. 엉망진창이다. 조리대와 싱크대에 설거지할 그릇들이 잔뜩 쌓여 있고, 쓰레기통에는 텅 빈 음식 용기들이 넘쳐난다. 혹시 그가 우울증을 앓고 있나 하는 생각이 든다. 나는 부엌 입구에 서 있고, 그는 내 맞은편에서 조리대에 기댄 채 가슴 위로 팔짱을 끼고 있다.

"내가 뭘 도와드릴까요?" 그가 감정이 전혀 드러나지 않는 심리치료사의 얼굴로 묻는다. 그를 꼬집어 웃게 만들고 싶어진다.

"얘기하고 싶어서요……." 나는 입을 열지만, 다짜고짜 그 얘기를 시작할 수가 없어 멈춰버린다. 뭔가 다른 얘기로 분위기를 만들어야 한다. 그래서 나는 전략을 바꾼다. "사과하고 싶었어요. 저번 일을요."

"괜찮습니다. 걱정 마세요. 얘기할 상대가 필요하면 다른 사람을 소개해드리죠. 하지만 난⋯⋯."

"부탁이에요, 카말."

"메건, 앞으로는 내가 상담해줄 수 없어요."

"알아요, 안다고요. 하지만 다른 사람한테 처음부터 다시 얘기하긴 싫어요. 그럴 수 없어요. 여기까지 왔잖아요. 거의 다 왔어요. 선생님한테 얘기해야 해요. 딱 한 번이면 돼요. 그러고 나면 사라져드릴게요, 약속해요. 다시는 귀찮게 안 할게요."

그가 고개를 한쪽으로 기울인다. 내 말을 믿지 않는 눈치다. 지금 나를 다시 받아주면 영영 떼어내지 못할 거라 생각하는 것이다.

"제발 내 얘기를 끝까지 들어주세요. 평생 걸릴 것도 아니고, 난 그저 누가 내 얘기를 들어줬으면 좋겠어요."

"남편은 어때요?" 그가 이렇게 묻자 나는 고개를 젓는다.

"안 돼요. 남편한테는 얘기 못해요. 이제 와서. 그 사람은⋯⋯ 그 사람은 날 예전의 나로 보지 못할 거예요. 내가 딴 사람처럼 느껴질 테니까요. 날 용서하지 못할 거예요. 부탁이에요, 카말. 내 안에 있는 독을 뱉어내지 않으면 계속 잠을 못 잘 것 같아요. 치료사가 아니라 친구로서 내 얘기를 들어줘요."

그는 고개를 돌리면서 어깨를 살짝 늘어뜨린다. 이젠 틀렸구나. 가슴이 철렁 내려앉는다. 그때 그가 찬장을 열어 큰 컵을 두 개 꺼낸다.

"그럼 친구로서 물을게요. 포도주 한잔할래요?"

그가 날 거실로 데려간다. 바닥에 세워진 키 큰 스탠드 불빛이 어둑하게 켜진 그곳은 부엌과 똑같이 지저분하다. 우리는 신문, 잡지, 테이크아웃 전문점 메뉴가 높게 쌓여 있는 유리 테이블에 마주 보고 앉는다. 나는 두 손으로 컵을 꼭 감싸쥐고 포도주를 한 모금 홀짝인다. 붉은색이지만 차갑고 탁하다. 입안에 있는 술을 삼킨 다음 한 모금 또 마신다. 그는 내 이야기가 시작되기를 기다리고 있지만, 말을 꺼내기가 생각했던 것보다 더 힘들다. 나는 아주 오랫동안, 내 인생의 3분의 1이 넘는 10년 동안 이 비밀을 지켜왔다. 그걸 풀어놓기란 그리 쉬운 일이 아니다. 하지만 말해야 한다. 지금 하지 않으면 다시는 용기 있게 그 비밀을 털어놓지 못할 테고, 그러면 그것은 내 목에 걸린 채 잠자는 동안 날 질식시켜버릴 것이다.

"입스위치를 떠난 후에 맥의 집으로 들어갔어요. 홀컴 외곽의 어떤 골목길 끝에 있는 작은 집이었어요. 이 얘긴 전에 했죠? 워낙 외딴집이어서, 가장 가까운 이웃집이 3킬로미터 떨어져 있었고, 거기서 또 3킬로미터를 더 가야 가장 가까운 가게가 나왔어요. 처음엔 파티를 많이 열었어요. 항상 몇몇 사람들이 거실에서 공짜로 지내거나, 여름에는 바깥에 있는 해먹에서 잠을 잤죠. 그러다가 우리는 그런 생활에 질려버렸고,

맥은 결국 모든 친구들과 사이가 틀어져버렸어요. 그래서 사람들 발길이 끊어지고 우리 둘만 남았죠. 하루하루 그렇게 흘러가고 우리는 아무도 안 만나려고 했어요. 장을 보는 것도 주유소에서 하고. 지금 생각해보면 이상하지만, 그땐 그런 생활이 필요했어요. 입스위치와 그 모든 남자들, 내가 한 모든 일들을 잊고 싶었거든요. 맥이랑 나, 오래된 기찻길, 풀밭, 모래언덕, 거친 회색 바다, 이것만 있어도 좋았어요."

카말이 고개를 한쪽으로 기울이며 희미한 미소를 짓는다. 내 심장이 두근거린다. "멋지게 들리긴 합니다만, 너무 낭만적으로 포장하는 거 아니에요? '거친 회색 바다'?"

"그냥 넘어가요." 나는 손을 흔들어 그의 말을 무시해버린다. "그리고 포장하는 거 아니에요. 노퍽 북부에 가본 적 있어요? 거긴 아드리아해와 달라요. 잔잔하지 않고, 항상 회색이죠."

그가 빙긋 웃으며 두 손을 들어올린다. "알았어요."

그 순간 기분이 좋아지면서, 목과 어깨의 긴장이 풀린다. 나는 포도주를 한 모금 더 마신다. 이젠 쓴맛이 덜하다.

"맥이랑 같이 살면서 행복했어요. 내가 좋아할 만한 곳도, 내가 좋아할 만한 생활도 아닌 것처럼 보이겠지만, 벤 오빠가 죽고 나서 많은 일을 겪은 뒤라 그런지 그땐 내 마음에 들었어요. 맥이 날 구해줬어요. 날 받아주고, 날 사랑해주고, 날 안전하게 지켜줬죠. 그리고 따분한 사람도 아니었어요. 솔직히 얘기하면, 우린 마약을 많이 했어요. 항상 약에 취해 있는데 따분할 리가 없잖아요. 난 행복했어요. 정말 행복했어요."

카말이 고개를 끄덕인다. "무슨 말인지는 이해하지만, 그게 진짜 행복인지는 모르겠군요. 오래 지속되면서 당신을 지탱해줄 수 있는 그런 행복은 아닌 것 같네요."

나는 웃음을 터뜨린다. "난 그때 열일곱 살이었어요. 날 흥분시키고 날 아주 좋아하는 남자랑 같이 있었고요. 그리고 죽은 오빠가 생각나는 게 싫어서 부모님과 집을 떠나온 아이였죠. 오래 지속되거나 날 지탱해줄 행복 같은 건 필요 없었어요. 그냥 그 순간 행복하면 그만이었어요."

"그래서 어떻게 됐죠?"

그때 거실이 더 어두워지는 듯한 느낌이 든다. 이제 아무에게도 얘기하지 않았던 그 일을 털어놓을 시간이다.

"임신했어요."

그는 고개를 끄덕이며 내 이야기가 계속되기를 기다린다. 그가 내 말을 막고 질문을 해줬으면 하는 마음도 조금 들지만, 그는 그저 기다리기만 한다. 거실이 한층 더 어두워진다.

"알았을 땐 이미 늦어서…… 아이를 뗄 수가 없었어요. 우리 딸을요. 내가 그렇게 어리석지 않았다면, 그렇게 무심하지 않았다면 없앴을 거예요. 우리 둘 다 아이를 원하지 않았거든요."

카말이 일어나 부엌으로 가서, 내가 눈물을 닦을 수 있게 키친타월 한 장을 가져온다. 그가 내게 타월을 건네고는 앉는다. 나는 바로 이야기를 잇지 못한다. 카말은 상담 치료 시간에 그랬던 것처럼 무릎에 두 손을 깍지 끼고 앉아서 나를 지켜보며 꼼짝도 않고 참을성 있게 기다렸다. 그렇게 가만히 인내하려면 엄청난 자제력이 필요할 테고 진이 다 빠질 것이다.

마치 꼭두각시 줄에 매달린 것처럼 내 두 다리가 떨리고 무릎이 경련을 일으킨다. 나는 떨림을 멈추려고 자리에서 일어나 부엌문까지 걸어갔다가 다시 돌아오며 손바닥을 긁는다.

"우리 둘 다 참 어리석었어요. 무슨 일이 일어나고 있는지도 잘 모르고 그냥 계속 그렇게 지냈어요. 병원에 가지도 않고, 먹는 걸 조심하거나 영양제를 챙겨 먹지도 않고, 임산부가 해야 할 일은 아무것도 하지 않았죠. 그냥 예전과 똑같이 지냈어요. 마치 변한 건 아무것도 없다는 듯이. 나는 점점 더 뚱뚱해지고 굼떠지고 쉽게 지치기 시작했고, 우리는 툭하면 짜증을 내면서 다퉜어요. 그러다가 아이가 태어나고 나서는 모든 게 완전히 변해버렸죠."

그는 내가 울도록 내버려둔다. 내가 우는 사이에 그가 나와 가장 가까운 의자로 옮겨와 내 옆에 앉고, 그 바람에 그의 무릎이 내 허벅다리에 거의 닿다시피 한다. 그가 몸을 앞으로 구부린다. 그가 내 몸에 닿은 건 아니지만 우리의 몸이 가까이 있어서 그의 향기가 느껴진다. 이 지저분한 거실에서 그의 몸은 강렬하면서도 톡 쏘는 깔끔한 향을 뿜는다.

이런 얘기를 큰 소리로 하기는 마음에 걸려서 나는 속삭이듯 말한다. "아기를 집에서 낳았어요. 멍청한 짓이었지만, 그땐 정말 병원이 싫었거든요. 마지막으로 병원에 갔던 게 벤 오빠가 죽었을 때였으니까요. 게다가 초음파 검사도 받기 싫었어요. 담배도 계속 피웠고 술도 조금 마셨으니 잔소리를 들을 게 뻔하잖아요. 그런 일들을 견딜 자신이 없었어요. 아이가 나오는 순간이 닥치기 전까지는 그 모든 게 실제로 일어날 일 같지 않고 현실처럼 느껴지지 않더라고요. 맥의 친구 중에 간호사였던가, 아니면 간호 훈련 같은 걸 받았던가 하는 여자가 있었어요. 그 여자가 와서 도와줬고, 괜찮았어요. 그리 나쁘지 않았어요. 물론 아프고 무섭고 끔찍했지만…… 아기가 나왔어요. 아주 작더라고요. 몸무게가 얼마였는지는 정확히 기억 안 나요. 정말 말도 안 되죠?" 카말은 아무 말도 하지 않고, 몸을 움직이지도 않는다. "사랑스러운 아이였어요. 검은 눈에 금발이었죠. 처음부터 많이 울지도 않고 잠도 잘 잤어요. 착했어요. 착한 딸이었어요." 나는 그 부분에서 잠깐 말을 멈춘다. "모든 게 아주 힘들 줄 알았는데 그렇지는 않았어요."

더 어두워졌지만 고개를 들어보니 카말이 그 자리에 그대로 앉아서 온화한 표정으로 나를 바라보고 있다. 그는 내 말에 귀를 기울이고 있다. 내 이야기를 듣고 싶어 한다. 나는 입이 바짝 말라서 포도주를 또 한 모금 마신다. 삼키니 목이 아프다. "우린 딸을 엘리자베스라고 불렀어요. 애칭은 리비였죠." 이렇게 오랜만에 그 아이의 이름을 소리 내어 말하니 기분이 너무 이상하다. "리비." 나는 입안에 감도는 그 이름의 느낌을 즐기며 또 한 번 말한다. 그 이름을 몇 번이고 다시 말하고 싶다. 카말이 드디어 손을 뻗어 내 손을 잡고, 엄지손가락을 내 손목에, 맥박이 뛰는 곳에다 댄다.

"하루는 맥이랑 다퉜어요. 뭣 때문인지는 기억 안 나요. 가끔 그렇게 싸웠어요. 사소한 말다툼이 큰 싸움으로 번지곤 했죠. 몸싸움을 하지는 않았어요. 그렇게까지 심하지는 않았지만, 서로 소리를 질러대면서 난 떠나버리겠다고 협박하고, 맥은 그냥 집을 나가서 2~3일 동안 안 들어오기도 했어요.

그날은 딸이 태어난 후 처음으로 맥이 집을 나가버렸죠. 딸이 2~3개월밖에 안 됐을 때였어요. 지붕이 새고 있었어요. 아직도 기억나요. 부엌에서 물이 양동이로 똑똑 떨어지던 소리. 얼어붙을 것처럼 추웠고, 바닷바람이 휘몰아쳤어요. 며칠째 비도 계속 내렸죠. 거실에 불을 지펴도 계속 꺼지기만 했어요. 난 너무 피곤했어요. 몸을 데우려고 술을 마셨는데 소용없더라고요. 그래서 욕조에 들어가기로 했죠. 리비도 같이 데리고 들어가서 내 가슴 위에 올려놓고 머리를 내 턱 바로 아래에 뒀어요."

거실은 점점 더 어두워지고 난 다시 그곳에, 물속에 누워 있다. 아이의 몸이 내 몸을 누르고 있고, 내 머리 바로 뒤에서 촛불이 깜박거린다. 촛농이 흘러내리는 소리가 들리고, 밀랍 냄새가 나고, 내 목과 어깨 주위의 냉랭한 공기가 느껴진다. 내 무거운 몸이 온기 속으로 가라앉는다. 온몸에 힘이 하나도 없다. 그때 갑자기 촛불이 꺼지고 추워진다. 너무 추워서 턱이 덜덜 떨리고 온몸이 오들거린다. 집도 떨고 있는 것 같다. 바람이 날카로운 소리를 울리며 지붕 슬레이트를 뜯어내 버린다.

"난 잠들어버렸어요." 나는 말을 더 잇지 못한다. 또 그 아이의 감촉이 느껴져서. 이제 아이는 내 가슴 위에 있지 않고, 내 팔과 욕조 가장자리 사이에 낀 채 얼굴을 물속에 담그고 있다. 우리 둘 다 너무 추웠다.

잠깐 동안 그와 나 모두 움직이지 않는다. 난 차마 그를 보지 못하다가 쳐다보니 그는 조금도 놀란 기색이 없다. 한마디도 하지 않는다. 그가 내 어깨를 감싸안아 자기 쪽으로 끌어당기자, 내 얼굴이 그의 가슴에 닿는다. 나는 그의 냄새를 들이마시고, 기분이 달라지기를, 더 가벼워지고 좋아지기를 기다린다. 아니면 기분이 더 나빠질까? 진실을 아는 사람이 한 명 늘었으니까. 마음이 놓인다. 그의 반응을 보니 내가 옳은 일을 한 것 같다. 그는 내게 화를 내지 않고, 나를 괴물로 생각하지도 않는다. 난 여기 있으면 안전하다. 그와 함께 있으면 전혀 위험하지 않다.

내가 얼마나 오랫동안 그의 품 안에 있었는지 모르겠지만, 정신을 차려보니 내 전화기가 울리고 있다. 전화를 받지 않자, 잠시 후 문자 메시지를 알리는 소리가 들린다. 스콧이다. '어디 있어?' 그리고 몇 초 후 전화가 또 울리기 시작한다. 이번엔 타라다. 나는 카말의 품에서 몸을 떼며 전화를 받는다.

"메건, 지금 뭘 하고 있는지 모르겠지만 스콧한테 전화해봐요. 스콧이 나한테 네 번이나 전화했어요. 당신이 포도주를 마시려고 술집에 잠깐 갔다고 둘러댔는데, 안 믿는 눈치예요. 당신이 전화를 안 받는다고 하더라고요." 타라의 목소리를 들으니 화가 난 것 같다. 그녀를 달래줘야 한다는 걸 알지만 그럴 힘이 없다.

"알겠어요. 고마워요. 지금 내가 전화할게요."

"메건……." 타라가 말을 시작하지만 나는 더 듣지 않고 전화를 끊어버린다.

10시가 넘었다. 난 여기에 두 시간 넘게 있었다. 나는 전화기를 끄고 몸을 돌려 카말을 마주본다.

"집에 가기 싫어요."

그는 고개를 끄덕이지만, 내게 이곳에 계속 있으라고는 하지 않고 이렇게 말한다. "언제든지 또 와요. 다음에."

나는 앞으로 다가가 우리 둘 사이의 간격을 좁히고 발뒤꿈치를 들어 그의 입술에 키스한다. 그는 내게서 몸을 떼지 않는다.

레이첼

2013년 8월 3일 토요일

아침

어젯밤에 나 혼자 숲속을 걷는 꿈을 꿨다. 해 질 무렵이었는지 새벽녘이었는지는 잘 모르겠고, 다른 누군가도 함께 있었다. 그들이 보이지는 않았지만, 그들이 그곳에 있고 내게 점점 다가오고 있다는 건 알 수 있었다. 난 내 모습을 보이기 싫어 달아나고 싶었다. 그러나 팔다리가 너무 무거워 그럴 수가 없었고, 소리를 지르려고 했지만 아무 소리도 나오지 않았다.

깨어나니 블라인드의 살들 사이로 흰 빛이 슬그머니 들어온다. 비는 제 역할을 다하고 마침내 물러났다. 방 안은 따뜻하다. 고약하고 시큼한 악취가 난다. 나는 목요일부터 거의 방에서 나가지 않았다. 방 밖에서 진공청소기가 윙윙거리며 돌아가는 소리가 들린다. 캐시가 청소를 하고 있다. 나중에 캐시가 외출하면 나도 슬쩍 나가봐야겠다. 뭘 할지는 잘 모르겠지만 말짱한 정신으로 보낼 수 있을 것 같진 않다. 오늘 하루만 더 술을 마시고 내일 정신을 차려야겠다.

전화기의 배터리가 다 떨어졌음을 알리는 소리가 짧게 울린다. 충전하려고 전화기를 집어들어보니 어젯밤에 걸려온 두 통의 부재중 전화가 표시되어 있다. 음성 메시지 하나가 남겨져 있다. 난 음성 메시지를 확인해본다.

"레이첼, 안녕. 엄마야. 저기, 나 내일 런던에 갈 거야. 토요일에. 좀 살 게 있어서. 만나서 커피나 마실래? 얘, 지금은 네가 와서 지내기가 좀 그렇구나. 그게…… 새 친구가 생겼거든. 초기에는 다 그렇고 그렇잖니." 엄마가 킥킥거리며 웃는다. "그래도 다행히 네가 두 주 정도 버틸 만한 돈은 빌려줄 수 있을 것 같구나. 그 얘기는 내일 하자. 그래, 딸아. 안녕."

엄마에게 지금 상황이 얼마나 나쁜지 솔직하게, 정확히 얘기해줘야 할 것 같다. 그런 대화를 맨정신으로 하고 싶지는 않다. 나는 간신히 침대에서 몸을 일으킨다. 지금 가게에 가서 술을 사다가 두어 잔 마신 다음 나가야겠다. 긴장을 좀 풀어야지. 다시 전화기를 보고 부재중 전화를 확인한다. 한 통은 엄마가, 다른 한 통은 스콧이 걸어온 전화다. 밤 12시 45분에. 나는 전화기를 손에 쥔 채 앉아서, 그에게 전화를 할까 말까 고민한다. 지금은 안 된다. 너무 이른 시간이다. 나중에 하는 게 낫겠지? 한 잔 마시고 나서. 두 잔은 안 된다.

전화기를 충전기에 연결한 뒤 블라인드를 올리고 창문을 연 다음 욕실로 가서 차가운 물로 샤워를 한다. 몸을 문질러 씻고 머리를 감으며 머릿속에서 들리는 목소리를 잠재우려 애쓴다. 그 목소리는 이렇게 말한다. 이상하잖아, 아내의 시신이 발견된 지 48시간도 안 지나서 한밤중에 다른 여자한테 전화를 하다니.

저녁

땅은 아직 다 마르지 않았지만, 잔뜩 낀 흰 구름 사이로 해가 보일락 말락 한다. 나는 포도주를 작은 병으로 하나 샀다. 딱 한 병만. 해서는 안 될 짓이지만, 평생 술을 안 마신 사람의 자제력까지 시험에 들게 할 엄마와의 점심 식사에 대비해야 했다. 그래도 엄마가 내 은행 계좌에 300파운드를 보내주겠다고 약속했으니, 완전히 시간 낭비는 아니었다.

나는 내 형편이 얼마나 나쁜지 털어놓지 않았다. 몇 달 전에 실직했다고, 아니 해고당했다고 말하지 않았다(엄마는 자기가 빌려준 액수면 퇴직수당이 들어오기 전까지 버틸 수 있을 거라고 생각한다). 내 음주 문제가 더 심각해졌다는 얘기도 하지 않았고, 엄마는 아무런 눈치도 채지 못했다. 캐시는 알아챘다. 오늘 아침 나오는 길에 마주친 캐시가 나를 한 번 보더니 "기가 막혀. 벌써부터 또 시작이야?" 하고 말했다. 어떻게 그러는지 모르겠지만 캐시는 항상 알아챈다. 반 잔밖에 마시지 않아도 캐시는 한눈에 알아본다.

"네 눈을 보면 알아."라고 캐시는 말하지만, 거울을 보면 내 얼굴은 평소와 전혀 다르지 않다. 캐시의 인내심도 동정심도 점점 바닥나고 있다. 여기서 멈춰야 한다. 하지만 오늘은 안 된다. 오늘은 그럴 수가 없다. 오늘은 너무 힘들다.

각오를 하고 예상을 했어야 했지만 미처 그러지 못했다. 기차에 탔더니 어디로 눈을 돌리나 그녀가 보였다. 모든 신문에서 그녀의 얼굴이 환하게 미소 짓고 있었다. 아름답고 행복한 금발의 메건이 카메라를, 나를 똑바로 쳐다보고 있었다.

누군가가 놓고 내린 〈타임스〉가 있어서 거기에 실린 기사를 읽어본다. 어젯밤에 시신의 신원이 공식적으로 확인되었고, 부검은 오늘이다. 경찰 대변인의 말이 인용되어 있다. "시신이 한동안 밖에 방치되어 있었고 적어도 수일간 물에 잠겨 있었기 때문에 히프웰 부인의 사인을 명확하게 밝히는 건 어려울 수도 있습니다." 그녀의 사진을 바로 앞에 두고 그런 생각을 하니 소름이 끼친다. 시신으로 발견됐을 때의 그녀의 모습, 그리고 지금의 모습.

카말의 체포와 석방이 짧게 언급되고, "여러 개의 단서들을 추적하고 있다."라는 개스킬 경위의 말도 실려 있다. 그 말은 곧 단서가 전혀 없다는 뜻이 아닐까? 나는 신문을 접어 내 발 밑에 둔다. 차마 그녀의 얼굴을 계속 보고 있을 수가 없다. 그 절망적이고 무의미한 말들을 읽고 싶지 않다.

나는 머리를 창문에 기댄다. 기차는 곧 23호 집을 지나갈 것이다. 잠깐 힐끔거려 보지만, 기찻길의 이쪽 편에서는 그 집까지 너무 멀어 아무것도 보이지 않는다. 나는 카말을 봤던 그날을 계속 떠올려본다. 그가 메건에게 키스했고, 난 너무 화가 나서 그녀에게 따지고 싶었다. 그랬다면 어떻게 됐을까? 그때 내가 가서 문을 탕탕 두드리고 그녀에게 당신이 지금 무슨 짓을 저지르고 있는지 아느냐고 물어봤다면 어떻게 됐을까? 그랬다면 그녀는 지금도 저기, 테라스에 나와 앉아 있을 수 있을까?

나는 눈을 감는다. 노스코트 역에서 탄 누군가가 내 옆자리에 앉는다. 나는 눈을 떠서 본다. 이상하다. 기차는 절반이 비어 있는데. 뒷덜미의 털이 곤두선다. 담배 냄새 아래로 풍기는 애프터셰이브 로션 향기, 전에도 맡아본 적이 있는 향이다.

"안녕하세요."

나는 고개를 돌린다. 그 토요일에 역에서 봤던 붉은 머리의 남자다. 그가 미소를 지으며 내게 손을 내민다. 난 너무 놀라 그 손을 그냥 잡아버린다. 그의 손바닥은 딱딱하고 굳은살이 박여 있다.

"내가 기억나요?"

"네." 나는 이렇게 말하면서도 고개를 젓는다. "네, 몇 주 전에 역에서 봤어요."

그가 고개를 끄덕이며 미소 짓는다. "난 그때 좀 취해 있었는데." 그러고는 웃음을 터뜨린다. "그쪽도 그랬던 것 같은데, 아니에요?"

그는 내가 생각했던 것보다 더 젊어 보인다. 20대 후반 정도. 얼굴이 말끔하다. 잘생긴 건 아니고 그냥 말끔하다. 거리낌 없이 환한 미소를 짓는다. 억양을 들어보니 런던 토박이거나 잉글랜드 남동부 사람인 것 같다. 그가 마치 나에 대해 뭔가를 알고 있는 듯, 마치 나를 놀리는 듯, 마치 우리끼리만 알고 있는 우스운 일이 있는 듯한 눈빛으로 날 보고 있다. 우리 사이에 그런 일은 없었다. 나는 고개를 돌려버린다. "뭘 봤어요?"라고 이 남자에게 물어봐야 하는데.

"잘 지내고 있어요?" 그가 묻는다.

"네, 잘 지내요." 나는 다시 창밖을 보고 있지만, 나를 보는 그의 시선이 느껴지고 그에게로 몸을 돌려 그의 옷과 입김에 밴 담배 냄새를 맡고 싶은 이상한 충동이 든다. 나는 담배 냄새를 좋아한다. 처음 만났을 때 톰은 담배를 피웠다. 밖에서 술을 마실 때나 섹스를 한 후에 톰에게도 그런 이상한 충동을 느꼈었다. 내게 그 냄새는 에로틱하게 느껴진다. 그 냄새는 행복한 기분을 떠올리게 한다. 나는 아랫입술을 깨물며, 내가 고개를 돌려 그의 입에 키스하면 그가 어떻게 나올까 잠깐 생각해본다. 그의 몸이 움직이는 것이 느껴진다. 그가 몸을 앞으로 구부려 내 발밑에 있는 신문을 집어든다.

"정말 끔찍하지 않아요? 불쌍한 여자예요. 기분이 참 묘하네요. 그날 밤에 우리도 거기 있었잖아요. 그날 밤 맞죠? 이 여자가 실종된 게."

마치 내 마음을 읽기라도 한 듯 그가 이렇게 말하니 내 머릿속이 아찔해진다. 나는 고개를 휙 돌려 그를 본다. 그의 눈빛을 보고 싶다. "뭐라고요?"

"기차에서 우리가 만난 그날 밤이요. 그날 이 여자가 실종됐잖아요. 얼마 전에 경찰이 시신을 찾았고요. 그런데 이 여자가 역 밖에서 마지막으로 목격됐다면서요. 내가 그녀를 봤을지도 모른다는 생각이 자꾸 들어요. 하지만 기억은 안 나요. 술에 취해 있었으니까요." 그가 어깨를 으쓱한다. "당신은 아무것도 기억 안 나요?"

그의 말을 듣고 있으니 기분이 이상하다. 이런 기분은 처음이다. 내 마음이 완전히 다른 곳에 가 있어 대답을 할 수가 없다. 그의 말이 아니라 애프터셰이브 로션이 문제다. 담배 냄새에 묻힌 그 상쾌한 레몬 향을 맡으니, 바로 지금처럼 기차에서 그의 옆자리에 앉았던 기억이 떠오른다. 다만 반대 방향으로 가고 있고 누군가가 정말 시끄럽게 웃고 있다. 그가 내 팔에 손을 얹고 같이 한잔하러 가지 않겠느냐고 묻고 있지만, 갑자기 문제가 생긴다. 난 겁이 나고 혼란스럽다. 누군가가 날 때리려 하고 있다. 내게 날아오는 주먹이 보이고, 나는 머리를 보호하기 위해 두 손을 들어올리며 고개를 획 숙인다. 이제 난 기차 안이 아니라 거리에 있다. 다시 웃음소리, 아니면 고함소리가 들린다. 나는 계단에 있다가 인도에 서 있고, 너무 혼란스럽고, 심장이 쿵쾅거린다. 이 남자와 가까이 있고 싶지 않다. 이 남자에게서 달아나고 싶다.

나는 허둥지둥 일어나며, 객차 안의 다른 사람들에게 들리도록 큰 소리로 "실례 좀 할게요."라고 말한다. 하지만 여기에 사람은 거의 없고 아무도 돌아보지 않는다. 남자가 깜짝 놀란 표정으로 날 올려다보고는 내가 지나갈 수 있게 다리를 한쪽으로 비킨다.

"미안해요." 그가 말한다. "기분 상하게 할 생각은 아니었어요."

나는 최대한 빨리 그의 곁을 벗어나지만, 기차가 덜컹거리고 흔들리는 바람에 균형을 잃을 뻔하고, 넘어지지 않으려고 좌석 등받이를 꽉 붙잡는다. 사람들이 날 빤히 쳐다보고 있다. 나는 서둘러 다음 칸으로 넘어가고, 그대로 지나가 또 그다음 칸으로 간다. 그렇게 기차의 끝까지 계속 간다. 숨이 막히고 두렵다. 왜 그런지 설명할 수 없고, 어떤 일이 있었는지 기억나지도 않지만, 그 공포와 혼란은 느낄 수 있다. 나는 내가 온 방향을 바라보며 앉는다. 그가 날 뒤쫓아 오는지 봐야 하니까.

나는 손바닥으로 눈을 누르며 집중한다. 방금 본 것을 되돌리려 애쓴다. 술을 마셨던 나 자신을 저주한다. 정신만 말짱했다면…… 잠깐, 이제 보인다. 어둠 속, 어떤 남자가 나로부터 멀어져간다. 여잔가? 파란색 원피스를 입은 여자. 애나다.

머릿속에서 맥박이 뛰고, 심장이 쿵쾅거린다. 내가 보고 느끼고 있는 것이 진짜인지 아닌지, 상상인지 기억인지 알 수가 없다. 나는 눈을 질끈 감고 다시 느끼고 다시 보려 애쓰지만, 모든 게 사라져버린다.

애나

2013년 8월 3일 토요일

저녁

톰은 군대 친구들과 만나 술을 마시고 있고 에비는 잠들어 있다. 나는 이 더위에도 문과 창문들을 다 닫아놓고 부엌에 앉아 있다. 지난주에 내리던 비는 마침내 그치더니, 이젠 숨도 제대로 못 쉴 만큼 덥다.

따분하다. 딱히 할 일이 떠오르지 않는다. 쇼핑하러 가서 나 자신에게 돈을 쓰고 싶지만 에비 때문에 불가능하다. 에비는 짜증을 내고 그러면 난 스트레스를 받는다. 그래서 그냥 집 안에서 어슬렁거리고 있다. 텔레비전을 읽거나 신문을 볼 수 없다. 그 일에 관해 읽기 싫고, 메건의 얼굴을 보기 싫다. 생각도 하기 싫다.

하지만 겨우 네 집 떨어진 곳에서 일어난 일인데 어떻게 생각나지 않을 수가 있어?

다른 엄마들에게 전화해서 아이들이 함께 놀 수 있는 시간을 만들려 했지만 다들 계획이 있었다. 여동생에게까지 연락을 했지만 그 아이를 만나려면 적어도 일주일 전에 미리 약속을 잡아야 한다. 어쨌든 동생은 술이 덜 깨서 에비와 함께 놀아줄 수 없다고 말했다. 그때 동생이 얄미울 정도로 부러웠다. 토요일마다 소파에 누워 신문을 읽으면서 전날 밤 클럽에서 어떻게 나왔는지 흐릿한 기억을 떠올리던 때가 그리웠다.

정말 한심한 생각이다. 지금 내가 갖고 있는 것이 백만 배는 더 좋고, 난 그걸 잃지 않기 위해 희생을 치렀다. 어떻게든 지켜야 한다. 그래서 난 이렇게 찜통 같은 집에 앉아 메건에 대해 생각하지 않으려 애쓰고 있다. 그녀에 대해 생각하지 않으려 애쓰고, 소리가 들릴 때마다 흠칫 놀라고, 창문에 그림자가 지나갈 때마다 움찔한다.

계속 생각나는 건, 메건이 실종된 날 밤에 레이첼이 이곳에 있었다는 사실이다. 술에 잔뜩 취해서 이리저리 비틀거리다가 갑자기 사라져버렸다. 톰이 한참이나 그 여자를 찾아다녔지만 찾지 못했다. 그 여자는 뭘 하고 있었을까?

레이첼과 메건 히프웰 사이에 연결 고리는 없다. 레이첼이 히프웰 부부의 집에 있는 걸 본 후에 라일리 경사에게 그 일을 얘기해줬더니, 걱정할 필요 없다고 했다. "그냥 오지랖이 넓은 여자예요. 외롭고, 조금 절망적인 상태라 무슨 일에라도 끼어들고 싶은 거예요."

경찰의 말이 맞을지도 모른다. 하지만 그 여자가 내 집에 와서 내 아이를 데려갔던 일이 떠오른다. 그 여자가 울타리 옆에 에비와 함께 있는 모습을 봤을 때 느꼈던 공포를 아직도 기억한다. 히프웰 부부의 집 앞에서 그녀를 봤을 때 그녀가 날 보며 살짝 짓던 그 오싹하고 차가운 미소가 생각난다.

레이첼

2013년 8월 4일 일요일

아침

오늘 아침엔 다른 악몽을 꾸다가 깨어난다. 꿈속에서 내가 뭔가 잘못을 저질렀는데 그게 뭔지 모르겠다. 내가 아는 건 그걸 바로잡을 수 없다는 사실뿐이다. 이제 톰은 날 원망하고 있고 그래서 앞으로는 말도 걸지 않을 것이다. 내가 저지른 끔찍한 짓을 톰이 내 모든 지인들에게 얘기했고, 옛 동료들, 친구들, 심지어는 엄마까지 내게서 등을 돌려버렸다. 그들은 역겹다는 듯 경멸 어린 눈으로 날 쳐다본다. 아무도 내 말을 듣지 않으려 하고 아무도 내 사과를 받아주지 않을 것이다. 엄청난 죄책감이 들어 정말 끔찍한 기분이지만, 내가 무슨 짓을 했는지 도무지 생각나지 않는다. 잠에서 깨어나니,

옛 기억, 아주 오래전에 저지른 죄 때문에 그런 꿈을 꿨을 거라는 생각이 든다. 어떤 죄인지는 이제 상관없다.

어제 기차에서 내린 후 나는 애시버리 역 밖에서 15분이나 20분 정도 서성거렸다. 붉은 머리 남자가 나와 같이 내렸나 싶어 계속 지켜봤지만 그의 흔적은 보이지 않았다. 내가 그를 못 보고 지나쳤을지도, 그래서 그가 어딘가에 숨어 있다가 내가 집으로 가면 몰래 따라올지도 몰랐다. 집으로 달려가서 날 기다리고 있는 톰의 마중을 받을 수 있다면 얼마나 좋을까 하는 생각이 들었다.

나는 주류 판매점을 거쳐 집으로 걸어왔다.

돌아왔을 때 집은 비어 있었고, 캐시가 방금 나간 것 같은 느낌이 들었지만 조리대 위에 남겨진 메모를 보니 그녀는 데이미언과 헨리온템스에서 점심 식사를 하고 일요일 저녁에야 돌아올 거라고 했다. 나는 불안하고 두려웠다. 방마다 다니며 물건들을 집었다가 내려놓았다. 뭔가가 자꾸 신경에 거슬렸는데, 결국엔 나 자신 때문이라는 걸 깨달았다.

그러고 나서도 내 귓속에서 윙윙거리는 울림이 목소리처럼 들렸고, 그래서 포도주를 한 잔, 또 한 잔 마신 다음 스콧에게 전화를 걸었다. 음성 메시지를 남겨달라는 목소리가 곧장 나왔다. 지금과는 다른 인생을 살았던 바쁘고 자신감 넘치는 남자, 집에 아름다운 아내가 있었던 남자의 목소리였다. 몇 분 후 나는 다시 전화를 걸었다. 이번에는 전화를 받았지만, 아무런 말이 없었다.

"여보세요?"

"누구시죠?"

"레이첼이에요, 레이첼 왓슨이요."

"오." 저 뒤쪽에서 어떤 소리가 들렸다. 여자 목소리였다. 아마도 그의 어머니일 것이다.

"당신…… 당신 전화를 못 받았어요." 내가 말했다.

"아니…… 잠깐만요. 내가 당신한테 전화를 했어요? 아, 실수로 그랬나 봐요." 그는 당황한 것 같았다. "아니요, 그냥 거기 두세요." 그가 내게 한 말이 아니라는 걸 깨닫는 데 시간이 좀 걸렸다.

"정말 유감이에요." 내가 말했다.

"그래요." 그는 아무런 감정이 느껴지지 않는 무덤덤한 투로 말했다.

"정말 유감이에요."

"고마워요."

"혹시…… 나랑 얘기하고 싶었던 거예요?"

"아니요, 실수였을 겁니다." 그는 이제 더 확신을 갖고 말했다.

"아." 그는 전화를 끊고 싶은 눈치였다. 나는 그를 그의 가족에게 맡기고 그가 마음껏 슬퍼할 수 있도록 내버려둬야 한다는 걸 알았다. 그래야 한다는 걸 알면서도 그렇게 하지 않왔다. "혹시 애나를 알아요?" 내가 그에게 물었다. "애나 왓슨요."

"누구요? 당신 전남편의 아내 말입니까?"

"맞아요."

"아니요. 잘은 몰라요. 메건이…… 메건이 작년에 잠깐 그 집 아기를 봐준 적이 있어요. 그런데 그건 왜 물어요?"

나도 내가 왜 물었는지 모르겠다. 왜 그랬을까? "만날 수 있을까요? 할 얘기가 있어요."

"무슨 얘기요?" 그는 귀찮은 듯 말했다. "지금은 때가 안 좋아요."

그의 비꼬는 말투에 전화를 끊으려는데 그가 다시 말했다. "지금은 집에 사람들이 꽉 차 있어요. 내일은 어때요? 내일 들러요."

저녁

면도를 하다가 베였는지 그의 뺨과 옷깃에 피가 묻어 있다. 그의 머리카락은 축축하니 젖어 있고, 그의 몸에서 비누와 애프터셰이브 로션 냄새가 난다. 그가 고개를 끄덕이고 옆으로 비켜서면서 아무 말 없이 내게 들어오라는 손짓을 한다. 집 안은 어둑하고, 환기가 제대로 안 되어 답답하다. 거실에 블라인드가 내려져 있고, 마당으로 이어지는 프렌치 도어에는 커튼이 쳐져 있다. 부엌 조리대에는 플라스틱 용기들이 있다.

"다들 음식을 가져오네요." 스콧은 이렇게 말하며 내게 식탁에 앉으라는 손짓을 하지만, 자기는 두 팔을 힘없이 양옆으로 내린 채 그대로 서 있다. "할 얘기라는 게 뭐죠?" 그는 마치 무의식 상태에 빠진 사람처럼 내 눈을 보지 않는다. 완전히 지쳐버린 것처럼 보인다.

"애나 왓슨에 대해 묻고 싶었어요. 혹시…… 저기, 메건과 애나의 관계가 어땠어요? 둘 사이가 좋았나요?"

그가 얼굴을 찡그리며, 자기 앞에 있는 의자의 등에 두 손을 얹는다. "아니요. 그러니까…… 서로 싫어하지는 않았어요. 서로 잘 알지도 못했으니까. 관계랄 것도 없었어요." 그의 어깨가 더 밑으로 처지는 것 같다. 그는 지쳐 있다. "왜 그런 걸 묻죠?"

그에게 솔직히 털어놔야 한다. "애나를 봤어요. 본 것 같아요. 기차역 옆에 있는 굴다리 밖에서요. 그날 밤에 봤어요…… 메건이 실종된 날 밤에."

그는 고개를 살짝 저으며, 내가 한 말을 이해하려고 애쓴다. "뭐라고요? 애나를 봤어요? 당신…… 당신은 어디 있었는데요?"

"여기 있었어요. 그 사람을 보러…… 전남편 톰을 보러 가는 길이었는데……."

그가 눈을 질끈 감고 이마를 문지른다. "잠깐만요. 당신이 여기 있었고, 애나 왓슨을 봤다고요? 그래서요? 당연히 애나가 여기 있었겠죠. 몇 집 건너 사니까. 애나는 경찰한테 7시쯤 역에 갔지만 메건을 본 기억은 없다고 말했어요." 그가 의자를 꽉 쥐는 걸 보니, 그의 인내심에도 슬슬 한계가 오고 있는 것이 분명하다. "정확히 무슨 얘기를 하고 싶은 겁니까?"

"난 술에 취해 있었어요." 익숙한 수치심에 내 얼굴이 달아오른다. "그래서 정확히는 기억이 안 나지만, 그냥 그런 느낌이 들었어요……."

스콧이 두 손을 들어올린다. "이제 됐습니다. 듣고 싶지 않아요. 당신 전남편, 전남편의 새 아내하고 무슨 문제가 있는 모양인데 그게 나와 무슨 상관입니까? 메건과도 아무런 상관이 없잖아요, 안 그래요? 참 나, 부끄럽지도 않아요? 내가 지금 어떻게 지내고 있는지 알기나 합니까? 오늘 아침에 경찰한테 불려가서 취조당한 거 알아요?" 그가 의자를 너무 세게 내리누르고 있어서 부서질까 봐 겁이 난다. 나는 그런 사태를 대비해 마음을 단단히 먹는다. "그런데 또 당신이 여기 와서 이런 헛소리를 늘어놓는군요. 당신 인생이 완전히 망가진 거, 참 유감입니다. 그래도 내 인생에 비하면 장난이죠. 그러니까 미안하지만……." 그가 현관문 쪽으로 고개를 까딱한다.

나는 자리에서 일어난다. 한심한 바보가 된 기분이다. 그리고 창피하다. "돕고 싶었어요. 그래서……."

"그럴 수 있겠어요? 당신은 날 도울 수 없어요. 그 누구도 날 도울 수 없어요. 내 아내가 죽었고, 경찰은 내가 아내를 죽였다고 생각하고 있어요." 그의 목소리가 높아지고, 그의 뺨이 붉게 얼룩진다. "내가 죽인 줄 안다고요."

"하지만…… 카말 아브디치가……."

의자가 부엌 벽에 세게 부딪치면서 다리 하나가 쪼개져 날아간다. 나는 깜짝 놀라 뒤로 펄쩍 물러서지만, 스콧은 제자리에 그대로 서 있다. 그가 두 손을 다시 내려 주먹을 쥔다. 그의 살갗 위로 불거져나온 핏줄이 보인다.

그가 이를 악물고 말한다. "이제 카말 아브디치는 용의자가 아니에요." 말투는 무덤덤하지만, 그는 힘겹게 자제하고 있다. 그에게서 뿜어져나오는 분노의 떨림이 느껴진다. 나는 현관문으로 가고 싶지만, 그가 내 앞을 막아서서 희미하게나마 있던 불빛을 차단해버린다.

"그놈이 무슨 말을 했는지 알아요?" 그는 내게서 몸을 돌려 의자를 다시 세우며 묻는다. 난 당연히 모른다고 속으로 중얼거리지만, 이번에도 그는 내게 말하고 있는 것이 아니다. "온갖 얘기를 떠들어대더군요. 메건은 불행했고, 난 질투심 많고 강압적인 남편에다가, 뭐라더라? 정서적 학대자였답니다." 그는 넌더리를 내며 말을 내뱉는다. "그 작자 말이, 메건이 날 두려워했대요."

"하지만 그 남자는······."

"그놈뿐만이 아니에요. 메건의 친구라는 타라, 그 여자 말로는 메건이 가끔 거짓말을 해달라고 부탁했답니다. 메건이 자기가 어디에 가고 뭘 하는지 날 속이려고 했대요."

그가 의자를 식탁 앞에 도로 갖다놓지만 의자가 쓰러져버린다. 내가 현관 쪽으로 한 걸음 옮기자 그제야 그가 날 쳐다본다. "난 죄인이에요." 그가 괴로움에 일그러진 얼굴로 말한다. "유죄 선고를 받은 거나 마찬가지예요."

그가 부서진 의자를 옆으로 차버리고, 남아 있는 성한 의자 세 개 중 하나에 앉는다. 나는 결단을 내리지 못하고 망설인다. 계속 여기 있어야 하나, 떠나야 하나? 그가 다시 말을 시작하는데 목소리가 너무 낮아서 잘 들리지 않는다. "메건의 주머니 안에 전화기가 있었어요." 나는 그에게 한 발짝 다가간다. "내가 보낸 메시지가 남아 있었죠. 내가 마지막으로 메건한테 보낸 글이, 메건이 마지막으로 읽은 글이 '지옥에나 꺼져버려, 거짓말만 하는 나쁜 년.'이었어요."

그의 턱이 가슴에 닿고, 어깨가 떨리기 시작한다. 나는 그를 만질 수 있을 만큼 그와 가까이 있다. 나는 떨리는 손을 들어올려 그의 뒷덜미에 손가락들을 살짝 올려놓는다. 그는 날 뿌리치지 않는다.

"유감이에요." 진심이다. 그의 얘기가 충격적이고, 그가 메건에게 그런 말을 할 수 있다는 게 충격적이지만, 누군가를 사랑하면 화가 나거나 괴로워서 그런 심한 말도 할 수 있다는 걸 난 알고 있다. "문자 메시지, 그 정도로는 부족해요. 경찰이 갖고 있는 게 그것뿐이라면……."

"그것뿐이 아니잖아요?" 그가 몸을 똑바로 펴며 내 손을 떨쳐낸다. 나는 식탁 모서리를 돌아가서 그의 맞은편에 앉는다. 그는 날 쳐다보지 않는다. "나한테는 동기가 있잖아요. 메건이 집에서 나갔을 때…… 난 적절하게 대처하지 않았어요. 한참이 지나서야 걱정하기 시작했죠. 연락도 빨리 하지 않았고." 그가 쓸쓸하게 웃는다. "카말 아브디치에 따르면 학대의 패턴이 있답니다." 그때 그가 고개를 들어 나를 본다. 나를 보는 그의 눈에 빛이 돌아온다, 희망의 빛이. "당신…… 당신이 경찰한테 얘기하면 되겠네요. 거짓말이라고, 그놈이 거짓말을 하고 있다고. 당신이 내 편에서 얘기해주면 돼요. 내가 메건을 사랑했다고, 우린 행복했다고."

내 가슴속에서 갑자기 두려움이 피어오른다. 그는 내가 자기를 도울 수 있을 거라 생각하고 있다. 그는 내게 희망을 걸고 있지만, 내가 가진 거라곤 거짓말, 새빨간 거짓말뿐이다.

"내 말을 안 믿을 거예요." 나는 힘없이 말한다. "안 믿어요. 난 신뢰할 수 없는 증인이니까요."

우리 사이에 흐르는 정적이 점점 부풀어올라 방 안을 가득 메운다. 프렌치 도어 쪽에서 파리 한 마리가 시끄럽게 윙윙거린다. 스콧이 뺨에 생긴 피딱지를 떼어내고, 그의 손톱이 살갗을 긁는 소리가 들린다. 내가 의자를 뒤로 밀어 의자 다리가 타일 바닥을 드르륵 긁는 소리가 나자 그가 고개를 든다.

"당신이 여기 있었다고요?" 15분 전에 들은 정보가 이제야 이해되기 시작하는 듯 그가 말한다. "메건이 실종된 날 밤에 당신도 위트니에 있었다고요?"

내 귓속에서 맥박이 쿵쿵 뛰어 그의 말이 간신히 들린다. 나는 고개를 끄덕인다.

"왜 경찰한테 말 안 했어요?" 그가 묻는다. 그의 턱 근육에 경련이 일어나는 것이 보인다.

"했어요. 얘기했어요. 하지만…… 난 아무것도 못 봤어요. 아무 기억도 안 나요."

그가 일어나더니 프렌치 도어로 걸어가서 커튼을 젖힌다. 햇빛이 들어와 순간 눈이 부시다. 스콧은 팔짱을 낀 채 나를 등지고 서 있다.

"술에 취해 있었다고 했죠." 그가 아무런 감정도 느껴지지 않는 목소리로 말한다. "하지만 뭔가 기억하고 있는 게 틀림없어요. 그래요. 그러니까 계속 여기 오는 거 아닙니까?" 그가 몸을 돌려 나를 바라본다. "안 그래요? 그래서 계속 나한테 연락하는 거예요. 당신은 뭔가를 알고 있어요." 그는 마치 사실인 양 말한다. 질문도, 비난도, 추측도 아니다. "그놈 차를 봤어요?" 그가 묻는다. "생각해봐요. 파란색 복스홀 코르사.

봤어요?" 내가 고개를 젓자 그가 불만스러운 듯 두 팔을 위로 휙 치켜든다. "그냥 모른다고 하지 말고 잘 생각해봐요. 뭘 봤어요? 애나 왓슨을 본 건 아무 의미도 없어요. 제발요! 누굴 봤어요?"

나는 햇빛에 눈을 깜박이며 내가 본 것을 짜맞춰보려고 안간힘을 쓰지만, 아무것도 생각나지 않는다. 도움이 될 만한 진짜 기억은 하나도 없다. 그에게 말해줄 수 있는 것이 하나도 없다. 난 누군가와 말다툼을 했다. 아니면 말다툼을 목격한 것일 수도 있다. 나는 기차역 계단에서 넘어졌고, 붉은 머리 남자가 날 일으켜주었다. 그가 내게 친절했던 것 같지만, 지금은 그가 두렵다. 내 머리와 입술에 상처가 생겼고, 팔에는 멍이 들었다. 굴다리 안에 있었던 기억도 나는 것 같다. 어두웠다. 난 겁에 질렸고 혼란스러웠다. 목소리가 들렸다. 누군가 메건의 이름을 부르는 소리가. 아니, 그건 꿈이었다. 현실이 아니다. 피가 기억난다. 내 머리에 묻어 있던 피, 내 두 손에 묻어 있던 피. 애나가 기억난다. 톰은 기억나지 않는다. 카말이나 스콧이나 메건은 기억나지 않는다.

그는 날 지켜보며, 내가 뭔가 말해주기를, 그에게 약간의 위안을 주기를 기다리고 있지만, 난 그에게 줄 수 있는 것이 하나도 없다.

"그날 밤." 그가 말한다. "그 시간이 중요해요." 그는 창을 등진 채 다시 테이블에 앉는다. 이번에는 나와 더 가까운 자리다. 그의 이마와 윗입술이 땀으로 번들거리고, 그는 마치 열병을 앓는 것처럼 몸을 떨고 있다. "그때 그 일이 일어났어요. 경찰은 그때라고 생각하고 있어요. 확실치는 않대요……." 그가 말끝을 흐린다. "확실치는 않대요. 시신 상태 때문에." 그가 숨을 크게 한 번 쉰다. "하지만 아마 그날 밤일 거래요. 아니면 그 직후거나." 그는 또다시 무의식 상태에 빠진 듯, 내게 얘기하는 것이 아니라 혼잣말을 하고 있다. 나는 아무 말 없이 그의 혼잣말에 귀를 기울인다. 메건의 사인은 두부 외상이고, 그녀의 두개골이 여러 군데 골절되어 있었다고 한다. 성폭행은 없었다. 아니, 시신의 상태 때문에 확인이 불가능했다. 그녀의 시신은 훼손되었다.

다시 정신을 차리고 내게 얘기하기 시작하는 그의 두 눈에 두려움과 절박함이 배어 있다. "뭐라도 기억나면 날 도와줘요. 제발, 기억 좀 해봐요, 레이첼." 그가 내 이름을 부르는 소리를 들으니 속이 뒤집히고 비참한 기분이 든다.

집으로 돌아가는 기차에서 나는 그가 한 말을 생각해본다. 그 말이 사실일까? 내 머릿속에 갇혀 있는 기억 때문에 내가 손을 놓지 못하는 걸까? 내가 다른 사람들에게 절실히 전하고픈 어떤 사실을 알고 있는 걸까? 내가 이름 지을 수도 없고 느껴서도 안 될 어떤 감정을 그에게 품고 있다는 걸 나도 안다. 하지만 그게 다가 아닐까? 내 머릿속에 뭔가가 있다면 누군가가 그것을 끄집어내줄 수 있을지도 모른다. 정신과 의사

같은 사람. 심리치료사. 카말 아브디치 같은 사람.

2013년 8월 6일 화요일
아침

 거의 잠을 자지 못했다. 그 일을 생각하고 이리저리 고민하느라 뜬눈으로 밤을 샜다. 어리석고 경솔하고 무의미한 짓일까? 위험하지 않을까? 내가 무슨 짓을 하고 있는 건지도 모르겠다. 어제 아침에 카말 아브디치 박사와의 상담 약속을 잡았다. 그의 진료소에 전화를 걸어 접수 직원에게 그의 이름을 대며 바꿔달라고 했다. 내 착각인지는 모르겠지만, 그 직원이 깜짝 놀라는 것 같았다. 그녀는 오늘 4시 반에 그를 만날 수 있다고 했다. 그렇게 빨리? 심장은 쿵쾅거리고 입이 말랐다. 난 좋다고 답했다. 상담비는 75파운드라고 했다. 엄마에게 받은 300파운드가 그리 오래갈 것 같지는 않다.

 그 약속을 잡은 후로 다른 생각은 아무것도 할 수 없다. 두렵지만 흥분되기도 한다. 카말을 만난다고 생각하니 전율이 느껴지는 건 부인할 수 없는 사실이다. 이 모든 게 그 사람으로부터 시작됐으니까. 그를 한 번 언뜻 보는 바람에 내 인생은 갑자기 전혀 다른 방향으로 흘러가게 되었다.

 그리고 난 그를 봐야 할 이유가 있다. 경찰이 스콧만 주시하고 있으니 내가 뭔가를 해야 한다. 스콧은 어제 또 불려가서 심문을 받았다. 경찰은 그 사실을 확인해주지 않겠지만, 스콧이 어머니와 함께 경찰서로 들어가는 영상이 인터넷에 떴다. 그는 넥타이를 너무 꽉 조여매서 질식할 것처럼 보였다.

이런저런 추측들이 난무하고 있다. 신문들은 경찰이 용의자를 성급하게 체포하는 과오를 또다시 범할 수 없어 신중을 기하고 있다고 말한다. 부실 수사 논란으로 수사 담당관을 바꿔야 한다는 얘기도 있다. 인터넷에는 스콧에 대한 역겹고 끔찍한 억측이 떠돌고 있다. 스콧이 처음으로 사람들 앞에 서서 매건을 보내달라며 눈물 어린 호소를 하는 모습을 담은 이미지들 바로 옆에, 역시 텔레비전에 출연해 사랑하는 이의 운명을 안타까워하는 척 흐느껴 울었던 살인자들의 사진들이 붙어 있다. 무섭고 잔인하다. 부디 그가 이런 것들을 보지 않기를. 보면 가슴이 무너질 테니까.

그래서 어리석고 경솔한 짓일지라도 난 카말 아브디치를 만날 것이다. 아무것도 모르고 억측이나 하는 사람들과 달리 난 스콧을 봤으니까. 손을 내밀면 닿을 만큼 그와 가까이 있었던 난 그가 어떤 사람인지 안다. 그는 살인자가 아니다.

저녁

계단을 올라 콜리 역으로 가는 동안에도 내 두 다리는 여전히 떨리고 있다. 몇 시간 전부터 계속 이렇게 떨고 있는데 아드레날린 때문일 것이다. 심장박동은 도무지 느려질 기미가 안 보인다. 기차 안은 꽉 차 있다. 유스턴에서 탈 때와 달리 여기서는 자리가 생길 가능성이 없기 때문에 객차 중간쯤에 서 있어야 한다. 마치 한증막 안에 있는 것 같다. 나는 눈을 내리깐 채 천천히 숨을 쉬려고 애쓰고 있다. 지금 내가 느끼고 있는 감정을 이해하려고 애쓰고 있다.

환희, 두려움, 착잡함, 그리고 죄책감. 죄책감이 가장 크다. 예상치 못한 일이었다.

진료소에 도착했을 때쯤 난 완전히 겁에 질려 있었다. 그가 날 보자마자 내가 진실을 알고 있다는 걸 눈치채고 날 위협적인 존재로 여길 거라는 확신이 들었다. 내가 말실수를 할까 봐, 나도 모르게 메건의 이름을 말할까 봐 두려웠다. 나는 멋없고 무미건조한 대기실로 걸어 들어갔고, 중년의 접수 직원은 날 쳐다보지도 않은 채 내 정보를 받아 적었다. 나는 앉아서 〈보그〉지를 집어 떨리는 손가락으로 책장을 획획 넘기며, 앞에 놓여 있는 과제에 집중하려고 애쓰는 동시에 다른 환자들처럼 별일 없다는 듯 따분한 표정을 지으려고 노력했다.

대기실에는 두 명이 더 있었다. 전화기로 무언가를 읽고 있는 20대 남자와, 뚱하게 자기 발만 빤히 내려다보고 있는 중년 여자. 그녀는 접수 직원이 자기 이름을 불러도 고개를 들지 않고 그냥 일어나서 발을 질질 끌며 자기 갈 길을 갔다. 나는 5분, 10분을 기다렸다. 내 호흡이 점점 얕아지고 있었다. 대기실은 따뜻하고 환기가 잘 안 되어 답답했고, 그래서 산소가 부족한 듯 느껴졌다. 이러다가 기절이라도 할까 봐 걱정스러웠다.

그때 갑자기 문이 열리고 한 남자가 나왔다. 그를 제대로 보기도 전에 나는 그라는 걸 알았다. 그를 처음 봤을 때, 메건을 향해 움직이는 그림자만 보고도 큰 키와 여유롭고 나른한 움직임만으로 그가 스콧이 아니라는 걸 알아챈 것처럼. 그가 내게 손을 내밀었다.

"왓슨 씨?"

고개를 들어 그와 눈이 마주치는 순간 등골이 저릿해왔다. 나는 그의 손을 잡았다. 내 손을 폭 감싼 그의 손은 따뜻하고 건조하고 큼직했다.

"들어오시죠." 그는 사무실을 가리키며 내게 따라오라고 했고, 나는 그를 뒤따라가는 동안 속이 울렁거리고 현기증이 일었다. 나는 그녀의 자취를 따라가고 있었다. 그녀도 이 모든 걸 했다. 그가 시키는 대로 그의 맞은편 의자에 앉았을 테고, 그는 오늘 오후에 그랬듯이 턱 바로 밑에 두 손을 깍지 끼고 있었을 것이다. 그리고 그녀에게 고개를 끄덕이며 "좋아요, 오늘은 어떤 얘기를 해볼까요?"라고 말했을 것이다.

그의 모든 것이 따뜻했다. 나와 악수를 나눴던 그의 손, 그의 두 눈, 그의 목소리. 나는 그의 얼굴을 뜯어보며 단서를 찾았다. 메건의 머리를 박살 낸 사악한 짐승, 가족을 잃어버린 상처를 품고 있는 난민의 흔적을. 하지만 아무것도 보이지 않았다. 그리고 잠시 동안은 아무 생각도 나지 않았다. 그에 대한 두려움도 잊어버렸다. 난 그곳에 앉아 있었고, 공포는 감쪽같이 사라지고 없었다. 나는 침을 꿀꺽 삼키고는 내가 해야 할 말을 기억해내려 애썼고, 그 말을 했다. 4년 전부터 알코올 중독에 시달리고 있고, 그것 때문에 결혼 생활이 깨지고 직장을 잃었다고, 당연히 건강도 나빠지고 있고 실성까지 하게 될까 봐 무섭다고 말했다.

"기억력이 나빠졌어요. 필름이 끊겨서 내가 어디에 갔는지, 뭘 했는지 기억이 안 나요. 가끔은 내가 끔찍한 행동이나 말을 한 건 아닐까 하는 생각이 들 때도 있는데 기억이 안 나요. 그리고…… 내가 한 일을 다른 사람을 통해 들으면 진짜 나처럼 느껴지지 않아요. 그런 짓을 한 사람이 내가 아닌 것 같아요. 기억하지도 못하는 일에 책임감을 느끼기는 어렵잖아요. 그래서 마음이 별로 불편하지가 않아요. 물론 미안한 생각이 들긴 하지만, 내가 한 일이 나와 아무런 상관도 없는 것처럼 느껴져요. 나와 동떨어진 일 같아요."

그의 앞에 앉은 지 단 몇 분 만에 난 이 모든 얘기를, 이 모든 사실을 다 쏟아냈다. 누구에게든 그 얘기를 할 수 있는 기회를 기다려왔기에 당장에 털어놓을 수 있었던 것이다. 하지만 그 '누구'가 카말은 아니어야 했다. 그는 그 맑은 황갈색 눈으로 내 눈을 바라보며 두 손을 깍지 낀 채 내 말에 귀를 기울이면서 꼼짝도 하지 않았다. 방 안을 둘러보거나 메모를 하지도 않았다. 그저 내 얘기를 듣고만 있었다. 마침내 그가 고개를 살짝 끄덕이고는 이렇게 말했다. "당신이 한 일에 책임을 지고 싶은데, 기억이 안 나서 온전히 책임감을 느끼기가 힘들다는 얘긴가요?"

"네, 그거예요, 바로 그거예요."

"그럼, 사람들은 어떻게 책임을 지죠? 사과를 할 수도 있죠. 어떤 잘못을 저질렀는지 기억이 안 난다고 해서 당신의 사과가, 그리고 그 사과 뒤에 있는 감정이 진실하지 않다고 말할 수는 없어요."

"하지만 느끼고 싶어요…… 죄책감을 느끼고 싶다고요."

이상한 말이긴 하지만, 항상 이런 생각을 하고 있었다. 충분한 죄책감이 느껴지지 않는다. 내게 어떤 책임이 있는지, 내가 어떤 끔찍한 짓을 저질렀는지 자세히는 기억나지 않더라도 알고는 있지만, 그 행동들이 나와는 상관없는 것처럼 느껴진다. 저 멀리 다른 곳에서 벌어진 일 같다.

"마음이 더 불편해야 한다고 생각해요? 당신이 저지른 실수에 대한 죄책감이 모자라다고 생각해요?"

"네."

카말은 고개를 저었다. "레이첼, 결혼 생활이 깨지고 직업을 잃었다고 했죠. 그 정도면 충분히 벌을 받은 거 아닌가요?"

나는 고개를 저었다.

그가 의자에 살짝 등을 기댔다. "자신한테 좀 가혹한 것 같네요."

"아니에요."

"좋습니다. 알겠어요. 조금 더 거슬러올라가 볼까요? 문제가 시작된 시점으로요. 아까…… 4년 전이라고 하셨죠? 그때 무슨 일이 있었는지 말씀해주시겠습니까?"

난 넘어가지 않았다. 그의 따뜻한 목소리, 그의 온화한 눈빛에 완전히 마음을 놓지는 않았다. 내가 그렇게 구제불능은 아니다. 그에게 사실을 알려줄 생각은 없었다. 내가 얼마나 아기를 간절하게 원했는지 말할 생각이 없었다. 나는 부부 관계가 틀어져서 우울증에 걸렸고, 원래 술을 좋아하긴 했지만 감당할 수 없는 지경이 돼버렸다고 말했다.

"부부 관계가 틀어졌다면…… 당신이 남편을 떠났거나 남편이 당신을 떠났거나, 아니면…… 둘이 서로를 떠난 건가요?"

"그 사람이 바람을 피웠어요. 다른 여자를 만나고 사랑에 빠졌죠." 그는 내 말이 이어지기를 기다리며 고개를 끄덕였다. "하지만 그 사람 잘못은 아니에요. 내 잘못이었어요."

"왜 그런 말을 하죠?"

"뭐, 그 전부터 술을 마시기 시작해서……."

"그럼 남편의 외도 때문에 술을 마시기 시작한 게 아니었어요?"

"네, 그 전에 이미 술을 마시기 시작했고, 그것 때문에 남편이랑 멀어졌어요. 그래서 그 사람은……."

카말은 내가 다시 말을 이어갈 수 있을 때까지 재촉하지 않고 기다려주었다.

"그 사람은 더 이상 날 사랑하지 않았어요."

카말 앞에서 운 나 자신이 원망스럽다. 왜 그렇게 방심해버렸는지 이해가 안 된다. 진짜 문제들을 말하는 게 아니었다. 가상의 인물을 만들어서, 완전히 꾸며낸 문제들을 가지고 갔어야 했다. 준비를 좀 더 철저히 했어야 했다.

그를 보고 그가 내 걱정을 해준다고 잠시나마 믿었던 나 자신이 원망스럽다. 나를 동정하는 눈빛이 아니라, 날 이해하고 돕고 싶어 하는 것처럼 보였다.

"그럼, 레이첼, 남편과 사이가 틀어지기 전에 술을 마시기 시작했군요. 그 근본적인 원인이 뭔지 말할 수 있겠어요? 그걸 알지 못하는 사람들도 있거든요. 특정한 이유 없이 그냥 우울증이나 중독 상태에 빠지는 사람들도 있어요. 당신은 구체적인 이유가 있었나요? 가족이나 다른 누군가가 죽었다든가?"

나는 고개를 저으며 어깨를 으쓱했다. 그 얘기는 하지 않을 작정이었다. 절대로.

그는 잠깐 기다리다가 책상에 있는 시계를 힐끔 보았다.

"다음에 계속 얘기하죠." 그가 이렇게 말하고 나서 미소 짓자 난 온몸이 오싹해졌다.

그의 손, 그의 눈, 그의 목소리, 그의 모든 것이 따뜻하다, 그의 미소만은 제외하고. 그가 이를 드러내면 그 안에 있는 살인마가 보인다. 내 뱃속이 단단한 공처럼 오그라들고 맥박이 다시 치솟았다. 나는 그가 악수하려고 내민 손을 잡지도 않고 그의 사무실에서 나와버렸다. 그와 몸이 닿는 걸 견딜 수 없었다.

이젠 알겠다. 메건이 그에게서 뭘 봤는지 알 것 같다. 그가 아주 매력적인 미남이라는 사실뿐만이 아니다. 그는 차분하고 듬직하기도 하고, 관대한 친절함이 몸에 배어 있다. 순진하거나 남을 잘 믿거나 심적으로 힘든 사람들은 그 차분함 밑에 숨어 있는 늑대를 꿰뚫어보지 못할 것이다. 내게는 보인다. 거의 한 시간 동안 난 그에게 끌려들어갔다. 그에게 나 자신을 열어 보였다. 그가 누군지 잊어버렸다. 난 스콧을 배신했고, 메건을 배신했고, 그래서 죄책감이 느껴졌다.

하지만 무엇보다 죄책감이 드는 가장 큰 이유는 그를 다시 만나고 싶기 때문이다.

2013년 8월 7일 수요일

아침

 꿈속에서 나는 또 무슨 잘못을 저질렀고, 모두가 내게서 등을 돌려 톰의 편을 들었다. 내가 저지른 짓이 뭔지 몰라서 난 해명도 사과도 할 수 없다. 비몽사몽간에 오래전, 4년 전의 진짜 다툼이 생각난다. 우리의 처음이자 마지막인 체외수정 시술이 실패로 돌아간 후 내가 다시 한 번 시도해보자고 했을 때였다. 톰은 돈이 없다고 했고 나는 그걸 문제 삼지 않았다. 우리에게 돈이 없다는 걸 알고 있었으니까. 대출받은 돈이 많았고, 그의 아버지의 꼬임에 넘어가 불리한 거래를 하는 바람에 생긴 빚도 조금 있었다. 그래서 난 현실을 받아들여야 했다. 언젠가 돈이 생기기를 바라는 수밖에 없었고, 그 전까지는 배가 부풀어오른 여자를 볼 때마다, 다른 사람의 행복한 소식을 들을 때마다 곧장 쏟아지는 뜨거운 눈물을 삼킬 수밖에 없었다.

 체외수정에 실패하고 나서 두어 달 지났을 때 그가 여행 얘기를 꺼냈다. 라스베이거스에서 나흘 밤을 묵으면서 큰 권투 시합도 구경하고 기분을 풀 거라고 했다. 내가 만나본 적도 없는 그의 옛 친구 두어 명과 함께. 나는 그의 이메일 수신함에서 비행기 표 예매 영수증을 봤기 때문에 그 여행에 큰돈이 든다는 걸 알았다. 권투 시합 티켓이 얼마인지는 몰라도 적은 돈일 리가 없었다. 체외수정 시술을 할 만한 돈은 아니었지만, 그 돈에 좀 더 보태면 가능할 수도 있었다. 우리는 그 문제로 심하게 다투었다. 그에게 따져물을 각오로 오후 내내 술을 마셨기 때문에 그 자세한 내용은 기억나지 않지만, 술 때문에 그 싸움은 최악으로 치달았다. 다음 날 그가 그 문제에 대해 얘기하기를 거부하며 냉랭하게 굴었던 기억이 난다. 그가 실망한 듯 차가운 말투로 내가 한 행동과 말을 알려주던 것이 기억난다. 내가 우리의 결혼사진을 박살 내고, 그에게 너무 이기적이라고 소리를 지르고, 쓸모없는 남편, 낙오자라고 욕했다고 했다. 그날 내 자신이 얼마나 미웠는지 모른다.

톰에게 그런 말을 한 건 물론 잘못이었지만, 지금 돌이켜보면 내가 화를 낸 것이 완전히 터무니없는 행동은 아니었다. 나는 화를 낼 만한 충분한 이유가 있었다. 아기를 가지려고 애쓰고 있는 상황에서 그 정도 희생은 감수해야 하지 않았을까? 나는 아이를 가질 수만 있다면 팔다리라도 자를 각오가 되어 있었다. 라스베이거스에서의 주말 정도는 포기할 수 있어야 하는 거 아닌가?

나는 잠깐 침대에 누워 그 문제를 생각하다가 산책하기로 마음먹고 일어난다. 뭐라도 하지 않으면 구멍가게로 달려갈 것 같다. 일요일부터 술을 마시지 않았고, 내 안에서는 술을 마시고 다 잊어버리고 싶은 충동과, 내가 뭔가를 성취했고 지금 포기하는 건 창피한 짓이라는 막연한 느낌이 서로 치열하게 싸우고 있는 중이다.

애시버리는 가게들과 주택지뿐이고 버젓한 공원이 없어 산책하기에 그다지 좋은 곳이 아니다. 나는 마을의 한가운데를 지나간다. 주변에 아무도 없을 땐 썩 나쁘지 않다. 여기서 중요한 건, 어떤 목적지가 있다고 스스로를 속여서 그냥 한 장소를 골라 그곳을 향해 가는 거다. 나는 캐시의 집에서 3킬로미터 정도 떨어진, 플레전스로의 꼭대기에 있는 교회를 선택했다. 그곳에서 열린 알코올 중독자 모임에 나간 적이 있다. 집 근처의 모임에는 가지 않았다. 거기서 만난 사람과 거리나 슈퍼마켓이나 기차에서 마주칠까 봐 두려웠기 때문이다.

교회에 도착하자 나는 몸을 돌려 집을 향해 다시 힘차게 걸어간다. 할 일이 있고, 갈 곳이 있는 정상적인 여자처럼. 내 옆을 지나가는 사람들, 배낭을 메고 달리며 마라톤 훈련을 하는 두 남자, 검은 치마에 흰 운동화를 신고 가방에 구두를 넣어 출근하는 젊은 여자를 보면서, 나는 그들이 뭘 숨기고 있을까 생각해본다. 그들도 술을 끊기 위해 움직이고, 술을 참기 위해 달리고 있는 걸까? 그들도 어제 만났고 다시 만날 계획인 살인자를 생각하고 있을까?

난 지금 제정신이 아니다.

집에 거의 다 왔다. 나는 카말과 상담할 때 내가 할 일을 생각하느라 여념이 없다. 혹시라도 그가 사무실을 비우면 책상 서랍을 뒤져볼까? 아니면 함정을 파서 그가 뭔가를 실토하게 만들고 그를 위기에 빠뜨려볼까? 아마 그는 나보다 훨씬 더 똑똑해서 오히려 내 약점을 노릴 것이다. 어쨌든 그는 자기 이름이 신문에 난 걸 아니까, 그에 대한 이야깃거리를 얻고 그로부터 정보를 빼내려는 사람들의 시도를 경계하고 있을 것이다.

이런 생각을 하면서 인도를 내려다보며 걷다가 오른편에 있는 작은 론디스 매장을 지나갈 때 나는 일부러 고개를 들지 않는다. 술을 사러 들어가고 싶어질지도 모르니까. 그런데 곁눈으로 그녀의 이름이 보인다. 고개를 들어보니 정말 있다. 한 타블로이드지의 1면에 큼직한 글씨로 '메건은 유아 살인범이었나?'라고 쓰여 있다.

애나

2013년 8월 7일 수요일

아침

스타벅스에서 NCT National Childbirth Trust(전국 분만 재단 : 영국 최대 규모의 부모 자선 단체 – 옮긴이) 여자들과 함께 있을 때 그 일이 터졌다. 우리는 평소처럼 창가 자리에 앉아 있었고, 아이들은 바닥에서 레고를 가지고 놀았다. 베스가 그녀의 독서회에 들어오라고 나를 또 설득하고 있을 때 다이앤이 나타났다. 그녀는 아주 흥미진진한 소문을 들려줄 것처럼 거만한 표정을 짓더니, 2인용 유모차를 끌고 힘겹게 문을 통과해 들어오자마자 참지 못하고 말했다.

"애나." 그녀는 근심스러운 얼굴로 말했다. "이거 봤어요?" 그러고는 '메건은 유아 살인범이었나?'라는 기사 제목이 적힌 신문을 들어올려 보여주었다. 난 할 말을 잃어버렸다. 그저 신문을 빤히 쳐다보다가 황당하게도 눈물을 터뜨렸다. 에비가 겁에 질려 악을 썼다. 끔찍했다.

나는 에비와 함께 화장실에 가서 얼굴을 씻었고, 돌아가보니 모두들 숨죽인 목소리로 얘기를 나누고 있었다. 다이앤이 교활한 표정으로 날 쳐다보며 물었다. "괜찮아, 자기?" 그녀는 분명 이 상황을 즐기고 있었다.

난 그곳에 계속 있을 수가 없어서 나와버렸다. 정말 끔찍하겠다며 다들 걱정해주는 척했지만, 그들의 얼굴을 보면 알았다. 속이 빤히 들여다보이는 비난. '어떻게 그런 괴물한테 아이를 맡길 수 있어? 당신은 세계 최악의 엄마야.'

집으로 돌아오는 길에 톰에게 전화를 해봤지만, 음성 메시지로 바로 넘어갔다. 나는 최대한 빨리 전화해달라는 메시지를 남겼다. 가벼운 목소리로 덤덤하게 말하려 했지만, 온몸이 떨리고 두 다리가 불안하게 휘청거렸다.

나는 신문을 사지 않았지만 참지 못하고 인터넷으로 기사를 읽어보았다. 기사 내용이 조금은 막연했다. "히프웰 사건을 수사하고 있는 관계자들"은 메건이 10년 전에 "자신의 아이를 살해했을지도 모른다고" 주장하고 있다. '관계자들'은 또 이것이 그녀가 살해당한 동기일 수도 있다고 추측하고 있다. 수사 책임자인 형사(메건이 실종된 후 우리를 찾아왔던 개스킬이다)는 언급을 피했다.

톰에게 전화가 왔는데, 회의가 또 있어서 집에 올 수 없다고 했다. 톰은 다 헛소리일 거라며, 내가 듣고 싶어 할 말들로 적당히 맞장구를 쳐주면서 나를 달랬다. "신문 기사는 원래 곧이곧대로 믿으면 안 돼." 나는 심하게 안달복달하지는 않았다. 애초에 메건에게 에비를 맡기자고 제안한 사람은 그였으니까. 톰의 기분은 얼마나 처참할까.

그리고 그이의 말이 맞다. 기사가 사실이 아닐 수도 있다. 하지만 누가 그런 이야기를 만들어낼까? 왜 그런 걸 지어내지? 하지만 이런 생각이 드는 건 어쩔 수 없다. 난 알았다. 그 여자에게 어딘가 이상한 점이 있다는 걸 전부터 알았다. 처음엔 그냥 철이 없는 줄 알았는데 그뿐만이 아니었다. 그녀는 항상 멍해 있었다. 자기만의 세계에 빠져 있었다. 거짓말은 하지 않겠다. 그녀가 죽어서 다행이다. 속이 시원하다.

저녁

나는 위층 침실에 있다. 톰은 에비와 함께 텔레비전을 보고 있다. 우린 지금 냉전 중이다. 내 잘못이다. 그이가 집에 돌아왔을 때 내가 덤벼들었다.

하루 종일 분노가 쌓이고 쌓였다. 그 일을 도저히 그냥 넘길 수가 없었다. 눈을 돌리는 곳마다 그녀가 보였다. 여기 내 집에서 그녀는 내가 낮잠을 자는 동안 내 아이를 안고, 밥을 먹이고, 기저귀를 갈고, 함께 놀아주었다. 에비를 그녀와 단둘이 두었던 때를 생각하니 속이 울렁거렸다.

그러다가 이 집에 사는 동안 거의 내내 느껴온 편집증이 찾아왔다. 누군가가 우리를 지켜보고 있다는 피해망상. 처음엔 기차 때문인 줄 알았다. 이름 모를 사람들이 기차 창밖으로 우리를 똑바로 쳐다보고 있을 거라 생각하면 소름이 돋았다. 그것은 애초에 이 집에 들어오고 싶지 않았던 수많은 이유 중 하나였지만, 톰은 떠나고 싶어 하지 않았다. 집을 제값에 팔지 못할 거라고 했다.

처음엔 기차, 그다음엔 레이첼이었다. 레이첼은 우리를 지켜보고, 느닷없이 거리에 나타나고, 시도 때도 없이 전화를 했다. 그다음엔 우리 집에서 에비와 함께 있던 메건. 난 항상 그녀가 나를 힐끔거리면서 날 평가하고, 내 육아 실력을 평가하고, 남의 손을 빌리는 나를 비난하는 것 같은 느낌을 받았다. 터무니없는 생각이라는 걸 나도 안다. 하지만 레이첼이 집에 와서 에비를 데려가고 내 온몸이 차갑게 식어내렸던 그날을 떠올리면, 결코 내 생각이 도가 지나친 것이 아니다.

그래서 톰이 집에 왔을 때 난 한판 붙을 준비가 되어 있었다. 나는 최후통첩을 보냈다. 이 집에서 나가야 해. 무슨 일이 있었는지 뻔히 알면서 이 동네에서, 이 집에서 더는 못 살아. 이젠 레이첼뿐만 아니라 메건까지 날 괴롭히잖아. 그 여자

손이 닿았던 모든 게 싫어. 못 견디겠어. 좋은 값을 받든 말든 상관없어.

"훨씬 더 나쁜 집에서 살게 되고, 대출금도 못 갚게 되면 어떡할 거야." 톰의 말은 완벽하게 합리적이었다. 나는 돈이 많은 그이의 부모님에게 부탁하면 안 되느냐고 물었지만, 그이는 다시는 부모님에게 뭘 부탁하지 않을 거라며 화를 냈고, 더는 이 얘기를 하고 싶지 않다고 했다. 톰이 나 때문에 레이첼과 이혼했을 때 부모님이 모질게 굴었기 때문이다. 부모님 얘기는 꺼내지 말 걸 그랬다. 그럴 때마다 그이가 정말 싫어하는데.

하지만 나도 어쩔 수가 없다. 눈을 감을 때마다, 식탁에서 에비를 무릎에 앉혀놓고 있는 그 여자가 보여서 미칠 지경이다. 그녀는 에비와 함께 놀아주고 미소 짓고 수다를 떨곤 했지만, 진심으로 보인 적은 단 한 번도 없었다. 정말 원해서 우리 집에 있는 것 같지 않았다. 시간이 다 돼서 에비를 내게 다시 돌려줄 때 정말 행복해 보였다. 아이가 품에 안기는 감촉을 싫어하는 것처럼 보이기까지 했다.

레이첼

2013년 8월 7일 수요일

저녁

더위가 점점 더 심해져서 견디기 힘들다. 아파트 창문을 열면 아래 도로에서 피어 올라오는 일산화탄소 맛이 느껴진다. 목구멍이 근질근질하다. 오늘만 해도 벌써 두 번째 샤워를 하고 있는데 전화기가 울린다. 그냥 내버려두자 또 울려댄다. 그리고 또. 욕실에서 나갈 즈음 네 번째로 울린다. 나는 전화를 받는다.

그가 가쁜 숨을 쉬며 허겁지겁 말한다. 그의 목소리가 토막토막 끊긴 채 들려온다. "집에 갈 수가 없어요. 온통 카메라가 깔려 있어요."

"스콧?"

"저기…… 정말 이상한 말이긴 한데, 날 기다리는 사람이 없는 곳이 필요해요. 어머니나 친구 집에는 못 가요. 지금은 그냥…… 차를 몰고 돌아다니고 있어요. 경찰서에서 나온 후로 계속 이러고 있어요……." 목이 멘 듯 그가 잠깐 말을 잇지 못한다. "한두 시간만 있으면 돼요. 앉아서 생각 좀 하게요. 경찰도 없고, 나한테 빌어먹을 질문을 해대는 사람들도 없는 곳에서. 미안한데 당신 집으로 가도 될까요?"

나는 물론 괜찮다고 말한다. 그의 목소리가 불안하고 절박하게 들리는 것도 마음에 걸리고, 그를 보고 싶기도 하다. 그를 돕고 싶다. 내가 주소를 알려주자 그가 15분 안에 도착할 거라고 말한다.

10분 후에 초인종이 울린다. 짧고 날카롭고 다급하게 여러 번.

"미안해요." 내가 현관문을 열자 그가 말한다. "어디로 가야 할지 몰라서요." 그는 마치 쫓기는 사람 같은 꼴을 하고 있다. 놀란 듯 창백한 얼굴에, 피부는 땀으로 번들거린다.

"괜찮아요." 나는 그가 지나갈 수 있도록 옆으로 비켜서며 말한다. 그러고는 그를 거실로 데려가 앉으라고 말한다. 부엌에서 물을 따라와 그에게 건네자, 그는 거의 단숨에 다 마셔버리고는 앉아서 몸을 구부리고 팔뚝을 무릎에 댄 채 고개를 숙인다.

나는 말을 걸어야 할지 입을 닫고 있어야 할지 갈피를 못

잡고 서성거린다. 그러다가 아무 말 없이 유리컵을 가져가 다시 물을 채운다. 마침내 그가 입을 열기 시작한다.

"더 나쁜 일은 없을 줄 알았죠." 그가 나직이 말한다. "안 그래요?" 그가 나를 올려다본다. "내 아내가 죽었고 경찰은 나를 범인으로 생각하고 있어요. 이보다 더 나쁜 일이 있을 수 있어요?"

그는 메건에 대해 사람들이 떠들고 있는 새로운 소식을 얘기하고 있는 것이다. 메건이 아이를 죽였다는 타블로이드지 기사. 경찰 내부의 누군가가 누설했을 그 이야기는 애매한 억측이고, 죽은 여자에 대한 인신공격이다. 비열하다.

"그건 사실이 아니에요." 내가 그에게 말한다. "그럴 리가 없어요."

내 말을 못 알아들은 것처럼 그의 표정이 멍하다. "오늘 아침에 라일리 경사가 알려주더군요." 그가 헛기침을 하며 목을 가다듬는다. "전부터 꼭 듣고 싶었던 소식을요. 당신은 상상도 못할 거예요." 그가 속삭이다시피 작은 목소리로 말을 이어나간다. "내가 얼마나 원했는지. 메건이 그 얘기를 하면서 어떤 표정을 지을까 상상하고 꿈꾸곤 했죠. 사실을 알고 수줍게 미소 지으면서 내 손을 잡고 자기 입술에 갖다대는 모습을……." 그의 마음은 딴 곳에 가 있다. 그는 꿈을 꾸고 있다. 나는 그가 무슨 얘기를 하는지 알 수가 없다. "오늘, 오늘 메건이 임신한 몸이었다는 소식을 들었어요."

그가 울기 시작하고, 세상에 태어나지 못한 아기, 내가 알지도 못하는 여자의 아이를 위해 나도 목멘 소리로 운다. 처참한 기분을 견디기가 힘들다. 스콧이 아직도 숨을 쉬고 있는 것이 신기하다. 그런 일을 겪고도 죽지 않고 살아 숨 쉬고 있는 것이 신기하다. 하지만 어쨌든 그는 아직 여기에 있다.

나는 말을 할 수도, 움직일 수도 없다. 창문을 열어놨지만 거실은 덥고 갑갑하다. 아래 거리에서 소음이 들려온다. 경찰의 사이렌 소리, 큰 소리로 깔깔거리는 젊은 여자들의 웃음소리, 지나가는 차에서 울려퍼지는 베이스 기타 소리. 평범한 일상. 하지만 여기서는 세상이 끝나가고 있다. 스콧에게는 세상이 종말을 고하고 있고, 난 아무 말도 할 수가 없다. 난 어떤 도움도 주지 못한 채 무기력하게 벙어리처럼 그렇게 서 있다.

그때 바깥 계단을 올라오는 발소리가 들린다. 캐시가 큼직한 핸드백을 뒤져 집 열쇠를 찾으면서 내는 익숙한 쨍그랑 소리. 나는 얼른 정신을 차린다. 이대로 가만있어서는 안 된다. 내가 스콧의 손을 움켜잡자 그가 깜짝 놀라며 나를 올려다본다.

"따라와요." 나는 그를 일으켜세우며 말한다. 캐시가 문을 열기 전에, 그를 복도로 끌고 나가 계단을 올라간다. 그리고 방으로 들어가 문을 닫는다.

"같이 사는 친구예요." 나는 해명하듯 말한다. "친구가……

친구가 이것저것 물어볼 거예요. 지금은 듣기 싫을 거 아니에요."

그는 고개를 끄덕인다. 그러고는 내 작은 방을 둘러본다. 정리가 안 된 침대, 책상 의자에 쌓여 있는 깨끗하거나 더러운 옷들, 텅 빈 벽, 싸구려 가구들. 창피하다. 내 인생이 이렇다. 지저분하고 초라하고 시시하다. 기가 막힌다. 이런 생각을 하는 내 자신이 정말 어처구니가 없지만, 지금 이 순간 스콧이 내 처지를 염려해주고 있는 건 아닐까 하는 상상을 하고 있다.

나는 그에게 침대에 앉으라고 손짓한다. 그가 손등으로 눈을 닦으며 내 지시에 따른다. 그가 한숨을 푹 내쉰다.

"뭐 좀 먹을래요?" 내가 그에게 묻는다.

"맥주요?"

"집에 술을 두면 안 돼요." 나는 이 말을 하면서 얼굴이 달아오른다. 하지만 스콧은 고개도 들지 않아 알아채지 못한다. "차를 끓여줄까요?" 그가 또 고개를 끄덕인다. "누워요. 좀 쉬어요." 그는 아픈 아이처럼 순하게 내가 시키는 대로 신발을 벗어던지고 침대에 눕는다.

나는 아래층으로 내려가 주전자에 물을 끓이는 동안 캐시와 잠깐 얘기를 나눈다. 그녀는 노스코트에서 점심을 먹기에 괜찮은 곳을 새로 찾았고("샐러드가 정말 좋아"), 직장에 새로 들어온 여자가 짜증 난다고 말한다. 나는 미소를 지으며 고개를 끄덕이지만 듣는 둥 마는 둥 하고 있다. 그가 있는 내 방에서 삐걱거리는 소리나 발소리가 들릴까 봐 긴장된다. 위층의 내 침대에 그가 있다니, 믿기지가 않는다. 그 생각을 하면 마치 꿈을 꾸고 있는 듯 현기증이 난다.

캐시가 말을 멈추고 이마를 찌푸리며 나를 본다. "괜찮아?" 그녀가 묻는다. "약간…… 정신이 없어 보이는데."

"그냥 좀 피곤해서 그래. 몸이 별로 안 좋아. 자러 가야겠어."

캐시가 나를 한 번 쳐다본다. 내가 술을 마시지 않았다는 걸 눈치채지만(캐시는 언제나 알아본다), 이제 곧 시작하겠지 하고 짐작하는 것 같다. 상관없다. 지금은 그 문제를 생각할 여력이 없다. 나는 스콧에게 줄 찻잔을 집어들고, 캐시에게 아침에 보자고 말한다.

내 방문 밖에 멈춰 서서 귀를 기울인다. 조용하다. 나는 조심조심 문손잡이를 돌리고 문을 밀어서 연다. 그는 내가 나갔을 때와 똑같은 자세로 누워서, 두 손을 양옆으로 내리고 눈을 꼭 감고 있다. 그의 낮고 거친 숨소리가 들린다. 그의 몸이 침대의 반을 차지하고 있지만, 그의 옆에 누워 그의 가슴 위에 팔을 올리고 그를 위로하고 싶은 충동이 든다. 대신에 나는 작게 헛기침을 하고 찻잔을 내민다.

그가 일어나 앉는다. "고마워요." 찻잔을 받아들면서 무뚝뚝하게 말한다. "고마워요…… 피난처를 만들어줘서. 그 기사가 나온 후에, 정말이지, 말도 말아요."

"몇 년 전 있었던 일에 관한 기사요?"

"네, 그 기사요."

타블로이드지들이 어떻게 그 이야기를 입수했는지가 뜨거운 논란거리가 되고 있다. 이런저런 추측이 난무했고, 사람들은 경찰, 카말 아브디치, 스콧을 지목했다.

"거짓말이에요." 내가 그에게 말한다. "그렇죠?"

"당연히 거짓말이죠. 하지만 그게 동기는 되잖아요? 사람들이 그러잖아요. 메건이 아기를 죽였으니까 아이의 아버지인 사람이 메건을 죽일 동기가 있는 거라고. 몇 년이나 지나서."

"말도 안 돼요."

"사람들이 그러더군요. 메건을 나쁜 사람처럼 보이게 만들고 내 혐의를 벗으려고, 내가 이 이야기를 지어냈다고요. 어떤 정체불명의 남자한테, 아무도 모르는 메건의 옛 남자한테 죄를 뒤집어씌우려고 그랬다고요."

나는 침대로 다가가 그의 옆에 앉는다. 서로의 허벅다리가 닿을 듯 말 듯하다.

"경찰은 뭐래요?"

그가 어깨를 으쓱한다. "별 말 없어요. 그 일에 대해 아는 게 있느냐고 물어보더군요. 예전에 메건한테 아이가 있었다는 사실을 알고 있는지, 어떤 일이 있었는지, 아이 아빠가 누군지 알고 있는지. 나는 모른다고, 다 헛소리라고, 메건은 임신을 한 적이 없다고 말했죠." 목이 또 메는지 그가 말을 멈추고 차를 한 모금 마신다. "나는 경찰한테 그 이야기가 어디서 나왔고 어쩌다가 신문에 났는지 물어봤어요. 말해줄 수 없다고 하더군요. 내 생각에는 그놈이에요. 아브디치." 그가 떨리는 숨을 길게 뱉어낸다. "이유를 모르겠어요. 왜 놈이 메건에 대해서 그런 이야기를 떠들어대는지. 무슨 속셈인지 모르겠어요. 정신 나간 놈이 틀림없어요."

나는 요전 날 만났던 남자를 떠올려본다. 차분한 태도, 부드러운 목소리, 따뜻한 눈빛. 아무리 봐도 정신 나간 사람은 아니다. 하지만 그 미소는. "그런 얘기가 신문에 난 건 정말 너무해요. 무슨 규정이 있을 텐데……."

"죽은 사람의 명예를 훼손해선 안 되죠." 그는 이렇게 말하고는 잠깐 입을 다물었다가 다시 말한다. "경찰이 이 일…… 메건의 임신에 대한 정보는 공개하지 않겠다고 약속했어요. 아직은요. 어쩌면 아예 안 할지도 모르죠. 하지만 확실해지면 사정이 달라지겠죠."

"뭐가 확실해져요?"

"그 아기는 아브디치의 아이가 아니에요."

"DNA 검사를 해봤대요?"

그는 고개를 젓는다. "아니요, 그냥 알아요. 왠지는 몰라도 그냥 알아요. 그 아기는 내 아이에요. 내 아이였어요."

"그 남자가 자기 아이라고 생각했다면 동기가 생기는 거 아니에요?" 원치 않는 아이를 없애려고 아이 엄마를 없애버리는 남자들은 수도 없이 많으니까. 이 얘기를 입 밖에 낼 순 없지만. 그리고 이 말 역시 할 수 없지만, 그건 스콧에게도 동기가 된다. 자기 아내가 다른 남자의 아이를 뱄다고 생각했다면……. 하지만 그럴 리가 없다. 그의 충격과 고통은 거짓이 아니다. 이렇게 연기를 잘하는 사람은 있을 수 없다.

스콧은 이제 내 말을 듣고 있지 않는 것 같다. 방문에 고정된 그의 두 눈은 생기 없이 흐릿하고, 그는 마치 흘러내리는 모래 속으로 빨려 들어가듯 침대 속으로 가라앉고 있는 것처럼 보인다.

"여기 잠깐 있어요." 내가 그에게 말한다. "잠 좀 자요."

이제야 그가 날 쳐다보고는 미소에 가까운 표정을 짓는다. "괜찮겠어요? 그럼…… 내가 고맙죠. 집에서는 잠을 잘 못 자거든요. 밖에 있는 사람들이 신경에 거슬려서 그런 것만은 아니에요. 그것 때문만은 아니에요. 어디로 눈을 돌려도 자꾸 메건이 보여요. 아래층으로 내려가서 안 보려고, 안 보려고 아무리 애를 써도 창문을 지나면 다시 돌아가서 혹시 메건이 테라스에 나가 있나 확인하고야 말죠." 그의 말을 듣고 있으니 눈물이 나서 눈이 따갑다. "메건은 거기 앉아 있는 걸 좋아했거든요, 그 작은 테라스에. 거기 나가 앉아서 기차 보는 걸 좋아했어요."

"알아요." 나는 그의 팔에 손을 얹으며 말했다. "메건이 거기 나와 있는 게 가끔 보였어요."

"계속 메건 목소리가 들려요. 나를 부르는 소리가 계속 들린다니까요. 침대에 누워 있으면 메건이 밖에서 날 부르는 소리가 들려요. 자꾸 메건이 밖에 있다는 생각이 들어요." 그는 떨고 있다.

"누워요." 나는 그의 손에서 찻잔을 빼내며 말한다. "좀 쉬어요."

그가 잠들었다는 확신이 들자 나는 그의 등 뒤에 눕는다. 내 얼굴이 그의 어깨뼈에서 겨우 몇 센티미터 떨어져 있다. 나는 눈을 감고 내 심장이 뛰는 소리, 내 목에서 맥박이 뛰는 소리에 귀를 기울인다. 그의 몸에서 풍기는 슬프고 퀴퀴한 향을 들이마신다.

몇 시간 후 깨어나 보니 그는 가고 없다.

2013년 8월 8일 목요일
아침

배신자가 된 기분이다. 겨우 몇 시간 전에 그가 떠났는데, 난 지금 카말을 보러, 스콧이 자기 아내, 자기 아이를 죽였다고 믿는 남자를 또 만나러 가는 중이다. 속이 메스껍다. 스콧에게 내 계획을 알려주고, 이 모든 게 그를 위한 거라고 설명할 걸 그랬나? 하지만 내가 정말 순전히 스콧을 위해 이러고 있는지 확신이 안 서고, 사실 계획이라는 것도 없다.

내 얘기를 조금 꺼낼 것이다. 그것이 오늘의 내 계획이다. 진실을 이야기할 것이다. 내가 아이를 원했었다고 얘기해볼 것이다. 이 얘기를 듣고 그가 어떻게 나오는지, 부자연스럽든 아니든 어떤 반응을 보이는지 살피는 것이다. 그럼 모종의 성과를 얻을 수 있을지도 모른다.

결국 난 어떤 성과도 얻지 못한다.

상담이 시작되자 그는 내게 기분이 어떤지, 언제 마지막으로 술을 마셨는지 묻는다.

"일요일이요."

"좋아요. 잘하셨습니다." 그가 무릎 위로 두 손을 깍지 낀다. "안색이 좋아 보여요." 그가 이렇게 말하면서 빙긋 웃는데, 그 모습은 아무리 봐도 살인자 같지 않다. 요전엔 내가 뭘 봤던 거지? 나만의 상상이었나?

"어쩌다가 술을 마시기 시작했느냐고 지난번에 물어보셨잖아요." 그가 고개를 끄덕인다. "우울증에 걸렸었거든요. 우린…… 난 임신하려고 노력 중이었어요. 그런데 잘 안 됐고, 그래서 우울증에 걸렸죠. 그때부터 술을 마시기 시작했어요."

이 얘기를 꺼내자마자 나는 또 어느새 울고 있다. 모르는 사람이 친절을 베풀 때 거기에 벽을 치는 건 불가능한 일이다. 나를 모르는 사람이 날 보고, 내가 뭘 했든, 무슨 짓을 했든 괜찮다고, 괴로웠고 상처 받았으니 이젠 용서받을 자격이 있다고 말해주면 벽을 허물 수밖에 없다. 나는 이번에도 여기 온 목적을 잊어버리고 그에게 내 얘기를 털어놓는다. 반응을 관찰하기 위해 그의 표정을 살피거나, 죄책감이나 의심의 낌새를 찾기 위해 그의 눈을 뜯어보지 않는다. 난 그저 그의 위로를 받고 있다.

그는 친절하고 이성적이다. 내게 대처 방법들을 알려주고, 내가 아직 젊다는 사실을 일깨워준다.

이렇게 내 계획은 무위로 돌아가고, 나는 더 가벼워진 마음으로 희망에 가득 차서 카말 아브디치의 사무실을 나온다. 그가 나를 도와주었다. 기차 안에 앉아, 내가 봤던 살인자를 머릿속으로 그려보지만 이제 그는 보이지 않는다. 나는 그를 능히 여자를 때리고 두개골을 박살 내버릴 수 있는 남자로 보려고 발버둥을 치고 있다.

끔찍하고 기분 나쁜 이미지가 떠오른다. 가냘픈 두 손, 듬직한 태도, 소곤거리는 말투의 카말, 그런 그와 달라도 너무 다르게 건장하고 큰 체구에 거칠고 필사적인 스콧. 지금의 스콧은 예전의 그가 아니라는 사실을 잊어서는 안 된다. 이 모든 일이 터지기 전에 그가 어떤 사람이었는지 계속 떠올리며 잊지 말아야 한다.

2013년 8월 9일 금요일
저녁

기차가 신호를 받아 멈춰 선다. 나는 캔에 든 차가운 진토닉을 한 모금 홀짝이고 그의 집, 그녀의 테라스를 올려다본다. 술 없이 잘 지내고 있었지만, 오늘은 이게 필요하다. 술의 힘을 빌려야 한다. 스콧을 보러 가는 길이고, 그러려면 블레넘로를 지나가는 모험을 감수해야 할 것이다. 톰, 애나, 경찰, 기자들. 공포와 비로 얼룩진 불완전한 기억들이 스며들어 있는 굴다리. 하지만 그가 내게 와달라고 부탁했고, 난 거절할 수 없었다.

어젯밤에 여자아이가 발견됐다. 아이의 시신이. 누군가가 경찰에 제보한 대로, 이스트 앵글리아 해안 근처에 있는 한 농가의 마당에 묻혀 있었다. 오늘 아침 신문에 그 사건에 관한 기사가 실렸다.

> 경찰은 노퍽 북부 홀컴 부근에 있는 어느 집의 마당에 묻혀 있던 인간 유해를 발견하고, 아이의 죽음에 대한 수사에 착수했다. 지난주 콜리 우드에서 사체로 발견된 위트니 주민 메건 히프웰의 사망 사건을 수사하던 중에 살인 혐의를 제보받은 후 아이의 시신을 발견한 것이다.

나는 오늘 아침에 기사를 읽고 스콧에게 전화를 걸었다. 그는 받지 않았다. 나는 가슴 아프다는 메시지를 남겼다. 오후에 그가 내게 전화를 했다.

"괜찮아요?" 내가 그에게 물었다.

"괜찮을 리가요." 그의 목소리에 취기가 잔뜩 묻어 있었다. "정말 마음 아파요……. 뭐 필요한 거 없어요?"

"'거 봐, 내가 뭐랬어.'라고 말하지 않을 사람이 필요해요."

"네?"

"오늘 오후 내내 어머니가 여기 계셨어요. 어머니는 처음부터 아셨대요. '어쩐지 그 앤 이상하고 수상한 구석이 있었어. 가족도 없고, 친구도 없고, 어디서 왔는지도 모르겠고.' 그럼 왜 진작 나한테 말씀 안 해주셨을까요?" 유리가 깨지고, 욕하는 소리가 들린다.

"괜찮아요?" 나는 또 이렇게 물었다.

"여기 와줄 수 있어요?" 그가 물었다.

"집에요?"

"네."

"저기…… 경찰도 있고, 기자들도 있고…… 그건 좀……."

"부탁이에요. 혼자 있기 싫어서 그래요. 메건을 알았고 좋아했던 사람과 같이 있고 싶어요. 이 모든 헛소리를 믿지 않는 사람……."

그는 술에 취했고, 난 그걸 알았지만 가겠다고 말했다.

기차에 탄 지금 나 역시 술을 마시며 그가 한 말을 생각하고 있다. '메건을 알았고 좋아했던 사람.' 난 그녀를 알지도 못했고, 내가 여전히 그녀를 좋아하고 있는지도 잘 모르겠다. 나는 남은 술을 얼른 다 마시고 캔을 하나 더 딴다.

위트니 역이다. 나는 금요일 저녁에 퇴근하는 수많은 사람들과 함께 기차에서 내린다. 얼른 집에 가서 야외에 앉아 아이들과 저녁 식사를 하면서 차가운 맥주를 마시고 일찍 잠자리에 들기를 기대하는 더위와 피로에 찌든 직장인들 사이에 끼어 있으니, 나 역시 임금의 노예가 된 것 같은 기분이 든다. 그저 술 때문인지는 몰라도, 전화기를 확인하고 기차표를 찾아 주머니를 뒤지는 사람들과 함께 우르르 몰려가고 있으니 말할 수 없이 기분이 좋다. 우리가 블레넘로에 살았던 첫해 여름이 떠오른다. 그때 나는 밤마다 퇴근해서 집으로 급하게 달려가곤 했다. 허겁지겁 계단을 내려가서 역을 빠져나가 거리를 달리다시피 했다. 톰은 집에서 일하고 있었고, 내가 문을 열고 들어가기가 무섭게 내 옷을 벗겼다. 지금도 그때를 생각하면, 그때의 그 기대감을 생각하면 미소가 절로 나온다. 거리를 폴짝폴짝 뛰어가며 자꾸 비어져나오는 웃음을 참느라 입술을 깨물었고, 내가 집에 도착하기 전까지 시간을 재고 있을 그를 생각하면 숨이 가빠졌다.

그 시절에 대한 추억으로 머릿속이 꽉 차서, 톰과 애나, 경찰과 기자들에 대한 걱정을 잊어버린다. 정신을 차리고 보니 난 어느새 스콧의 집 앞에서 초인종을 누르고 있다. 문이 열리자, 그러면 안 되지만 흥분으로 온몸이 저릿저릿하다. 하지만 죄책감은 느껴지지 않는다. 메건은 내가 생각했던 것과 다른 사람이니까. 그녀는 한가롭게 테라스에 앉아 있는 아름다운 여인이 아니었다. 충실한 아내도 아니었다. 심지어는 좋은 사람도 아니었다. 거짓말쟁이, 사기꾼이었다.

그녀는 살인자였다.

메건

2013년 6월 20일 목요일

저녁

나는 포도주 잔을 들고 그의 거실에 있는 소파에 앉아 있다. 그의 집은 여전히 쓰레기장 같다. 그는 언제나 이렇게 십대 소년처럼 살까? 문득 그가 십대에 가족을 잃었다는 사실이 생각난다. 그러니 이렇게 살 만도 하다. 그가 안쓰러워진다. 그가 부엌에서 나와 아무렇지도 않게 내 옆에 가까이 앉는다. 할 수만 있다면 매일 여기 와서 한두 시간만 보내고 싶다. 이렇게 앉아서 포도주를 마시고, 내 손에 스치는 그의 손길을 느꼈으면.

하지만 그럴 수 없다. 내가 여기 있는 데에는 어떤 목적이 있고, 그는 내가 그 목적을 이루기를 바라고 있다.

"좋아요, 메건." 그가 말한다. "이제 준비됐어요? 전에 하던 얘기, 마저 해볼래요?"

나는 그에게, 그의 따뜻한 몸에 살짝 기댄다. 그는 그런 나를 가만히 내버려둔다. 나는 눈을 감고, 곧 그곳으로, 욕실로 되돌아간다. 참 묘한 일이다. 그 일을, 그 시절을, 그 밤들을 생각하지 않으려고 그렇게 오랜 시간 애를 썼는데, 지금 이렇게 눈을 감으니 마치 잠들자마자 꿈을 꾸는 것처럼 곧바로 그 장면이 떠오른다.

어둡고 아주 추웠다. 나는 이제 욕조 안이 아니었다. "어떤 일이 있었는지 정확히는 기억 안 나요. 깨어나서 뭔가가 잘못됐다는 걸 알았고, 그러다가 어느 틈엔가 맥이 집에 와 있더라고요. 그가 날 부르고 있었어요. 아래층에서 내 이름을 큰 소리로 부르는 게 들렸지만, 난 꼼짝도 할 수가 없었어요. 난 욕실 바닥에 앉아 있었고, 아이가 내 품 안에 있었죠. 비가 무섭게 쏟아져서 지붕의 들보가 삐걱거리고 있었어요. 난 너무 추웠어요. 맥이 계속 나를 부르면서 위층으로 올라왔죠. 그가 욕실 문까지 와서 불을 켰어요." 그 눈부신 불빛, 모든 것이 새하얘지던 그 오싹한 느낌이 아직까지 생생하다.

"내가 그 사람한테 불을 끄라고 소리쳤던 기억이 나요. 보고 싶지 않았어요. 그렇게 된 아이를 보기 싫었어요. 모르겠어요, 그때 무슨 일이 있었는지 잘 모르겠어요. 그 사람이 호통을 치고 있었어요. 내 얼굴에다 대고 소리를 지르고 있었어요. 난 그 사람한테 아이를 주고는 뛰쳐나갔어요. 집 밖으로 뛰쳐나가 빗속에서 해변으로 달려갔죠. 그 후의 일은 기억이 안 나요. 한참 있다가 그가 날 찾으러 왔어요. 그때까지도 비가 내리고 있었어요. 난 모래언덕에 있었던 것 같아요. 물속으로 들어가버릴까 하는 생각도 했지만 너무 무서웠어요. 결국 그가 와서 날 집으로 데려갔죠.

우리는 다음 날 아침에 아이를 묻었어요. 난 아이를 이불에 감쌌고, 맥은 무덤을 팠어요. 집터 끄트머리에, 기차가 안 다니는 철도 근처에요. 그리고 무덤 위에 돌을 얹어서 표시를 해뒀죠. 우리는 그 일에 대해서 얘기하지 않았어요, 아무 얘기도 안 하고, 서로 쳐다보지도 않았어요. 그날 밤에 맥은 집을 나갔어요. 누구를 만나러 간다고 하더군요. 난 그가 경찰서에 가는 줄 알았어요. 어떡해야 좋을지 알 수가 없어서 그냥 그를 기다렸어요, 그 '누구'가 오기를 기다렸죠. 하지만 그는 돌아오지 않았어요. 영영 돌아오지 않았어요."

나는 카말의 따뜻한 거실에서 그의 따뜻한 몸 옆에 앉아 오들오들 떨고 있다. "아직도 그 느낌이 생생해요. 밤이면 아직도 생생하게 느껴져요. 그 느낌이 두렵고, 그것 때문에 잠을 못 자겠어요. 그 집에 혼자 있던 그 느낌. 난 너무 무서워서, 너무 무서워서 잠을 잘 수가 없어요. 어두컴컴한 방을 돌아다니면 아이 우는 소리가 들리고, 아이 살 냄새가 나는 거예요. 헛것이 보이기도 했어요. 밤에 깨어나서 집 안에 다른 누군가, 다른 무언가가 없다는 걸 확인하곤 했죠. 난 내가 미쳐가는 줄 알았어요. 곧 죽을 줄 알았어요. 내가 계속 그 집에 있으면 언젠가는 누가 날 찾아주겠지 하는 생각이 들더군요. 그러면 적어도 아이를 떠나지 않아도 되잖아요."

나는 코를 훌쩍이며 몸을 앞으로 숙여 테이블에 놓인 상자에서 화장지를 한 장 뽑는다. 카말의 손이 내 등뼈를 훑고 내려가다가 허리께에 멈추더니 그 자리에 계속 머문다.

"하지만 결국 난 계속 버틸 용기가 없었어요. 열흘 정도 기다리다가 먹을 게 바닥나버렸죠. 콩 통조림 하나 없었어요. 그래서 짐을 챙겨 떠났어요."

"그 후에 맥을 본 적 있어요?"

"아니요, 한 번도 못 봤어요. 그날 밤에 본 게 마지막이었어요. 나한테 키스해주지도 않고, 제대로 작별인사를 하지도 않았어요. 잠깐 나갔다 오겠다고만 했죠." 나는 어깨를 으쓱한다. "그게 끝이었어요."

"연락하려는 시도는 해봤나요?"

나는 고개를 젓는다. "아니요. 처음엔 너무 무서웠어요. 내가 연락하면 맥이 어떻게 나올지 모르니까요. 게다가 그가 어디 있는지 알 수가 없었어요. 그 사람은 휴대전화도 없었거든요. 그를 아는 사람들하고도 연락이 끊겼어요. 그 친구들은 유목민처럼 살고 있었어요. 히피들, 유랑자들이었죠. 몇 달 전에, 선생님이랑 그 사람 얘기를 하고 나서 인터넷으로 그를 검색해봤어요. 하지만 찾을 수가 없었어요. 이상해요……."

"뭐가요?"

"예전엔 어딜 가나 맥이 보였어요. 거리나 술집에서 어떤 남자를 보면 맥이라는 확신이 들어서 심장이 뛰곤 했거든요. 사람들 속에서 맥의 목소리가 들리기도 했고요. 그런데 이젠 안 그래요. 오래전부터 이랬어요. 어쩌면 그 사람은 죽었을지도 몰라요."

"왜 그렇게 생각하죠?"

"모르겠어요. 그냥…… 죽은 사람처럼 느껴져요."

카말이 허리를 조금 더 펴며 내게서 몸을 살짝 떼어낸다. 그러고는 고개를 돌려 나를 마주 본다.

"그냥 당신이 그렇게 상상하고 있는 거예요, 메건. 인생에서 큰 부분을 차지하고 있던 사람과 헤어지고 나서 그 사람이 계속 눈에 아른거리는 건 정상적인 현상이에요. 나도 예전엔 늘 형제들이 언뜻언뜻 보이곤 했죠. 맥이 '죽은 사람처럼 느껴지는' 건 아주 오랫동안 그가 당신 인생에 없었기 때문일 겁니다. 그래서 이제 당신한테 그 사람이 진짜로 느껴지지 않는 거예요."

이제 그는 치료사 카말로 돌아갔고, 우린 소파에 함께 앉아 있는 두 친구가 아니다. 손을 뻗어 그를 다시 내게로 끌어당기고 싶지만, 선을 넘어서는 안 된다. 저번에 떠나면서 내가 그에게 키스했을 때가 떠오른다. 갈망과 좌절감과 분노가 뒤섞여 있던 그의 표정.

"그 일에 대해 다 털어놨으니까, 나한테 다 얘기해줬으니까, 이제 맥한테 연락을 시도해보는 게 어때요? 그러면 과거의 그 일을 완전히 마무리 짓고 정리할 수 있을 겁니다."

그가 이렇게 말할 줄 알았다. "안 돼요." 내가 말한다. "못 해요."

"생각은 해봐요."

"안 돼요. 아직도 날 원망하고 있으면 어떡해요? 괜히 긁어 부스럼만 만들어서, 맥이 경찰에 신고하면 어떡해요?" 차마 입 밖으로 꺼낼 수 없고, 귓속말로도 할 수 없는 얘기지만, 맥이 스콧한테 내가 정말 어떤 인간인지 까발리기라도 하면 어쩌라고?

카말이 고개를 젓는다. "맥은 당신을 전혀 원망 안 할 거예요, 메건. 그런 적도 없을걸요. 자기도 두려웠을 겁니다. 죄책감을 느끼고 있을 거예요. 당신 얘기를 들어보니, 맥은 책임감 있게 행동하는 남자는 아니었던 것 같군요. 아주 어리고 연약한 여자를 데리고 살다가, 그 여자에게 힘이 돼줘야 할 때에 혼자 내버려두고 떠나버렸어요. 그 일에 대해 자기도 책임이 있다는 걸 아는 겁니다. 그래서 달아난 거예요."

카말이 정말 그렇게 생각하는 건지, 아니면 그저 내 기분을 좋게 만들려는 건지 모르겠다. 하지만 난 그 말이 사실이 아니라는 걸 안다. 맥에게 책임을 전가할 순 없다. 나 혼자 감당해야 할 일이다.

"당신이 원하지 않는 일을 강요하진 않을게요." 카말이 말한다. "다만, 맥한테 연락하는 게 도움이 될 수도 있다는 점을 잘 생각해봐요. 그리고 내가 이런 제안을 하는 건 당신이 그 사람한테 빚을 졌다고 생각해서가 아니에요. 모르겠어요? 그 남자가 당신한테 빚을 진 거예요. 물론 당신이 죄책감을 느끼는 건 이해합니다. 하지만 그 남자는 당신을 버렸어요. 당신은 혼자서 두려워하고 허둥대고 슬퍼했죠. 맥은 당신을 그 집에 혼자 버려뒀어요. 당신이 잠을 못 자는 것도 당연해요. 잠을 잔다는 것 자체가 두려운 일일 테니까요. 잠들었다가 끔찍한 일을 당했잖아요. 그리고 당신을 도와줬어야 할 그 사람이 당신을 혼자 내버려뒀어요."

카말이 이 말을 하는 순간에는 썩 그럴듯하게 들린다. 그의 혀에서 유혹적으로 흘러나오는 그 따뜻하고 달콤한 말들을 거의 믿을 수 있을 것 같은 기분이 든다. 그 일을 잊고 영원히 묻어둔 채 집에 있는 스콧에게로 돌아가, 어깨 너머를 힐끔거리지도 않고 더 좋은 뭔가를 간절하게 기다리지도 않으면서 평범한 사람들처럼 살아갈 수 있을 거라는 믿음이 생겨날 것만 같다. 평범한 사람들이 이렇게 사는 게 맞나?

"생각해볼래요?" 그가 내 손을 어루만지며 이렇게 묻는다. 나는 그에게 활짝 웃어 보이며 그러겠다고 답한다. 잘은 모르겠지만, 어쩌면 진심인지도 모른다. 그가 내 어깨를 감싸안고 나를 문으로 데려간다. 고개를 돌려 또 그에게 키스하고 싶지만, 그렇게 하지 않는다.

대신에 이렇게 묻는다. "이제 선생님을 못 만나는 거예요?" 그가 고개를 끄덕인다. "우리……."

"안 돼요, 메건. 그럴 순 없어요. 떳떳하게 살아야죠."

나는 그에게 미소 짓는다. "난 그런 거 잘 못하는걸요. 예전부터 쭉 그랬어요."

"떳떳하게 살 수 있어요. 그렇게 될 겁니다. 이제 집으로 가요. 남편에게 돌아가세요."

그가 문을 닫은 다음에도 나는 한참이나 그의 집 밖에 있는 인도에 서 있다. 기분이 더 가벼워지고 자유로워진 것 같다. 하지만 더 슬프기도 하다. 갑자기, 그냥 집에 가서 스콧을 보고 싶다.

역으로 가려고 몸을 돌리는데, 한 남자가 이어폰을 끼고 고개를 숙인 채 인도를 따라 달려온다. 그가 나를 향해 똑바로 다가오는 바람에 비켜주려고 뒤로 물러서던 나는 인도 가장자리에서 발을 헛디뎌 넘어진다.

남자는 사과하지 않고 날 돌아보지도 않는다. 난 충격을 받아 소리도 지르지 못한다. 일어나 그 자리에 선 채 어떤 차에 기대어 숨을 몰아쉰다. 카말의 집에서 느꼈던 평온함이 갑자기 산산조각 나버린다.

집에 도착하고 나서야, 넘어질 때 손이 긁혔다는 사실을 깨닫는다. 그리고 나도 모르는 사이에 손으로 입을 문질렀던 모양이다. 입술이 피투성이가 되어 있다.

레이첼

2013년 8월 10일 토요일

아침

잠에서 일찍 깨어난다. 재활용 폐기물을 수거하는 밴이 거리를 달리고 비가 가볍게 창문을 두드리는 소리가 들린다. 블라인드는 반쯤 올라가 있다. 어젯밤에 우리가 깜박하고 내리지 않았다. 나는 혼자 빙긋 웃는다. 내 뒤로 따뜻하고 나른하고 단단한 그의 몸이 느껴진다. 나는 엉덩이를 꿈틀거려 그에게 더 가까이 붙는다. 조금만 있으면 그가 흥분해서 날 휘어잡아 자기 쪽으로 굴리겠지.

"레이첼." 그의 목소리가 들린다. "그만해요." 내 온몸이 차갑게 식어내린다. 나는 집에 있는 게 아니다. 여긴 집이 아니다. 뭔가가 단단히 잘못됐다.

나는 몸을 옆으로 굴린다. 이제 스콧이 몸을 일으킨다. 그가 다리를 침대 밖으로 휙 넘기며, 등을 내게 돌린다. 나는 눈을 질끈 감고 기억하려 애쓰지만, 모든 게 흐릿하기만 하다. 눈을 뜨니 정신이 차려진다. 여기는 내가 수없이 많은 날 잠에서 깨어났던 방이다. 여기는 침대가 있는 곳이고, 전망도 정확히 똑같다. 지금 일어나 앉으면 거리 맞은편에 있는 참나무들의 우듬지가 보일 것이고, 저기 왼편에는 방에 딸린 욕실이 있고 오른편에는 붙박이 옷장이 있다. 내가 톰과 같이 쓰던 그 방과 완전히 똑같다.

"레이첼." 그가 또 나를 부르자 나는 그의 등을 만지려고 손을 뻗지만 그는 얼른 일어나 고개를 돌려 나를 바라본다. 경찰서에서 처음으로 가까이 봤을 때처럼 공허한 표정이다. 누군가가 그의 속을 다 긁어내버리고 껍데기만 남은 것처럼. 내가 톰과 함께 쓰던 방과 다르지 않지만, 이곳은 그가 메건과 함께 쓰던 방이다. 이 방도, 이 침대도.

"알아요." 내가 말한다. "미안해요. 정말 미안해요. 이러면 안 되는 건데."

"네, 그래요." 그는 나와 눈을 마주치지 않은 채 말한다. 그가 욕실로 들어가 문을 닫는다.

나는 반듯이 누워 눈을 감는다. 내 속을 갉아먹고 있는 그 끔찍한 두려움 속으로 침몰하는 기분이다. 내가 무슨 짓을 한 거지? 내가 이 집에 왔을 때 그가 마구 말을 쏟아내던 것이 기억난다. 그는 화가 나 있었다. 메건을 좋아하지 않은 그의 어머니에게, 메건이 마땅한 벌을 받은 것이라는 뉘앙스의 기사를 써대고 있는 신문들에게, 서툰 수사로 메건과 그를 저버린 경찰에게 화가 나 있었다. 우리는 부엌에 앉아 술을 마시고 있었고, 나는 그의 얘기를 들어주었다. 맥주가 떨어지자 바깥의 파티오에 나가 앉았고, 그땐 그도 흥분을 가라앉혔다. 우리는 술을 마시며 지나가는 기차들을 구경하고, 텔레비전, 일, 그가 나가는 학교에 관해 시시한 잡담을 떠들었다. 평범한 사람들처럼. 나는 내가 응당 느껴야 할 감정을 잊어버렸고, 우리 둘 모두 그랬던 것이 분명하다. 이젠 기억난다. 내게 미소 짓고, 내 머리칼을 어루만지던 그가 기억난다.

기억이 파도처럼 밀려들자 얼굴로 피가 몰린다. 그의 손길을 허락한 기억이 난다. 그의 의도를 생각하고, 묵살하지 않고, 받아들였다. 난 원했다. 제이슨과 함께 있고 싶었다. 저녁에 그와 함께 밖에 앉아 포도주를 마시면서 제스가 느꼈을 감정을 느끼고 싶었다. 내가 느껴야 하는 감정을 잊어버렸다. 기껏해야 제스는 내 상상 속 인물에 불과하지만 그래도 존재하지 않은 사람은 아니라는 사실을, 그녀는 메건이고 구타당해 죽어서 버려진 채 썩어가고 있었다는 사실을 무시해버렸다. 아니, 사실은 더 나빴다. 난 잊지 않았다. 신경 쓰지 않았다. 사람들이 그녀에 대해 떠들어대는 말들을 믿기 시작했으니까. 단 한 순간이라도 난 그녀가 마땅한 벌을 받았다고 생각한 적이 있었을까?

스콧이 욕실에서 나온다. 샤워를 해서 그의 살갗에 묻은 내 흔적을 씻어낸 것이다. 씻고 나니 그의 안색이 더 좋아 보이지만, 그는 커피를 마시겠느냐고 물으면서도 내 눈을 쳐다보지 않는다. 내가 원한 건 이런 게 아니다. 이건 잘못돼도 한참 잘못됐다. 이러고 싶지 않다. 또다시 자제하지 못하고 무너지기 싫다.

나는 얼른 옷을 입고 욕실로 들어가 얼굴에 차가운 물을 튀긴다. 마스카라는 눈가에 번져 있고 입술은 물어뜯겨 거무튀튀하다. 얼굴과 목은 그의 까칠한 수염에 쓸려 불그스름하다. 어젯밤에 내 몸을 만지던 그의 모습이 갑자기 스쳐 지나가자 속이 울렁거린다. 현기증이 일어 욕조 끄트머리에 앉는다. 욕실은 집 안의 다른 곳들보다 더 지저분하다. 세면대에 때가 끼어 있고 거울에 치약이 묻어 있다. 머그잔에 칫솔이 딱 하나 꽂혀 있다. 향수도, 수분크림도, 화장품도 없다. 그녀가 집을 나가면서 가져갔을까, 아니면 스콧이 다 버렸을까?

나는 방으로 돌아가 그녀의 흔적이 있나 찾아본다. 문에 걸려 있는 목욕용 가운, 화장대의 빗, 립밤, 귀고리. 하지만 아무것도 없다. 방을 가로질러 옷장으로 가서 열어보려고 손잡이에 손을 얹는 순간 그가 "커피 마셔요!" 하고 소리를 지르는 바람에 화들짝 놀란다.

그는 내 얼굴을 보지도 않고 내게 머그잔을 건네고는 몸을 돌려 내게 등지고 서서, 기찻길이나 그 너머의 무언가에 시선을 고정한다. 내 오른편을 힐끔 보니 사진들이 모조리 다 없어졌다. 머리 뒤쪽이 따끔거리고 팔뚝에 털이 곤두선다. 커피를 한 모금 홀짝이는데 삼킬 수가 없다. 이건 뭔가 잘못됐다.

아마 그의 어머니가 한 짓일 거다. 모조리 치워버리고, 사진들도 없앴다. 그의 어머니는 메건을 좋아하지 않았다고, 스콧이 여러 번 말했다. 하지만 어젯밤에 그가 한 짓은 어떻고? 아내가 죽은 지 한 달도 안 지났는데 부부가 쓰던 침대에서 낯선 여자와 그 짓을 하다니. 그때 스콧이 고개를 돌려 나를 쳐다보는데, 마치 내 마음을 읽은 것 같다. 그가 경멸인지 혐오인지 모를 이상한 표정을 짓고 있기 때문이다. 나 역시 그가 역겨워진다.

나는 머그잔을 내려놓으며 "가야겠어요."라고 말한다. 그는 말리지 않는다.

비가 그쳤고 바깥은 햇살이 밝게 비친다. 나는 연무 낀 아침 햇살에 눈을 가늘게 뜬다. 한 남자가 내게 다가온다. 내가 인도로 내려가는 순간 그와 정면으로 부딪칠 뻔한다. 나는 두 손을 들어올리고 몸을 옆으로 돌려 어깨로 그를 툭 치고 지나간다. 그가 무슨 말을 하지만 잘 들리지 않는다. 계속 두 손을 들고 고개를 숙인 채 걷다가 겨우 1미터 조금 넘게 떨어져 있는 애나를 본다. 그녀는 자기 차 옆에 서서 두 손을 허리에 올린 채 나를 지켜보고 있다. 나와 눈이 마주치자 고개를 절레절레 흔들더니 몸을 돌려 자기 집을 향해 다급하게 걷다가 거의 뛰다시피 한다. 나는 잠깐 얼어붙은 듯 서서, 검은 레깅스에 빨간색 티셔츠를 입은 그녀의 가냘픈 몸매를 구경한다. 강렬한 기시감이 든다. 전에도 그녀가 이렇게 달아나는 걸 본 적이 있다.

내가 집을 나온 직후였다. 나는 톰을 보러, 그리고 내가 두고 나온 어떤 물건을 가지러 갔다. 그 물건이 뭐였는지는 기억나지도 않는다. 그리 중요한 물건은 아니었다. 그저 집에 가서 그를 보고 싶었을 뿐이다. 그날은 아마 일요일이었을 것이다. 내가 금요일에 나왔으니까 집을 떠난 지 48시간 정도 된 셈이었다. 나는 거리에 서서, 그녀가 차에 싣고 온 짐을 집으로 옮기는 모습을 지켜보았다. 내가 나온 지 이틀 후에, 내 침대가 아직 식지도 않았는데 그녀가 들어가고 있었다. 꼴사납게 서두르는. 그녀가 나를 보자 나는 그녀에게 다가갔다. 내가 무슨 말을 하려고 했는지는 모르겠다. 분명 이성적인 말은 아니었을 것이다. 내가 울었던 기억이 난다. 그리고 그녀는 지금처럼 달아났다. 그땐 앞으로 기다리고 있을 최악의 일을 알지 못했다. 그녀의 배가 아직 부르지 않았으니까. 고맙게도. 부푼 배를 보기라도 했다면 난 견디지 못했을 것이다.

플랫폼에 서서 기차를 기다리고 있는데 머리가 어질어질

하다. 벤치에 앉아, 그냥 숙취 때문이라고 속으로 중얼거린다. 닷새 동안 술을 입에 안 대다가 진탕 마셨으니 그럴 만도 하다. 하지만 난 그것 때문만이 아니라는 걸 알고 있다. 애나 때문이다. 그녀의 모습, 그리고 그녀가 그렇게 달아나는 걸 봤을 때 들었던 느낌. 공포였다.

애나

2013년 8월 10일 토요일

아침

오늘 아침에 노스코트에 있는 헬스클럽으로 차를 몰고 가서 실내 자전거 타기 수업을 들은 다음, 돌아오는 길에 매치스 매장에 들러 막스 마라 미니 드레스를 샀다(이 옷을 입은 내 모습을 일단 보기만 하면 톰은 날 용서해줄 것이다). 흠잡을 데 없이 멋진 아침 시간을 보내고 있었는데, 주차할 때 히프웰 부부의 집 밖에서 약간의 소동이 일었다. 요즘엔 사진기자들이 그곳에 살다시피 하고 있는데, 그 여자가 있었다. 또! 기가 막혔다. 그녀는 험한 표정으로 어떤 사진기자를 획 지나쳐 갔다. 스콧의 집에서 방금 나온 것이 분명했다.

나는 화가 나지도 않았다. 그저 놀라울 뿐이었다. 그 일을 차분하고 냉정하게 톰에게 전했더니 그도 나만큼이나 황당해했다.

"내가 한번 연락해볼게." 그가 말했다. "무슨 일인지 알아봐야겠어."

"그 방법은 이미 써봤잖아." 나는 최대한 점잖게 말했다. "그런다고 달라지겠어?" 법률 상담을 받아서 금지 명령 같은 거라도 알아봐야 하는 것 아니냐는 뜻으로 한 말이었다.

"레이첼이 실제로 우리를 괴롭히고 있는 건 아니잖아. 이젠 전화도 안 하고, 접근하거나 집에 오지도 않는데. 걱정하지 마, 여보. 내가 알아서 할게."

물론, 그녀가 우리를 괴롭히지 않는다는 건 사실이다. 하지만 상관없다. 무슨 일인가 일어나고 있고, 난 그걸 모른 척할 수 없다. 걱정하지 말라는 말을 듣는 것도 이젠 지겹다. 자기가 다 알아서 하겠다고, 그 여자와 얘기해보겠다고, 그러면 그 여자가 사라져줄 거라는 말을 듣는 것도 지겹다. 내가 나설 때가 된 것 같다. 다음에 또 그 여자가 보이면 경찰을 부를 것이다. 여자 경사 라일리. 그녀는 인정 많고 친절한 사람처럼 보였다. 톰이 레이첼을 딱하게 여기는 건 알지만, 솔직히 말하자면 그 못된 년을 완전히 처리해버릴 때가 온 것 같다.

레이첼

2013년 8월 12일 월요일

아침

우린 지금 윌턴 호수의 주차장에 있다. 예전에 둘이서 여기 오곤 했고, 정말 더운 날엔 수영도 했다. 오늘은 그저 톰의 차 안에 나란히 앉아, 차창을 내려놓고 따뜻한 미풍을 즐기고 있다. 나는 머리 받침대에 머리를 기댄 채 눈을 감고서 소나무 향을 맡고 새 울음소리를 듣고 싶다. 그의 손을 잡고 하루 종일 여기 있었으면 좋겠다.

어젯밤에 톰이 내게 전화해서 만날 수 있느냐고 물었다. 나는 블레넘로에서 애나와 마주친 일 때문이냐고 물었다. 그리고 그들과는 아무 관계도 없는 일이라고, 그들을 괴롭히려고 그곳에 간 게 아니라고 말했다. 말뿐인지는 모르겠지만 그는 나를 믿는다고 했다. 그래도 경계를 풀지 않고 약간은 불안해하는 눈치였다. 그는 나와 얘기를 하고 싶다고 했다.

"부탁이야, 래치." 이 말 하나로 충분했다. 그가 예전처럼 날 불렀다. 난 심장이 터지는 줄 알았다. "당신 데리러 갈게. 괜찮지?"

나는 날이 밝기 전에 깨어나 5시에 부엌에서 커피를 만들었다. 머리를 감고, 다리의 털을 밀고, 화장을 하고, 옷을 네 번이나 갈아입었다. 그리고 죄책감이 들었다. 바보 같지만, 스콧이 생각났다. 우리가 저지른 짓과 그때 느꼈던 감정. 그런 일이 없었으면 좋았을 텐데. 마치 톰을 배신한 것 같은 느낌이 들었다. 2년 전에 나를 버리고 딴 여자에게 가버린 남자를. 나도 이런 내 감정을 어떻게 할 수가 없다.

톰은 9시 직전에 도착했다. 아래층으로 내려갔더니 그가 청바지와 오래된 회색 티셔츠 차림으로 차에 기대어 있었다. 그 티셔츠는 내가 그의 가슴 위에 엎드렸을 때 뺨에 닿던 천의 촉감을 정확히 기억해낼 수 있을 만큼 익숙한 옷이었다.

"아침 시간을 비워뒀어." 그가 날 보자 말했다. "같이 드라이브나 가려고."

호수로 가는 길에 우리는 별로 대화를 나누지 않았다. 톰은 내게 요즘 어떻게 지내냐면서, 얼굴이 좋아 보인다고 말했다. 주차장에 그렇게 앉아 있을 때까지 그는 애나 얘기를 하지 않았고, 난 그의 손을 잡고 싶다는 생각을 했다.

"저기, 음, 애나가 당신을 봤다고…… 당신이 스콧 히프웰의 집에서 나오는 것 같았다는데, 맞아?" 그는 고개를 내 쪽으로 돌리고 있었지만 제대로 날 쳐다보지는 않는다. 내게 그런 질문을 하기가 쑥스럽다는 듯이.

"걱정할 필요 없어." 내가 그에게 말한다. "요즘 스콧을 좀 만났어…… 아니, 그러니까, 사귀는 건 아니고. 친해졌거든. 그것뿐이야. 설명하기가 어려워. 그냥 그 사람을 도와주고 있는 거야. 스콧이 아주 힘든 시간을 보내고 있다는 건 당신도 잘 알잖아."

톰은 고개를 끄덕이면서도 여전히 날 쳐다보지 않는다. 대신에 왼손 집게손가락의 손톱을 물어뜯기 시작한다. 그가 걱정스러워하고 있다는 확실한 증거다.

"하지만 래치……."

톰이 나를 그렇게 부르지 않았으면 좋겠다. 정신이 혼미해지고 자꾸 웃음이 나오려고 하니까. 그가 내 이름을 그렇게 부르는 걸 정말 오랜만에 들으니 괜히 기대하게 된다. 어쩌면 요즘 애나와 사이가 별로 좋지 않아서, 우리가 함께했던 좋은 추억들이 기억나고 그래서 내가 조금은 그리울지도 모른다.

"난 그냥…… 정말 걱정돼서."

그가 마침내 고개를 들어 나를 본다. 커다란 갈색 눈으로 내 눈을 가만히 바라보면서, 내 손을 잡을 것처럼 손을 살짝 움직이다가 마음을 고쳐먹고 멈춘다. "나도 알아. 아니, 잘 알지는 못해. 그래도 스콧 그 사람…… 아주 괜찮은 남자처럼 보이긴 하지만, 확실한 건 아니잖아?"

"그 사람이 범인 같아?"

톰은 고개를 젓고 침을 꿀꺽 삼킨다. "아니, 아니야. 그런 소리가 아니라. 저…… 애나가 그러는데, 둘이 많이 싸웠다고 하더라고. 가끔 메건이 남편을 두려워하는 것처럼 보였다고."

"애나가 그래?" 난 본능적으로 그 여우 같은 년이 하는 말은 뭐든 무시해버리고 싶지만, 토요일에 스콧의 집에 있었을 때 뭔가가 어긋나고 잘못된 것 같은 느낌이 든 건 분명한 사실이다.

톰이 고개를 끄덕인다. "에비가 아주 어렸을 때 메건이 잠깐 우리 집에서 에비를 봐줬거든. 요즘 신문에 나는 기사들을 보면, 정말이지 생각하기도 끔찍한 일이야. 하지만 그 일을 보면 알잖아. 잘 안다고 생각했던 사람이 나중에……." 그가 한숨을 푹 내쉰다. "나쁜 일이 안 생겼으면 좋겠어. 당신한테." 그러고 나서 그가 내게 미소 짓고 어깨를 살짝 으쓱한다. "난 아직도 당신에게 마음이 쓰여, 래치." 나는 내 눈에 고인 눈물을 보이기 싫어 고개를 돌려버린다. 그는 물론 알아채고, 내 어깨에 손을 얹고는 말한다. "정말 미안해."

우리는 편안한 침묵 속에 잠시 동안 앉아 있다. 나는 입술을 세게 깨물며 눈물을 참는다. 그를 더 힘들게 만들고 싶지 않다, 진심으로.

"난 괜찮아, 톰. 좋아지고 있어. 정말이야."

"정말 다행이야. 지금은 안……."

"마시냐고? 덜 마셔. 점점 좋아지고 있어."

"잘됐어. 얼굴이 좋아 보여. 예뻐." 그가 내게 미소 짓자 나는 얼굴이 붉어진다. 그가 얼른 고개를 돌린다. "저기…… 음…… 지내기는 좀 어때? 돈은 좀 있어?"

"괜찮아."

"그래? 정말이야, 레이첼? 당신이 힘들어하는 건 싫으니까……."

"괜찮다니까."

"좀 도와줄까? 젠장, 바보 같은 소리처럼 들릴지도 모르지만, 좀 도와줄까? 이 고비만 잘 넘기면 될 거야."

"정말 괜찮아."

그때 그가 내 쪽으로 몸을 기울이자, 난 숨이 턱 막힌다. 그를 만지고 싶어 미칠 지경이다. 그의 목 냄새를 맡고, 어깨뼈 사이의 널찍한 근육에 얼굴을 묻고 싶다. 그가 글러브 박스를 연다. "수표 써줄게, 만일에 대비해서. 그건 괜찮지? 현금으로 안 바꿔도 돼."

나는 웃기 시작한다. "아직도 글러브 박스에 수표장을 넣고 다녀?"

그 역시 웃기 시작한다. "사람 일은 모르는 거니까."

"정신 나간 전처를 구제해줘야 할지도 모르니까?"

그가 엄지손가락으로 내 광대뼈를 쓰다듬는다. 나는 손을 올려 그의 손을 잡고 그의 손바닥에 입을 맞춘다.

"약속해." 그가 무뚝뚝하게 말한다. "스콧 히프웰 근처에 가지 않겠다고. 약속해, 래치."

"약속할게." 진심이다. 기뻐서 정신을 차릴 수가 없다. 그가 날 걱정하고 있을 뿐만 아니라 질투까지 하고 있다는 걸 깨달았으니까.

2013년 8월 13일 화요일
이른 아침

나는 기찻길 옆에 버려진 옷 뭉치를 기차 안에서 내다보고 있다. 짙은 파란색 천에 검은 허리띠가 달린 원피스인 것 같다. 어쩌다가 여기까지 왔는지 짐작도 안 간다. 철도 기사들이 두고 간 건 분명 아니다. 기차가 느릿느릿 움직이고 있어서 꽤 오랜 시간 그 옷들이 보이는데, 어쩐지 그 원피스를 전에도 본 것 같은, 그 옷을 입은 사람을 본 적이 있는 것 같은 기분이 든다. 언제인지는 기억나지 않는다. 지금은 날이 아주 춥다. 그런 원피스를 입기에는 너무 춥다. 곧 눈이라도 내릴 것 같다.

톰의 집, 내 집을 빨리 보고 싶다. 그가 밖에 나와 앉아 있겠지. 혼자서 나를 기다리고 있을 거야. 기차가 지나가면 일어나서 손을 흔들며 미소 지을 테지. 틀림없다.

하지만 먼저 15호 앞에 멈춰 선다. 제이슨과 제스가 테라스에서 포도주를 마시고 있다. 아직 아침 8시 반이 안 됐는데 별일이다. 제스는 빨간 꽃무늬가 그려진 원피스를 입고, 새 모양의 작은 은 귀고리를 하고 있다. 제스가 말을 하자 그 새들이 앞뒤로 흔들거린다. 제이슨은 그녀 뒤에 서서 그녀의 어깨에 두 손을 올려놓고 있다. 나는 그들에게 미소 짓는다. 손을 흔들고 싶지만, 다른 사람들 눈에 이상해 보일 것이다. 난 그저 지켜보면서, 나도 포도주를 마시고 싶다는 생각을 한다.

기차가 한참이나 여기 서 있었는데 아직도 움직이지 않는다. 빨리 출발하면 좋겠다. 늦게 가면 톰이 없을 테고, 그러면 난 그가 그리울 테니까. 이제 제스의 얼굴이 평소보다 더 또렷이 보인다. 햇빛 때문인 것 같다. 반짝반짝 빛나는 햇빛이 마치 무대 조명처럼 그녀를 똑바로 비추고 있다. 제이슨은 여전히 그녀의 뒤에 있지만, 지금 그의 손은 그녀의 어깨가 아니라 목으로 가 있고, 그녀는 불편하고 고통스러운 표정을 짓고 있다. 제이슨이 제스의 목을 조르고 있다. 그녀의 얼굴이 벌게진다. 그녀는 울고 있다. 나는 벌떡 일어나 창문을 탕탕 두드리며 그에게 그만하라고 소리 지르지만, 그는 내 말을 듣지 못한다. 누군가가 내 팔을 움켜잡는다. 붉은 머리의 그 남자. 그가 내게 앉으라며, 조금 있으면 다음 역에 도착한다고 말한다.

"그땐 너무 늦어요." 내가 이렇게 말하자 그가 "이미 늦었어요, 레이첼." 하고 말한다. 다시 테라스로 눈을 돌려보니, 제스가 서 있고 제이슨이 그녀의 금발을 한 움큼 쥐고 있다. 그리고 그녀의 머리를 벽에다 힘껏 치려고 한다.

아침

잠에서 깬 지 몇 시간이나 지났지만, 기차 안에 앉아 있는 지금도 진정이 안 되고 두 다리가 후들거린다. 나는 겁에 질린 채 꿈에서 깨어났다. 내가 안다고 생각했던 모든 것이 잘못됐고, 내가 스콧과 메건에게서 봤던 그 모든 게 내 상상력이 만들어낸 가짜라는 느낌이 들었다. 하지만 내 마음이 농간을 부리고 있는 거라면, 그 꿈은 그저 환상에 불과하지 않을까? 차 안에서 톰이 내게 했던 말들과, 얼마 전 스콧과 있었던 일에 대한 죄책감이 한데 뒤섞여서. 그런 꿈을 꾼 건 내 뇌가 그 부분을 콕 집어 건드렸기 때문이다.

하지만 기차가 신호를 받고 멈춰 서자 그 익숙한 두려움이 점점 더 커지고, 그래서 나는 아주 힘겹게 겨우 고개를 든다. 창문은 닫혀 있고, 거기엔 아무것도 없다. 조용하고 평화롭다. 아니면 버려졌거나. 여전히 테라스에 나와 있는 메건의 의자는 텅 비어 있다. 따뜻한 날인데도, 내 몸은 계속 으슬으슬 떨린다.

톰이 스콧과 메건에 대해 한 말들이 애나에게서 나왔다는 사실을 잊어서는 안 된다. 그 여자를 믿을 수 없다는 건 그 누구보다 내가 잘 안다.

오늘 아침 나를 맞는 아브디치 박사의 인사가 약간 성의 없게 느껴진다. 마치 아픈 사람처럼 몸이 구부정하고, 악수를 나눌 때 내 손을 잡는 힘이 저번보다 약하다. 스콧은 메건의 임신에 대한 정보가 공개되지 않을 거라고 했지만, 혹시 경찰이 카말에게 알려줬을까? 혹시 그는 메건의 아이에 대해 생각하고 있을까?

나는 꿈 얘기를 하고 싶지만 그러다가는 내가 그를 찾아오는 의도를 들킬 것 같아서, 대신에 기억을 되찾는 문제에 대해, 최면요법에 대해 그에게 묻는다.

"글쎄요." 그가 책상 위로 손가락을 쫙 펴며 말한다. "억압된 기억들을 최면요법으로 되찾을 수 있다고 믿는 치료사들도 있긴 합니다만, 논란이 많아요. 난 그 방법을 쓰지 않고, 환자들에게 추천하지도 않습니다. 도움이 된다는 확신도 없을 뿐더러, 어떤 경우엔 오히려 해가 될 수도 있거든요." 그가 살짝 미소 짓는다. "미안합니다. 원하는 답을 못 드려서. 하지만 마음의 병을 치료해주는 특효약 같은 건 없을 겁니다."

"최면요법을 사용하는 치료사들을 아세요?"

내 질문에 그가 고개를 젓는다. "미안하지만 추천해드릴 수 없어요. 최면에 걸리면 다른 사람에게 쉽게 휘둘릴 수 있다는 사실을 명심해야 합니다." 그가 허공에다 따옴표를 그리며 말을 잇는다. "'회수된' 기억을 전적으로 신뢰할 수는 없어요. 진짜 기억이 아니니까요."

그런 모험을 할 수는 없다. 신뢰할 수 없는 기억들, 뒤섞이고 변하고 옮겨가며 나를 속이고 엉뚱한 방향으로 이끄는 기억들이 내 머릿속에 더 생기는 건 싫다.

"그럼 어떡하면 좋을까요?" 내가 그에게 묻는다. "잃어버린 기억을 되찾을 수 있는 방법이 없을까요?"

그가 기다란 손가락으로 입술을 쓱쓱 문지른다. "아니요, 방법이 있긴 합니다. 어떤 특정한 기억을 얘기하기만 해도 여러 가지가 명확해질 수 있어요. 안전하고 편하게 느껴지는 환경에서 세부적인 내용들을 살펴보면……."

"예를 들면 여기처럼요?"

그가 미소 짓는다. "그렇죠. 여기 있을 때 정말 안전하고 편하게 느껴지신다면……." 그의 목소리가 높아지는 걸 보면 내게 정말 그러냐고 묻고 있는 것 같지만, 난 대답하지 않는다. 그의 미소가 서서히 사라진다. "시각 이외의 감각들에 집중하는 게 도움이 될 때가 많습니다. 소리, 감촉……. 기억을 떠올리는 데에는 냄새가 특히 중요해요. 음악도 큰 위력을 발휘할 수 있고요. 어떤 특정한 상황, 특정한 날을 생각하고 있다면, 당신의 행적을 되짚어보고 싶은 건가요? 이를테면, 범죄 현장으로 되돌아간다든가." 흔하디흔한 표현이지만, 뒷덜미 털이 곤두서고 두피가 따끔거린다. "어떤 특정한 사건에 대해 얘기하고 싶어요, 레이첼?"

물론 그렇지만, 그에게 얘기해줄 수는 없다. 그래서 내가 톰과 싸운 후에 골프채로 그를 공격했던 일을 이야기한다.

그날 아침 잠에서 깨어나자마자, 전날 뭔가 끔찍한 일이 터졌었다는 느낌이 들어 가슴이 조마조마했다. 톰이 침대에 없는 걸 보니 마음이 놓였다. 나는 드러누워서 그 일을 되새겨보았다. 울고불고 하며 그에게 사랑한다고 말했던 기억이 났다. 그는 화를 내며, 내게 가서 자라고 했다. 더는 내 말을 들으려 하지 않았다.

나는 전날 저녁 일찍 다툼이 시작됐던 때를 떠올려보았다. 우리는 즐거운 시간을 보내고 있었다. 나는 칠리와 고수풀을 많이 곁들여 참새우를 구웠고, 우리는 톰이 어떤 고객에게 감사 선물로 받아온 맛있는 슈냉 블랑을 마시고 있었다. 파티오로 나가 식사를 하면서, 우리가 처음 만나기 시작했을 때 틀곤 했던 더 킬러스The Killers와 킹스 오브 리온Kings of Leon의 앨범을 들었다.

둘이서 웃고 키스하던 기억이 난다. 그러다가 내가 그에게 어떤 얘기를 해줬는데, 그는 나만큼 재미있어하지 않았다. 그래서 난 짜증이 났다. 우리는 서로에게 고함을 질러댔고, 나는 미닫이문으로 들어가다가 발이 걸려 넘어졌는데 그가 얼른 와서 일으켜주지 않아 화를 냈다.

하지만 문제는 그다음이었다. "그날 아침에 일어나서 아래층으로 내려갔어요. 그는 나한테 말도 안 걸고, 쳐다보지도 않더군요. 나는 내가 무슨 짓을 했는지 말해달라고 빌었어요. 계속 미안하다고 하면서요. 불안해서 미칠 것 같았죠. 왜 그랬는지 모르겠지만, 그리고 말도 안 되는 소리라는 것도 알지만, 자기가 한 행동이 기억나지 않으면 그 공백을 채우면서 최악의 상황을 생각하게 되잖아요……."

카말이 고개를 끄덕인다. "무슨 뜻인지 알겠습니다. 계속하세요."

"결국엔 그 사람이 내 입을 막으려고 다 얘기해줬어요. 그가 어떤 말을 했는데 내가 화를 내면서 계속 그 사람 신경을 건드리고 욕을 했대요. 내가 멈추질 않으니까 날 진정시키려고, 키스하고 화해하려고 했는데 내가 받아주질 않았대요. 그래서 그는 그냥 날 내버려두고 가서 자려고 위층으로 올라갔는데, 그때 일이 터진 거예요. 내가 골프채를 들고 뒤쫓아가서 그의 머리를 박살 내려고 한 거죠. 다행히도 빗나갔어요. 벽에 바른 치장 벽토 한 덩어리만 떨어져나갔죠."

카말의 표정은 아무런 변화가 없다. 그는 놀라지도 않는다.

그저 고개를 끄덕인다. "그래서, 어떤 일이 있었는지 알게 됐는데도 당신이 그런 행동을 했다고 느껴지지 않는다, 이런 겁니까? 당신 스스로 그 일을 기억해내서, 당신 자신의 기억으로 그 일을 보고 경험하고, 그래서 뭐랄까, 그 일을 완전히 당신 것으로 만들고 싶은 거예요? 그래야 완전한 책임감을 느낄 수 있을 테니까?"

"뭐." 나는 어깨를 으쓱한다. "맞아요. 어느 정도는. 하지만 그게 끝이 아니에요. 나중에, 훨씬 나중에, 몇 주나 몇 달이 지나서 또 어떤 일이 있었어요. 난 그날 밤 일을 계속 생각했죠. 벽에 파인 구멍을 지나갈 때마다 그 일이 생각났어요. 톰은 자기가 땜질을 하겠다고 해놓고는 하지 않았어요. 하지만 난 그에게 조르기 싫었죠. 그러다가 어느 날 난 거기에 서 있었어요. 저녁이었는데, 방에서 나오다가 딱 멈춰 섰죠. 기억이 났거든요. 난 벽을 등진 채 바닥에 앉아서 계속 훌쩍이고 있었고, 톰은 내 앞에 서서 제발 진정하라고 빌고 있었어요. 내 발 옆의 카펫 위에 골프채가 있었고요. 그리고 그걸 느꼈어요, 그걸 느꼈다고요. 난 겁에 질렸어요. 그 기억이 실제와 맞지 않았거든요. 기억나는 건 골프채를 휘두를 만큼 치밀어 오르는 분노가 아니라, 두려움이었어요."

저녁

카말이 말한 대로 범죄 현장을 다시 찾아가볼까 하는 생각이 들어서, 집으로 가는 대신 위트니로 왔고, 굴다리를 허겁지겁 지나치는 대신 그 입구까지 천천히 신중하게 걸어가본다. 입구의 차갑고 까칠까칠한 벽돌에 두 손을 얹고 눈을 감으며, 손가락으로 그 위를 훑어본다. 아무것도 떠오르지 않는다. 눈을 뜨고 주위를 둘러본다. 거리는 아주 조용하다. 몇백 미터 떨어진 곳에서 이쪽으로 걸어오고 있는 한 여자를 빼고는 아무도 없다. 지나가는 차도 없고, 소리를 지르는 아이도 없고, 저 멀리서 사이렌 소리가 아주 희미하게 들려올 뿐이다. 구름 뒤로 해가 미끄러지듯 지나가고, 나는 추위를 느끼며 굴다리 입구에 얼어붙은 듯 서서 한 발짝도 내딛지 못한다. 결국 그곳을 떠나기 위해 몸을 돌린다.

방금 내 쪽으로 걸어오고 있던 여자가 이제 막 모퉁이를 돌아간다. 그녀는 새파란 트렌치코트로 온몸을 꽁꽁 싸매고 있다. 그녀가 지나가면서 나를 힐끔 올려다보자, 순간 내 머릿속에 뭔가 떠오른다. 여자…… 파란색…… 빛. 기억난다. 애나. 그녀는 검은색 벨트가 달린 파란색 원피스를 입고, 저번처럼 빠른 걸음으로 내게서 멀어져가고 있었다. 다만, 이번에는 뒤를 돌아보았다. 어깨 너머로 고개를 돌리고는 멈춰섰다. 인도에 서 있는 그녀 옆으로 차 한 대가 와서 섰다. 빨간 차였다. 톰의 차. 그녀는 고개를 숙여 차창 너머의 그에게 무슨 말인가 하고는 문을 열고 차에 올라탔고, 차는 떠나버렸다.

기억난다. 그 토요일 밤에 난 여기 굴다리 입구에 서 있었고, 애나가 톰의 차에 타는 걸 봤다. 하지만 제대로 된 기억일 리가 없다. 말이 안 되기 때문이다. 톰은 차를 몰고 다니며 날 찾았고, 애나는 그 차에 함께 타고 있지 않았다. 경찰에게 들은 바로는 그랬다. 그러니 말이 안 되는 기억이다. 도무지 알 수가 없어 답답하고 아무 짝에도 쓸모없는 내 머리가 짜증스러워서 비명이라도 지르고 싶은 심정이다.

나는 거리를 건너 블레넘로의 왼쪽 길을 따라 걷는다. 23호 맞은편에 있는 나무들 밑에 잠깐 서 있는다. 현관문을 새로 칠했구나. 내가 살았을 때는 짙은 초록색이었는데, 지금은 검은색이다. 색깔이 바뀐 걸 전에는 알아채지 못했는데. 난 녹색을 더 좋아했다. 집 안은 뭐가 달라졌을까? 물론 아기 방이겠지만, 그들이 아직도 우리 침대를 쓰고 있는지, 내가 걸어놓은 거울 앞에서 그 여자가 립스틱을 바르고 있는지 궁금하다. 부엌을 다시 칠했는지, 위층 복도의 벽에 생긴 구멍을 메웠는지 궁금하다.

거리를 건너가서, 고리쇠로 검은 문을 세게 두드리고 싶다. 톰과 얘기하고 싶다. 메건이 실종된 그날 밤에 대해 묻고 싶다. 어제 일에 대해, 차 안에서 내가 그의 손에 입 맞췄을 때 기분이 어땠느냐고 묻고 싶다. 하지만 잠깐 그대로 서서 나의 옛 침실 창문을 올려다보다가 눈물 때문에 눈이 따가워진다. 이제 가야 할 시간인가 보다.

애나

2013년 8월 13일 화요일

아침

 오늘 아침에 톰이 출근 준비를 하며 셔츠를 입고 넥타이를 매는 모습을 지켜보았다. 그는 약간 정신이 딴 데 팔려 있는 것처럼 보였다. 누구를 어디서 만나 뭘 할지, 오늘 하루 잡혀 있는 회의나 약속을 머릿속으로 정리하고 있었을 것이다. 난 질투가 났다, 처음으로. 이렇게 옷을 잘 차려입고 집에서 나가 하루 종일 바쁘게 돌아다니며 돈을 버는 그가 부러웠다.

 일이 그리운 건 아니다. 난 신경외과 의사가 아니라 부동산 중개업자였다. 어린 시절 꿈꿀 법한 직업은 아니다. 하지만 주인들이 없을 때 아주 비싼 집들을 어슬렁거리면서 대리석 조리대를 손으로 쓸어보고, 옷방을 몰래 훔쳐보는 것이 좋았다. 이런 집에서 살면 내 인생이 어떤 모습일까, 난 어떤 사람이 될까, 상상하곤 했다. 아이를 키우는 것보다 더 중요한 일은 없다는 걸 잘 알고 있지만, 값어치가 매겨지지 않는다는 게 곤란한 점이다. 아이를 잘 키운다고 해서 돈이 나오는 건 아니다. 지금 내게는 중요한 문제다. 돈이 더 많아져서 이 집을, 이 거리를 떠났으면 좋겠다. 아주 간단한 일이다.

하지만 그리 간단하지 않을지도 모른다. 톰이 출근한 후에 나는 식탁에서 에비와 아침 식사 전쟁을 치렀다. 두 달 전엔 뭐든 잘 먹었다. 그런데 지금은 딸기 요구르트가 아니면 먹지 않는다. 나는 이것이 평범한 일이라는 걸 안다. 내 머리카락에서 노른자를 떼어내고, 바닥을 기어다니며 숟가락과 뒤엎어진 그릇들을 주우면서 계속 속으로 중얼거린다. 이건 평범한 일이야, 평범한 일.

그래도, 마침내 전쟁이 끝나고 에비가 혼자 즐겁게 놀고 있을 때 난 잠깐 울었다. 대개는 눈물을 참지만, 톰이 집에 없을 때에만 아주 잠깐 동안 참지 않고 모두 흘려보낸다. 나중에 얼굴을 씻으면서 거울을 봤더니 어찌나 피곤해 보이는지, 어찌나 얼룩덜룩하고 추레한지 눈 뜨고는 못 봐줄 지경이었다. 그 욕구가 또다시 고개를 들었다. 원피스에 하이힐을 신고, 드라이어로 머리를 손질하고 화장을 한 다음, 거리를 걸어다니며 남자들의 시선을 받고 싶었다.

일이 그립지만, 일이 내게 지닌 의미도 그립다. 나는 돈벌이가 좋던 직장에 다니던 마지막 해에 톰을 만났다. 그의 애인이었던 때가 그립다.

난 그걸 즐겼다. 정말 좋았다. 죄책감 같은 건 전혀 없었다. 죄책감을 느끼는 척했다. 당돌한 오페어들이나 축구에 대해 잘 알고 인생의 반을 헬스클럽에서 보내는 예쁘장하고 재미있는 직장 여성들을 두려워하는 유부녀 친구들과 어울릴 때에는 그럴 수밖에 없었다. 물론 가슴이 아프고, 물론 그의 아내에게 미안하지만, 일부러 그런 게 아니라 그냥 사랑에 빠져버린 걸 어떡하냐고 말해야 했다.

사실은 레이첼에게 전혀 미안하지 않았다. 그 여자가 술버릇이 고약하고, 까다롭고, 비참한 인생을 살고 있다는 걸 알기 전에도 그랬다. 그녀는 내게 진짜 존재하는 사람이 아니었고, 어쨌든 난 즐기느라 정신이 없었다. 누군가의 불륜 상대가 되는 건 정말 흥분되는 일이고, 그건 부정할 수 없는 사실이다. 남자는 아내를 사랑하더라도 나 때문에 아내를 배신할 수밖에 없다. 내 매력을 거부할 수 없으니까.

나는 어떤 집을 팔고 있었다. 크래넘가 34호였다. 마지막에 관심을 보였던 사람이 대출을 받지 못해 일이 잘 풀리지 않고 있었다. 대출 기관의 조사에서 무슨 문제가 생긴 모양이었다. 그래서 우리는 아무 문제 없다는 걸 확인하기 위해 양자와는 관련이 없는 독립된 부동산 감정인을 불렀다. 원래 집주인은 이미 이사를 나가서 집이 비어 있었기 때문에 내가 그를 안내해야 했다.

문을 여는 순간부터 난 앞으로 어떤 일이 벌어질지 알았다. 한 번도 그런 짓을 하거나 꿈꿔본 적도 없었지만, 그가 날 바라보는 시선과 나를 향한 미소에 뭔가가 있었다. 우리도 스스로를 주체할 수 없었다. 그래서 부엌에서 조리대에 기대어 섹스를 했다. 미친 짓이었지만, 우린 그랬다. 톰도 항상 내게 그렇게 말했다. "내가 제정신이길 기대하지 마, 애나. 당신이랑 있으면 정신을 차릴 수가 없어."

나는 에비를 안아서 마당으로 데려 나간다. 에비는 작은 손수레를 이리저리 밀고 다니며, 오늘 아침의 짜증은 잊어버린 듯 혼자 깔깔거리고 있다. 에비가 날 보며 씩 웃을 때마다 심장이 터져버릴 것 같다. 일이 아무리 그립다 해도 이것만큼은 아니다. 그리고 어쨌든 일을 할 것도 아니니까. 다시는 에비를 보모에게 맡기지 않을 것이다. 아무리 자격증이 있고 보증된 사람이라 해도, 절대 다시는 에비를 남에게 맡기지 않을 것이다. 메건 한 명으로 족하다.

저녁

톰이 고객에게 술 접대를 해야 해서 오늘 저녁은 조금 늦을 거라는 문자 메시지를 보냈다. 나는 에비와 함께 저녁 산

책을 준비하면서, 톰과 나의 방에서 에비의 기저귀를 갈아주고 있었다. 햇빛이 아주 근사했다. 선명한 오렌지빛이 집 안을 가득 채우고 있었는데, 해가 구름 뒤로 숨으면서 갑자기 청회색으로 변해버렸다. 방이 너무 더워질까 봐 반 정도 쳐냈던 커튼을 걸으려고 창가로 갔더니, 길 건너편에 서서 우리 집을 바라보고 있는 레이첼이 보였다. 그녀는 그렇게 잠깐 있다가 기차역을 향해 걸어갔다.

나는 침대에 앉아 분노로 온몸을 부들부들 떨며 손톱으로 손바닥을 깊숙이 찔러댄다. 에비가 허공에다 발길질을 하고 있지만, 안아주고 싶지는 않다. 너무 화가 나서 아이를 바스러뜨릴지도 모르니까.

톰은 자기가 알아서 해결했다고 말했다. 일요일에 레이첼과 통화를 해봤는데, 그 여자가 스콧 히프웰과 친해진 건 맞지만 앞으로는 만나지 않을 생각이고 그래서 이 근처에서 얼쩡거릴 일도 없을 거라고 말했다고 했다. 톰은 그녀가 약속했다면서 그녀를 믿는다고 했다. 톰은 그녀가 정상이었고, 술에 취한 것 같지 않았고, 히스테리를 부리지도 않았고, 다시 돌아오라고 협박하거나 빌지도 않았다고 했다. 그녀의 상태가 점점 좋아지고 있는 것 같다고 했다.

나는 심호흡을 몇 번 한 뒤, 에비를 내 무릎 위로 올려 내 다리에 눕혀놓고 에비의 두 손을 잡는다.

"이 정도면 참을 만큼 참은 거 아니니, 아가야?"

그냥 너무 지친다. 상황이 나아지고 있다고, 마침내 레이첼 문제가 해결됐다고 생각할 때마다 그녀가 또 나타난다. 가끔은 그 여자가 평생 우리 주위를 맴돌 것 같은 느낌이 든다.

내 마음 깊숙한 곳에는 썩은 씨앗이 하나 심겨져 있다. 톰이 괜찮다고, 아무 문제 없다고, 앞으로는 그 여자가 우릴 괴롭히지 않을 거라고 말하고 나서 또 그녀가 그런 짓을 하면, 과연 그가 레이첼 문제를 처리하기 위해 정말 최선을 다하고 있는지, 그녀가 포기하지 못하는 걸 은근히 즐기고 있는 건 아닌지 의심이 생긴다.

나는 아래층으로 내려가, 라일리 경사가 남기고 간 명함을 찾으려고 부엌 서랍장을 뒤진다. 그러고는 마음이 바뀌기 전에 얼른 그녀에게 전화한다.

2013년 8월 14일 수요일
아침

침대에서 톰의 두 손이 내 엉덩이에 올라와 있고, 내 목에 톰의 뜨거운 숨이 느껴진다. 내 몸에 닿은 톰의 살갗이 땀으로 번들거린다. 그가 말한다. "그동안 우리 너무 뜸했어."

"맞아."

"우리끼리 있는 시간을 더 많이 만들어야겠어."

"그래."

"당신이 그리워. 이것도 그리워. 더 많이 하고 싶어."

나는 몸을 옆으로 굴려 눈을 꼭 감은 채 그의 입술에 키스하며, 그에게 알리지 않고 몰래 경찰에 연락한 죄책감을 억누른다.

"여행을 가야겠어." 톰이 중얼거린다. "우리 둘이서만. 잠깐 휴가를 떠나는 거야."

그럼 에비는 누구에게 맡길 거냐고 묻고 싶다. 연락도 안 하는 당신 부모? 아니면, 너무 약해서 자기 몸 하나 건사 못 하는 우리 엄마?

나는 그 말을 하지 않는다. 아무 말도 하지 않고, 그저 그에게 또 한 번, 더 진하게 키스한다. 그의 손이 내 허벅다리 뒤쪽으로 스윽 내려가더니 거기를 세게 움켜쥔다.

"언제? 어디 가고 싶어? 모리셔스? 발리?"

나는 웃는다.

"농담 아니야." 그가 내게서 몸을 떼고 내 눈을 바라본다. "우린 그럴 자격 있어, 애나. 당신은 그럴 자격 있어. 힘든 한 해였잖아?"

"하지만······."

"하지만 뭐?" 그가 내게 완벽한 미소를 살짝 던진다. "에비 문제는 잘 알아보면 되니까 걱정하지 마."

"톰, 돈은."

"괜찮을 거야."

"하지만······." 이 말은 하고 싶지 않지만, 할 수밖에 없다. "이사 갈 돈도 없는데, 모리셔스나 발리에 갈 돈은 있는 거야?"

톰이 뺨을 부풀리더니 천천히 숨을 뱉으며 몸을 굴려 내게서 떨어진다. 그 말을 하지 말 걸 그랬다. 아기방 모니터가 지지직거린다. 에비가 잠에서 깨고 있는 것이다.

"내가 가볼게." 그가 일어나서 방을 나간다.

아침 식사 시간에 에비가 또 제멋대로 군다. 음식을 거부하고, 고개를 흔들고, 턱을 쳐들고, 입술을 굳게 다물고, 자기 앞에 놓인 그릇을 작은 주먹으로 밀어버리는 것이 이제 이 아이에게는 놀이나 마찬가지다. 톰의 인내심이 금세 바닥나버린다.

"난 이러고 있을 시간 없어." 그가 내게 말한다. "당신이 알아서 해." 그가 일어나서 짜증스러운 표정으로 내게 숟가락을 내민다.

나는 숨을 크게 한 번 쉰다.

괜찮다. 톰은 일이 많아서 피곤하고, 오늘 아침에 내가 자기의 휴가 계획에 동참하지 않아서 화가 난 것이다.

아니, 괜찮지만은 않다. 나 역시 피곤하니까. 그리고 돈 문제와 이곳에서 우리가 처한 상황에 대해 진지하게 대화를 나누고 싶다. 그냥 방에서 나가버릴 것이 아니라······. 물론 난 그 말을 하지 않는다. 대신에 나 자신과의 약속을 깨고 레이첼을 들먹인다.

"그 여자가 또 얼쩡거렸어. 저번에 당신이 그 여자한테 뭐라고 했는지 몰라도, 효과가 없었던 모양이야."

그가 날 매섭게 쳐다본다. "얼쩡거리다니, 무슨 소리야?"

"어젯밤에 그 여자가 우리 집 바로 맞은편 거리에 서 있었어."

"다른 사람이랑 같이 있었어?"

"아니. 그 여자 혼자였어. 그건 왜 물어?"

"젠장." 정말 화날 때 그렇듯이 그의 얼굴이 어두워진다. "근처에 얼씬거리지 말라고 했는데. 왜 어젯밤에 말 안 했어?"

"당신이 속상해할까 봐." 나는 이 문제를 꺼낸 걸 벌써부터 후회하며 조용히 말한다. "당신 걱정시키기 싫어서 말 안 했어."

"돌겠네!" 톰이 커피잔을 쨍그랑 소리가 날 정도로 거칠게 싱크대 안에 내려놓는다. 그 소리에 에비가 깜짝 놀라 울기 시작한다. 분위기가 더 험악해진다. "정말이지 당신한테 할 말이 없어. 같이 얘기할 때 레이첼은 상태가 괜찮았어. 내가 하는 말을 잘 듣고, 앞으로는 여기 오지 않겠다고 약속했다고. 괜찮아 보였어. 건강하고, 다시 정상으로 돌아온……."

"괜찮아 '보였다고'?" 내가 이렇게 묻자 몸을 돌리는 그의 표정을 보니 내게 꼬투리 잡혔다는 걸 알고 있는 것이 분명하다. "전화로 얘기한 줄 알았는데?"

톰이 심호흡을 한 번 하고 한숨을 푹 내쉬고는 다시 내게로 몸을 돌려 멍한 표정으로 말한다. "그래, 뭐, 당신한테 그렇게 말하긴 했지. 내가 레이첼을 만났다고 말하면 당신이 기분 나빠할 테니까. 인정할게. 내가 거짓말을 했어. 가정의 평화를 위해서."

"지금 장난해?"

그가 미소 짓더니, 애원하듯 여전히 두 손을 든 채 고개를 저으며 내게 다가온다. "미안해. 내가 잘못했어. 레이첼이 직접 만나서 얘기하자는데 나도 그게 최선일 것 같았어. 내가 잘못했어. 됐지? 그냥 얘기만 했다고. 애시버리에 있는 형편없는 커피숍에서 20분인가 30분 정도 얘기했어. 됐지?"

톰이 두 팔로 내 몸을 감싸안아 자기 가슴으로 끌어당긴다. 나는 벗어나려고 몸부림을 치지만, 그는 나보다 힘이 더 세고 어쨌든 그의 냄새를 맡으니 싸우고 싶은 마음이 사라진다. 난 우리가 같은 편이었으면 좋겠다. "미안해." 그가 내 머리에 대고 또 중얼거린다.

나는 괜찮다고 말한다.

이 문제를 그냥 넘어가는 건 지금 내가 직접 손을 쓰고 있기 때문이다. 어제 저녁에 라일리 경사에게 전화했고, 얘기를 시작하는 순간 그녀에게 전화하기를 잘했다는 생각이 들었다. 레이첼이 스콧 히프웰의 집에서 나오는 걸 '여러 번'(살짝 과장하긴 했다) 봤다고 말하자 그녀는 아주 큰 관심을 보였다. 날짜와 시간(두 건은 확실히 알려줄 수 있었고, 나머지는 대충 얼버무렸다)을 알려달라고 했고, 메건 히프웰이 실종되기 전에 두 사람이 깊은 관계였는지, 지금은 성관계를 갖고 있는 것 같은지 물었다. 사실 그런 생각은 해본 적이 없었다. 메건에서 레이첼로 넘어가다니, 상상이 안 된다. 게다가 아내를 차디찬 땅 속에 묻은 지 얼마 되지도 않았는데.

그리고 혹시 라일리 경사가 잊어버렸을까 봐, 레이첼이 에비를 유괴하려 했던 일을 다시 한 번 얘기했다.

"정신적으로 아주 불안정한 여자예요." 내가 말했다. "과잉 반응이라고 생각하실지도 모르지만, 우리 가족이 관련된 일이라 대강 넘어갈 수가 없어요."

"전혀 그렇지 않아요. 연락 주셔서 정말 고맙습니다. 미심쩍은 게 조금이라도 보이면 알려주세요."

경찰이 그 여자를 어떻게 처리할지 모르겠다. 접근하지 말라고 경고하는 정도로 끝낼까? 어쨌든 금지 명령 같은 걸 알아보기 시작하면 도움이 될 것이다. 톰을 위해서라도 거기까지는 가지 않았으면 좋겠다.

톰이 출근한 후 나는 에비를 공원으로 데려가서 그네와 작은 흔들목마에 태워준다. 다시 유모차에 태우자마자 에비는 잠이 들고, 그래서 이제 난 장을 보러 갈 수 있다. 우리는 뒷길을 가로질러 큰 세인즈베리 매장으로 향한다. 이러면 조금 돌아가게 되지만, 다니는 사람이 거의 없어 조용하고, 어쨌든 크래넘가 34호를 지나갈 수 있다.

지금도 그 집을 지나갈 때면 온몸에 전율이 인다. 갑자기 가슴이 울렁거리고, 입술에 미소가 떠오르고, 뺨이 달아오른다. 이웃 사람들에게 들키지 않기를 빌며 집 앞 계단을 서둘러 올라가, 욕실에 들어가서 향수를 뿌리고 쉽게 벗길 수 있는 속옷으로 갈아입으며 준비하던 기억이 난다. 그러고 나면 문자 메시지가 오고 잠시 후 톰이 문밖에 도착했다. 우리는 위층 침실에서 한두 시간을 보내곤 했다.

톰은 레이첼에게 고객과 함께 있다거나 친구들과 맥주 한잔하고 있다는 핑계를 댔다. "그 여자가 확인해볼까 봐 걱정 안 돼?" 내가 물어보면 그이는 그럴 리 없다며 고개를 젓곤 했다. "난 거짓말을 잘하거든." 한번은 씩 웃으며 이렇게 말했다. 또 한번은 이런 말도 했다. "만에 하나 확인해본다고 해도, 레이첼은 바로 어제 일도 잘 기억하지 못하는 사람이야." 그때 처음으로 난 톰의 결혼 생활이 그리 순탄하지 않다는 사실을 알았다.

하지만 그 대화들을 떠올리다 보니 내 얼굴에서 미소가 싹 가신다. 손가락으로 내 배를 밑으로 쭉 훑으며 무슨 음모를 꾸미는 듯한 웃음을 터뜨리고 내게 미소 지으며 "난 거짓말을 잘하거든."이라고 말하던 톰. 그이는 정말 거짓말을 잘한다. 타고난 거짓말쟁이다. 그 솜씨를 내 눈으로 직접 목격했다. 호텔 직원에게 우리가 신혼여행을 왔다고 믿게 만들고, 가족에게 급한 일이 생겼다며 교묘하게 초과 근무를 피하기도 했다. 다들 그런 거짓말을 많이 하지만, 톰의 거짓말에 넘어가지 않은 사람은 없다.

오늘 아침에 있었던 일이 생각난다. 하지만 중요한 건 내가 톰의 거짓말을 알아챘고, 그이가 곧바로 시인했다는 것이다. 걱정할 필요 없다. 그이는 나 몰래 레이첼을 만나고 있는 게 아니다! 그건 말도 안 된다. 그 여자도 한때는 매력적이었을지 모른다. 두 사람이 처음 만났을 땐 그녀도 큼직한 검은 눈과 멋진 몸매를 가진 빼어난 미모의 여인이었다는 걸, 사진으로 봐서 안다. 하지만 지금은 살이 너무 쪘다. 그리고 레이첼이 그이에게, 우리에게 한 짓을 생각하면 그이가 그 여자에게 돌아갈 일은 절대 없을 것이다. 툭하면 늦은 밤에 전화했다가 끊어버리고 문자 메시지를 보내는 그 여자한테 우리가 얼마나 시달렸는데.

나는 지금 통조림 식품 코너에 서 있고, 에비는 고맙게도 아직 유모차 안에 잠들어 있다. 그 여자가 톰에게 걸었던 전화들, 그리고 내가 깨어났더니 욕실 불이 켜져 있었던 때(아니, 때들인가?)가 떠오른다. 닫힌 문 뒤로 나지막하고 부드러운 톰의 목소리가 들렸다. 그녀를 달래고 있는 것이 분명했다. 톰의 말로는, 가끔 그 여자가 심하게 화를 내면서 집으로 찾아가겠다고, 그의 직장에 들이닥치겠다고, 달려오는 기차에 몸을 날리겠다고 협박한다고 했다. 톰은 아주 능숙한 거짓말쟁이일지도 모르지만, 그이가 진실을 말할 때면 난 곧장 알아챈다. 톰은 날 속이지 않는다.

저녁

하지만 생각해보면, 톰이 날 속인 건 부인할 수 없는 사실이다. 그이가 레이첼과 통화했다고, 그녀의 목소리가 전보다 밝아졌고 행복하게 들리기까지 했다고 말했을 때, 난 추호도 의심하지 않았다. 그리고 월요일 밤에 톰이 집에 돌아왔을 때 오늘 하루를 잘 보냈냐고 물었더니, 그날 아침에 정말 힘든 회의를 했다고 말했다. 나는 정말 회의가 있었을 거라고 철석같이 믿고 아침 내내 톰이 애시버리의 커피숍에서 전처와 함께 있었을 거라고는 전혀 상상도 하지 못한 채, 동정하는 마음으로 그의 얘기를 들어주었다.

나는 이런 생각을 하며 식기세척기에서 그릇들을 꺼낸다. 아주 조심스럽고 꼼꼼하게. 쨍그랑거리는 소리가 났다간 잠들어 있는 에비가 깨어날 것이다. 톰은 나를 속이고 있다. 나는 그이가 모든 일에 백 퍼센트 정직하지는 않다는 걸 알고 있다. 톰이 자기 부모에 대해 했던 얘기가 떠오른다. 결혼식에 부모님을 초대했지만, 톰이 레이첼을 떠난 걸 못마땅하게 여겨 참석을 거부했다고 했다. 그 점이 항상 이상했다. 그의 어머니와 두 번 통화를 해봤는데, 나와 얘기하는 걸 아주 좋아하시는 것처럼 들렸기 때문이다. 아주 친절하셨고, 나와 에비에게 관심이 많으셨다.

"곧 에비를 볼 수 있었으면 좋겠구나." 그분은 이렇게 말씀하셨지만, 내가 이 얘기를 꺼냈더니 톰은 무시해버렸다.

"내가 자기들을 초대하게 만든 다음, 그 초대를 거절하려는 속셈인 거야. 힘겨루기 같은 거지." 내가 보기에 그의 어머니는 힘겨루기를 하는 여자 같지 않았지만, 나는 내 생각을 강요하지 않았다. 남의 가족사는 쉽게 얘기할 수 있는 문제가 아니니까. 톰이 부모님과 거리를 두는 데에도 그럴 만한 이유가 있을 테고, 나는 그이도 그이의 부모님도 나와 에비를 지키는 일을 중요하게 생각할 거라고 믿는다.

그런데 왜 나는 지금 톰의 얘기가 사실인지 아닌지 궁금해하고 있을까? 이 집, 이 상황, 이곳에서 벌어진 그 모든 일들이 나 자신을, 우리를 의심하게 만들고 있다. 조심하지 않으면 미쳐버릴지도 모른다. 그래서 결국 그 여자처럼, 레이첼처럼 될지도 모른다.

난 그냥 여기 앉아서, 빨래 건조기에 들어 있는 이불들이 다 마르기를 기다리고 있다. 텔레비전을 켜고 혹시나 내가 아직 질리도록 많이 보지 않은 〈프렌즈〉 에피소드가 나오는지 볼까, 요가 동작을 따라해볼까, 침대 옆 테이블에 놔두고 지난 2주 동안 열두 쪽밖에 읽지 않은 소설책이나 볼까 생각한다. 그러다 문득, 거실의 낮은 테이블에 있는 톰의 노트북 컴퓨터가 생각난다.

그러고는 내가 꿈에도 생각지 않았던 일들을 한다. 먼저, 어제 저녁을 먹으면서 땄던 적포도주를 한 잔 따른다. 그런 다음 톰의 노트북 컴퓨터를 가져와 전원을 켜고 암호를 고민하기 시작한다.

지금 난 그 여자가 했던 짓을 하고 있다. 혼자서 술을 마시고, 톰의 뒤를 캐고 있다. 그 여자가 했던, 그리고 그이가 싫어했던 일들. 하지만 최근에, 바로 오늘 아침에 상황이 바뀌었다. 톰이 이렇게 거짓말을 할 거라면, 난 그의 말이 사실인지 아닌지 확인할 것이다. 그래야 공평하잖아? 이런 공평함 정도는 누려도 될 것 같은 기분이 든다. 그래서 난 암호를 알아내려 애쓴다. 이름들을 여러 방법으로 조합해본다. 나와 톰, 톰과 에비, 나와 에비, 우리 셋 모두의 이름을 순서대로, 그다음엔 역순으로 짜맞춰본다. 우리의 생일들을 다양하게 조합해본다. 기념일들은 어떨까? 우리가 처음 만난 날, 처음으로 섹스한 날. 크래넘가의 34호, 이 집 23호. 고정관념을 벗어나서 생각해본다. 대부분의 남자들은 축구팀을 암호로 사용하지만, 톰은 축구를 좋아하지 않는다. 그이는 크리켓을 아주 좋아하니까, 보이콧, 보섬, 애시즈 같은 크리켓 선수들의 이름을 쳐본다. 요즘 선수들의 이름은 모른다. 나는 술잔을 비우고 반 정도 다시 채운다. 이젠 수수께끼를 푸는 것처럼 재미있다. 그이가 좋아하는 밴드들, 그이가 즐겨 보는 영화들, 그이가 반한 여배우들을 생각해본다. 'password'를 쳐본다. '1234'를 쳐본다.

밖에서 런던 기차가 신호를 받아 멈춰 서면서, 마치 손톱으로 칠판을 긁는 듯한 날카롭고 새된 소리가 끔찍하게 울린다. 나는 이를 악물고 또 한 번 포도주를 길게 쭉 들이켠다. 그러면서 시간을 보니, 세상에, 7시가 다 됐다. 에비는 아직 잠들어 있고, 곧 톰이 집에 올 것이다. 그이가 곧 올 거라고 생각하고 있던 바로 그때, 문에서 열쇠가 덜컹거리는 소리가 들리고, 내 가슴이 덜컹 내려앉는다.

나는 노트북 컴퓨터를 탁 닫고 벌떡 일어나다가, 꽝 하고 의자를 넘어뜨리고 만다. 에비가 깨서 울기 시작한다. 나는 컴퓨터를 테이블에 도로 갖다놓는다. 톰이 집 안으로 들어오더니 이상한 낌새를 채고는 날 빤히 쳐다보며 묻는다. "무슨 일이야?" 나는 "아니, 아무것도 아니야, 내가 실수로 의자를 넘어뜨렸어."라고 답한다. 톰이 유모차에서 에비를 들어올려 꼭 껴안고, 나는 복도 거울에 비친 내 모습을 언뜻 본다. 내 얼굴은 창백하고, 입술은 포도주 때문에 짙붉은 색으로 물들어 있다.

레이첼

2013년 8월 15일 목요일

아침

캐시 덕분에 면접을 보게 되었다. 캐시의 친구가 홍보 회사를 차렸는데 조수가 필요하다고 했다. 말이 좋아 조수지 비서직이나 다름없고 보수도 형편없지만, 상관없다. 그 여자는 추천서 없이도 날 만나보겠다고 했다. 캐시는 그 친구에게 내 얘기를 미리 일러두었다. 망가졌다가 이제 거의 다 회복됐다고. 그 여자는 뒷마당에 창고 같은 걸 만들어 그곳을 사무실 삼아 사업을 경영하고 있고, 난 내일 오후에 공교롭게도 위트니에 있는 그녀의 집에서 면접을 보기로 했다. 그래서 오늘 하루 동안 이력서와 면접 기술을 다듬을 생각이었는데, 스콧에게서 전화가 왔다.

"얘기 좀 하고 싶어요." 그가 말했다.

"그럴 필요 없어요……. 내 말은, 무슨 얘기가 필요하겠어요. 그 일은…… 실수였다는 걸 우리 둘 다 아는데."

"그렇죠." 그의 목소리가 무척 슬프게 들렸다. 내 악몽 속에 등장했던 화난 스콧이 아니라, 내 침대에 앉아 죽은 아이에 대해 얘기하며 비통해하던 남자라고 느껴졌다. "하지만 꼭 얘기하고 싶어요."

"그래요. 얘기야 못할 거 없죠."

"만나서 얘기할래요?"

"아." 그 집으로 돌아가기는 정말 싫었다. "미안해요, 오늘은 곤란해요."

"부탁이에요, 레이첼. 중요한 얘기예요." 그의 절박한 목소리를 들으니 나도 모르게 그가 안쓰러워졌다. 내가 핑곗거리를 찾고 있는데 그가 다시 말했다. "부탁이에요." 그래서 난 그러겠다고 했고, 그 말이 입에서 나가는 순간 후회했다.

메건의 아이, 먼저 죽은 아이에 대한 기사가 신문에 실렸다. 아니, 사실은 아이의 아버지에 대한 기사였다. 신문들은 아이의 아버지를 찾아냈다. 그의 이름은 크레이그 매켄지, 4년 전 스페인에서 헤로인 과다복용으로 사망했다. 그러니까 그는 용의선상에서 제외된다. 내가 보기엔 그 아이의 죽음이 살인 동기일 것 같지는 않다. 누군가가 그 일로 메건을 벌하려 했다면, 몇 년 전에 했을 테니까.

그렇다면 이제 누가 남지? 흔하게 거론되는 용의자들만 남았다. 남편 스콧과 애인 카말. 아니면 거리에서 그냥 어떤 남자가 그녀를 납치했을까? 범행을 시작한 연쇄살인마가? 윌마 매캔이나 폴린 리드처럼 메건도 연쇄살인마에게 제일 처음 당한 희생자일까? 그리고 살인범이 꼭 남자라는 법도 없잖아? 메건 히프웰은 체구가 왜소한 여자였다. 새처럼 자그마했다. 그녀를 쓰러뜨리는 데 그렇게 큰 힘은 필요하지 않았을 것이다.

오후

그가 문을 열자 제일 처음 느껴지는 건 냄새다. 땀과 맥주 냄새가 시큼하게 코를 찌르고, 그 밑에 다른 뭔가가, 더 고약한 악취가 숨어 있다. 뭔가가 썩고 있는 냄새. 그는 운동복 바지에 더러운 회색 티셔츠를 입고, 머리에는 기름이 흐르고, 마치 열병에 걸린 사람처럼 피부가 반들반들하다.

"괜찮아요?" 내가 묻자 그가 씩 웃는다. 술을 마시고 있었던 모양이다.

"괜찮아요. 들어와요, 들어와." 나는 들어가고 싶은 마음이 없지만, 들어간다.

거리로 난 창문들에 커튼이 쳐져 있고, 거실은 더운 기운과 냄새에 어울리게 붉은 색조로 물들어 있다.

스콧이 부엌으로 어슬렁어슬렁 들어가 냉장고를 열고 맥주를 꺼낸다.

"와서 앉아요. 한잔해요." 그는 계속 싱글거리고 있지만, 전혀 즐겁지 않고 우울해 보인다. 그의 얼굴에 왠지 냉랭한 기운이 서려 있다. 함께 밤을 보낸 후 토요일 아침에 그가 지었던 경멸 어린 표정. 그 표정이 아직도 남아 있다.

"오래 있지는 못해요." 내가 그에게 말한다. "내일 면접이 있어서 준비해야 돼요."

"그래요?" 그가 눈썹을 치켜세운다. 그러고는 앉아서 의자 하나를 내 쪽으로 찬다. "앉아서 한잔해요." 초대가 아니라 명령이다. 내가 그의 맞은편에 앉자 그가 맥주병을 내게 밀어 준다. 나는 병을 집어 한 모금 마신다. 밖에서는 어느 집의 뒷마당에서 놀고 있는 아이들의 새된 비명 소리가 들리고, 그 너머로 기차가 덜커덩거리며 달리는 익숙한 소리가 희미하게 울린다.

"어제 DNA 검사 결과가 나왔어요." 스콧이 내게 말한다. "어젯밤에 라일리 경사가 날 찾아왔더군요." 그는 내 말을 기다리지만, 난 말실수를 할까 두려워 계속 입을 다문다. "내 아이가 아니랍니다. 아니었어요. 웃긴 건, 카말의 아이도 아니라는 겁니다." 그가 웃는다. "그러니까 다른 남자가 또 있었다는 거죠. 이게 말이 돼요?" 그가 험상궂은 미소를 짓는다. "당신도 전혀 몰랐죠? 또 다른 놈이 있다는 걸. 메건은 다른 남자가 있다는 비밀을 당신한테 안 털어놨어요, 그렇죠?" 그의 얼굴에서 웃음기가 사라져가고, 나는 불길한 예감이, 아주 불길한 예감이 든다. 내가 일어나서 문 쪽으로 한 발짝 떼자마자 어느새 그가 내 앞에 서서 내 팔을 꽉 잡아 나를 의자에 도로 앉힌다.

"얌전히 앉아 있어." 그가 내 어깨에서 핸드백을 휙 낚아채 부엌 구석으로 집어던진다.

"스콧, 대체 왜 이러는 거예……"

"닥쳐!" 그가 소리를 지르며 내게로 몸을 구부린다. "메건이랑 친했다면서! 그럼 메건이 누굴 만났는지 전부 다 알고 있을 거 아냐!"

그가 진실을 안 것이다. 내가 그 생각을 할 때 내 표정을 읽은 그가 내 쪽으로 더 가까이 기대어 오며, 고약한 악취가 나는 입김을 내 얼굴에 뿜어댄다. "뭐 해, 레이첼. 말해봐."

내가 고개를 젓자 그가 한 손을 크게 휘두른다. 내 앞에 있던 맥주병이 그의 손에 걸리는 바람에 타일 바닥으로 떨어져 박살 나버린다.

"당신은 메건을 만난 적도 없어!" 그가 소리를 버럭 지른다. "당신이 나한테 했던 얘기, 모조리 다 거짓말이었어."

나는 고개를 푹 숙인 채 일어나 중얼거린다. "미안해요. 미안해요." 핸드백과 전화기를 주우려고 테이블을 돌아가는데,

그가 또 내 팔을 움켜잡는다.

"왜 그런 짓을 한 거야?" 그가 묻는다. "대체 왜? 당신 돌았어?"

내 눈을 뚫어져라 보고 있는 그가 무섭지만, 그가 이렇게 내게 따져묻는 것도 당연하다는 생각이 든다. 그는 내 해명을 들을 권리가 있다. 그래서 나는 그의 손가락이 내 살을 파고들어도 팔을 빼내지 않고, 분명하고 차분하게 말하려 애쓴다. 울지 않으려 애쓴다. 겁에 질려 제정신을 잃지 않으려 애쓴다.

"카말에 대해 알려주고 싶었어요. 말했다시피 두 사람이 함께 있는 걸 봤는데, 내가 기차를 타고 가다가 봤다고 하면 당신이 믿어주지 않을 것 같았어요. 그래서 어쩔 수 없이······."

"어쩔 수 없이?" 그가 날 풀어주며 고개를 돌려버린다. "어쩔 수 없이······." 흥분이 가라앉은 듯 그의 목소리가 부드러워진다. 나는 숨을 깊게 들이마시며, 두근거리는 심장을 진정시키려 애쓴다.

"돕고 싶었어요." 내가 말한다. "경찰은 항상 남편을 의심하잖아요. 그리고 다른 남자가 있었다는 걸 당신한테 알려주고 싶어서······."

"그렇다고 내 아내를 안다고 거짓말을 해? 얼마나 정신 나간 소리처럼 들리는지 알아?"

"나도 알아요."

나는 조리대로 가서 행주를 가져와 무릎을 꿇고 앉아 쏟아진 맥주를 닦는다. 스콧은 팔꿈치를 무릎에 괴고 앉아 고개를 푹 숙인다. "메건은 내가 생각했던 사람이 아니었어. 어떤 여자였는지 도무지 모르겠어."

나는 싱크대에다 행주를 짠 다음 차가운 물로 손을 씻는다. 내 핸드백이 부엌 구석에 두 발짝 정도 떨어져 있다. 그쪽으로 움직이다가 스콧이 날 올려다보자 동작을 멈춘다. 나는 조리대를 등지고 서서, 비틀거리지 않으려고, 마음을 가라앉히려고 두 손으로 그 끄트머리를 꼭 붙잡는다.

"라일리 경사가 당신에 대해 묻더군. 내가 당신과 깊은 관계냐고." 그가 웃는다. "내가 당신이랑? 맙소사. 내가 물었지, 내 아내가 어떻게 생겼는지 안 봤어요? 여자 보는 눈이 갑자기 그렇게 확 낮아질 리가 없잖아." 내 얼굴이 확 달아오르고, 겨드랑이와 등 아래에 식은땀이 난다. "보나 마나 애나가 당신 때문에 우는 소리를 했겠지. 당신이 얼쩡거리는 걸 봤다고. 그 바람에 모든 사실이 까발려진 거야. 난 우리가 그런 사이가 아니라고, 레이첼이 메건의 오랜 친구라서 날 도와주고 있는 거라고 말했지······." 그가 또 나지막한 소리로 우울하게 웃는다. "그랬더니 경사가 그러더군. 레이첼은 메건을 몰라요. 그 여자는 그냥 막 사는 지독한 거짓말쟁이예요."

그의 얼굴에서 미소가 사라진다. "당신의 말은 모두 거짓이야. 마지막까지 모든 것이 다."

내 전화기가 울린다. 내가 가방 쪽으로 한 발 내딛지만, 스콧이 나보다 먼저 거기에 가 있다.

"잠깐." 그가 가방을 집어들며 말한다. "아직 안 끝났어." 그가 내 핸드백 안에 든 물건들을 테이블 위로 쏟아낸다. 전화기, 지갑, 열쇠, 립스틱, 생리대, 신용카드 영수증들. "당신이 나한테 얼마나 헛소리를 떠들었는지 알아야겠어." 그가 여유롭게 전화기를 집어들어 액정 화면을 본다. 그가 고개를 들어 나와 눈을 마주치고, 그의 눈빛이 갑자기 서늘해진다. 그가 소리 내어 읽는다. "8월 19일 월요일 오후 4시 30분에 아브디치 박사님과의 상담이 예약되어 있습니다. 예약을 취소하시려면 24시간 전에 알려주셔야 합니다."

"스콧······."

"대체 이게 뭐야?" 그가 쉰 목소리로 묻는다. "그동안 무슨 짓을 하고 있었던 거야? 그 자식한테 무슨 얘기를 했어?"

"아무 얘기도 안 했어요······." 그가 전화기를 테이블 위에 떨어뜨리고는 주먹을 쥔 채 내게 다가오고 있다. 나는 구석으로 뒷걸음질 치다 벽과 유리문 사이에 끼어버린다. "알아내려고······ 당신을 도우려고 그런 거예요." 그가 손을 들어 올리자, 나는 움찔하며 고개를 푹 숙이고 통증이 찾아오기를 기다린다. 순간, 내가 전에도 이런 적이 있다는 걸, 이렇게 느낀 적이 있다는 걸 깨닫지만, 언제였는지 기억나지 않고, 지금은 그런 생각을 할 여유도 없다. 그는 날 때리지 않았지만,

두 손으로 내 어깨를 꽉 움켜잡고 있다. 그의 엄지손가락이 내 쇄골을 파고들고, 난 너무 아파서 비명을 지른다.

"지금껏." 그가 이를 악문 채 말한다. "지금껏 난 당신이 내 편인 줄 알았어. 그런데 내 적이었군. 그 새끼한테 정보를 주고 있었지? 나에 대해서, 메건에 대해서 얘기해줬겠지. 경찰이 날 의심하게 만들려고 그랬던 거야. 당신이……."

"아니에요. 이러지 말아요. 그런 게 아니에요. 당신을 돕고 싶었어요." 그의 오른손이 스윽 올라와 내 뒷목 쪽 머리카락을 움켜쥐고 비튼다. "스콧, 제발 이러지 말아요, 제발. 아파요. 제발." 이제는 그가 나를 현관문 쪽으로 질질 끌고 간다. 나는 안도감에 휩싸인다. 나를 거리 밖으로 던져버리려는 거야. 아, 살았다.

하지만 그는 날 밖으로 쫓아버리지 않고, 계속 끌고 가면서 욕설을 퍼붓는다. 그가 날 위층으로 데려가고 있고, 난 몸부림치지만 그가 너무 강해서 아무런 효과가 없다. 난 울고 있다. "이러지 말아요, 제발." 곧 끔찍한 일이 벌어질 거라는 예감이 든다. 비명을 지르려 해보지만, 아무 소리도 나오지 않는다.

눈물과 두려움 때문에 앞이 보이질 않는다. 그가 나를 어떤 방으로 밀어넣고는 문을 쾅 닫아버린다. 열쇠를 돌려 문 잠그는 소리가 들린다. 뜨거운 신물이 올라오고, 나는 카펫 위에 속을 게운다. 나는 기다리고, 귀를 기울인다. 아무 일도 일어나지 않고, 아무도 오지 않는다.

내가 있는 곳은 손님방이다. 내 집에서 이 방은 톰의 서재였었다. 지금은 그들의 아기가 그 방을 쓰고 있고, 연분홍색 블라인드가 쳐져 있다. 이 집에서는 물건을 넣어두는 골방으로 사용되고 있다. 문서들과 서류철들, 접을 수 있는 러닝머신, 구식 애플 맥으로 꽉 차 있다. 한 상자에는 숫자들이 적힌 종이들(아마도 스콧의 사업용 계산서들일 것이다)이 들어 있고, 또 다른 상자는 옛날 엽서들로 가득 차 있다. 메시지를 쓰는 부분은 텅 비어 있고, 뒷면에 블루택(종이를 벽에 붙일 때 쓰는 푸른 점토 같은 것-옮긴이)이 있는 걸 보면 예전에 벽에 붙였다 떼어낸 모양이다. 파리의 지붕들, 골목길에서 스케이트보드를 타고 있는 아이들, 철도의 이끼 낀 침목들, 동굴 안에서 바라본 바다. 나는 엽서들을 꼼꼼히 살펴본다. 내가 왜 이러고 있는지, 뭘 찾고 있는 건지 모르겠다. 그저 공황 상태에 빠지지 않으려고 애쓰고 있을 뿐이다. 진흙에서 끌어낸 메건의 시신에 대한 기사들을 생각하지 않으려 애쓰고 있다. 그녀의 몸에 난 상처들, 그리고 앞으로 벌어질 일을 알았을 때 그녀가 느꼈을 두려움을 생각하지 않으려 애쓴다.

엽서들을 이리저리 뒤적이다가 무언가에 찔려서 움찔 놀라며 소리를 지른다. 집게손가락 끝이 깔끔하게 베여, 피가 청바지로 똑똑 떨어지고 있다. 티셔츠 끝단으로 상처를 꾹 눌러 피를 멈춘 뒤, 더 조심스럽게 엽서들을 살펴본다. 곧 범인을 찾아낸다. 박살 난 액자 사진이다. 윗부분에 유리 한 조각이 빠져 있는데, 그 깨진 부분의 날카로운 날에 내 피가 묻어 있다.

본 적이 없는 사진이다. 메건과 스콧이 카메라에 얼굴을 바짝 대고 찍은 사진이다. 메건은 웃고 있고, 스콧은 사랑에 빠진 눈으로 그녀를 바라보고 있다. 아니, 질투심 많은 남편의 눈빛인가? 스콧의 눈가 부분에 유리가 깨져 별 모양으로 금이 가 있어서 그의 표정을 읽기가 어렵다. 나는 그 사진을 내 앞에 두고 바닥에 앉는다. 우리는 우연한 일로 물건들을 부숴놓고는 그것을 고치지 않고 그냥 내버려두기도 한다. 톰과 싸울 때 박살 났던 접시들, 위층 복도 벽에 파인 구멍이 생각난다.

잠긴 문밖의 어딘가에서 스콧이 웃는 소리가 들려오자 내 온몸이 차갑게 식어내린다. 나는 허둥대며 일어나 창가로 가서 창을 열고, 발꿈치를 한껏 들어 몸을 창밖으로 쭉 빼고는 살려달라고 외친다. 큰 소리로 톰을 부른다. 가망 없는 짓이다. 한심하다. 만에 하나 톰이 몇 집 건너 마당에 나와 있다 해도 내 소리를 듣지 못할 것이다. 너무 멀다. 아래를 내려다보다가 균형을 잃고 방 안으로 다시 물러난다. 뱃속이 부글거리고, 흐느낌이 북받쳐올라 목이 멘다.

"제발요, 스콧!" 나는 소리친다. "제발······." 그를 구슬리려고 필사적으로 애쓰는 것처럼 들리는 내 목소리가 싫다. 피로 물든 내 티셔츠를 내려다보니, 방법이 아예 없는 건 아니라는 생각이 든다. 나는 사진 액자를 집어 카펫 위에 뒤집어 엎는다. 가장 기다란 유리 파편을 골라 내 뒷주머니에 조심스럽게 집어넣는다.

계단을 올라오는 발소리가 들린다. 나는 문 맞은편의 벽에 기대어 선다. 자물쇠에 열쇠가 꽂히고 돌아간다.

스콧이 한 손에 내 핸드백을 들고 있다가 내 발밑으로 툭 던진다. 다른 손에는 종이 쪼가리가 들려 있다. "낸시 드루(유명한 미스터리 소설 시리즈 '낸시 드루 미스터리 스토리즈'에 등장하는 젊은 여성 탐정 – 옮긴이) 나셨더군!" 그가 씩 웃으며 이렇게 말하더니 여자 목소리를 흉내 내어 읽는다. "메건은 애인과 함께 도망갔다. 이제부터 이 애인을 B로 칭한다." 그가 킬킬거린다. "B가 메건을 해쳤다…… 스콧이 메건을 해쳤다……." 그가 종이를 구겨 내 발밑으로 내던진다. "정말 돌아버리겠네. 한심해서 못 봐주겠어." 그가 방 안을 둘러보다가 바닥의 구토물과 내 티셔츠에 묻은 피를 눈여겨본다. "젠장, 대체 뭘 하고 있었던 거야? 목매달고 죽으려고 했나? 내 수고를 덜어주시려고?" 그가 또 웃는다. "당신 목을 부러뜨려야겠지만 말이야, 당신 같은 여자한텐 그런 수고도 아까워." 그가 한쪽으로 비켜선다. "내 집에서 꺼져."

내가 가방을 움켜쥐고 문으로 향하는데, 그가 내 앞으로 다가서며 거짓 공격으로 상대편을 속이는 권투 선수 같은 동작을 취한다. 순간 난 그가 나를 막고 또 내 몸에 손을 댈 것 같은 느낌이 든다. 내 눈에서 두려운 기색이 보이는지 그가 웃기 시작하더니 폭소를 터뜨린다. 내가 문을 쾅 닫고 나갈 때까지 그의 웃음소리가 계속 들린다.

2013년 8월 16일 금요일
아침

잠을 거의 자지 못했다. 계속 흠칫흠칫 놀라고 손이 떨려서 몸을 진정시킨 후 잠들고 싶어 포도주를 한 병 반 마셨지만 별로 효과가 없었다. 꾸벅꾸벅 졸 때마다 움찔 놀라며 깨어났다. 꼭 방 안에 그가 있는 것 같았다. 나는 불을 켜고 앉아, 바깥 거리에서 들려오는 소리들, 건물 안에서 사람들이 돌아다니는 소리에 귀를 기울였다. 햇빛이 들기 시작했을 때에야 긴장이 풀려 잠들 수 있었다. 나는 또 숲속에 있는 꿈을 꾸었다. 내 곁에 톰이 있었지만, 두려운 기분은 가시지 않았다.

나는 어젯밤에 톰에게 메모를 남겼다. 스콧의 집에서 나온 후 23호로 달려가 문을 탕탕 두드렸다. 제정신이 아니었기 때문에 애나가 있든 말든, 그 여자가 나를 보고 화를 내든 말든 상관없었다. 아무도 나오지 않았고, 그래서 나는 종이 쪼가리에 짧은 편지를 갈겨써서 우편함에 밀어넣었다. 그 여자가 본다 해도 상관없다. 솔직히 그 여자가 봤으면 하는 마음도 조금은 있다. 나는 요전 날 일에 대해 얘기하고 싶다는 애매모호한 내용의 메모를 남겼다. 스콧의 이름을 꺼내지는 않았다. 혹시라도 톰이 그 집에 찾아가서 스콧에게 따지면 안되니까. 무슨 일이 일어날지 누가 알겠는가.

나는 집에 도착한 후 곧 경찰서에 전화를 걸었다. 마음을 가라앉히기 위해 먼저 포도주를 두어 잔 마셨다. 개스킬 경위를 바꿔달라고 했지만, 자리에 없다며 라일리를 연결해주었다. 그건 내가 원하는 바가 아니었다. 개스킬이었다면 내얘기에 좀 더 친절하게 응해주었을 것이다.

"그 남자가 날 자기 집에 감금했다니까요." 나는 라일리에게 이렇게 말했다. "날 협박했어요."

그러자 그녀는 내가 얼마나 오랫동안 '감금되어' 있었느냐고 물었다. 그녀가 눈알을 굴리는 소리가 들리는 것만 같았다.

"잘 모르겠어요. 30분 정도였던 것 같은데."

한참이나 침묵이 흘렀다.

"그리고 스콧이 당신을 협박했군요. 정확히 어떤 성격의 협박이었는지 말씀해주시겠어요?"

"내 목을 부러뜨리겠다고 했어요. 저…… 내 목을 부러뜨려야 한다고 했어요……."

"당신 목을 부러뜨려야 한다고요?"

"신경 쓰기 귀찮아서 안 부러뜨리는 거라고 했어요."

침묵. 그러고 나서. "스콧이 당신을 때렸나요? 어떤 식으로든 당신한테 상처를 입혔어요?"

"멍이 들었어요. 멍만."

"그가 당신을 때렸어요?"

"아니요, 날 움켜잡았어요."

또 침묵.

"왓슨 씨, 왜 스콧 히프웰의 집에 있었죠?"

"그 사람이 나한테 와달라고 했어요. 같이 얘기하고 싶다고."

그녀가 길게 한숨을 내쉬었다. "이 사건에 관여하지 말라고 경고 드렸을 텐데요. 당신은 메건의 친구였다고 쭉 거짓말을 했고, 온갖 이야기를 지어냈죠. 잠깐만요, 내 말 끝까지 들어요. 스콧은 지금 엄청난 압박감을 받고 아주 힘들어하고 있다고요. 그래서 위험한 행동을 할 수도 있어요."

"위험한 사람 맞다니까요. 내 말 제대로 듣고 있는 거예요?"

"이러시면 도움이 안 돼요. 당신은 그 집에 찾아가서 스콧에게 거짓말하고, 그를 자극하고 있어요. 우린 지금 살인 사건을 수사하고 있는 중이에요. 그걸 아셔야죠. 당신 때문에 우리 수사가 진척되지 않을 수도 있어요."

"무슨 진척요?" 나는 쏘아붙였다. "지금까지 아무런 진척도 없었으면서. 그 남자가 자기 아내를 죽였다고요. 정말이라니까요. 사진이, 두 사람이 함께 찍은 사진이 박살 나 있었어요. 스콧은 화가 나 있고, 정신 상태가 불안정하고······."

"네. 우리도 그 사진 봤어요. 그 집을 수색했으니까요. 그건 살인의 증거가 안 돼요."

"그래서 그 남자를 체포하지 않겠다고요?"

그녀는 긴 한숨을 뱉었다. "내일 경찰서에 와서 진술하세요. 그럼 그 진술을 바탕으로 시작해보죠. 그리고 왓슨 씨? 스콧 히프웰 근처에 가지 마세요."

캐시가 집에 와서 술 마시고 있는 나를 보고는 얼굴이 굳었다. 그 친구에게 무슨 말을 할 수 있을까? 설명할 길이 없었다. 난 마치 삐친 십대 아이처럼, 그냥 미안하다고 말하고 내 방으로 올라갔다. 그러고는 몸을 뒤척이며 잠들려 애쓰고 톰의 전화를 기다렸다. 그는 전화하지 않았다.

나는 일찍 일어나 전화기를 확인하고(한 통도 안 왔다), 머리를 감고, 면접에 어울릴 만한 옷을 입는다. 손이 덜덜 떨리고 속이 메스껍다. 먼저 경찰서에 들러서 진술해야 하기 때문에 서둘러 집을 나선다. 내 진술이 큰 역할을 할 거라는 기대는 없다. 한 번도 내 말을 진지하게 들어주지 않은 경찰이 이제 와서 달라질 리 없다. 도대체 어떻게 해야 경찰들이 날 몽상가로 보지 않을까?

기차역으로 가는 길에 자꾸 뒤돌아보게 된다. 그러다가 경찰 사이렌이 갑자기 울리는 바람에 깜짝 놀라며 말 그대로 공중으로 뛰어오른다. 기차역 플랫폼에서 최대한 난간에 가까이 붙어서 손가락으로 철책을 쭉 훑으며 걸어간다. 난간을 꼭 붙잡아야 할 일이 생길지도 모르니까. 정말 우습지만, 그의 본색을 알고 우리 사이의 비밀이 없어진 지금 난 무방비 상태로 노출된 것 같은 기분이 든다.

오후

이제 그 문제는 잊어야 한다. 지금껏 내내 기억할 뭔가가 있다고, 내가 뭔가를 놓쳤다고 생각했다. 하지만 아니다. 난 중요한 걸 보지도, 끔찍한 짓을 저지르지도 않았다. 어쩌다 우연히 같은 거리에 있었을 뿐이다. 붉은 머리 남자 덕분에 알게 된 사실이다. 그래도 내 머릿속 어딘가에 아무리 애를 써도 긁을 수가 없는 가려운 곳이 있다.

경찰서에는 개스킬도 라일리도 없었다. 나는 따분한 표정의 제복 경찰에게 진술했다. 내가 시궁창에 빠진 사체로 발견되지 않는 이상, 내 진술은 서류철에 들어간 뒤 그냥 잊힐 것이다. 면접은 스콧이 사는 마을의 맞은편에서 하기로 되어 있었지만, 나는 경찰서 앞에서 택시를 탔다. 조심해서 나쁠 것 없으니까. 면접은 그런대로 잘 풀렸다. 분명 내 수준에 못 미치는 일이지만, 나 자신 역시 지난 1~2년 사이에 수준이 떨어진 것 같다. 그러니까 눈을 낮출 필요가 있다. (형편없는 보수와 일 자체가 별로라는 점 외에도) 계속 위트니로 와야 한다는 것이, 그래서 이 거리들을 걷다가 스콧이나 애나 모녀와 마주칠 위험이 있다는 것이 큰 문제다.

이 지역은 사람들과 마주치는 게 일상인 곳이다. 내가 이곳을 좋아했던 이유 중의 하나이기도 하다. 런던 끝자락의 작은 마을 같은 분위기랄까. 모두를 알지는 못하지만, 얼굴들을 보면 친숙한 그런 곳.

기차역에 거의 다 와서 크라운 거리를 지나갈 때, 누군가가 내 팔을 건드려서 나는 몸을 획 돌리다가 인도에서 도로로 미끄러진다.

"조심해요, 조심해. 미안해요, 미안합니다." 또 그 붉은 머리 남자다. 그는 한 손에는 맥주를 들고 있고, 다른 한 손은 마치 항복의 몸짓처럼 위로 들어올리고 있다. "원래 잘 놀라나 봐요?" 그가 씩 웃는다. 내가 정말 겁에 질린 표정을 하고 있는지, 그의 얼굴에서 웃음기가 사라진다. "괜찮아요? 겁주려고 그런 건 아닌데."

그가 일이 일찍 끝났다면서 내게 같이 한잔하자고 한다. 나는 거절하지만 곧 마음을 바꾼다.

"사과할게요." 앤디라는 그 남자가 내게 진토닉을 가져다주자 내가 말한다. "기차에서 그렇게 행동한 거. 저번에 말이에요. 그날 좀 힘들었거든요."

"괜찮아요." 앤디가 말한다. 느리고 나른하게 미소 짓는 걸 보니, 이미 몇 잔 걸친 모양이다. 우리는 술집 뒤편의 마당에 있는 테이블에서 마주 보고 앉아 있다. 거리보다 여기가 더 안전하게 느껴진다. 그런 안전한 느낌 때문인지 용기가 생겨서, 나는 모험을 한번 해보기로 한다.

"무슨 일이 있었는지 묻고 싶었어요. 우리가 만났던 날 밤에요. 메건, 그 여자가 실종된 날 밤에."

"아, 맞아요. 그런데 왜요? 무슨 일이 있었는지 알고 싶다니, 그게 무슨 소리예요?"

나는 숨을 크게 들이마신다. 얼굴이 달아오른다. 한두 번도 아닌데, 이 사실을 털어놓을 때마다 창피하고 민망하다. "그때 술에 심하게 취해 있었거든요. 그래서 기억이 안 나요. 정리해야 할 문제들이 좀 있는데. 당신이 뭐라도 봤는지, 내가 누군가와 얘기하는 걸 봤는지, 그런 걸 알고 싶어요……." 나는 그와 눈을 마주치지 못하고 테이블만 빤히 내려다보고 있다.

그가 자기 발로 내 발을 슬쩍 찌른다. "걱정할 거 없어요. 당신은 나쁜 짓 하나도 안 했으니까." 내가 고개를 들어보니 그가 미소를 짓고 있다. "나도 취해 있었어요. 우리는 기차 안에서 얘기를 좀 했어요, 내용은 기억 안 나지만. 그러다가 우리 둘 다 여기 위트니 역에서 내렸고, 당신이 휘청거리면서 내려가다가 계단에서 넘어졌죠. 기억나요? 내가 일으켜 세워줬더니 엄청 창피해하더라고요. 지금처럼 얼굴이 벌게져 갖고." 그가 웃는다. "같이 역에서 나간 뒤에 내가 술집에 가자고 했더니 당신은 남편을 만나러 가야 된다고 했어요."

"그게 다예요?"

"아니요. 정말 기억 안 나요? 잠시 후에, 한 30분 후였나? 나는 크라운 거리에 있었는데, 한 친구가 전화해서 철도 반대편에 있는 술집에 있다고 하더라고요. 그래서 나는 굴다리 쪽으로 가고 있었죠. 그런데 그곳에 당신이 넘어져 있었어요. 상태가 좀 안 좋아 보였어요. 다쳤더라고요. 걱정돼서 집까지 데려다주겠다고 했더니 당신이 싫다고 했어요. 당신은…… 아주 화가 나 있었어요. 아무래도 남자랑 다툰 모양이라고 생각했죠. 한 남자가 거리를 따라 걸어가고 있는 게 보였거든요. 그래서 내가 그 남자를 쫓아가보겠다고 했지만 당신은 그러지 말라고 했어요. 그 남자는 어디선가 차를 타고 가버렸어요. 저…… 그 남자가 어떤 사람이랑 같이 있던데."

"여자였어요?"

그가 고개를 끄덕이고는 머리를 약간 움츠린다. "네, 둘이 같이 차에 타더라고요. 그래서 난 그것 때문에 싸운 줄 알았죠."

"그러고 나서는요?"

"그러고 나서는 당신이 떠나버렸어요. 약간…… 정신이 없어 보이기도 했는데, 그냥 가버렸어요. 도움은 필요 없다는 말만 계속하면서. 말했다시피, 나도 좀 취해 있었잖아요. 그래서 그냥 가버렸죠. 굴다리를 지나서 술집에 있는 친구를 만났어요. 그게 다예요."

아파트 계단을 올라가는 동안, 내 위로 그림자가 보이고, 저 앞에 발소리가 들리는 것 같다. 위의 층계참에서 누군가가 날 기다리고 있다. 물론 그곳에는 아무도 없고, 아파트 역시 텅 비어 있다. 물건에 손댄 느낌도 없고 사람 냄새도 전혀 안 나지만, 나는 모든 방을 확인해본다. 내 침대와 캐시의 침대 밑, 옷장 안, 아이 하나 숨길 수 없는 부엌 찬장 안까지.

집 안을 세 번 정도 돌아다닌 후에야 난 수색을 멈춘다. 위층으로 올라가서 침대에 앉아, 앤디와 나눴던 대화를 생각해본다. 그의 얘기는 내 기억과 일치한다. 새롭게 알게 된 대단한 사실은 거의 없다. 톰과 내가 거리에서 다퉜다. 나는 넘어져서 다쳤다. 톰은 화가 나서 자리를 뜨고 애나와 함께 차를 타고 갔다. 나중에 톰이 나를 찾으러 다시 돌아왔지만 난 이미 사라지고 없었다. 나는 택시를 타거나, 아니면 또 기차를 탔던 것 같다.

나는 침대에 앉아 창밖을 바라본다. 왜 기분이 나아지지 않는 걸까? 여전히 아무런 답도 얻지 못했기 때문일 것이다. 내 기억이 다른 사람들의 기억과 일치하긴 하지만, 그래도 아직 뭔가가 어긋나 있는 것 같은 기분이 든다. 그때 문득 스치고 지나가는 이름이 있다. 애나. 톰이 애나를 차에 태우고 다닌 사실을 말하지 않은 것만이 문제가 아니다. 그녀는 나를 내

버려두고 떠나서 차에 탈 때 아기를 안고 있지 않았다. 이 모든 일이 벌어지는 동안 에비는 어디에 있었던 거지?

2013년 8월 17일 토요일
저녁

톰과 얘기해서 이 문제를 확실히 정리해야겠다. 곱씹어볼수록 이해가 안 되는 부분이 점점 더 생겨나 그냥 넘어갈 수가 없다. 또, 그에게 메모를 남긴 지 이틀이 지났는데 아무런 답이 없어 걱정되기도 한다. 어젯밤에 전화를 해봤더니 받지 않았고, 오늘도 하루 종일 받지 않았다. 뭔가 문제가 생긴 것이 틀림없고, 애나와 관계된 일이라는 느낌을 떨쳐버릴 수가 없다.

스콧과 있었던 일을 들으면 톰도 나와 얘기하고 싶어 할 것이다. 날 도와주고 싶어 할 것이다. 그날 차 안에서 톰이 내게 보여준 모습, 우리 사이에 오갔던 감정을 잊을 수가 없다. 그래서 나는 전화기를 들어 그의 번호를 누르고, 항상 그랬듯 그의 목소리를 들을 수 있다는 기대감에 속이 울렁거린다. 몇 년 전만큼이나 가슴이 설렌다.

"여보세요?"

"톰, 나야."

"응."

내 이름을 말하지 않는 걸 보면 그의 곁에 애나가 있는 것이 틀림없다. 나는 잠시 기다리며, 그가 다른 방으로 옮겨가 애나에게서 떨어질 시간을 준다. 그의 한숨 소리가 들린다.

"뭐야?"

"음, 얘기 좀 하고 싶어서…… 내가 메모 남겼잖아, 저기……."

"뭐?" 그가 짜증스럽게 묻는다.

"이틀 전에 당신한테 메모를 남겼어. 얘기할 게 있어서……."

"난 메모 못 봤어." 또 한 번의 더 깊은 한숨 소리. "젠장. 그래서 애나가 나한테 화가 났군." 애나가 그 메모를 보고 그에게 전해주지 않은 모양이다. "무슨 얘기를 하고 싶은 거야?"

여기서 끊고 다시 전화를 걸어 다르게 시작하고 싶다. 월요일에 그를 만나서 기뻤다고, 함께 호수에 가서 좋았다고 말하고 싶다.

"그냥 좀 물어보려고."

"뭘?" 그가 딱딱하게 묻는다. 정말 화가 많이 난 목소리다.

"별일 없는 거 맞지?"

"묻고 싶은 거나 말해." 일주일 전의 그 상냥함은 온데간데없다. 메모를 남겨서 그의 가정생활을 곤란하게 만든 내 자신이 원망스럽다.

"그날 밤 일을 묻고 싶었어. 메건 히프웰이 실종된 날 밤."

"정말 돌아버리겠네. 그 얘긴 했잖아. 설마 벌써 잊어버린 건 아니겠지."

"난 그냥……."

"당신은 취해 있었어." 그가 거친 목소리로 크게 말한다. "집에 가라고 해도 당신이 내 말을 안 듣고 엉뚱한 데로 가버렸지. 그래서 나는 차를 몰고 당신을 찾으러 다녔지만 못 찾았고."

"애나는 어디에 있었어?"

"집에 있었지."

"아기랑 같이?"

"에비랑 같이, 그래."

"당신이랑 같이 차에 타고 있었던 게 아니고?"

"아니야."

"하지만……."

"제발 좀. 애나는 외출하기로 되어 있었고, 그래서 내가 에비를 볼 계획이었어. 그런데 당신이 찾아오는 바람에 애나는 계획을 취소해버렸지. 그리고 난 당신을 찾아다니느라 내 인생을 몇 시간 더 낭비했고."

전화하지 말 걸 그랬다. 한껏 부풀었던 기대가 또다시 꺾이고 나니, 차가운 강철이 내 뱃속을 비틀어대는 기분이 든다.

"알았어. 그런데 내 기억은 조금 달라……. 톰, 당신이 날 봤을 때 내가 다친 상태였어? 그러니까…… 머리에 상처가 나 있었어?"

또 깊은 한숨. "당신이 뭐라도 기억한다니까 놀랍군, 레이첼. 당신은 인사불성으로 취해 있었어. 지독하게 취해서 몸도 제대로 못 가눴다고. 휘청거리면서 온 사방을 다 헤매다녔어." 그의 말을 듣고 있으니 목이 점점 더 조여든다. 그가 내게 질려 넌더리를 내고 나를 역겨워하던 그 힘든 시절, 최악의 시절에 그에게 들었던 말들이다. 그가 지친 목소리로 말을 잇는다. "당신이 거리에서 넘어져서 울고 있었어. 정말 지저분한 꼴로. 이게 왜 중요한데?" 나는 할 말이 바로 떠오르지 않아 한참이나 대답을 하지 못한다. 그가 계속 말한다. "이제 끊어야겠어. 제발 앞으로 전화하지 마. 이미 다 끝난 얘기잖아. 내가 얼마나 더 부탁해야겠어? 전화하지 말고, 메모도 남기지 말고, 여기 오지 마. 애나가 싫어한다고. 알겠어?"

전화가 끊긴다.

2013년 8월 18일 일요일

이른 아침

밤새도록 아래층 거실에서 텔레비전을 켜놓고 있었다. 두려움이 밀려왔다 밀려나가고, 힘이 솟았다가 빠져나갔다. 마치 시간을 되돌린 것처럼, 그가 몇 년 전 내게 남긴 상처가 다시 새삼스레 찢겨 터지는 것 같은 기분이다. 어리석은 생각이라는 걸 나도 안다. 단 몇 분 대화를 나누면서 지나친 감상과 죄책감에 지나지 않았을 그의 감정을 다정함으로 착각하고, 그와 다시 시작할 수 있을지도 모른다고 기대한 내가 바보였다. 그래도 마음이 아프다. 그리고 그 고통을 마음껏 느끼는 것이 좋다. 그렇지 않으면, 계속 무디게 만들기만 하면, 그 고통은 영영 사라지지 않을 테니까.

그리고 나와 스콧 사이에는 뭔가 통하는 게 있다고, 내가 그를 도울 수 있다고 생각한 것도 바보 같은 짓이었다. 그래, 난 바보다. 거기에 익숙해졌다. 그렇다고 해서 계속 바보일 필요는 없잖아? 앞으로는 바보처럼 살지 않을 거다. 나는 밤새도록 여기 누워, 이런저런 문제들을 해결하리라 다짐했다. 이 집에서 나가 먼 곳으로 떠나는 거야. 새로운 직장도 얻어야지. 결혼 전의 성을 다시 쓰고, 톰을 깨끗이 정리하고, 다른 사람이 날 쉽게 찾지 못하게 할 거야. 날 찾을 사람이 있기나 할지 모르겠지만.

잠을 많이 자지 못했다. 여기 소파에 누워서 계획을 세웠고, 스르르 잠들려 할 때마다 머릿속에서 톰의 목소리가 들렸다. 그가 바로 내 옆에 있는 것처럼, 내 귀에 입술을 대고 말하는 것처럼 아주 또렷하게 들렸다. "당신은 인사불성으로 취해 있었어. 지독하게 취해서 몸도 제대로 못 가눴다고." 그러면 나는 움찔하며 깨어났고, 수치심이 파도처럼 밀려들었다. 수치심뿐만 아니라 강렬한 기시감도 있었다. 전에도 들었던 말들이니까, 정확히 그대로.

그리고 그 장면들이 계속 떠올랐다. 깨어나 보니 베개에 묻어 있는 피, 뺨 안쪽을 씹어댄 것처럼 따끔거리는 입안, 지저분한 손톱, 깨질 것 같은 머리, 욕실에서 나오는 톰, 상처와 분노가 뒤범벅된 그의 표정, 내 안에서 홍수처럼 솟구쳐오르는 불안감.

"어떻게 된 거야?"

그의 팔과 가슴에 생긴 멍 자국을 보여주며 내가 자기를 때렸다고 말하는 톰.

"못 믿겠어, 톰. 내가 당신을 때릴 리 없어. 지금까지 살면서 사람을 때려본 적은 한 번도 없어."

"당신은 인사불성으로 취해 있었어, 레이첼. 어젯밤에 당신이 무슨 짓을 했는지 기억나? 무슨 말을 했는지는?" 그러고 나서 그는 내게 말해주었고, 난 그래도 그 말을 믿을 수가 없었다. 그가 얘기해준 짓을 저지른 사람이 전혀 나라고 생각되지 않았다. 그리고 골프채 사건. 앞을 못 보는 눈처럼 벽에 파인 그 회색의 빈 구멍은 내가 지나갈 때마다 날 노려보는 듯했고, 나는 그가 말한 나의 폭력성과 내가 기억하는 두려움이 일치하지 않아 혼란스러웠다.

아니면 그저 내 착각이었는지도 모른다. 얼마 후부터는 내가 무슨 짓을 했는지 묻지도 않고, 그가 스스로 나서서 알려줄 때 그럴 리 없다고 따지지도 않게 되었다. 자세한 내용을 알고 싶지 않았고, 내가 몸을 못 가눌 정도로 지독하게 인사불성으로 취해서 했던 말과 행동을 듣고 싶지 않았다. 가끔 그는 내 행동을 녹화하겠다고 협박하고, 그걸 틀어주겠다고 말하기도 했다. 실제로 그런 적은 한 번도 없었다. 작은 자비를 베풀어준 것이다.

얼마 후에는 그런 상태로 깨어날 때마다, 전날 무슨 일이 있었는지 묻지 않고 그냥 미안하다고 말했다. 그런 짓을 해서 미안하고, 이런 사람이라 미안하다고, 다시는 그런 짓을 하지 않겠다고.

이제 그럴 일은 없을 것이다, 정말로. 이 점은 스콧에게 고마워해야 할 것 같다. 이젠 너무 두려워서 한밤중에 밖에 나가 술을 살 수가 없다. 너무 두려워서 발을 헛디딜 수가 없다. 그러면 틈을 보이게 되니까.

앞으로는 강해져야 한다. 그러기만 하면 된다.

눈꺼풀이 또 무거워지기 시작하고 머리가 꾸벅거리며 가슴에 닿는다. 나는 텔레비전 소리를 거의 안 들릴 정도로 낮추고, 소파 등 쪽으로 몸을 굴려 편안하게 누운 뒤 누비이불을 끌어올려 덮는다. 난 잠에 빠져들고 있다. 느껴진다. 이제 잠들 것이다. 바로 그때, 땅이 갑자기 내게 돌진해 오는 바람에 나는 벌떡 일어나 앉는다. 심장이 입 밖으로 튀어나올 것 같다. 난 보았다. 그걸 보았다.

굴다리 밑에 있는 나와 내게 다가오는 그. 입을 한 번 철썩 때리고는 위로 올라가는 그의 주먹, 그의 손에 쥐어진 열쇠들, 톱니 모양의 그 금속이 내 두개골을 세게 내리칠 때 느껴지는 타는 듯한 고통.

애나

2013년 8월 17일 토요일

저녁

우는 내 자신이 밉다. 너무 한심하다. 하지만 지쳤다. 지난 몇 주는 너무 힘들었다. 게다가, 아니나 다를까 또 레이첼 문제로 톰과 다투었다.

내내 벼르고 있었던 것 같다. 그 메모를, 톰이 레이첼을 만난 일을 속였다는 사실을 계속 곱씹으면서 나 자신을 괴롭히고 있었다. 바보 같은 짓이라고 아무리 나 자신을 타일러봐도, 그들 사이에 뭔가가 있다는 느낌을 지워버릴 수가 없다. 그 여자가 톰 자신에게, 우리에게 얼마나 못되게 굴었는데, 어떻게 그럴 수가 있지? 어떻게 그 여자를 다시 만날 생각을 할 수가 있어? 나란히 서 있는 우리 둘을 보고, 내가 아닌 그 여자를 선택할 남자는 이 세상에 없다. 설령 그녀가 아무 문제 없는 여자라 해도.

그래도, 가끔은 그런 일이 생기기도 하잖아? 과거를 함께 했던 누군가가 계속 들러붙으면 아무리 노력해도 그와의 인연을 끊고 자유로워질 수 없다. 그러다 시간이 좀 지나면 그런 노력마저 멈추게 되고 만다.

그 여자는 목요일에 우리 집에 와서 문을 두드리며 톰을 불렀다. 난 화가 치밀었지만, 감히 문을 열지는 못했다. 아이가 있으면, 약점이 생기고 몸을 사릴 수밖에 없다. 나 혼자였다면 그 여자에게 맞서고, 거리낌 없이 그 여자를 처리했을 것이다. 하지만 그런 위험은 감수할 수 없었다. 그 여자가 무슨 짓을 할지 알 수가 없으니까.

나는 그 여자가 왜 찾아왔는지 알고 있다. 내가 경찰에 자기 얘기를 해서 약이 오른 것이다. 나한테 전해주라고 톰을 그렇게 소리쳐 불렀겠지, 자기 좀 그냥 내버려두라고. 그 여자는 "얘기 좀 해. 최대한 빨리 전화해줘. 중요한 일이야."라는 메모를 남겼다. '중요한'이라는 단어 밑에 줄을 세 개나 그어놓았다. 나는 그 메모를 곧장 쓰레기통에 던져버렸다. 나중에 다시 꺼내어 침대 옆 서랍장에 넣어두었다. 그 서랍에는 그 여자가 보낸 악의적인 이메일들을 출력한 인쇄물들과, 그녀가 전화하거나 우리 집 근처에 나타난 날짜와 시간을 모두 기록한 일지도 들어 있다. 그녀가 우리를 괴롭힌 역사의 기록. 이렇게 증거를 모아둘 필요가 있을지도 모른다. 나는 라일리 경사에게 전화를 걸어, 레이첼이 또 얼쩡거렸다는 메시지를 남겼다. 회신 전화는 아직 오지 않았다.

톰에게 그 메모에 대해 얘기해줬어야 했다. 그건 나도 알지만, 내가 경찰에게 전화한 걸 알면 그이가 화를 낼까 봐 두려웠고, 그래서 그 메모를 서랍에 넣어놓고는 레이첼이 잊어버리기를 빌었다. 물론 그 여자는 잊지 않았다. 그녀가 오늘 밤에 톰에게 전화를 했다. 그는 전화를 끊고 나서 씩씩거렸다.

"메모라니, 어떻게 된 거야?" 그가 쏘아붙였다.

나는 내가 그 메모를 버렸다고 말했다. "당신이 읽고 싶어 할 줄은 몰랐어. 당신도 나만큼이나 그 여자를 우리 인생에서 쫓아버리고 싶어 하는 줄 알았지."

그는 눈알을 굴렸다. "그게 중요한 게 아니잖아. 물론 나도 레이첼을 쫓아버리고 싶어. 그래도 당신이 내 통화를 듣고 나한테 온 편지를 없애버리는 건 곤란해. 그건……." 그가 한숨을 내쉬었다.

"그건 뭐?"

"아무것도 아니야. 그냥…… 그건 그 여자가 하던 짓이라는 거지."

배를 한 대 얻어맞은 기분이었다. 그런 말을 하다니, 야비하다. 꼴사납게도 나는 울음을 터뜨리며 위층 방으로 뛰어 올라갔다. 그가 올라와서 평소처럼 나를 달래고 키스하면서 화해 분위기를 만들어주기를 기다렸지만, 30분쯤 후에 그가 큰 소리로 말했다. "두 시간 정도 헬스클럽에 다녀올게." 그러고는 내가 대답하기도 전에 현관문이 쾅 닫히는 소리가 들렸다.

그리고 지금 난 그 여자가 했던 짓을 그대로 하고 있다. 어젯밤 저녁 식사에서 남은 적포도주 반 병을 싹 비우고 컴퓨터로 그의 뒤를 캐고 있다. 지금의 나처럼 이런 기분이라면 그녀의 행동을 쉽게 이해할 수 있다. 의심만큼 고통스럽고 마음을 좀먹는 것도 없다.

드디어 노트북 컴퓨터 암호를 풀어냈다. 블레넘Blenheim이다. 우리가 사는 거리 이름이라니, 재미없고 따분하다. 수상한 이메일도 없고, 음란한 사진도 없고, 열렬한 연애편지도 없다. 어찌나 지루한지 질투의 고통마저 사그라지게 해주는 업무 관련 이메일들을 30분 정도 읽다가 컴퓨터를 탁 닫고 옆으로 치워버린다. 포도주를 마신 덕분에, 그리고 톰의 컴퓨터 안에 따분한 것들밖에 없다는 것을 확인한 덕분에 기분이 정말 좋다. 내가 그저 바보 같은 생각을 한 거라는 사실이 증명되니 안심이 된다.

포도주를 또 마셨다는 걸 그에게 들키기 싫어 위층으로 올라가 이를 닦는다. 그러고는 계획을 세운다. 침대 시트를 갈고, 베개에 아쿠아 디 파르마 향수를 조금 뿌리고, 작년 생일에 톰에게 선물받은 검은색 실크 테디를 입고, 그가 돌아오면 화해해야겠다고 생각한다.

침대에서 시트들을 잡아당겨 빼내다가, 침대 밑에 아무렇게나 넣어져 있는 검은색 가방에 발이 걸려 넘어질 뻔한다. 톰이 운동 가방을 깜박하고 챙겨가지 않은 모양이다. 그이가 나간 지 한 시간이 지났는데, 가방을 가지러 오지 않았다. 뱃속이 뒤집힌다. 어쩌면 그이는 짜증을 내면서 그냥 술집에 갔을지도 모른다. 아니면, 헬스클럽 로커에 여분으로 가져다놓은 것들이 있을지도 모른다. 아니면, 바로 지금 그녀와 한 침대에 있을지도.

속이 메스껍다. 나는 무릎을 꿇고 앉아 가방 안을 샅샅이 뒤져본다. 톰의 소지품이 모두 들어 있다. 깨끗하게 세탁된 운동복, 아이포드 셔플(애플 사의 MP3 플레이어 – 옮긴이), 그이의 유일한 운동화. 그리고 또 뭔가가 있다. 휴대전화. 내가 본 적이 없는 전화기다.

나는 전화기를 손에 쥔 채 침대에 앉는다. 심장이 쿵쾅거린다. 아무래도 참을 수 있는 방법이 없으니 난 전화기를 켤 것이다. 하지만 켜고 나면 후회할 것이다. 보나마나 나쁜 일이 생길 테니까. 뭔가 감추고 있는 게 아니라면, 여분의 전화기를 운동 가방에 숨겨놓을 이유가 없다. 내 머릿속에서 어떤 목소리가 "그냥 도로 넣어놓고 잊어버려." 하고 말한다. 하지만 난 그럴 수 없다. 전원 버튼을 세게 누른 뒤 액정 화면에 불이 들어오기를 기다린다. 기다리고, 또 기다린다. 전원이 켜지지 않는다. 내 온몸으로 안도감이 모르핀처럼 강하게 밀려든다.

이제 알 수 없게 돼버렸으니 마음이 놓인다. 또, 전원이 켜지지 않는 걸 보면 사용하지 않는 불필요한 전화기일 테고, 이는 곧 뜨거운 불륜을 저지르고 있는 남자의 전화기가 아니라는 뜻이니 마음이 놓인다. 그런 남자라면 전화기를 몸에 달고 살다시피 할 것이다. 아마도 톰이 옛날에 쓰던 전화기인데 버리지 않고 몇 달 동안 운동 가방에 넣고 다닌 모양이다. 어쩌면 톰의 것이 아닐지도 모른다. 헬스클럽에서 발견해서 직원에게 갖다줄 생각이었는데 깜박 잊어버린 게 아닐까?

나는 시트를 벗기다 말고 아래층 거실로 내려간다. 작은 테이블 밑에 달린 서랍 두 개에는 시간이 흐르면서 쌓여가는 잡동사니들이 가득 들어차 있다. 스카치테이프, 해외여행에 대비한 플러그 어댑터, 줄자, 반짇고리, 예전 휴대전화 충전기들. 나는 충전기 세 개를 움켜쥔다. 두 번째로 시도해본 충전기가 들어맞는다. 침대로 돌아와 내가 눕는 자리에 앉아서 전화기에 충전기를 꽂고 침대 옆 테이블 뒤에 숨겨둔다. 그러고는 기다린다.

대부분은 시간들과 날짜들이다. 날짜가 아니라 요일이다. '월요일 3시?' '금요일, 4시 30분.' 가끔은 거절. '내일은 안 돼.' '수요일은 안 돼.' 다른 건 없다. 사랑 고백도, 노골적인 암시도 없다. 그저 문자 메시지 10여 통뿐이고, 발신자 번호는 하나도 뜨지 않는다. 주소록에는 연락처가 하나도 없고, 통화 기록은 삭제되어 있다.

날짜는 필요 없다. 전화기에 기록되어 있으니까. 만남은 수개월 전부터 시작됐다. 거의 1년 전부터. 이 사실을 깨닫자, 그리고 작년 9월부터 만남이 시작됐다는 걸 깨닫자 목이 메어온다. 9월이라니! 에비가 6개월 됐을 때다. 난 아직 몸이 돌아오지 않아 뚱뚱했고, 지쳐 있었고, 섹스에 관심이 없었다. 하지만 웃음이 난다. 말이 안 되니까, 그럴 리가 없으니까. 9월에 우린 말할 수 없이 행복했다. 서로를 사랑했고, 갓 태어난 우리 아기를 사랑했다. 톰이 그 여자와 몰래 만났을 리 없고, 지금껏 내내 만나고 있을 가능성은 절대 없다. 그랬다면 내가 알았을 것이다. 그런 일이 있을 리 없다. 전화기는 그의 것이 아니다.

그래도. 나는 침대 옆 테이블에서 레이첼의 행태를 기록한 일지를 가져와, 전화기에 남아 있는 약속 시간과 비교해본다. 몇몇은 일치한다. 하루나 이틀 전에 건 전화도 있고, 하루나 이틀 뒤에 건 전화도 있다. 전혀 상관없는 전화들도 있다.

정말 톰은 내내 그 여자를 만나고 있었던 걸까? 나한테는 그 여자가 자기를 들볶고 괴롭히고 있다고 말하면서, 사실은 둘이 만날 계획을 짜고 나 몰래 만났던 걸까? 하지만 이 전화기가 있는데 왜 그 여자는 굳이 우리 집으로 전화했을까? 말이 되지 않는다. 내가 눈치채기를 원해서? 우리 사이에 문제를 일으키려고 했던 걸까?

톰이 나간 지 이제 거의 두 시간이 됐으니, 어딜 갔든 곧 돌아올 것이다. 나는 침대를 정리하고, 일지와 전화기를 침대 옆 테이블에 도로 넣어두고는, 아래층으로 내려가 포도주를 한 잔 따라서 재빨리 마신다. 그 여자에게 전화를 해볼 수도 있다. 그녀에게 따질 수도 있다. 하지만 내가 무슨 말을 할 수 있을까? 내가 윤리 운운할 처지도 못 되는데. 그리고 그녀가 고소해하면서 지금껏 내가 바보처럼 속았다고, 내가 톰과 했던 일을 그대로 똑같이 당할 거라고 말하면, 그걸 듣고 견딜 수 있을지 모르겠다.

바깥 인도에서 발소리가 들리고 난 그라는 걸 알아챈다. 그의 걸음걸이를 아니까. 나는 포도주 잔을 싱크대에 처넣고는 그 자리에 서서 조리대에 기댄다. 귓속에서 맥박이 뛰어댄다.

"나 왔어." 톰이 날 보자 말한다. 그가 수줍어하는 듯한 표정으로 약간 비틀거린다.

"요즘 헬스클럽에서는 맥주도 줘?"

그가 씩 웃는다. "가방을 깜박하는 바람에 술집에 갔어."

내가 생각했던 대로다. 아니면 그가 내 생각을 읽고 이렇게 말하는 건가?

그가 조금 더 가까이 다가온다. "뭘 하고 있었어?" 그가 입술에 미소를 띠고 내게 묻는다. "뭔가 죄 지은 듯한 표정인데." 그가 두 팔로 내 허리를 스윽 감아 나를 가까이 끌어당긴다.

그의 입에서 맥주 냄새가 난다. "뭐 나쁜 짓 하고 있었어?"

"톰……."

"쉿." 그가 내 입에 키스하며 내 청바지 단추를 풀기 시작한다. 그러고는 내 몸을 돌려세운다. 난 원하지 않지만 거절하는 방법을 몰라서 그저 눈을 감고, 그 여자와 함께 있는 그를 생각하지 않으려 애쓴다. 가쁘게 숨을 몰아쉬며 절실하고 허기진 기분으로 크래넘가의 빈 집으로 달려가던 그 시절을 떠올린다.

2013년 8월 18일 일요일
이른 아침

깜짝 놀라며 잠에서 깨어난다. 에비의 울음소리가 들리는 것 같은데, 가서 확인해보니 에비는 담요를 두 손으로 꼭 움켜쥔 채 깊이 잠들어 있다. 나는 침대로 돌아오지만 다시 잠들지 못한다. 침대 옆 서랍 속에 들어 있는 전화기밖에 생각나지 않는다. 톰을 힐끔 보니, 그의 왼쪽 팔이 밖으로 뻗어 있고 머리는 뒤로 젖혀져 있다. 숨소리를 들으니 깊이 잠든 것이 분명하다. 나는 침대에서 슬그머니 빠져나가 서랍을 열고 전화기를 꺼낸다.

부엌으로 내려가 손 안에서 전화기를 이리저리 돌리며 마음의 준비를 한다. 알고 싶은 마음 반, 그렇지 않은 마음 반이다. 확실히 하고 싶지만, 내가 틀렸기를 간절히 바란다. 전화기를 켠다. '1'을 누르고 기다리자 음성 메시지 확인을 안내하는 소리가 나온다. 새 메시지도 없고 저장된 메시지도 없다고 한다. 그러고는 인사말을 바꾸고 싶은지 묻는다. 나는 거기서 통화를 끝내지만, 갑자기 혹시라도 전화가 울리면 위층에 있는 톰이 들을지도 모른다는 말도 안 되는 두려움에 휩싸여 프렌치 도어를 열고 밖으로 나간다.

발에 밟히는 풀이 축축하고, 서늘한 공기에 비에 젖은 장미 향이 진하게 풍긴다. 멀리서 기차 소리가 들려온다. 으르렁거리는 소리가 느릿느릿 들리는 걸 보니 아주 먼 곳인가 보다. 나는 울타리까지 거의 다 가서 음성 메시지를 다시 연결해본다. 인사말을 바꾸고 싶나요? '네'를 선택하자 삑 하는 소리가 울리고 나서 잠시 후 그녀의 목소리가 들린다. 그의 목소리가 아닌 그녀의 목소리가. "안녕하세요. 나예요. 메시지 남겨주세요."

내 심장이 멈춘 것 같다.

이건 그의 전화기가 아니라 그녀의 것이다.

나는 인사말을 다시 틀어본다.

"안녕하세요. 나예요. 메시지 남겨주세요."

'그녀'의 목소리다.

움직일 수도, 숨을 쉴 수도 없다. 한 번 더, 그리고 또 한 번 그 목소리를 들어본다. 목이 조여오고, 기절할 것처럼 머리가 핑핑 돈다. 그때 위층에 불이 켜진다.

레이첼

2013년 8월 18일 일요일

이른 아침

기억의 조각들이 계속 이어졌다. 며칠, 몇 주, 몇 달 동안 어둠 속에서 더듬거리다가 마침내 뭔가가 손에 잡힌 듯한 느낌이다. 벽에 손을 짚고 한 방에서 다음 방으로 옮겨가며 길을 찾아가는 것 같다. 이리저리 흔들리던 그림자들이 드디어 큰 덩어리로 합쳐지기 시작했고, 얼마 후 내 두 눈은 어둠에 익숙해져 앞을 볼 수 있게 되었다.

처음엔 아니었다. 처음엔, 기억처럼 느껴지긴 했지만, 난 그게 꿈일 거라고 생각했다. 충격으로 거의 몸이 마비된 채 소파에 앉아서, 내가 뭔가를 잘못 기억한 게 한두 번이냐고, 실제와 다른 엉뚱한 방향으로 착각했던 게 한두 번이냐고 속으로 중얼거렸다.

톰의 동료가 연 파티에 갔을 때도 그랬다. 난 많이 취했지만, 그래도 좋은 밤을 보냈다. 클래라에게 입을 맞추며 작별 인사를 했던 기억이 난다. 그 동료의 아내인 클래라는 따뜻하고 친절한, 사랑스러운 여자였다. 내가 그녀에게 또 만나자고 말했던 기억이 난다. 그녀가 내 손을 잡아주던 것도 기억난다.

이렇게 기억이 또렷한데 그건 사실이 아니었다. 다음 날 아침에 톰이 나와 말을 섞으려 하지 않고 차갑게 굴었을 때, 내 기억이 잘못됐다는 걸 알았다. 그는 정말 실망스럽고 창피하다고, 내가 클래라에게 그와 시시덕거리지 말라고 소리쳤다고, 내가 병적으로 흥분하면서 욕을 퍼부었다고 말했다. 그래서 난 내 기억이 사실과 다르다는 걸 알고 있다.

눈을 감으면 내 살갗에 따뜻하게 닿던 그녀의 손길이 느껴졌지만, 그건 실제로 일어난 일이 아니었다. 실제로 일어난 일은, 톰이 날 그 집에서 끌어내다시피 해야 했고, 난 끌려가는 내내 울면서 소리를 질렀고, 그동안 가여운 클래라는 부엌에서 웅크리고 있었다.

그러니, 내가 눈을 감고 비몽사몽간에 그 굴다리 밑에 있는 나 자신을 봤을 때, 추위를 느끼고 그 고약한 곰팡내를 맡을 수 있었을지도 모르지만, 그리고 어떤 형체가 나를 향해 걸어와 격분을 토하고 주먹을 치켜드는 걸 볼 수 있었을지도 모르지만, 그건 사실이 아니었다. 내가 느낀 두려움은 진짜가 아니었다. 그리고 그 그림자가 나를 때리고, 바닥에 쓰러진 채 울며 피 흘리고 있는 나를 내버려두고 떠난 것도 진짜가 아니었다.

하지만 그건 진짜였고, 난 그걸 봤다. 너무 충격적이어서 믿기지가 않지만, 해가 뜨는 걸 지켜보고 있으니 안개가 걷히는 것 같은 기분이 든다. 그가 내게 한 말은 거짓이었다. 그가 날 때렸다는 건 내 상상이 아니다. 내 기억이다. 그 파티가 끝난 후 클래라에게 작별 인사를 하고 그녀와 손을 잡았던 일을 기억하는 것처럼. 그 골프채 옆에 앉아서 느꼈던 두려움을 기억하는 것처럼. 지금은 안다. 그 골프채를 휘두른 사람이 내가 아니었다는 걸 확실히 알고 있다.

어떻게 해야 할지 모르겠다. 위층으로 뛰어 올라가 청바지를 입고 운동화를 신은 다음 아래층으로 다시 뛰어 내려간다. 그들의 집에 전화를 걸어 신호음이 두어 번 울릴 때까지 기다리다가 끊는다. 뭘 어떻게 해야 할지 모르겠다. 커피를 만든 다음 식게 내버려두고는 라일리 경사의 번호를 누르고 바로 끊어버린다. 그 여자는 내 말을 믿지 않을 것이다. 믿을 리가 없다.

나는 기차역으로 향한다. 일요일이라 첫 기차는 30분 후에야 출발하고, 그래서 벤치에 앉아 있는 것 말고는 달리 할 일이 없다. 생각이 빙글빙글 돈다. 설마 하는 의심에서 절망으로, 다시 절망에서 의심으로.

  모든 게 거짓이다. 그가 날 때린 건 내 상상이 아니다. 그가 나를 내버려두고 주먹을 쥔 채 냉큼 떠나버린 것 역시 내 상상이 아니다. 나는 그가 고개를 돌려 소리치는 걸 보았다. 그가 어떤 여자와 거리를 걷다가 그녀와 함께 차에 타는 걸 보았다. 내 상상이 아니다. 사실은 간단한, 아주 간단한 문제다. 난 그 일을 기억하고 있다. 단지 두 가지 기억을 혼동했을 뿐이다. 파란 원피스를 입고 내게서 달아나는 애나의 이미지를 또 다른 시나리오에 끼워넣은 것이다. 차에 타는 톰과 어떤 여자. 그 여자는 파란 원피스가 아니라 청바지와 빨간 티셔츠를 입고 있었다. 그녀는 메건이었다.

애나

2013년 8월 18일 일요일

이른 아침

 전화기를 울타리 너머로 최대한 멀리 던져버린다. 철둑에 깔린 자갈들 언저리에 전화기가 떨어진다. 그것이 철길 쪽으로 굴러가는 소리가 들리는 것 같다. 아직도 그녀의 목소리가 들리는 것만 같다. "안녕하세요. 나예요. 메시지 남겨주세요." 앞으로 오랫동안 그녀의 목소리가 들릴지도 모른다.

 집으로 돌아와보니 그가 계단 밑에 서 있다. 그는 아직 완전히 잠에서 깨지 못해 흐린 눈을 깜박이며 날 지켜보고 있다.

 "무슨 일이야?"

 "아무것도 아니야." 나는 이렇게 말하지만, 목소리에 떨림이 느껴진다.

"밖에서 뭐 하고 있었어?"

"누가 온 줄 알았어. 그래서 깼는데 다시 잠이 안 와서."

"전화가 울렸는데." 그가 눈을 비비며 말한다.

나는 떨리는 두 손을 꼭 맞잡는다. "응? 무슨 전화?"

"전화." 그가 정신 나간 사람 보듯 나를 쳐다본다. "전화가 울렸다니까. 누가 걸었다가 끊어버렸어."

"아. 나도 몰라. 누구였는지 나도 모르겠어."

그가 웃는다. "당연히 모르겠지. 괜찮아?" 그가 내게 다가와 두 팔로 내 허리를 감싸안는다. "좀 이상한데." 그가 잠시 동안 날 안고 있으면서 머리를 내 가슴에 댄다. "무슨 소리를 들었으면 날 깨웠어야지. 혼자 나가면 안 돼. 그건 내가 할 일이라고."

"괜찮아." 나는 이렇게 말하지만, 덜덜 떨리는 입을 막기 위해 이를 악문다. 그가 내 입술에 키스하며 혀를 내 입속으로 밀어넣는다.

"침대로 돌아가자." 그가 말한다.

"난 커피 좀 마셔야겠어." 나는 이렇게 말하며 그에게서 몸을 떼어내려 한다.

그는 날 놓아주려 하지 않는다. 나를 안은 팔에 힘을 주고, 한 손으로 내 목덜미를 움켜잡는다.

"이러지 말고 같이 가. 안 된다는 말은 나한테 하지 마."

레이첼

2013년 8월 18일 일요일

아침

어떻게 해야 할지 확신이 서지 않아서 그냥 초인종을 누른다. 먼저 전화를 할 걸 그랬나? 전화도 없이 일요일 아침 일찍 찾아오는 건 예의가 아닌데. 나는 킥킥거리기 시작한다. 히스테리가 살짝 찾아오는 것 같다. 내가 무슨 짓을 하고 있는지 정말 모르겠다.

아무도 문으로 나오지 않는다. 집 옆으로 돌아가 작은 통로를 걸어가는 동안 히스테리가 점점 더 심해지는 기분이 든다. 강렬한 기시감이 찾아든다. 이 집에 와서 어린 여자아기를 데려 나갔던 그날 아침. 난 아기를 해칠 생각이 전혀 없었다. 지금은 확신할 수 있다.

집의 시원한 그림자 속에서 작은 길을 걷고 있는데 아기가 재잘거리는 소리가 들린다. 내가 또 상상을 하고 있는 건가? 아니다. 아기가 있다. 그리고 애나도 파티오에 앉아 있다. 나는 그녀를 부르며 울타리 위로 고개를 내민다. 그녀가 나를 쳐다본다. 충격을 받거나 화를 낼 거라는 내 짐작과 달리 그녀는 별로 놀란 것처럼 보이지도 않는다.

"안녕하세요, 레이첼." 그녀는 일어나며, 아이의 손을 잡아 자기 쪽으로 끌어당긴다. 그녀가 웃음기 없이 차분한 표정으로 나를 바라본다. 그녀의 두 눈은 붉고, 화장기 없이 말끔하게 씻은 얼굴은 창백하다.

"무슨 일이에요?" 그녀가 묻는다.

"초인종을 눌렀어요."

"못 들었어요." 그녀가 아이를 허리께로 들어올려 안는다. 그러고는 집 안으로 들어갈 것처럼 몸을 반쯤 돌리다가 멈춘다. 왜 그녀가 나한테 소리를 지르지 않는지 모르겠다.

"톰은 어디 있어요, 애나?"

"나갔어요. 군대 동기 모임 때문에."

"나랑 같이 가요, 애나." 내 말에 그녀가 웃기 시작한다.

애나

2013년 8월 18일 일요일
아침

무슨 까닭인지, 갑자기 이 모든 일이 아주 우습게 느껴진다. 가여운 뚱보 레이첼이 벌건 얼굴로 땀을 뻘뻘 흘리며 내 마당에 서서 내게 자기랑 같이 가자고 말한다. '같이' 가자니. "어딜 가요?" 내가 웃음을 멈추고 이렇게 묻자, 그녀는 멍한 표정으로 나를 가만히 쳐다보기만 할 뿐 대답을 하지 못한다. "당신이랑 아무 데도 안 가요." 에비가 꿈틀거리며 칭얼거리자 나는 아이를 다시 내려놓는다. 오늘 아침에 샤워를 하면서 박박 문지른 살갗이 아직도 화끈거리고 따갑다. 입속, 뺨, 혀가 얼얼하다.

"톰은 언제 돌아와요?" 그녀가 내게 묻는다.

"금방은 안 올 거예요."

사실은 그가 언제 올지 모른다. 가끔 그는 하루 종일 인공 암벽 등반을 하기도 한다. 아니, 난 그런 줄 알았다. 지금은 모르겠다.

나는 그가 운동 가방을 가져갔다는 걸 알고 있다. 전화기가 없어졌다는 걸 곧 알아챌 것이다.

에비를 데리고 얼마 동안 동생 집에 가 있을까 하는 생각도 했지만, 전화기가 마음에 걸린다. 누가 그걸 발견하기라도 하면? 철길의 이쪽 구간에는 항상 인부들이 있다. 그들 중 한 명이 전화기를 찾아서 경찰에 넘길 수도 있다.

그러다가, 전화기를 다시 찾아오는 게 그리 힘들지 않을 거라는 생각이 들었지만, 아무에게도 들키지 않으려면 밤까지 기다려야 한다.

레이첼이 아직도 말을 하고 있다. 내게 이런저런 질문을 하고 있지만, 난 그녀의 말에 귀를 기울이지 않고 있다. 너무 피곤하다.

"애나." 그녀가 내게 더 가까이 다가오며 그 검은색 눈으로 진지하게 내 눈을 살핀다. "한 명이라도 만나본 적 있어요?"

"누구를요?"

"톰의 군대 친구라는 사람들요. 그들 중 누구라도 소개받은 적 있어요?" 나는 고개를 젓는다. "이상하지 않아요?" 내가 보기에 정말 이상한 건, 일요일 아침에 그녀가 내 마당에 나타난 것이다.

"별로요. 그이한테도 자기 생활이라는 게 있으니까요. 거기에 간섭할 생각 없어요. 당신도 마찬가지죠. 당신도 내가 간섭하지 말아야 할 문제가 됐어야 하는데, 당신이 계속 우리 근처에서 얼쩡거리고 있잖아요." 그녀가 상처 받은 듯 움찔한다. "여긴 뭐 하러 왔어요, 레이첼?"

"내가 왜 왔는지 당신도 알잖아요. 어떤 일…… 어떤 일이 계속되고 있었다는 걸 당신도 알잖아요." 그녀는 마치 나를 염려하는 사람처럼 아주 진지한 표정을 짓고 있다. 다른 상황이었다면 나도 감동을 받았을 것이다.

"커피 마실래요?" 내가 이렇게 묻자 그녀가 고개를 끄덕인다.

내가 커피를 만들어 오고 우리는 파티오에 나란히 앉아 아무 말도 하지 않는다. 친구와 같이 있는 것처럼 다정한 느낌마저 든다. "무슨 말이 하고 싶은 거예요?" 내가 그녀에게 묻는다. "톰의 군대 친구들이 실제로 존재하지 않는 사람들이라고요? 그이가 다 지어낸 얘기라고요? 사실은 그이가 다른 여자를 만나고 있는 거라고 얘기하고 싶은 거예요?"

"나도 모르겠어요." 그녀가 말한다.

"레이첼?" 그녀가 날 쳐다보는데, 눈빛을 보니 뭔가를 두려워하고 있는 것 같다. "나한테 해주고 싶은 얘기가 있는 거예요?"

"톰의 가족을 만나본 적 있어요?" 그녀가 내게 묻는다. "톰의 부모님 말이에요."

"아니요. 연락 안 해요. 그이가 나 때문에 이혼했을 때 그쪽에서 연락을 끊었어요."

그녀가 고개를 젓는다. "그게 아니에요. 나도 그분들을 만난 적이 없어요. 그분들은 날 알지도 못해요. 그런데 톰이 날 떠나든 말든 왜 신경을 쓰겠어요?"

내 머릿속 깊숙한 곳에 묻어두고 있었던 일이다. 톰의 어머니와 통화한 후 의식적으로 그 일을 잊으려고 애써왔는데, 지금 다시 의혹이 부풀어오르기 시작하더니 점점 더 커진다.

"못 믿겠어요." 내가 말한다. "그이가 왜 그런 거짓말을 하겠어요?"

"모든 게 다 거짓말이니까요."

나는 일어나서 그녀의 곁을 떠나버린다. 내게 이런 얘기를 하는 그녀가 밉다. 그녀의 얘기를 믿는 것 같은 나 자신도 밉다. 난 어쩌면 톰이 거짓말쟁이라는 걸 처음부터 알고 있었을지도 모른다. 다만 예전엔 그의 거짓말이 내게 편리했을 뿐이다.

"그이는 거짓말을 잘해요." 내가 그녀에게 말한다. "오랫동안 전혀 눈치 못 챘죠? 우리가 몇 달이나 크래넘가의 그 집에서 몰래 만나서 미친 듯이 그 짓을 했는데 당신은 눈곱만큼도 의심하지 않았어요."

그녀가 침을 꿀꺽 삼키고, 입술을 세게 깨문다. "메건은." 그녀가 말한다. "메건은 어때요?"

"알아요. 둘이 바람을 피웠죠." 이 말이 내게는 낯설게 들린다. 지금 처음으로 내가 입 밖으로 낸 말이다. 그이가 나를 속이고 바람을 피웠다. '나'를 속이고. "당신은 고소하게 생각하고 있겠죠. 하지만 그 여자는 지금 죽고 없어요. 그럼 아무 문제 없는 거 아니에요?"

"애나……."

내 머릿속에 있던 의혹이 점점 더 커져서 두개골 밖으로 튀어나오려 하고, 눈앞이 흐려진다. 나는 에비의 손을 잡고 에비를 집 안으로 끌고 들어가려 한다. 에비가 큰 소리로 떼를 쓴다.

"애나……."

"그 둘이 바람을 피웠어요. 그게 다예요. 다른 건 없어요. 그 여자랑 그런 관계였다고 해서……."

"톰이 그 여자를 죽였을 리는 없다고요?"

"그런 말 하지 말아요!" 나도 모르게 그녀에게 소리를 지르고 있다. "내 아이 앞에서 그런 말 하지 말아요."

에비에게 간식을 주자 몇 주 만에 처음으로 칭얼대지 않고 잘 먹는다. 마치 내게 다른 걱정거리가 있다는 걸 알고 있는 듯 구는 딸이 사랑스럽다. 다시 밖으로 나오니 훨씬 더 마음이 차분해진다. 여전히 레이첼이 마당 끝의 울타리 옆에 서서 지나가는 기차를 보고 있긴 하지만. 잠시 후 그녀는 내가 다시 밖에 나와 있는 걸 알아채고는 나를 향해 걸어온다.

"좋아하죠?" 내가 말한다. "기차 말이에요. 난 싫어요. 정말 질색이에요."

그녀가 엷은 미소를 짓는다. 그러자 그녀의 왼쪽 뺨에 진한 보조개가 파인다. 전에는 본 적이 없다. 하긴 그녀의 미소를 본 적이 별로 없다. 사실은 한 번도 없다.

"톰이 또 거짓말을 했네요." 그녀가 말한다. "톰은 당신이 이 집을 좋아한다고, 이 집의 모든 점을, 심지어는 기차까지도 좋아한다고 했어요. 당신이 다른 곳은 생각도 안 하고 있다고, 내가 살던 집이었지만 들어오고 싶어 한다고 했어요."

나는 고개를 젓는다. "왜 그이가 당신한테 그런 말을 해요?" 내가 그녀에게 묻는다. "완전 헛소리예요. 난 2년 전부터 이 집을 팔자고 했는데."

그녀가 어깨를 으쓱한다. "그 사람은 거짓말쟁이니까요, 애나. 입만 열면 거짓말뿐이니까."

내 마음속 의혹이 걷잡을 수 없이 번져간다. 나는 에비를 무릎 위로 끌어올리고, 에비는 아주 느긋하게 앉아 햇빛을 받으며 졸기 시작한다. "그럼 그 전화들······." 이제야 이해가 되기 시작한다. "당신이 걸었던 거 아니에요? 물론 당신이 건 전화도 있었겠지만, 어떤 전화는······."

"메건이 걸었다고요? 네, 아마도 그럴 거예요."

내가 지금까지 엉뚱한 여자를 미워하고 있었다는 걸 이제야 알게 되다니, 그런데도 레이첼에 대한 미움이 전혀 줄어들지 않다니, 참 이상하다. 이렇게 말짱한 정신으로 차분하게 걱정스러운 표정을 짓고 있는 그녀를 보고 있으니 그녀의 옛 모습이 떠오르기 시작하고, 오히려 그녀가 더 미워진다. 톰이 이 여자에게서 뭘 봤을지, 그리고 뭘 사랑했을지 보이기 시작하니까.

나는 시계를 힐끔 내려다본다. 11시가 지났다. 톰은 8시쯤 집을 나갔다. 어쩌면 더 일찍 나갔을 수도 있다. 지금쯤은 전화기에 대해 알고 있겠지. 아까부터. 어쩌면 그는 전화기가 가방에서 떨어졌다고 생각할지도 모른다. 위층 침대 밑에 있다고 생각할지도 모른다.

"언제부터 알았어요?" 내가 그녀에게 묻는다. "그 두 사람이 만났다는 거."

"오늘 알았어요. 아니, 무슨 일이 있었는지는 나도 몰라요. 내가 아는 건……." 고맙게도 그녀가 입을 다문다. 나는 그녀가 내 남편의 불륜을 얘기하는 걸 듣고 있을 자신이 없다. 뚱뚱하고 딱한 레이첼과 내가 이제 같은 처지라고 생각하면 견딜 수가 없다.

"톰의 아이였을까요?" 그녀가 내게 묻는다. "그 아이가 톰의 아이였을까요?"

나는 그녀를 보고 있지만, 그녀가 보이지 않는다. 눈앞이 캄캄해지고, 파도가 치는 것처럼, 내 머리 바로 위로 비행기가 날아가는 것처럼 귓속에서 굉음이 울려 아무 소리도 들리지 않는다.

"지금 뭐라고 했어요?"

"그 아……. 미안해요." 당황한 듯 그녀의 얼굴이 벌게진다. "내가 괜히…… 메건은 죽었을 때 임신한 상태였어요. 메건이 임신 중이었다고요. 정말 미안해요."

미안하다는 말은 새빨간 거짓말이다. 분명하다. 그녀 앞에서 무너지고 싶지는 않다. 하지만 에비를 내려다보니, 전에 느껴보지 못한 슬픔이 파도처럼 거세게 밀려들어 숨이 제대로 쉬어지지 않는다. 에비의 남동생, 에비의 여동생이 죽었다. 레이첼이 내 옆에 앉아 한 팔로 내 어깨를 감싸안는다.

"미안해요." 그녀가 다시 말하고, 나는 그녀를 한 대 치고 싶어진다. 그녀와 살이 닿으니 소름 끼친다. 그녀를 밀쳐내고 그녀에게 소리 지르고 싶지만, 그럴 힘이 없다. 그녀는 내가 잠깐 동안 울게 내버려두고는 분명하고 단호한 목소리로 말한다. "애나, 나랑 같이 가요. 당신이랑 에비 물건 챙겨서 같이 나가요. 당분간 나랑 같이 지내면 돼요. 이 일이…… 이 일이 해결될 때까지."

나는 눈을 닦고 그녀에게서 몸을 떼어낸다. "난 그이를 떠나지 않을 거예요, 레이첼. 그이는 바람을 피웠어요, 그이는…… 이번이 처음도 아니잖아요?" 내가 웃기 시작하자 에비도 웃는다.

레이첼은 한숨을 쉬고는 일어난다. "바람피운 것만 문제가 아니잖아요, 애나. 당신도 알고 있잖아요."

"우린 아무것도 몰라요." 나는 속삭이듯 말한다.

"메건이 톰과 함께 차에 탔어요, 그날 밤에. 내가 봤어요. 그동안은 기억이 안 났어요. 처음엔 그 여자가 당신인 줄 알았죠. 하지만 기억났어요. 이제 기억난다고요."

"아니에요." 에비의 끈적끈적한 작은 손이 내 입을 누른다.

"경찰에 알려야 해요, 애나." 그녀가 내게 한 발짝 다가오며 말한다. "제발요. 그 사람이랑 같이 있으면 안 돼요."

해가 떠 있는데도 온몸이 으슬으슬 떨린다. 메건이 마지막으로 우리 집에 와서 앞으로 일할 수 없다고 말했을 때 그가 어떤 표정을 지었는지 생각해본다. 기쁜 표정이었는지 실망한 표정이었는지 기억해내려 애쓴다. 엉뚱하게도 다른 이미지가 떠오른다. 그녀가 우리 집에 오기 시작하고 나서 얼마 지나지 않은 어느 날, 나는 친구들을 만나러 나갈 계획이었지만 너무 피곤해서 위층 방으로 올라가 자고 있었다. 내가 위에 있는 사이에 톰이 집으로 돌아온 모양이었다. 아래층에 내려가니 두 사람이 함께 있었다. 메건은 조리대에 기대어 있었고, 톰은 지나치다 싶을 정도로 그녀와 가까이 서 있었다. 에비가 유아용 식사 의자에 앉아 울고 있는데도 두 사람 모두 신경 쓰지 않았다.

온몸에 한기가 든다. 그때 난 톰이 그녀를 원한다는 걸 알았을까? 메건은 금발의 미인이었다. 나처럼. 그래, 아마 난 톰이 메건을 원한다는 사실을 알고 있었을 것이다. 자기 아내를 옆에 끼고 자기 아이를 안고 있으면서도 거리에서 나를 보고 그런 생각을 하는 유부남들이 있다는 걸 아는 것처럼. 그러니까 난 아마 알았을 것이다. 그는 메건을 원했고, 그녀를 가졌다. 하지만 이건 아니다. 그가 이런 짓을 했을 리 없다.

톰이 그럴 리 없다. 정부이자 남편 노릇을 두 번이나 했고, 아버지, 훌륭한 아버지, 불평불만 없이 우리를 돌보는 부양자인 그가.

"당신은 그이를 사랑했어요."

내가 그녀에게 일깨워준다.

"지금도 사랑하죠?"

그녀는 고개를 젓지만, 확신하는 것 같지는 않다.

"당신은 지금도 그이를 사랑해요. 그리고…… 그런 일은 불가능하다는 걸 당신도 알잖아요."

나는 일어나며 에비를 획 안아 올리고 그녀에게 더 가까이 다가간다.

"톰이 그런 짓을 했을 리 없어요, 레이첼. 당신도 알잖아요. 그런 짓을 할 남자라면 당신이 사랑할 수 있었겠어요?"

"하지만 난 사랑했어요. 우리 둘 다 그랬죠."

그녀의 뺨으로 눈물이 흐르고, 그녀가 눈물을 닦아낸다. 그러다가 그녀의 표정이 변하더니, 얼굴에서 핏기가 싹 가신다. 그녀는 내가 아니라 내 어깨 너머를 보고 있다. 내가 그녀의 시선을 따라 고개를 돌려보니 부엌 창가에서 우리를 지켜보고 있는 그가 보인다.

메건

2013년 7월 12일 금요일

아침

여자아이인지 남자아이인지는 몰라도 아이가 내게 압박감을 주고 있다. 여자아이라는 직감이 든다. 아니면 그러기를 바라는 건지도 모르겠다. 예전에 그랬듯이, 내 안에서 꼬투리 속의 씨앗처럼 몸을 옹크리고 있는 아이가 느껴진다. 하지만 이 씨앗은 미소를 짓고 있다. 때를 기다리면서. 난 이 아이를 미워할 수가 없다. 그리고 없앨 수가 없다. 그럴 수 있을 줄 알았다. 당장에 긁어내 버리고 싶을 줄 알았다. 하지만 이 아이를 생각할 때마다 리비의 얼굴, 그 새카만 눈동자가 눈앞에 어른거린다. 리비의 살내가 떠오른다. 마지막에 차갑게 식어내렸던 그 몸의 차가운 감촉이 느껴진다. 이 아이를 없앨 수 없다. 그러고 싶지 않다. 사랑해주고 싶다.

아이를 미워할 수 없지만, 이 아이 때문에 겁이 난다. 아이가 내게 무슨 짓을 할지, 아니면 내가 아이에게 무슨 짓을 할지 두렵다. 그 두려움 때문에 아침 5시 직후에 깨어났다. 창문을 열어놓았고 나 혼자 있는데도 땀에 흠뻑 젖어 있었다. 스콧은 어떤 회의에 참석하기 위해 하트퍼드셔인가 에식스인가 하는 곳에 가 있다. 오늘 밤에 돌아온다.

스콧이 여기 있을 땐 나 혼자 있고 싶어 미칠 것 같고, 그가 없을 땐 혼자 있는 걸 못 견디겠다. 난 왜 이럴까? 적막함을 견딜 수가 없다. 그걸 쫓아내려면 큰 소리로 얘기할 수밖에 없다. 오늘 아침에 침대 속에서 계속 이런 생각을 했다. 또 그런 일이 생기면 어떡하지? 아이와 단둘이 있을 때 무슨 일이 벌어지면? 스콧이 나를, 우리를 받아주지 않으면 어떡하지? 자기 아이가 아니라는 걸 알아채면 어떡하지?

물론 그의 아이일 수도 있다. 잘은 모르겠지만, 그냥 아니라는 느낌이 든다. 여자아이라는 걸 느낌으로 아는 것처럼. 하지만 그의 아이가 아니라고 해도, 어떻게 그가 알겠어? 알 수 없을 거다. 알 수가 없다. 이런 걱정을 하는 내가 바보다. 스콧은 아주 행복해할 것이다. 이 소식을 들으면 기뻐 날뛸 것이다. 자기의 아이가 아닐 수도 있다는 생각은 꿈에도 하지 못한 채. 그에게 사실을 말하는 건 잔인한 짓이고, 그 말을 들으면 그의 가슴이 찢어질 것이다. 난 그에게 상처를 주고 싶지 않다. 언제나 그랬다.

난 원래 이런 사람인걸, 나도 어쩔 수가 없다.

"어쩔 수 없는 건 없어요." 카말이 내게 했던 말이다.

나는 6시가 지나자마자 카말에게 전화했다. 적막함에 짓눌려 공황 상태에 빠지기 시작했기 때문이다. 처음에는 타라에게 전화할 생각이었다. 그녀가 곧장 달려와줄 것 같기는 했지만, 내게 들러붙어 야단스럽게 굴 그녀를 견딜 자신이 없었다. 그러고 나서 떠오르는 사람은 카말밖에 없었다. 나는 그의 집으로 전화를 걸었다. 문제가 생겼는데 어떻게 해야 할지 몰라서 미칠 것 같다고 말했다. 그는 곧바로 와주었다. 아무것도 묻지 않고 무작정 달려와준 건 아니지만, 깊이 따지고 들지도 않았다. 아마도 내 말이 실제 상황보다 더 심각하게 들린 모양이다. 그래서 그는 내가 혹시라도 어리석은 짓을 저지를까 봐 두려웠을 것이다.

우리는 지금 부엌에 있다. 7시 30분이 막 지났으니 아직 이른 시간이다. 그는 첫 진료 약속 때문에 곧 떠나야 한다. 우리 식탁에서 내 맞은편에 앉아 두 손을 앞으로 단정하게 깍지 끼고 그 깊고 천진난만한 눈으로 날 바라보는 그를 보고 있으니 사랑이 느껴진다. 정말 그렇다. 내가 형편없는 짓을 그렇게 많이 했는데도 그는 내게 아주 잘해주었다.

내 바람대로 그는 지난 모든 일을 용서해주었다. 내가 저지른 모든 죄를 없었던 일로 해주었다. 그는 내가 나 자신을 용서하지 않으면 앞으로도 힘들 거라고, 앞으로도 계속 달아나기만 할 거라고 말했다. 그리고 이제 더는 도망갈 수도 없다. 아이가 생겼으니까.

"무서워요." 내가 그에게 말한다. "내가 또 망쳐버리면 어떡해요? 나한테 문제가 있는 거라면요? 스콧하고 잘못되면 어떡해요? 또 나 혼자가 되면요? 혼자 살 수 있을지 모르겠어요. 또 혼자가 되는 건 너무 무서워요. 그러니까, 나 혼자 아이랑……"

그가 몸을 앞으로 구부려 내 손 위에 그의 손을 얹는다. "앞으로는 잘못하지 않을 거예요, 절대. 당신은 이제 길 잃고 우는 아이가 아니에요. 완전히 다른 사람이죠. 더 강해졌어요. 이제 어른이니까. 혼자 있는 걸 무서워할 필요 없어요. 그게 최악의 일은 아니잖아요?"

나는 아무 말도 하지 않지만, '정말 그런가?' 하는 생각이 든다. 눈만 감으면, 내가 잠들려고 하는 순간마다 찾아와 잠을 확 깨우는 그 느낌이 되살아난다. 어두운 집에 혼자 있으면서, 아이의 울음소리가 들리지나 않을까, 아래층 나무 바닥을 밟는 맥의 발소리가 들리지나 않을까 귀를 기울이던 때의 그 느낌. 다시는 그 소리들이 들리지 않으리라는 걸 잘 알면서도…….

"스콧과의 관계를 어떻게 정리할지는 내가 말해줄 수 없어요…… 뭐, 우려되는 점들을 말하긴 했지만, 결정은 당신 스스로 내려야 하니까요. 그를 믿을 수 있을지, 그가 당신과 당신 아이를 돌봐줬으면 좋겠는지 잘 생각해서 결정해요. 당신이 결정을 내려야 해요. 하지만 내 생각에 당신 스스로를 믿어도 될 것 같아요, 메건. 당신이 옳은 일을 할 수 있다고 믿어봐요."

바깥의 잔디밭으로 나가자 그가 내게 커피를 가져다준다. 나는 커피잔을 내려놓고 두 팔로 그의 몸을 감싸 내게로 끌어당긴다. 우리 뒤로 기차 한 대가 신호를 받아 덜컹거리며 다가오고 있다. 그 소음이 울타리나 벽처럼 우리를 에워싸고, 마치 이 세상에 우리 둘만 있는 것 같은 느낌이 든다. 그가 두 팔로 나를 감싸안고 내게 키스한다.

"고마워요." 내가 말한다. "와줘서, 함께 있어줘서 고마워요."

그가 미소 지으며 내게서 물러나, 엄지손가락으로 내 광대뼈를 어루만진다. "다 잘될 거예요, 메건."

"선생님이랑 같이 도망가면 안 돼요? 선생님이랑 내가…… 같이 가면 안 돼요?"

그가 웃는다. "내가 없어도 당신은 잘할 수 있어요. 그리고 계속 도망갈 필요도 없어요. 다 잘될 거예요. 당신과 당신 아기 모두 아무 문제 없을 거예요."

2013년 7월 13일 토요일
아침

내가 해야 할 일을 깨달았다. 어제 하루 종일, 그리고 밤새도록 생각해봤다. 거의 잠을 자지 못했다. 스콧은 녹초가 돼서 아주 안 좋은 기분으로 돌아왔다. 먹고 섹스하고 자는 것 말고는 다른 일을 하지 않으려 했다. 이 문제를 얘기하기에 적절한 때가 아니었다.

나는 이리저리 뒤척이는 그의 뜨거운 몸 옆에서 밤을 새다시피 하면서 결정을 내렸다. 난 옳은 일을 할 것이다. 모든 일을 올바르게 해결할 것이다. 그러면 잘못될 일은 아무것도 없다. 잘못되는 일이 생긴다 해도, 그건 내 잘못이 아닐 거다. 처음부터 내가 옳은 일을 했다는 걸 알면, 이 아이를 사랑하며 키울 수 있다. 뭐, 맨 처음 시작이 옳았던 건 아니지만, 그래도 아이가 생겼다는 걸 아는 순간부터는 그랬으니까. 이 아기를 위해서, 리비를 위해서 지금까지와는 다른 선택을 해야 한다.

나는 가만히 누워, 내게 자기 창조의 대가라고 했던 선생님의 말을 떠올렸다. 어린아이, 반항적인 십대, 가출 소녀, 창녀, 정부, 나쁜 엄마, 나쁜 아내. 좋은 아내로 변신할 수 있을지는 확신이 안 서지만, 좋은 엄마는 시도해봐야 한다.

쉽지는 않을 것이다. 지금껏 했던 일 중에 가장 힘들지도 모르지만, 난 진실을 말할 것이다. 이젠 거짓말을 하지도, 숨지도, 도망가지도 않을 것이다. 어리석은 짓도 하지 않겠다. 모든 걸 분명하게 밝히고 나면 곧 알게 되겠지. 그가 날 사랑하지 못하겠다면, 받아들이는 수밖에.

저녁

손으로 그의 가슴을 있는 힘껏 밀어보지만 숨을 쉴 수가 없고, 그는 나보다 훨씬 더 강하다. 그의 팔뚝이 내 숨통을 짓누르자, 내 관자놀이에서 맥박이 뛰는 것이 느껴지고 눈앞이 흐려진다. 나는 벽에 등을 기댄 채 소리를 지르려고 애쓴다. 내가 그의 티셔츠를 움켜쥐자 그가 나를 풀어준다. 그가 내게서 몸을 돌리고, 나는 벽을 타고 미끄러지며 부엌 바닥에 털썩 주저앉는다.

나는 눈물을 줄줄 흘리며 콜록거리고 침을 뱉는다. 그가 내게서 몇 발짝 떨어져 서 있다가 다시 내게로 돌아서자, 나는 본능적으로 내 목을 지키려고 손을 위로 올린다. 그의 얼굴에 수치심이 어리고 나는 괜찮다고 말해주고 싶다. 괜찮아. 입을 벌리지만, 말은 나오지 않고 헛기침만 더 나온다. 믿기 어려울 정도로 아프다. 그가 내게 뭐라고 말하고 있지만, 들리지 않는다. 마치 물속에 있는 것처럼, 어딘가에 막힌 듯한 소리가 흐릿한 파동으로 내게 전달된다. 아무 말도 알아들을 수 없다.

그가 미안하다고 말하고 있는 것 같다.

나는 힘겹게 몸을 일으켜서 그를 밀치고 지나가 계단을 뛰어 올라간 다음 방문을 쾅 닫고 잠가버린다. 침대에 앉아 기다리며, 그의 소리가 들리나 귀를 기울여보지만 그는 오지 않는다. 나는 일어나서 침대 밑에 있는 작은 여행 가방을 끌어낸 뒤 옷장에서 옷 몇 벌을 꺼내다가 거울에 비친 내 모습을 언뜻 본다. 손을 얼굴에 대어본다. 벌게진 얼굴빛, 자줏빛 입술, 충혈된 눈에 비하면 손은 놀랄 만큼 하얗다.

그가 이렇게 나를 폭행한 적이 한 번도 없었기 때문에 충격적이기도 하다. 하지만 아예 예상 못한 일도 아니다. 내 마음속 깊은 곳에서는 이런 일이 일어날 수도 있다는 걸, 우리가 이런 끝을 맞으리라는 걸, 내가 그를 이런 결말로 내몰고 있다는 걸 항상 알고 있었다. 나는 서랍장에서 속옷과 티셔츠 두 장을 천천히 꺼내어 가방 속에 집어넣는다.

나는 아직 그에게 아무 얘기도 하지 않았다. 겨우 시작만 했을 뿐이다. 먼저 나쁜 일을 얘기한 다음 좋은 소식을 알려줄 생각이었다. 아기에 대해 얘기하고 나서 그의 아이가 아닐 수 있다고 말할 수는 없었다. 그건 너무 잔인하니까.

우리는 파티오에 나가 있었다. 그는 일 얘기를 하다가 내가 제대로 듣지 않고 있다는 걸 알아챘다.

"내 얘기가 따분해?" 그가 물었다.

"아니. 뭐, 조금은." 그는 웃지 않았다. "아니, 잠깐 딴생각 하느라. 당신한테 할 얘기가 있거든. 사실은 몇 가지가 있는데, 당신이 안 좋아할 얘기도 있고, 좋아……."

"내가 안 좋아할 얘기?"

때가 안 좋다는 걸, 그의 기분이 좋지 않다는 걸 그때 눈치챘어야 했다. 그는 곧장 의심의 눈길로 내 얼굴을 뜯어보며 단서를 찾았다. 이 모든 게 끔찍한 발상이었다는 걸 알았어야 했다. 그걸 깨달았을 땐 이미 늦어 되돌릴 수 없었다. 그리고 어쨌든 난 결정을 내렸다. 옳은 일을 하기로.

나는 파티오의 포장돌 끄트머리에서 그의 옆에 앉아 그의 손을 슬그머니 잡았다.

"내가 안 좋아할 얘기가 뭔데?" 그는 다시 이렇게 물었지만, 내 손을 놓지는 않았다.

나는 그를 사랑한다고 말했고, 그러자 그의 모든 근육이 팽팽하게 긴장되는 것이 느껴졌다. 마치 앞으로 다가올 일을 알고 거기에 대비하는 것처럼. 그런 식으로 사랑한다는 말을 들으면 누구나 그럴 것이다. 당신을 사랑해, 정말. 하지만…… 하지만.

나는 몇 가지 실수를 했다고 말했다. 그는 내 손을 놓고는 일어나서 기찻길 쪽으로 몇 미터 걸어가다가 나를 뒤돌아보았다. "어떤 실수?" 이렇게 묻는 그의 목소리는 차분했지만, 그가 힘겹게 냉정을 유지하고 있는 것이 느껴졌다.

"와서 좀 앉아. 응?"

그는 고개를 저었다. "어떤 실수를 했다는 거야, 메건?" 이번엔 목소리가 더 커졌다.

"저기⋯⋯ 지금은 끝났지만, 다른⋯⋯ 다른 남자가 있었어." 나는 차마 그를 보지 못하고 계속 눈을 내리깔고 있었다.

그가 나지막이 무슨 말을 내뱉었는데, 내겐 들리지 않았다. 그때 고개를 들어봤지만, 그는 다시 기찻길 쪽으로 몸을 돌린 채 두 손을 관자놀이에 대고 있었다. 나는 일어나 그의 뒤로 가서 그의 허리에 손을 얹었지만 그는 펄쩍 뛰며 내게서 떨어졌다. 그러고는 나를 보지도 않고 몸을 돌려 집으로 들어가며 내뱉듯 말했다. "내 몸에 손대지 마, 이 창녀야."

그를 그냥 내버려두고 생각을 정리할 시간을 줬어야 했지만, 난 그럴 수가 없었다. 나쁜 얘기를 얼른 끝내고 좋은 소식을 전하고 싶었다. 그래서 그를 따라 집으로 들어왔다.

"스콧, 제발 내 얘기 좀 들어줘, 당신 생각만큼 끔찍한 건 아니야. 지금은 끝났어. 완전히 끝났어. 제발 좀 들어봐, 제발⋯⋯."

그는 자기가 좋아하는 우리 사진을 집어들었다. 내가 우리의 두 번째 결혼기념일 선물로 액자에 끼워넣은 사진이었다. 그가 액자를 있는 힘껏 내 머리 쪽으로 집어던졌다. 액자가 내 뒤의 벽에 부딪쳐 박살 나자, 그는 내게 달려들어 내 팔 윗부분을 움켜잡더니 나를 뒤로 밀어서 맞은편 벽에다 집어던지다시피 했다. 내 머리가 뒤로 젖혀지면서 벽에 부딪쳤다. 그가 내게 가까이 다가와 팔뚝으로 내 목을 누르고는 아무 말 없이 더 세게 더 세게 기대어 왔다. 그는 내가 질식하는 모습을 보지 않으려고 눈을 감았다.

나는 가방을 싸자마자 다시 풀어 모든 물건을 서랍에 도로 집어넣는다. 내가 가방을 들고 나가면 그는 날 보내주지 않을 것이다. 핸드백과 전화기만 들고 빈손으로 떠나야 한다. 그러다가 마음을 바꾸고 다시 가방을 싸기 시작한다. 어디로 가야 할지는 모르겠지만 여기 있을 수는 없다. 눈을 감으니, 내 목을 누르는 그의 손이 느껴진다.

도망가지 않겠다고, 숨지 않겠다고 결심하긴 했지만 오늘 밤은 여기 있을 수 없다. 느릿느릿 계단을 올라오는 무거운 발소리가 들린다. 그가 계단을 다 올라오는 데 한참이나 걸린다. 평소에는 뛰어 올라오는데, 오늘은 마치 교수대에 오르는 사람 같다. 그는 사형수일까, 아니면 사형 집행인일까?

"메건?" 그는 문을 열려고 하지 않는다. "메건, 손찌검해서 미안해. 손찌검해서 미안해." 그의 목소리에서 울음기가 느껴진다. 화가 난다. 여기서 뛰쳐나가 그의 얼굴을 할퀴고 싶다. '나한테 그런 짓을 해놓고 울면 다야?' 그에게 화가 치밀어, 어서 가버리라고, 꺼지라고 말하고 싶지만 혀를 깨문다. 난 바보가 아니니까. 그는 화를 낼 만한 이유가 있다. 그리고 난 이성적으로, 명료하게 생각해야 한다. 난 지금 두 사람을 위한 길을 생각하고 있다. 이 싸움으로 힘이 생겼다. 결심이 더 단단해졌다. 문밖에서 그가 용서를 구하는 소리가 들리지만, 지금은 그런 생각을 할 여유가 없다. 지금 당장 해야 할 다른 일들이 있다.

옷장 뒤편에 구두 상자들이 있다. 정성스럽게 이름을 적어놓은 세 개의 상자들 중에 맨 밑에 '빨간색 웨지 부츠'라고 표시해놓은 진회색 상자가 하나 있다. 그 상자 안에는 몇 년 전에 사서 만일을 대비해 보관해둔 휴대전화가 한 대 들어 있다. 그때그때 요금을 충전해서 쓰는 구식 전화기다. 한동안 사용하지 않았지만, 오늘은 사용해야 한다. 사실을 숨기지 않을 것이다. 모든 걸 솔직하게 밝힐 것이다. 이젠 거짓말도 안 하고, 숨지도 않을 것이다. 아이 아빠에게 책임을 물어야 할 시간이다.

나는 침대에 앉아 전화기의 전원을 켜고, 배터리가 아직 남아 있기를 빈다. 액정 화면에 불이 들어오자 아드레날린이 솟구치면서 현기증이 일고, 속이 조금 메스껍고, 마약에 취한 것처럼 흥분된다. 그에게, 모든 사람들에게 우리가 어떤 사이인지, 앞으로 어떤 일이 벌어질지 까발릴 거라고 생각하니 즐거워지기 시작한다. 결국엔 모두가 자기가 처한 상황을 알게 되겠지.

나는 그의 번호로 전화를 건다. 예상했던 대로 곧장 음성 메시지로 넘어간다. 나는 전화를 끊고 문자 메시지를 보낸다.

'얘기 좀 해요. 급한 일이에요. 전화해줘요.' 그러고는 가만히 앉아서 기다린다.

통화 기록을 보니, 이 전화기를 마지막으로 사용한 것이 4월이다. 3월 말과 4월 초에 수없이 전화를 걸었고, 한 통도 회신을 받지 못했다. 나는 전화를 걸고, 걸고, 또 걸었고, 그는 나를 무시했다. 집에 찾아가서 그의 아내에게 다 말하겠다는 내 협박에도 아무런 반응을 보이지 않았다. 하지만 이제는 그도 내 말을 들어줄 것이다. 내가 그렇게 만들 것이다.

이 모든 것의 시작은 그냥 게임이었다. 기분 전환. 나는 가끔 그를 보곤 했다. 그가 불쑥 화랑에 나타나 미소 지으면서 내게 장난을 걸곤 했고, 그렇다고 나쁠 건 없었다. 수많은 남자들이 화랑에 찾아와 미소 짓고 장난을 걸었다. 그러다가 화랑이 문을 닫았고, 난 하루 종일 집에서 따분하고 불안한 하루하루를 보내고 있었다. 다른 뭔가가, 색다른 뭔가가 필요했다. 그러던 어느 날, 스콧이 멀리 나가 있을 때 거리에서 그와 마주쳤고 이야기를 나누다가 그에게 커피를 주겠다며 집으로 데리고 들어왔다. 그가 날 바라보는 눈길에서 그가 무슨 생각을 하고 있는지 정확히 알았고, 그냥 그 일이 벌어졌다. 그리고 또. 난 그 관계를 진전시킬 생각이 없었다. 그저 누군가가 날 원하는 느낌을 즐겼고, 다른 사람을 내 마음대로 휘두르는 느낌이 좋았다. 그렇게 단순하고 어리석은 이유였다. 그가 아내를 떠나기를 바란 것이 아니라, 그저 아내를 떠나고 싶은 마음이 들기를 바랐다. 그만큼 나를 탐내기를 바랐다.

그러다가 언제부턴가 나는 우리 관계가 더 발전할 수 있다고, 그래야 한다고, 우리가 서로에게 맞는 짝이라고 믿기 시작했다. 하지만 내가 그런 생각을 하는 순간, 그가 내게서 멀어지는 걸 느꼈다. 그는 문자 메시지도 보내지 않고, 내 전화를 받지도 않았다. 누군가에게 그렇게 거부당하는 느낌은 처음이었다. 그게 싫었다. 그래서 내 감정은 다른 무언가로 변했다. 집착. 이젠 알 것 같다. 결국에 난 그 집착을 버릴 수 있다는 생각이 들었다. 조금 상처를 받긴 했지만, 큰 피해는 없었다. 하지만 이젠 그렇게 단순한 문제가 아니다.

스콧은 아직도 문밖에 있다. 소리가 들리진 않지만, 느낌으로 알 수 있다. 나는 욕실로 들어가 다시 한 번 전화를 걸어본다. 이번에도 음성 메시지로 넘어가서, 전화를 끊고 다시 전화를 건다. 그리고 또. 나는 속삭이는 소리로 메시지를 남긴다. "전화 받아. 안 그러면 내가 거기로 갈 거야. 이번엔 진짜야. 얘기 좀 하자니까. 날 무시해서 좋을 거 없어."

나는 전화기를 세면대 끄트머리에 올려놓고 잠시 동안 욕실 안에 서서 기다린다. 전화가 울리기를 빌며. 회색 액정 화면은 고집스럽게 계속 텅 비어 있다. 나는 머리를 빗고 이를 닦은 뒤 화장을 조금 한다. 얼굴빛이 정상으로 돌아오고 있다. 두 눈은 아직 벌겋고 목도 여전히 아프지만, 이 정도면 괜찮아 보인다. 나는 숫자를 세기 시작한다. 50을 셀 때까지 전화가 오지 않으면 그 집에 가서 문을 두드릴 것이다. 전화는 울리지 않는다.

나는 전화기를 청바지 주머니에 쑤셔넣고 얼른 방을 가로질러 문을 연다. 스콧은 무릎을 감싸안고 고개를 숙인 채 층계참에 앉아 있다. 그가 고개를 들지 않아서 나는 그를 지나가 헐레벌떡 계단을 뛰어 내려간다. 그가 뒤에서 날 붙잡아 밀어버릴까 봐 무섭다. 그가 일어나서 나를 부르는 소리가 들린다. "메건! 어디 가? 그 자식한테 가는 거야?"

나는 계단을 다 내려가서 돌아보며 말한다. "'그 자식'은 없어, 알겠어? 다 끝났다고."

"기다려, 메건. 제발 가지 마."

그가 자기 연민으로 징징거리면서 애원하는 소리를 듣고 싶지 않다. 내 목은 지금 누가 목구멍에 산을 들이부은 것처럼 아직도 이렇게 아픈데.

"따라오지 마." 나는 그에게 쉰 목소리로 말한다. "따라오면 다시는 안 돌아올 거야. 무슨 말인지 알아들어? 고개를 돌렸는데 내 뒤에 당신이 있으면, 다시는 내 얼굴 못 볼 줄 알아."

내가 문을 쾅 닫고 나갈 때 그가 내 이름을 부르는 소리가 들린다.

바깥 인도에서 잠시 기다리며 그가 따라오지 않는다는 걸 확인한 후, 블레넘로를 따라 빠르게 걷다가 서서히 속도를 늦춘다. 23호에 도착하는 순간, 겁이 나기 시작한다. 난 아직 준비가 되지 않았다. 마음을 가다듬을 시간이 필요하다. 몇 분이면 된다. 나는 계속 걸어서 그 집을 지나고, 굴다리를 지나고, 기차역을 지나간다. 계속 걷다가 공원에 도착하자 한 번 더 그에게 전화를 건다.

지금 공원에 있다고, 그곳에서 그를 기다리겠다고 말한다. 하지만 그가 오지 않으면 그의 집으로 갈 것이다. 이것이 그의 마지막 기회다.

7시가 지났지만 아직도 따뜻하고 밝은, 아름다운 저녁이다. 아이들이 그네와 미끄럼틀을 타며 놀고 있고, 부모들은 한쪽에 서서 신나게 수다를 떨고 있다. 즐겁고 평범해 보이는 그들을 보고 있으니, 스콧과 나는 우리 딸을 여기 데려와서 놀지 못하겠구나 하는 생각에 기분이 나빠진다. 저 사람들처럼 행복하고 여유로운 우리의 모습은 상상이 되지 않는다. 지금은. 내가 그런 짓을 저질렀으니까.

오늘 아침엔 모든 사실을 밝히는 게 최선이라는 확신이 들었다. 최선일 뿐만 아니라 유일한 방법이라고 생각했다. 거짓말도 안 하고, 숨지도 않는 것이. 그리고 나서 그에게 손찌검을 당했을 땐 그 확신이 훨씬 더 강해졌다. 하지만 스콧에게 분노뿐만 아니라 슬픔까지 안겨주고 나 혼자 이렇게 앉아 있는 지금, 그게 옳은 선택이었다는 생각이 들지 않는다. 난 용감한 게 아니라 경솔했고, 일을 완전히 망쳐버렸다.

어쩌면 내게 필요한 건 진실을 말할 용기가 아니라, 떠날 용기일지도 모른다. 그저 한 곳에 안주하지 못하는 본성 때문만은 아니다. 그것뿐만이 아니다. 이제 아기와 나를 위해 떠날 시간이다. 두 남자 모두를, 모든 문제를 털고 떠나야 한다. 어쩌면 도망가서 숨는 것이야말로 내가 해야 하는 일인지도 모른다.

나는 일어나서 공원을 딱 한 바퀴 돈다. 전화가 울리기를 바라는 마음 반, 울릴까 봐 두려운 마음 반이지만, 결국엔 전화기가 계속 침묵을 지키고 있는 것이 기쁘다. 그걸 신호로 받아들일 생각이다. 나는 내가 왔던 길을 되돌아가며 우리 집으로 향한다.

기차역을 막 지났을 때 그가 보인다. 그는 어깨를 구부리고 주먹을 꽉 쥔 채 굴다리 밑에서 성큼성큼 큰 걸음으로 빠르게 걸어 나오고 있다. 나는 엉겁결에 그를 부르고 만다.

그가 고개를 돌려 나를 본다. "메건! 도대체……." 표정을 보니 단단히 화가 난 것 같지만, 그가 손짓으로 나를 부른다.

"이리 와." 내가 가까워지자 그가 말한다. "여기서는 얘기 못해. 저쪽에 차가 있어."

"난 그냥……."

"여기선 얘기 못한다니까!" 그가 매섭게 쏘아붙인다. "이리 와." 그가 내 팔을 잡아당긴다. 그러고는 좀 더 부드러운 목소리로 말한다. "어디 조용한 데로 가, 됐지? 얘기할 수 있는 곳으로."

 나는 차에 타면서, 그가 왔던 길을 어깨 너머로 힐끔 돌아본다. 굴다리 밑은 컴컴하지만, 그곳에서, 그 어둠 속에서 누군가가 우리를 지켜보고 있는 것 같은 느낌이 든다.

레이첼

2013년 8월 18일 일요일
오후

 애나가 톰을 보자마자 몸을 휙 돌려 집 안으로 뛰어 들어간다. 내 심장이 갈비뼈를 쾅쾅 때려댄다. 나는 조심스럽게 따라 들어가다가 미닫이문 가까이에서 멈춰 선다. 안에서 그들이 껴안고 있다. 아이를 사이에 두고, 톰의 두 팔이 애나를 폭 감싸고 있다. 애나가 고개를 숙인 채 어깨를 떨고 있다. 톰은 입술을 그녀의 정수리에 대고 누르고 있지만, 그의 눈은 나를 향해 있다.

 "어떻게 된 거야?" 그가 입술에 살짝 미소를 띠고 묻는다. "집에 왔더니 두 여인이 마당에서 수다를 떨고 있어서 깜짝 놀랐잖아."

그는 아무렇지도 않은 듯 가볍게 말하지만, 난 그에게 속지 않는다. 더는 그에게 속지 않을 것이다. 나는 입을 열지만 뭐라고 말해야 할지 모르겠다. 대체 무슨 얘기부터 시작해야 하지?

"레이첼? 무슨 일인지 당신이 말해주겠어?" 그는 애나를 놓아주고 내게 한 발짝 다가온다. 내가 한 걸음 물러서자 그가 웃기 시작한다.

"대체 왜 이래? 취했어?" 그는 이렇게 묻지만 그의 눈을 보니 내가 술에 취하지 않았다는 걸 알고 있는 것이 분명하다. 내가 장담하건대 이번만은 그 사실을 아쉽게 생각할 것이다. 나는 청바지 뒷주머니로 손을 집어넣는다. 단단하고 아담한 전화기가 손에 잡히니 마음이 든든하다. 그래도 미리 전화했다면 더 좋았을 텐데. 경찰이 내 말을 믿든 안 믿든, 내가 애나와 그녀의 아이와 함께 있다고 말했다면 여기로 출동했을 것이다.

톰은 이제 내게서 겨우 두 발짝 정도 떨어져 있다. 그는 문 바로 안쪽에, 나는 문 바로 밖에 서 있다.

"당신을 봤어." 나는 마침내 말하고, 이 말을 입 밖으로 낼 때 아주 잠깐이지만 분명한 희열을 느낀다. "당신은 내가 아무 기억도 못하는 줄 알겠지만, 난 기억해. 당신을 봤어. 당신이 날 때리고 거기 굴다리 밑에 내버려두고 떠난 후에……."

그가 웃기 시작하지만, 이제 난 그의 속내를 꿰뚫어볼 수 있다. 예전엔 왜 이리도 쉽게 그의 생각을 읽지 못했을까? 그의 눈에 당혹감이 어린다. 그가 애나를 힐끔 쳐다보지만, 그녀는 그와 눈을 마주치지 않는다.

"무슨 소리를 하는 거야?"

"굴다리 밑에서 말이야. 메건 히프웰이 실종된 날에……."

"헛소리하지 마." 그가 내게 손을 흔들며 말한다. "내가 때리긴 뭘 때려. 당신이 넘어졌지." 그가 애나의 손을 잡아 그녀를 자기 가까이로 끌어당긴다. "여보, 이것 때문에 그렇게 기분이 안 좋은 거야? 저 여자 말 듣지 마. 순 헛소리니까. 난 저 여자 안 때렸어. 한 번도 저 여자한테 손댄 적 없어. 절대 아니야." 그가 애나의 어깨를 감싸안아 더 가까이 끌어당긴다. "이러지 마. 저 여자가 어떤지 내가 말해줬잖아. 술에 취하면 아무 기억도 못하고 얘기를 막 꾸며내……."

"당신은 그 여자랑 같이 차에 탔어. 둘이 가는 걸 내가 봤어." 그는 여전히 미소 짓고 있지만 눈빛이 흔들리고 있고, 내 착각인지는 몰라도 그의 얼굴이 더 창백해진 것 같다. 그가 애나를 붙잡고 있던 손을 풀고 그녀를 놓아준다. 그녀는 남편에게 등을 돌린 채 식탁에 앉아, 꼼지락대는 딸을 무릎에 앉혀놓는다.

톰은 입을 스윽 닦고는 조리대에 몸을 기대며 팔짱을 낀다. "내가 누구랑 차에 탔다는 거야?"

"메건이랑."

"오, 그래!" 그가 또 큰 소리로 억지웃음을 터뜨린다. "저번에는 내가 애나랑 같이 차에 타는 걸 봤다더니, 이번엔 메건이야? 다음 주엔 또 누가 되려나? 다이애나 왕세자비?"

애나가 나를 올려다본다. 그녀의 얼굴에 의혹과 희망이 언뜻 스쳐 지나가는 것이 보인다. "확실한 게 아니에요?" 그녀가 내게 묻는다.

톰이 애나의 옆에 털썩 무릎을 꿇는다. "물론 확실한 게 아니지. 저 여자가 지어내고 있는 얘기니까. 항상 저렇다니까. 여보, 부탁이야. 잠깐 위층에 올라가 있을래? 내가 레이첼이랑 얘기 끝낼게. 그리고 이번엔……." 그가 힐끔 날 쳐다본다. "저 여자가 더는 우리를 귀찮게 하지 못하도록 확실히 처리할게."

애나가 흔들리고 있다. 그녀는 자기를 뚫어져라 쳐다보고 있는 톰의 얼굴을 뜯어보며 진실을 찾고 있다. "애나!" 나는 그녀를 다시 내 편으로 돌리기 위해 큰 소리로 그녀를 부른다. "당신도 알잖아요. 저 사람이 거짓말하고 있다는 걸. 저 사람이 그 여자랑 잤다는 걸 당신도 알잖아요."

잠시 동안 아무도 입을 열지 않는다. 애나는 톰과 나를 번갈아 쳐다본다. 그러다가 뭔가 말하려고 입을 열지만, 아무 말도 하지 않는다.

"애나! 저게 무슨 소리야? 나랑…… 나랑 메건 히프웰은 아무 사이도 아니었어."

"전화기를 찾았어, 톰." 애나가 들릴락 말락 한 작은 목소리로 말한다. "그러니까, 그만해. 거짓말하지 마. 나한테 거짓말하지 마."

아이가 끙끙대면서 보채기 시작한다. 톰이 아이를 애나의 품에서 아주 부드럽게 빼낸다. 그러고는 창문으로 걸어가면서 딸을 좌우로 살살 흔들어주며 계속 뭐라고 중얼거린다. 고개를 숙인 애나의 턱에서 식탁으로 눈물이 뚝뚝 떨어진다.

"어디 있어?" 톰이 웃음기가 싹 가신 얼굴로 우리를 돌아보며 묻는다. "전화기 말이야, 애나. 저 여자한테 줬어?" 그가 내 쪽으로 고개를 까딱한다. "당신이 가지고 있어?"

"전화기 얘기는 지금 처음 들어." 나는 애나가 좀 더 빨리 얘기했더라면 좋았을 거라고 생각하며 톰에게 말한다.

톰은 나를 무시해버린다. "애나? 저 여자한테 줬어?"

애나는 고개를 젓는다.

"그럼 어디 있어?"

"던져버렸어." 그녀가 말한다. "울타리 너머로. 기찻길 옆에."

"잘했어. 참 잘했어." 그가 딴생각에 빠진 듯 멍하니 말한다. 지금 상황을 파악하려고 애쓰면서 이제부터 어떻게 할지 머리를 굴리고 있는 것이다. 그가 힐끔 날 보고는 고개를 돌려버린다. 잠깐이지만, 그의 얼굴에서 낭패 어린 표정이 엿보인다.

그가 애나를 돌아본다. "당신은 항상 지쳐 있었잖아. 잠자리에 관심도 없었고. 아기만 신경 썼어. 안 그래? 엄만 너밖에 몰랐지? 너밖에!" 갑자기 다시 기운을 차리고 기고만장해진 그가 웃긴 표정을 짓고 배를 간질여주자 에비가 생글거린다. "하지만 메건은 참…… 뭐랄까, 잘 응해줬거든. 처음엔 메건의 집에서 만났어. 그런데 스콧이 눈치챌까 봐 얼마나 겁을 내는지. 그래서 스완 호텔에서 만나기 시작했지. 그리고…… 어땠는지 당신도 기억나지, 애나? 우리가 초반에 크래넘가의 그 집에서 만났을 때 말이야. 그러니까 당신도 이해할 거야." 그가 어깨 너머로 나를 힐끔 보더니 한쪽 눈을 찡긋한다. "그 좋았던 옛 시절에 애나와 내가 만났던 곳이지."

그가 딸을 한 팔에서 다른 팔로 옮겨 자기의 어깨에 기대게 한다. "당신은 내가 잔인하다고 생각하겠지만, 그게 아니야. 난 진실을 말하고 있잖아. 이게 당신이 원하는 거 아니야, 애나? 거짓말하지 말라며."

애나는 고개를 들지 않는다. 그녀의 두 손은 식탁 끄트머리를 꼭 붙잡고 있고, 그녀의 온몸은 딱딱하게 굳어 있다.

톰이 큰 소리로 한숨을 내쉰다. "솔직히 말하면 속이 시원해." 그는 나를 똑바로 쳐다보며 내게 말하고 있다. "당신 같은 사람들 감당하기가 얼마나 힘든지 알아? 젠장, 난 노력했어. 당신을 도와주려고 정말 노력했다고. 당신들 둘 다 도와주려고. 둘 다…… 아니, 난 둘 다 사랑했어. 진심으로 그랬다고. 그런데 둘 다 왜 그렇게 약해빠졌는지."

"닥쳐, 톰." 애나가 일어나며 말한다. "나를 저 여자랑 똑같이 취급하지 마."

나는 애나를 보고, 그녀와 톰이 얼마나 잘 어울리는 한 쌍인지 깨닫는다. 톰의 짝으로 나보다 애나가 훨씬 더 잘 어울린다. 자기 남편이 거짓말쟁이, 살인자라는 사실보다, 그가 자기를 나와 견주었다는 사실이 더 짜증 나는 여자니까.

톰이 그녀의 옆으로 가서 달래듯 말한다. "미안해, 여보. 내가 잘못했어." 애나는 그의 말을 무시해버리고, 그가 날 쳐다보며 말한다. "나는 최선을 다했어. 난 당신한테 좋은 남편이었잖아, 래치. 당신 술주정, 우울증까지 다 참아줬어. 참다 참다 두 손 들었지."

"당신이 날 속인 거야." 내가 이렇게 말하자, 그가 놀란 표정으로 고개를 돌려 나를 본다. "당신은 모든 게 내 잘못이라고 했지. 당신은 내가 쓸모없는 인간이라고 믿게 만들었어. 당신은 내가 괴로워하는 걸 지켜보고, 당신은……."

그가 어깨를 으쓱한다. "당신이 얼마나 따분해졌는지 알아, 레이첼? 얼굴은 또 얼마나 망가졌고? 너무 우울해서 아침에 침대 밖으로 나오지도 못하고, 너무 피곤해서 샤워도 못하고, 지독한 냄새가 나는 머리도 못 감았잖아? 젠장. 그런데 내가 어떻게 참을 수 있었겠어? 나도 기분 전환을 해야 할 거 아니야. 당신 잘못이니까 남 탓하지 마."

그가 아내에게로 고개를 돌리자 그의 표정이 경멸에서 걱정으로 바뀐다. "애나, 당신은 경우가 달라. 맹세해. 메건과의 일은, 그냥…… 놀이 같은 거였어. 그런 생각으로 만난 거야. 즐겁기만 한 시간은 아니었지만, 나도 해방감을 느끼고 싶었다고. 그게 다야. 오래갈 일도 아니었어. 우리 부부, 우리 가족한테 아무런 문제도 안 됐을 거야. 그걸 알아줘."

"당신……." 애나가 무슨 말인가 하려다가 끝내 하지 못한다.

톰이 한 손으로 그녀의 어깨를 꽉 쥔다. "뭐야, 여보?"

"당신이 메건한테 에비를 맡기자고 했잖아." 애나가 내뱉듯 말한다. "그 여자가 우리 집에서 일하는 동안에도 그 짓을 했어? 그 여자가 우리 아이를 보고 있을 때?"

그가 죄책감과 깊은 수치심이 어린 얼굴로 그녀의 어깨에서 손을 치운다. "정말 끔찍한 짓이었지. 내 생각엔…… 내 생각에…… 솔직히, 내가 무슨 생각이었는지 모르겠어. 생각이라는 걸 했는지 몰라. 그건 잘못된 짓이었어. 내가 크게 잘못한 거지." 그러고 나서 그의 얼굴이 다시 바뀌더니, 그는 이제 눈을 크게 뜬 순진한 표정으로 그녀에게 애원하고 있다. "그땐 몰랐어, 애나. 그 여자가 어떤 인간인지 정말 몰랐다니까. 아이를 죽인 인간인 줄 몰랐어. 알았으면 절대 에비를 맡기지 않았을 거야. 믿어줘."

애나가 갑자기 벌떡 일어나는 바람에 의자가 뒤로 넘어가 부엌 바닥에 쾅 하고 쓰러지고, 그들의 딸이 잠에서 깨어나 버린다. "에비 줘." 애나가 두 팔을 내밀며 말한다. 톰은 약간 뒤로 물러난다. "빨리, 톰, 에비 달라니까. 빨리 줘."

하지만 그는 아이를 넘겨주지 않고 더 멀리 걸어가며, 아이를 어르고 다시 자라며 속삭인다. 그러자 애나가 소리를 지르기 시작한다. 처음엔 "에비 줘, 에비 줘."라는 말만 되풀이하다가, 분노와 괴로움이 실린 알아들을 수 없는 소리로 울부짖기 시작한다. 아이도 덩달아 악을 쓴다. 톰은 애나를 무시한 채 아이를 달래려 애쓰고 있다. 그래서 내가 그녀를 붙잡는다. 나는 그녀를 밖으로 끌고 나가, 작은 목소리로 다급하게 말한다.

"정신 차려요, 애나. 네? 정신 차려야 돼요. 저 사람한테 말 걸면서 시간 좀 끌어줘요. 내가 경찰에 신고할 테니까. 알겠어요?"

그녀는 고개를 흔들고, 온몸을 떨고 있다. 그녀가 내 팔을 붙들고는 손톱으로 내 살을 파고든다. "어떻게 저이가 이럴 수 있어요?"

"애나! 잘 들어요. 저 사람을 정신없게 만들어줘요."

마침내 그녀가 정신을 차리고 나를 보며 고개를 끄덕인다. "알았어요."

"그냥…… 문에서 멀리 떨어지게 만들어요. 다른 일에 정신이 팔리게."

애나가 다시 안으로 들어간다. 나는 숨을 크게 한 번 쉬고 몸을 돌려 미닫이문에서 몇 걸음 떨어진다. 너무 멀리 가지는 않고 잔디밭으로만 들어간다. 고개를 돌려보니 그들은 아직 부엌에 있다. 나는 조금 더 멀리 걸어간다. 바람이 세게 불고 있으니, 더위가 곧 가라앉을 것 같다. 칼새들이 하늘에서 휙 날아 내려오고, 비가 내리기 직전의 냄새가 난다. 난 그 냄새가 좋다.

나는 뒷주머니에 손을 집어넣어 전화기를 꺼낸다. 손이 떨려서 키패드를 잠금해제 하는 데 두 번이나 실패한 후 세 번째에 성공한다. 나를 아는 라일리 경사에게 전화해야겠다는 생각이 들어 통화 기록을 쭉 살펴보지만 그녀의 번호가 보이지 않아서 포기하고 그냥 999를 누르기로 한다. 두 번째 9를 누르고 있을 때, 그의 발이 내 등뼈 아래를 세게 걷어차고, 나는 숨이 턱 막혀 풀밭 위에 큰 대자로 엎어진다. 전화기가 내 손에서 날아가 버리고, 내가 일어나 앉아 숨을 쉬기도 전에 그가 전화기를 집어든다.

"자, 자, 래치." 그가 내 팔을 붙잡아 손쉽게 나를 일으켜세우며 말한다. "바보 같은 짓은 하지 말자고."

그가 나를 집 안으로 다시 끌고 가고 나는 반항하지 않는다. 지금 싸워봐야 달아날 수 없다는 걸 아니까. 그가 날 집 안으로 밀어넣으면서 우리 뒤로 유리문을 닫고 잠근다. 그러고는 열쇠를 식탁 위로 툭 던진다. 애나가 그곳에 서서 내게 살짝 미소 짓는다. 내가 경찰에 신고할 거라고 그녀가 톰에게 말해줬을까?

애나는 딸에게 줄 점심 식사를 만들기 시작하고, 우리가 마실 차를 끓이기 위해 주전자에 불을 붙인다. 현실을 복제한 듯한 이 기괴한 풍경 속에 있으니, 두 사람에게 정중하게 작별을 고하고 부엌을 가로질러 안전한 거리로 나갈 수 있을 것만 같은 기분이 든다. 그 유혹이 너무 커서 실제로 그 방향으로 몇 발짝 떼지만 톰이 내 앞을 가로막는다. 그가 내 어깨에 한 손을 올리고는 손가락으로 내 목 밑을 훑으며 아주 살짝 압박을 가한다.

"이제 당신을 어떻게 해줄까, 래치?"

메건

2013년 7월 13일 토요일

저녁

차에 타고 나서야 나는 그의 손에 피가 묻어 있는 걸 알아챈다.

"다쳤네." 내가 말한다.

그는 대답하지 않고, 손가락 마디가 새하얗게 질리도록 운전대를 꽉 잡는다.

"톰, 당신한테 할 얘기가 있었어." 나는 어른답게 해결하기 위해 그를 달래듯 말하지만, 조금 늦은 것 같다. "귀찮게 한 건 미안한데, 당신이 연락을 끊었잖아. 당신이……."

"괜찮아." 그가 부드러운 목소리로 말한다. "다른…… 다른 일 때문에 화난 거야. 당신 때문이 아니라." 그는 고개를 돌려 내게 미소 지으려 애쓰지만, 실패하고 만다. "전처 때문에 골치가 아파서. 다 그런 거지 뭐."

"손은 어쩌다 그런 거야?" 내가 묻는다.

"전처 때문이라니까." 그가 험악한 목소리로 또 이렇게 말한다. 그 후부터 콜리 우드까지 가는 내내 차 안에는 침묵만 감돈다.

우리는 주차장 끝까지 들어간다. 전에도 와본 적이 있는 곳이다. 저녁에는 가끔 캔 맥주를 마시러 오는 십대 아이들 말고는 사람들이 거의 없다. 오늘 밤은 우리뿐이다.

톰이 시동을 끄고 나를 보며 묻는다. "좋아. 하고 싶었다는 얘기가 뭐지?" 아직 완전히 화가 풀린 것 같지는 않지만, 폭발 직전의 상태였던 아까보다는 흥분이 가라앉은 것처럼 보인다. 그래도, 집에서 있었던 일을 생각하면 화난 남자와 밀폐된 공간에 있기 싫어서 그에게 잠깐 걷자고 말한다. 그는 눈알을 굴리고 한숨을 푹 내쉬지만, 반대하지 않는다.

밖은 아직 따뜻하다. 나무들 밑에는 벌레들이 구름처럼 자욱하게 몰려 있고, 이파리들 사이로 흘러드는 저녁 햇빛은 오묘한 빛으로 길을 얼룩덜룩하게 물들인다. 우리 머리 위로 까치들이 성난 듯 시끄럽게 지저귄다.

우리는 아무 말 없이 조금 걷는다. 내가 앞장서고 톰은 몇 걸음 뒤에서 나를 따라온다. 나는 무슨 말을 할지, 어떻게 사실을 전할지 고민하고 있다. 상황을 악화시키고 싶지는 않다.

내가 옳은 일을 하려고 노력 중이라는 걸 잊지 말아야 한다.

나는 걸음을 멈추고 몸을 돌려 그를 마주 본다. 그는 이제 나와 아주 가까이 서 있다.

그가 내 엉덩이에 손을 얹으며 묻는다. "여기서? 원하는 게 이거야?" 그는 따분한 얼굴을 하고 있다.

"아니야." 나는 그에게서 몸을 떼며 말한다. "그런 게 아니야."

여기는 길이 조금 내리막이다. 내가 속도를 늦추자 그도 내 걸음에 맞추어 걷는다.

"그럼 뭐야?"

나는 숨을 깊이 들이마신다. 목이 아직도 아프다. "나 임신했어."

아무런 반응도 없다. 그의 얼굴에 아무런 표정도 없다. 마치 내가 집에 가는 길에 세인즈베리에 들러야겠다거나 치과에 가야 한다고 말한 것처럼.

"축하해." 마침내 그가 말한다.

나는 또 한 번 심호흡을 한다. "톰, 내가 당신한테 이 얘기를 하는 건…… 당신 아이일 수도 있어서 그래."

그는 잠깐 날 빤히 쳐다보고 있다가 웃음을 터뜨린다. "오, 잘됐네. 그래서, 같이 도망가자고? 우리 셋이? 당신, 나, 아기, 이렇게? 어디로 가려고? 스페인?"

"당신도 알고 있어야 할 것 같아서……."

"지워." 그가 말한다. "당신 남편 아이면, 당신 마음대로 해. 하지만 내 아이면 없애. 제발 바보 같은 짓 좀 하지 마. 아이는 또 필요 없어." 그는 손가락으로 내 얼굴 옆을 훑어내린다. "그리고 미안한 얘기지만, 당신한테 엄마는 별로 안 어울리잖아, 메건?"

"좋아하는 일은 열심히 할 수 있……."

"내 말 못 들었어?" 그가 매섭게 말하고는 몸을 돌려 차가 있는 곳으로 성큼성큼 걸어간다. "당신은 형편없는 엄마가 될 거야, 메건. 그냥 지워버려."

나는 그를 뒤쫓아간다. 처음엔 빨리 걷다가 뛰어가서 충분히 가까워지자 그의 등을 밀어버린다. 나는 소리 지르고 악을 쓰면서 그 건방지고 재수 없는 얼굴을 할퀴려 애쓰고, 그는 웃으면서 내 공격을 쉽게 막아낸다. 나는 머릿속에 떠오르는 가장 지독한 욕을 퍼붓기 시작한다. 그의 형편없는 정력과 그의 따분한 아내, 그의 못생긴 딸을 욕한다.

왜 이리 화가 나는지 모르겠다. 그가 화를 내고 혼란스러워하는 것도 당연한 일인데. 걱정하는 것 같기도 했고. 아니, 그게 문제가 아니다. 그는 나를 거부한 것도 아니고, 아예 묵살했다. 그는 나와 내 아이가 사라져주기만을 바라고 있다. 그래서 나는 목청껏 소리친다. "난 안 떠날 거야. 당신이 대가를 치르게 만들 거야. 죽을 때까지 당신은 이 대가를 치러야 할 거야."

그는 이제 웃지 않는다.

그가 나를 향해 걸어오고 있다. 그의 손에 뭔가가 쥐어져 있다.

나는 쓰러졌다. 아마도 발을 헛디뎠나 보다. 머리를 뭔가에 부딪친다. 토할 것 같다. 온 사방이 빨갛다. 일어날 수가 없다.

한 마리는 슬픔, 두 마리는 기쁨, 세 마리는 소녀. 세 마리는 소녀. 여기서 막혀버려 그 뒤는 생각이 나지 않는다. 머릿속은 소리들로 가득 차고, 입속에는 피가 가득하다. 세 마리는 소녀. 까치 소리가 들린다. 까치들이 웃고 있다. 시끄럽게 까악까악 웃으며 나를 조롱하고 있다. 까치 떼. 까치들이 물어오는 나쁜 소식들. 이제 석양을 배경으로 검은 그것들이 보인다. 새들이 아닌 다른 무언가. 누군가가 오고 있다. 누군가 내게 말하고 있다. "한번 봐. 당신 때문에 내가 무슨 짓을 했는지 보라고."

레이첼

2013년 8월 18일 일요일

오후

 우리는 거실에 작은 삼각형을 이루고 앉아 있다. 딸을 끔찍이 아끼는 아버지이자 충실한 남편으로서 딸을 무릎에 앉히고 아내를 옆에 낀 채 소파에 앉아 있는 톰. 그리고 그의 맞은편에 앉아 차를 홀짝이고 있는 전처. 참 교양 넘치는 풍경이다. 내가 앉아 있는 가죽 안락의자는 우리가 결혼한 직후 힐스에서 산 것이다. 부부가 되어 장만한 첫 가구였다. 매끄럽고 부드러운 황갈색 가죽으로 만들어진 비싸고 고급스러운 의자. 이 의자가 배달됐을 때 내가 얼마나 들떠 있었는지 기억난다. 거기에 몸을 동그랗게 말고 앉아 안락함과 행복을 느끼며, 결혼이란 이렇게 안락하고 따뜻하고 편안한 거구나 하고 생각했던 기억이 난다.

톰이 이마를 찌푸린 채 나를 지켜보고 있다. 어떻게 해야 할지, 이 사태를 어떻게 수습해야 할지 고심하고 있는 것이 분명하다. 그는 애나에 대해서는 걱정하지 않는 것 같다. 그에게는 내가 골칫거리인 것이다.

"그 여자도 당신이랑 비슷했어." 그가 갑자기 이렇게 말하고 소파에 등을 기대며, 무릎에 앉힌 딸의 자세를 좀 더 편안하게 바꾼다. "뭐, 비슷한 점도 있고 아닌 점도 있고. 그 여자도 좀 그랬거든…… 난잡했어. 내가 또 그런 여자한테는 사족을 못 쓰잖아." 그가 내게 씩 웃는다. "난 반짝이는 갑옷을 입은 기사니까."

"당신은 누구의 기사도 아니야." 내가 나지막이 말한다.

"아, 래치, 이러지 마. 기억 안 나? 아빠가 죽어서 힘들었을 때 가족처럼 당신을 사랑해줄 사람을 원했었지? 내가 그렇게 해줬잖아. 안심하고 살 수 있게 해줬지. 그런데 당신이 완전히 망가뜨려버렸어. 그건 내 잘못이 아니라고."

"당신이 잘못한 건 아주 많아, 톰."

"아니, 아니." 그가 한 손가락을 내게 흔든다. "역사를 다시 쓰면 안 되지. 난 당신한테 잘했어. 가끔은…… 뭐, 가끔은 당신이 너무 힘들게 해서 나도 손을 쓸 수밖에 없었지만. 그래도 난 당신한테 잘했어. 당신을 돌봐줬고." 이 말을 들으니 이제야 알 것 같다. 그는 나를 속이듯이 자기 자신도 속이고 있다. 그는 정말 그렇게 믿고 있다. 자기가 내게 잘해줬다고 진심으로 믿는 것이다.

아이가 갑자기 큰 소리로 울기 시작하자 애나가 벌떡 일어나며 말한다. "기저귀 갈아주고 올게."

"나중에 해."

"애비가 축축해서 우는 거야, 톰. 기저귀 갈아줘야지. 치사하게 굴지 마."

그는 애나를 매섭게 쏘아보다가, 우는 아이를 그녀에게 넘겨준다. 나는 애나와 눈을 마주치려고 애쓰지만, 그녀는 나를 쳐다보려 하지 않는다. 그녀가 위층으로 올라가려고 몸을 돌리자 내 심장이 밖으로 튀어나올 뻔하다가 금세 다시 가라앉는다. 톰이 일어나서 그녀의 팔을 잡으며 "여기서 해. 여기서도 할 수 있잖아."라고 말한 덕분이다.

애나는 부엌으로 들어가 식탁에서 아이의 기저귀를 간다. 똥 냄새가 확 퍼져 속이 느글거린다.

"이유를 말해줄 거야?" 내가 그에게 이렇게 묻자, 애나가 하던 일을 멈추고 우리 쪽을 바라본다. 아이가 옹알거리는 소리 말고는, 모든 것이 정지된 듯 조용하다.

톰은 기가 막히다는 듯 고개를 젓는다. "어찌나 당신이랑 똑같이 굴던지. 포기를 모르더라고. 끝난 줄도 모르고…… 내 말을 안 듣는 거야. 당신이 나랑 싸울 때마다 끝까지 안 지려고 했던 거 기억나지? 메건도 그랬다니까. 도통 내 말을 안 들었어."

그는 자세를 고쳐 앉더니 몸을 앞으로 기울여 팔꿈치를 무릎에 괴고, 마치 내게 이야기를 들려주듯이 말하기 시작한다. "처음엔 그냥 재미있었어, 섹스만 했으니까. 그래서 난 그 여자가 그것만 원하는 줄 알았지. 그런데 그 여자 마음이 변했어. 왜 그런지는 나도 몰라. 정말 대책 없는 여자더라고. 스콧이랑 다투거나 조금 따분하기만 하면 우리 둘이 같이 도망가서 새 출발을 하자는 거야. 나더러 애나랑 에비를 떠나라면서. 내가 돌았어? 자기가 원할 때 내가 응해주지 않으면 욱해서 여기로 전화하고, 우리 집에 찾아와서 애나한테 우리 사이를 까발리겠다고 협박했지.

그러다가 잠잠해지더군. 난 안심했지. 내가 이제 자기한테 관심이 없다는 걸 드디어 깨달은 줄 알았거든. 그런데 그 토요일에 전화해서, 나한테 할 얘기가 있다고, 중요한 일이라고 하는 거야. 내가 무시했더니 또 협박하기 시작했어. 당장 우리 집에 찾아오겠다느니 어쩌고저쩌고……. 애나가 외출할 거라서 처음엔 별로 걱정 안 했지. 기억해, 여보? 자기는 친구들이랑 저녁 먹으러 나가고 내가 아기를 보기로 했었잖아. 난 별일 없을 줄 알았어. 그 여자가 찾아오면 내가 담판 지을 생각이었지. 그런데 그때 레이첼, 당신이 나타나서 모든 걸 개판으로 만들어버렸어."

그가 소파에 기댄 채 두 다리를 쩍 벌리고 앉아 큰 덩치로 많은 공간을 차지한다. "당신 잘못이야. 이 모든 일이 사실은 당신 잘못이라니까, 레이첼. 애나는 친구들과 저녁을 먹으러 가지 않고 5분 후에 화를 내면서 집으로 돌아왔어. 당신을 봤거든. 평소처럼 술에 취해서, 기차역 밖에서 어떤 자식이랑 비틀거리고 있는 당신을. 애나는 당신이 여기로 올까 봐 걱정했어. 에비한테 또 무슨 짓을 할까 봐. 그래서 난 메건을 상대하는 대신 당신을 처리하러 나가야 했지." 그의 입술이 일그러진다. "당신 상태가 진짜…… 포도주 냄새가 진동을 하고, 꼴이 말이 아니더군. 그 꼴로 나한테 키스하려고 했는데, 기억나?" 그가 구역질하는 흉내를 내다가 웃기 시작한다. 애나도 웃기 시작하는데, 그녀가 정말 우스워서 웃는 건지, 그의 비위를 맞추려고 하는 건지 모르겠다.

"당신이 내 근처에, 우리 근처에 오는 게 정말 싫다고 당신한테 똑똑히 알려줘야 했어. 그래서 당신을 굴다리로 데려갔지. 거리에서 소란을 피우면 곤란하니까. 그리고 당신한테 우리 주변에서 얼쩡거리지 말라고 했어. 그랬더니 당신이 질질 짜기에 닥치라고 한 대 때려줬지. 그런데 또 질질 짰어." 그가 이를 악물고 말한다. 그의 턱 근육이 긴장되는 것이 보인다. "확 돌아버리겠더군. 그냥 우리를 내버려두고 꺼져주면 좀 좋아? 당신이랑 메건 말이야. 나한테는 가족이 있어. 좋은 아내도 있고." 그가 애나를 힐끔 돌아본다. 아이를 유아용 식사 의자에 앉히려고 애쓰고 있는 애나의 얼굴에는 아무런 표정도 없다.

"당신이, 메건이, 온갖 게 다 방해를 해도 난 이제껏 잘 살았어. 당신을 손봐주고 나오다가 메건을 봤어. 블레넘로 쪽으로 가고 있더군. 우리 집에 오게 내버려둘 순 없었어. 애나한테 다 까발리게 놔둘 순 없잖아? 그래서 어디 다른 데로 가서 얘기하자고 했고, 난 진심이었어. 정말 그러려고 했다고. 그래서 우리는 차에 타고 콜리로, 그 숲으로 달려갔어. 방을 못 구하면 가끔 갔던 곳이거든. 차 안에서 하려고."

소파에 앉아 있는 내게도 애나가 움찔하는 것이 느껴진다.

"믿어줘, 애나. 일이 그렇게 된 건 내 의도가 아니었어." 톰은 애나를 한 번 쳐다보고는 등을 구부리며 손바닥을 내려다본다. "그 여자가 아기 얘기를 떠들기 시작했어. 내 아이인지 남편 아이인지 모르겠다면서, 모든 사실을 다 밝히고, 내 아이가 맞으면 내가 아기를 만날 수 있게 해주겠다고…… 난 당신 아기에 관심 없다고, 나와는 아무 상관도 없는 일이라고 했지." 그가 고개를 젓는다. "메건이 화를 내기 시작했는데, 그 여자는 화가 나면…… 레이첼처럼 질질 짜지 않아. 나한테 소리를 지르고 욕을 하고 온갖 더러운 말들을 떠들면서, 곧장 애나한테 갈 거라고, 자기랑 아이를 무시하지 못하게 할 거라고 하더군…… 젠장, 도무지 입을 안 다물잖아. 그래서…… 나도 모르겠어, 그냥 그 여자를 조용히 시키려고 했어. 그래서 돌을 하나 집어서……." 마치 그 돌이 보이는 듯 그가 오른손을 빤히 내려다본다. "그냥······." 그가 눈을 감고 크게 한숨을 내쉰다. "딱 한 번 쳤는데, 그 여자가······." 그가 뺨에 바람을 넣고는 천천히 내뱉는다. "그럴 생각은 아니었어. 그냥 조용히 시키고 싶었을 뿐이라고. 그 여자는 피를 많이 흘렸어. 소름 끼치는 소리를 내면서 막 울고. 기어서 도망가려고 했지. 내가 할 수 있는 일은 아무것도 없었어. 끝장내는 수밖에."

해가 지고 방이 어두워진다. 톰의 거칠고 얕은 숨소리 말고는 어떤 소리도 들리지 않는다. 거리의 소음도 없다. 기차 소리를 언제 마지막으로 들었는지 기억이 나지 않는다.

"메건을 차 트렁크에 실었어. 숲속으로 조금 더 차를 몰고 들어가서 도로를 벗어났지. 주위에 아무도 없었어. 그리고······." 그의 호흡이 더 얕아지고 빨라진다. "맨손으로 땅을 파야 했어. 무서웠어." 그가 그 큼직한 눈동자로 나를 올려다본다. "누가 올까 봐. 그리고 손톱이 깨져서 아팠지. 한참이나 걸렸어. 그래서 잠깐 멈추고 애나한테 전화해서 당신을 찾아다니고 있다고 말했지."

그가 목청을 가다듬는다. "사실 꽤 무른 땅이었는데 원하는 만큼 깊이 파지 못했어. 누가 올까 봐 너무 무서웠거든. 소란이 좀 잦아들고 나면 나중에 다시 올 수 있을 거라고 생각했어. 시신을 옮기고, 더····· 나은 곳에 묻어줄 수 있을 줄 알았지. 그런데 비가 내리기 시작했고, 그 기회는 영영 사라져버렸어."

 그가 얼굴을 찌푸리며 나를 올려다본다. "난 당연히 경찰이 스콧을 의심할 줄 알았어. 메건한테 들었거든. 자기가 바람피울까 봐 스콧이 병적으로 의심하면서 자기 이메일을 읽고, 전화해서 어디에 있는지 확인한다고. 그래서…… 난 적절한 시점에 메건의 전화기를 그 남자 집에 갖다둘 작정이었어. 글쎄 뭐, 이웃끼리 맥주나 한잔하자고 들르거나 할 생각이었지. 나도 모르겠어. 내가 무슨 계획을 세웠던 게 아니야. 처음부터 생각하고 저지른 일이 아니라니까. 계획적인 범죄 같은 게 아니라, 그냥 끔찍한 사고였다고."

 그러고 나서 그의 태도가 다시 바뀐다. 마치 구름이 하늘을 빠르게 흘러가는 것처럼, 그의 기분이 어두워졌다 밝아졌다 한다. 그가 일어나더니, 애나가 식탁에 앉아 에비에게 밥을 먹이고 있는 부엌으로 천천히 들어간다. 그러고는 그녀의 정수리에 입을 맞춘 다음 의자에서 딸을 들어올린다.

 "톰……." 애나가 그를 막으려 한다.

 "괜찮아." 그가 아내에게 빙긋 웃는다. "그냥 안아주고 싶어서 그래. 그러면 안 돼, 여보?" 그는 딸을 품에 안은 채 냉장고로 가서 맥주병을 하나 꺼낸다. 그가 나를 보며 묻는다. "당신도 마실래?"

 나는 고개를 젓는다.

 "그래, 안 마시는 게 좋겠지."

그의 말이 귀에 잘 들어오지 않는다. 나는 그에게 잡히지 않고 여기서 현관문까지 달려갈 수 있을지 머릿속으로 계산하고 있다. 걸쇠만 걸려 있다면 가능할지도 모른다. 만약 그가 자물쇠를 잠가놨다면 곤란해질 것이다. 나는 냅다 앞으로 달리기 시작한다. 복도를 지나 내 손이 문손잡이에 거의 닿으려는 순간 병이 내 뒤통수를 때린다. 갑작스런 통증에 눈앞이 하얘지고 나는 풀썩 주저앉는다. 그가 내 머리카락 속으로 손가락을 집어넣어 한 움큼 쥔 다음 나를 잡아당겨 거실로 질질 끌고 가서는 나를 풀어준다. 그는 내 몸 위에 다리를 벌리고 서서, 두 발로 내 엉덩이 양옆을 밟는다. 그의 딸은 아직도 그의 품 안에 있지만, 애나가 그의 곁에 서서 딸을 잡아당기고 있다.

"에비를 나한테 줘, 톰, 제발. 이러다 에비가 다치겠어. 제발 나한테 줘."

그가 울고 있는 에비를 애나에게 넘겨준다.

톰이 말하는 소리가 들리긴 하지만 마치 그가 저 멀리서 말하고 있는 것 같은, 혹은 내가 물속에서 그의 말을 듣고 있는 것 같은 느낌이다. 무슨 말인지는 알아들을 수 있지만, 나와는, 나한테 벌어지고 있는 일과는 상관없는 얘기 같다. 모든 일들이 나와 동떨어져서 벌어지고 있다.

"위층으로 올라가 있어." 그가 말한다. "방에 들어가서 문 닫아. 아무한테도 전화하면 안 돼, 알겠지? 농담 아니야, 애

나. 전화 안 하는 게 좋아. 에비도 여기 있는데, 험악한 일이 생기면 안 되잖아." 애나는 나를 내려다보지 않는다. 아이를 가슴에 꼭 안은 채 나를 넘어 다급하게 가버린다.

톰이 허리를 굽혀 두 손으로 내 청바지 허리띠를 꼭 잡고는 나를 바닥으로 질질 끌고 부엌으로 향한다. 난 발길질을 하며 뭐라도 붙잡으려고 애쓰지만 그럴 수가 없다. 제대로 보이는 것이 없다. 눈물 때문에 눈이 따가워서 모든 것이 흐리게 보인다. 바닥으로 끌려가는 동안 머리가 깨질 듯이 아프고, 강한 욕지기가 인다. 뭔가가 관자놀이를 치고, 데일 듯 뜨거운 통증이 찾아온다. 그리고 나서는 아무 일도 벌어지지 않는다.

애나

2013년 8월 18일 일요일

저녁

그녀가 부엌 바닥에 쓰러져 있다. 피를 흘리고 있지만, 심각한 것 같지는 않다. 그는 아직 일을 끝내지 않았다. 그가 뭘 기다리고 있는 건지 잘 모르겠다. 그도 마음이 편하지는 않을 것이다. 한때는 사랑했던 여자니까.

나는 위층에서 에비를 내려놓으며, '내가 원하던 일이잖아?'라고 생각하고 있었다. 이제 레이첼은 영원히 사라져 다시는 돌아오지 못할 것이다. 내가 꿈꾸던 일이다. 뭐, 꼭 이런 방식을 원한 건 아니다. 하지만 난 그녀가 사라지기를 원했다. 레이첼 없는 인생을 꿈꾸었고, 이제 그 꿈을 이룰 수 있게 되었다. 나와 톰과 에비, 이렇게 우리 셋이서만 사는 거야. 진작 그랬어야 하는데.

 그런 상상을 즐겼지만, 그것도 잠시, 잠든 딸을 내려다보고는 그 모든 게 망상에 지나지 않는다는 걸 깨달았다. 나는 내 손가락에 입을 맞추고 그 손가락을 에비의 완벽한 입술에 댔다. 그리고 우리의 안전을 확신할 수 없다는 걸 알았다. 난 절대 안전할 수 없을 것이다. 진실을 알고 있고, 그런 나를 그는 믿지 못할 테니까. 게다가 제2의 메건이 나타나지 않으리라는 보장이 어디 있어? 아니면 더 심각하게, 제2의 애나, 나 같은 여자가 또 나올지도 모르잖아?

 아래층으로 다시 내려가보니 그가 식탁에 앉아 맥주를 마시고 있었다. 처음엔 그녀가 보이지 않다가 그녀의 발이 눈에 들어왔다. 처음엔 일이 끝난 줄 알았는데, 그는 그녀가 괜찮다고 말했다.

 "그냥 좀 머리를 찧은 거야." 그가 말했다. 차마 사고라는 말은 못하시겠지.

 그래서 우리는 기다렸다. 나도 맥주 한 병을 가져와 그와 함께 마셨다. 그는 메건과 바람을 피워서 정말 미안하다고 했다. 내게 키스하고는, 내게 보상을 해주겠다고, 우린 괜찮을 거라고, 모든 게 다 잘될 거라고 말했다.

 "당신이 항상 원했던 대로 여기서 떠나자. 당신이 가고 싶은 데로. 어디든 좋아." 그는 내게 자기를 용서해줄 수 있느냐고 물었고, 나는 그럴 수 있다고, 시간을 달라고 했고, 그는 내 말을 믿었다. 믿었던 것 같다.

예보대로 폭풍우가 치기 시작했다. 우르릉거리는 천둥소리에 그녀가 깨어나 정신을 차린다. 소리를 내고, 바닥을 이리저리 움직이기 시작한다.

"당신은 이제 가봐." 그가 내게 말한다. "위층으로 올라가 있어."

나는 그의 입술에 키스하고 그의 곁을 떠나지만, 위층으로 다시 올라가지 않는다. 대신에 복도에 있는 전화기를 가져와 계단 맨 밑에 앉아서 귀를 기울이며, 수화기를 손에 들고 적절한 순간을 기다린다.

그가 그녀에게 부드럽고 나지막하게 뭐라고 말하는 소리가 들리고, 그다음엔 그녀의 목소리가 들린다. 그녀가 울고 있는 것 같다.

레이첼

2013년 8월 18일 일요일

저녁

어떤 소리가, 쉬익쉬익 하는 소리가 들린다. 빛이 번쩍한다. 비가 퍼붓고 있구나. 바깥은 어둡고, 폭풍우가 몰아치고 있다. 번개가 친다. 언제 어두워졌는지 기억이 안 난다. 머리의 통증 때문에 정신이 돌아오고, 심장이 목구멍으로 기어 올라오는 느낌이 든다. 나는 바닥에 쓰러져 있다. 부엌에. 힘겹게 머리를 들면서 한쪽 팔꿈치를 짚고 몸을 일으킨다. 그는 식탁에 앉아 폭풍우를 내다보며 두 손으로 맥주병을 잡고 있다.

"내가 당신을 어떻게 해야 할까, 래치?" 내가 머리를 들어 올리자 그가 묻는다. "내가 여기 앉아 있은 지가…… 거의 30분 됐는데, 계속 그 생각을 하고 있었어. 내가 당신을 어떡해야 하는 거지? 내가 어떡했으면 좋겠어?" 그가 맥주를 길게 한 번 쭉 들이켜고는 생각에 잠겨 나를 빤히 쳐다본다. 나는 몸을 펴고 일어나 앉아 찬장에 등을 기댄다. 머리가 어찔어찔하고 입안에 침이 가득 고인다. 토할 것 같은 느낌이 든다. 나는 입술을 깨물고 손톱으로 손바닥을 깊숙이 찌른다. 이 혼미한 상태에서 깨어나야 한다. 약하게 이러고 있을 여유가 없다. 누구에게도 의지할 수 없다. 그건 분명한 사실이다. 애나는 경찰에 신고하지 않을 것이다. 나 때문에 딸의 안전을 위태롭게 만들 리가 없다.

"당신도 인정해야 해." 톰이 말하고 있다. "당신이 자초한 일이라는 걸. 그냥 우리를 내버려뒀으면 이런 꼴도 안 당할 거 아니야. 나도 이런 꼴을 안 당했을 거고. 우리 둘 다 아무 일 없었을 거야. 그날 밤 당신이 거기 없었다면, 애나가 역에서 당신을 보고 집으로 다시 달려오지 않았다면, 내가 메건과 담판을 지을 수 있었을 거 아니야. 내가 그렇게…… 열받지도 않았을 거 아니야. 그렇게 성질이 나지도 않았을 거라고. 그럼 메건을 해치지도 않았겠지. 아무 일도 안 일어났을 거야."

내 목구멍 깊은 곳에서 흐느낌이 북받쳐 올라오는 느낌이 들지만, 애써 삼킨다. 그가 꼼수를 쓰고 있는 거다. 그는 늘 이런 식이다. 모든 게 내 잘못인 것처럼 느끼게 만들고, 나를 쓸모없는 인간으로 느끼게 만드는 데 능한 사람이다.

그가 맥주를 다 마시고 빈 병을 테이블 위로 굴린다. 그러고는 슬픈 표정으로 고개를 저으며 일어나더니 내게로 다가와 두 손을 내민다. "자, 내 손 잡아. 어서, 래치, 일어나."

나는 그가 나를 일으켜세우도록 내버려둔다. 내 등은 조리대를 향해 있고, 그는 내 앞에 서서 자기 허리를 내 허리에 꼭 붙인다. 그가 내 얼굴로 손을 올려, 내 광대뼈에 묻은 눈물을 엄지손가락으로 닦아낸다. "내가 당신을 어떻게 해야 할까, 래치? 어떡해야겠어?"

"아무것도 할 필요 없어." 나는 그에게 말하며 미소 지으려 애쓴다. "내가 당신 사랑하는 거 알잖아. 지금도 그래. 아무한테도 말 안 할게…… 내가 당신한테 그런 짓을 할 리가 없잖아."

그가 빙긋 웃는다. 내 마음을 녹였던 그 환하고 아름다운 미소. 나는 흐느끼기 시작한다. 믿기지가 않는다. 우리가 이런 지경이 되다니, 내가 알고 있는 가장 큰 행복, 그와 함께한 인생이 망상에 불과했다니 믿을 수가 없다.

그는 우는 나를 그냥 내버려두다가, 잠시 후 싫증이 나는지 그 눈부신 미소를 얼굴에서 지우고 입술을 비틀어 냉소를 짓는다.

"그만해, 래치. 작작 좀 해. 그만 징징거려." 그가 식탁으로 가서 화장지를 한 움큼 뽑아온다. "코 풀어." 나는 그가 시키는 대로 한다.

그가 경멸 어린 얼굴로 나를 지켜본다. "호수에 간 그날, 당신한테 기회가 생겼다고 생각했지?" 그가 웃기 시작한다. "안 그래? 사슴 같은 눈으로 애원하듯이 날 쳐다보던데…… 내가 마음만 먹었으면 당신 따먹을 수 있었어, 그렇지? 참 쉬운 여자라니까." 나는 입술을 세게 깨문다. 그가 또 내게 가까이 다가온다. "당신은 개나 마찬가지야. 원하는 사람이 없어서 평생 학대당하는 개. 아무리 발로 차서 내쫓아도, 움츠리고 꼬리를 흔들면서 다시 돌아오지. 간절히 빌면서. 이번엔 다를 거라고, 이번엔 제대로 행동할 거라고, 그래서 사랑받게 될 거라고 기대하면서. 당신이 딱 그렇잖아, 레이첼? 당신은 개야." 그가 한 손으로 내 허리를 감싸안고는 내 입술에 자기 입술을 댄다. 나는 내 입술 사이로 밀고 들어오는 그의 혀를 얌전히 받아들이고, 내 허리를 그의 허리로 밀어붙인다. 그가 발기하는 것이 느껴진다.

모든 물건들이 내가 여기 살던 때와 똑같은 자리에 있는지 모르겠다. 애나가 찬장을 다시 정리해서 스파게티를 다른 병에 담아뒀는지, 저울을 바닥 왼쪽에서 오른쪽으로 옮겨놨는지 모르겠다. 알 수가 없다. 부디 그녀가 그러지 않았기를 빌며, 내 등 뒤의 서랍으로 한 손을 슬그머니 집어넣는다.

"당신 말이 맞을지도 몰라." 키스가 끝나자 나는 이렇게 말하며, 그의 얼굴로 고개를 들어올린다. "그날 밤 내가 블레넘 로에 오지 않았으면 메건이 아직 살아 있을지도 몰라."

그는 고개를 끄덕이고, 나는 오른손으로 익숙한 물건 하나를 움켜쥔다. 나는 미소 짓고 그에게 가까이, 더 가까이 기대면서 슬금슬금 왼손을 움직여 그의 허리를 감싼다. 그러곤 그의 귀에 대고 속삭인다. "하지만 그 여자 머리를 박살 낸 건 당신인데, 정말 내 잘못이라고 생각해?"

그가 내게서 머리를 홱 떼어내고, 그 순간 나는 앞으로 달려들어 온몸으로 그를 밀어붙인다. 그는 균형을 잃고 뒤로 비틀거리며 식탁에 부딪친다. 나는 발을 들어올려 있는 힘껏 그의 발을 짓밟고, 그가 아파하며 몸을 앞으로 숙이자 그의 뒷덜미에 난 머리를 한 움큼 붙잡아 내 쪽으로 끌어당기는 동시에 내 무릎을 그의 얼굴로 세게 날린다. 그가 비명을 지를 때 연골이 우지끈 부서지는 느낌이 난다. 나는 그를 바닥으로 밀어버리고 식탁에 있는 열쇠를 움켜쥔 뒤, 그가 일어나기 전에 프렌치 도어 밖으로 나간다.

울타리로 향하지만 진흙에 미끄러져 발을 헛디디고, 내가 울타리에 닿기 전에 그가 나를 붙잡아 내 머리카락을 잡아당겨 뒤로 끌고 가면서, 내 얼굴을 할퀴고 피를 튀기며 욕설을 퍼붓는다. "이 멍청한 년아, 왜 자꾸 우리 근처에 얼씬거려? 왜 나를 그냥 내버려두지 못해?" 나는 다시 그에게서 벗어나지만 갈 곳이 없다. 집을 통과해 나갈 수도, 울타리를 넘어갈 수도 없을 것이다. 소리를 질러보지만, 빗소리와 천둥소리, 달려오는 기차 소리 때문에 아무도 듣지 못할 것이다. 나는 기찻길을 향해 마당 끝까지 달려간다. 막다른 곳이다. 1년 전쯤 그의 아이를 안고 서 있었던 바로 그곳. 나는 울타리에서 몸을 돌리고, 나를 향해 성큼성큼 걸어오고 있는 그를 지켜본다. 그는 팔뚝으로 입을 닦고 땅에 침을 뱉는다. 내 뒤의 울타리에서 기찻길의 진동이 느껴진다. 기차가 비명 같은 소리를 울리며 우리에게 다가오고 있다. 톰의 입술이 움직이고 있고, 그가 내게 무슨 말을 하고 있지만 들리지 않는다. 나는 내게 다가오는 그를 지켜보고 또 지켜본다. 꼼짝 않고 있다가 그가 아주 가까워졌을 때 팔을 휘두른다. 코르크 따개를 그의 목에 푹 찔러넣어 세게 비튼다.

눈이 휘둥그레지더니 그가 아무 소리 없이 쓰러진다. 내 눈을 바라보며 두 손을 목으로 올린다. 마치 울고 있는 것처럼 보인다. 나는 지켜보고 있다가 차마 더는 볼 수가 없어 등을 돌려버린다. 기차가 지나가고, 차창 안 밝은 불빛 아래 얼굴들이 보인다. 고개를 숙인 채 책과 전화기를 보며, 따뜻하고 안전하게 집으로 향하는 사람들.

2013년 9월 10일 화요일
아침

기차가 정지 신호를 받아 멈춰 서자, 기차 안의 분위기가 바뀌면서 전등이 윙윙거리는 것 같은 소리가 난다. 이제 그 집을 보는 사람은 나만이 아니다. 전에도 이런 적이 있었을까? 모두들 지나가면서 집들을 내다보지만, 서로 다른 것이 보일 뿐이겠지. 모든 사람들이 서로 다른 눈으로 그 집들을 본 것이다. 이젠 모든 사람들이 같은 것을 보고 있다. 가끔은 그 집에 대해 얘기하는 소리도 들린다.

"저기, 저 집이야. 아니, 아니, 왼쪽에 있는 저 집. 울타리 옆에 장미꽃이 피어 있는 집. 저기서 그 일이 일어났잖아."

15호와 23호 집들은 지금 비어 있다. 그런 사건이 벌어졌던 집들 같지 않게 블라인드가 올라가 있고 문들은 열려 있다. 하지만 난 그것이 사람들에게 집을 보여주기 위해서라는 걸 알고 있다. 두 집 모두 매물로 나와 있지만, 정말 집을 살 의향이 있는 사람이 나오려면 시간이 좀 걸릴 것이다. 아마 지금 부동산 중개업자들을 통해 방들을 구경하고 있는 사람들은 톰이 쓰러져서 그의 피로 땅을 흠뻑 적셨던 곳을 더 가까이서 보고 싶어 안달 난, 엽기 사건 추종자들이 대부분일 테니까.

내가 한때 희망을 갖고 살았던 내 집에 그런 사람들이 돌아다니고 있다고 생각하면 가슴이 아프다. 그 후의 일은 생각하지 않으려 애쓴다. 그날 밤은 생각하지 않으려 애쓴다. 애써보지만 실패하고 만다.

우리는 그의 피로 온몸이 흠뻑 젖은 채 소파에 나란히 앉아 있었다. 애나와 나. 구급차를 기다리고 있는 아내들. 애나가 그들에게 연락했다. 경찰에 신고한 것도 그녀다. 그녀가 모든 일을 알아서 처리했다. 구급대원들이 도착했지만, 톰을 구하기에는 너무 늦었고, 곧 제복 경찰들이 오고, 뒤이어 형사들인 개스킬과 라일리가 왔다. 우리를 본 그들은 입을 쩍 벌렸다. 그들이 질문을 했지만, 난 그들의 말을 제대로 알아들을 수가 없었다. 움직이는 것도, 숨을 쉬는 것도 힘들었다. 애나는 차분하고 자신 있게 답했다.

"정당방위였어요." 그녀는 형사들에게 이렇게 말했다. "내가 다 봤어요. 창문으로요. 톰이 코르크 따개로 레이첼을 공격했어요. 레이첼도 어쩔 수가 없었어요. 안 그러면 죽었을 테니까. 난……." 이때 딱 한 번 그녀는 말을 더듬었고, 이때 딱 한 번 울었다. "난 출혈을 멈추려고 노력했지만, 그렇게 안 됐어요. 그렇게 못했어요."

한 제복 경찰이 에비를 데려왔다. 에비는 그 일이 벌어지는 내내 신기하게도 푹 잠들어 있었다. 그러고 나서 우리 모두 경찰서로 갔다. 경찰은 애나와 나를 각기 다른 방에 앉혀 놓고, 지금은 기억나지 않는 질문들을 더 했다. 나는 질문에 답하고 집중하기가 힘들었다. 제대로 된 문장을 만드는 것도 잘 되지 않아 애를 먹었다. 나는 그가 날 공격했다고, 병으로 날 쳤다고 말했다. 그가 코르크 따개를 들고 내게 달려들어서, 겨우 그 무기를 빼앗아 나 자신을 지키는 데 사용했다고 말했다. 그들은 나를 자세히 살피면서, 내 머리와 팔, 손톱에 생긴 상처들을 보았다.

"정당방위로 생긴 상처 같지는 않은데요." 라일리가 의심스럽다는 듯 물었다. 그들은 나를 그곳에 남겨두고 나갔다. 예전에 애시버리에 있는 캐시의 아파트로 찾아왔던 제복 경찰, 목 여드름이 문가에 서서 내 눈을 피하고 있었다. 나중에 라일리가 돌아왔다. "왓슨 부인이 당신 진술을 확인해줬어요, 레이첼. 이제 가셔도 돼요." 그녀도 나와 눈을 마주치지 못했다. 한 제복 경찰이 나를 병원으로 데려갔고, 그곳에서 나는 머리에 난 상처를 꿰맸다.

톰에 관한 기사들이 신문에 많이 실렸다. 그가 군대 복무를 했다는 얘기는 거짓말이었다. 입대를 두 번 시도했지만 불합격 판정을 받았다. 그의 아버지에 대한 얘기도 거짓말이었다. 톰은 사실을 완전히 왜곡했다. 그는 부모가 모아놓은 돈을 가져다가 다 써버렸다. 부모는 아들을 용서했지만, 그는 아버지가 담보대출을 받아 그에게 돈을 빌려주는 것을 거절하자 부모와의 인연을 끊어버렸다. 그는 입만 열면 거짓말이었다. 굳이 그럴 필요가 없을 때에도, 아무런 의미도 없는 거짓말을 했다.

스콧이 메건에 대해 얘기하면서 "메건이 어떤 사람이었는지조차 모르겠다."라고 했던 말이 똑똑히 기억나는데, 지금 내 느낌이 바로 그렇다. 톰의 인생 전체가 거짓말 위에 세워졌다. 더 좋은 사람, 더 강한 사람, 더 매력적인 사람으로 보이기 위해 지어낸 거짓말들과 반쪽짜리 진실들. 그리고 난 그 거짓말들을 믿었고 좋아했다. 애나도 마찬가지였다. 우리는 그를 사랑했다. 더 약하고, 흠도 많고, 포장되지 않은 모습의 톰이라고 해도 사랑했을까? 난 그랬을 것 같다. 그의 실수와 실패를 용서해줬을 것이다. 실수와 실패라면 나도 지지 않는 사람이니까.

저녁

난 지금 노퍽 해안의 작은 마을에서 한 호텔에 묵고 있다. 내일은 더 북쪽으로 간다. 에든버러나 아니면 더 북쪽으로. 아직 마음을 정하지 않았다. 먼 곳에서 지난 일을 잊고 싶을 뿐이다. 돈은 조금 있다. 내가 무슨 일을 겪었는지 알게 된 엄마가 큰 인심을 쓰셨기 때문에 돈 걱정은 할 필요가 없다, 당분간은.

오늘 오후에는 차 한 대를 빌려 홀컴으로 몰고 갔다. 마을 바로 외곽에 있는 한 교회에 메건의 유골이 묻혀 있고, 그 옆에 그녀의 딸 리비의 뼈도 묻혀 있다. 신문에서 보고 알았다. 메건이 아이를 죽였을지도 모르는 상황이라 그 매장에 말들이 많았다. 하지만 결국 성사되었고, 내가 보기엔 옳은 결정인 것 같다. 그녀가 무슨 짓을 했건, 그만하면 충분히 벌을 받았으니까.

단 한 사람도 보이지 않는 그곳에 도착했을 때 비가 내리기 시작했지만 나는 차를 세워놓고 묘지를 걸어다녔다. 가장 안쪽 구석에서 전나무들 밑에 거의 숨겨져 있다시피한 그녀의 무덤을 발견했다. 미리 알고 가지 않았으면 메건이 그곳에 있다는 걸 몰랐을 것이다. 묘석에 그녀의 이름과 생몰 연월일이 새겨져 있다. 아름다운 추억도 없고, 사랑하는 아내, 혹은 딸, 혹은 어머니였다는 말도 없다. 아이의 묘석에는 '리비'라고만 적혀 있다. 적어도 지금은 버젓한 무덤이 생겼다. 이젠 기찻길 옆에 혼자 있지 않아도 된다.

빗줄기가 더 강해졌다. 돌아가면서 교회 뜰을 다시 지나갈 때 예배당 문간에 한 남자가 서 있었다. 순간적으로 난 그가 스콧이라고 생각했다. 소스라치게 놀라, 눈에 묻은 빗물을 닦아내고 다시 보니 목사였다. 그가 내게 손을 들어 인사했다.

나는 괜스레 두려워져 거의 뛰다시피 차로 돌아갔다. 마지막으로 만났을 때 피해망상에 걸린 사람처럼 거의 실성한 듯 난폭한 모습을 보였던 스콧이 떠올랐다. 이제 그에게 평화는 없을 것이다. 어떻게 그럴 수가 있겠는가? 그 생각을 하니, 그리고 그 일이 있기 전의 스콧이 어땠는지, 그들 부부가 어땠는지, 내가 상상한 그들이 어땠는지 생각하니 상실감이 느껴진다. 그들의 상실감도 느껴진다.

나는 스콧에게 이메일을 보내 내가 그에게 했던 모든 거짓말들을 사과했다. 또 톰의 범행을 알아채지 못한 것도 미안하다고 말하고 싶었다. 술에 절어 살지 않았다면 알았을까? 아마 내게도 평화는 없을 것 같다.

그는 답장을 보내지 않았다. 받을 수 있을 거라는 기대도 하지 않았다.

나는 차를 돌려준 다음 호텔로 가서 체크인을 하고, 은은한 조명이 켜진 아늑한 호텔 바에서 포도주 잔을 들고 가죽 의자에 앉아 있으면 좋겠다는 생각을 떨쳐버리기 위해 항구로 산책을 나간다.

첫 잔이 목으로 넘어갈 때의 그 황홀한 느낌, 술을 마시지 않아도 그 느낌을 정확히 알 수 있다. 그 느낌을 밀어내기 위해 나는 술을 마시지 않은 날을 세어본다. 20일이다. 오늘까지 더하면 21일. 정확히 3주. 최장 금주 기록이다.

참 묘하게도, 내게 마지막 잔을 건넨 사람은 캐시였다. 무서울 정도로 창백한 얼굴에 피투성이가 된 나를 경찰이 집으로 데려가 캐시에게 자초지종을 설명해주자, 캐시는 자기 방에서 잭 대니얼스 병을 가져와 큰 잔에 따랐다. 그러고는 마치 그 일에 자기도 책임이 있는 것처럼 계속 울면서 미안하다고 했다. 나는 위스키를 마시자마자 토했고, 그 후로는 한 방울도 입에 대지 않았다. 그렇다고 해서 술 생각이 안 나는 건 아니다.

항구에 도착하자 왼쪽으로 꺾어 그 가장자리를 한 바퀴 돌며 해변으로 향한다. 그 해변을 따라 쭉 걸어가면 홀컴으로 되돌아갈 수 있을 것 같다. 이제 거의 어두워졌고 해변가라서 춥지만, 난 계속 걷는다. 지칠 때까지, 피곤해서 아무 생각도 안 날 때까지 걷고 싶다. 그러면 잠들 수 있을 테니까.

해변은 텅 비어 있고, 나는 너무 추워서 턱이 덜덜 떨려 이를 악문다. 조약돌 깔린 해변을 재빨리 걸으며, 낮에는 아주 예뻐 보이지만 지금은 은신처처럼 불길하게 느껴지는 오두막들을 지나간다. 바람이 세게 불자 그 오두막들이 살아나, 나무 널판들이 서로 부대끼며 삐걱거리고, 바다 소리 밑으로 누군가가 혹은 무언가가 가까이 다가오는 소리가 웅웅거리며 희미하게 들린다.

나는 몸을 돌려 달리기 시작한다.

여긴 아무것도 없고, 두려워할 것도 없지만, 내 배에서 가슴으로, 목구멍으로 치솟아오르는 두려움을 막을 길이 없다. 나는 있는 힘껏 달리다 가로등이 밝게 켜진 항구로 돌아와서야 멈춘다.

호텔 방으로 돌아와, 계속 떨리는 두 손을 엉덩이 밑에 깔고 앉는다. 떨림이 멎자 미니바를 열어 물병과 마카다미아 너트를 꺼낸다. 포도주와 작은 진 병들은 그냥 놔둔다. 그것들을 마시면 쉽게 잠들 수 있긴 하겠지. 몸이 따뜻하게 풀어지고 인사불성이 되어 다 잊어버릴 수 있겠지. 내가 다시 몸을 돌려 그의 죽음을 지켜보는 동안 그의 얼굴에 어렸던 표정을 잠시 동안은 잊을 수 있겠지.

기차가 지나간 후였다. 내 뒤에서 어떤 소리가 들려 뒤돌아봤더니 애나가 집에서 나오고 있었다. 그녀는 우리를 향해 급하게 걸어오더니, 그의 옆에 이르자 무릎을 꿇고 그의 목에 두 손을 댔다.

그의 표정에는 충격과 고통이 어려 있었다. 나는 그녀에게 "소용없어요. 이젠 틀렸어요."라고 말하고 싶었지만, 그때 깨달았다. 그녀는 출혈을 멈추려는 것이 아니라, 확실히 끝내고 있었다. 코르크 따개를 비틀어 그의 목으로 깊숙이, 더 깊숙이 찔러넣으면서 한없이 부드러운 목소리로 그에게 계속 말하고 있었다. 그녀가 무슨 말을 하는지 내게는 들리지 않았다.

내가 그녀를 마지막으로 본 건 진술을 하기 위해 경찰서에 갔을 때였다. 그녀와 나는 서로 다른 방으로 안내되었지만, 헤어지기 직전에 그녀가 내 팔을 잡았다. 그러고는 "잘 지내요."라고 말했는데, 그 말이 왠지 경고처럼 들렸다. 나는 그의 목을 찌를 수밖에 없었고, 애나는 그를 구하기 위해 최선을 다했다고 서로 입을 맞추어 말한 우리는 그 진술에 영원히 얽매여버린 공범자들이다.

나는 침대로 들어가 불을 끈다. 잠들지 못하겠지만 노력은 해봐야 한다. 언젠가는 악몽이 멈추고, 머릿속으로 그 일을 되새기는 짓도 멈추게 되겠지만, 지금 당장은 내 앞에 기나긴 밤이 기다리고 있다. 그리고 난 내일 아침 일찍 일어나 기차를 타야 한다.

감사의 말

이 책을 쓰면서 수많은 이들의 도움을 받았지만 그 누구보다 아주 멋지고 지혜로운 내 대리인 리지 크레머의 도움이 가장 컸다. 해리엇 무어, 앨리스 하우, 에마 재미슨, 키아라 나탈루치, 그리고 데이비드 하이엄 사의 모든 직원들과 타인 닐슨, 스텔라 자트라코에게도 큰 고마움을 전하고 싶다.

대서양 양쪽의 아주 훌륭한 편집자들인 세라 애덤스, 세라 맥그래스, 니타 프로노보스트에게 큰 신세를 졌다. 앨리슨 배로, 케이티 로프터스, 빌 스콧 커, 헬런 에드워즈, 케이트 사마노, 그리고 너무 많아서 언급하기도 힘든 트랜스월드의 환상적인 팀원들에게도 감사드린다.

케이트 닐, 제이미 윌딩, 어머니, 아버지, 리치, 항상 날 응원해주고 격려해줘서 고마워요.

마지막으로, 내게 번득이는 영감을 준 런던의 통근자들에게도 고마운 마음을 전한다.